2x (9/01)
———————
6/07
5x (3/10) 9/11

2441-70

PROPIEDAD AJENA

iseño de portada: Jorge Evia Loya
otografía del autor: archivo particular

2000, Enrique Berruga Filloy
erechos Reservados
2000, Editorial Planeta Mexicana, S.A. de C.V.
Avenida Insurgentes Sur núm. 1162
Colonia del Valle, 03100 México, D.F.

imera edición: julio del 2000
BN: 970-690-020-9

preso en los talleres de Arte y Ediciones Terra, S.A. de C.V.
culistas núm. 43, Colonia Sifón, México, D.F.

preso y hecho en México - *Printed and made in Mexico*

Enrique Berruga Filloy

Propiedad ajena

novela

Planeta

Este libro es para Delia, Mercedes y Bernardo, las trampas de la vida.

TEXAS: PRIMER TIEMPO

San Antonio de Béxar, febrero de 1848

Mientras colgaba pimientos en el marco de la ventana, Amalia Sámano miró en la distancia la silueta del coronel Robert Crossman, montado a caballo, trotando sin prisa y con menos alegría, por el Antiguo Camino de Béxar. Fue así como lo averiguó mi hermana, ciento cincuenta años después, en las condiciones de más triste memoria. No había parado de llover en cuatro días. La visión del jinete estampada contra el cielo plomizo en la inmensa llanura texana le transmitió un mal presagio. Puso a un lado el cesto con los pimientos. En el porche, como escudado tras una cortina de agua, lo esperaba de pie Lorenzo. También lo había visto, aunque sin los presentimientos que comenzaban a acosar a su mujer. Más bien le preocupaba que su viejo amigo Crossman se atascara en el fango. Las pezuñas del caballo se hundían a cada requiebro. A la distancia, las botas de armadillo del coronel hacían las veces de una línea de flotación entre su impecable uniforme militar de franela gris con vivos azules y el terreno anegado que lo confundía con el horizonte plano e interminable. En Texas, la tierra de muchas tierras, siempre resultaba difícil imaginar que existiera algún territorio más allá de sus confines.

A pesar de que a menudo portaba las insignias de los regimientos de Kentucky y Tennessee, Crossman no era una visita ingrata y mucho menos inesperada en la hacienda de Las Acequias. A decir verdad era el mejor amigo, el mejor amigo anglosajón de los Sámano. El único que en aquellos tiempos de profunda división y encono pisaba con naturalidad los predios de una familia reconocidamente mexicana. Desde su llegada a Texas, hacía casi doce años, con las huestes colonizadoras de Stephen Austin, había desarrollado la insó-

11

lita habilidad de mantener abierta la comunicación con las familias mexicanas que vivían en la República de Texas. Hablaba, y le gustaba hacerlo, un español impecable.

Nacido en Massachusetts en el seno de una familia de marineros, Crossman cambió una vida predecible y probablemente próspera en la pesca de la ballena, por una incierta carrera militar en las inhóspitas planicies de un territorio que, a fuerza de guerras y conflictos, aprendió a ser tierra de nadie. Pero el coronel no se arrepentía de haber roto con su herencia marina. Inexplicablemente, Texas había sido la atracción de toda su vida. Solamente en ese lugar, lo sabía bien, podría desahogar a plenitud su naturaleza aventurera y su búsqueda constante de la sorpresa. Se propuso hacerse cazador de experiencias y, por travesuras de la vida, se convirtió en militar. Sorteando el tiempo y las batallas, el general Samuel Houston lo invistió como uno de los genuinos y primarios *libertadores de Texas*. Qué lejos estaba de saber el líder de la causa texana que con esa alta distinción habría de crearle a Crossman, para siempre, una grave e incurable crisis de identidad. Qué lejos estaban los Sámano, también, de saber que su presencia aquella tarde iniciaría el vuelco más importante de su vida y la de tantas generaciones posteriores.

Los Sámano tenían cierta idea de su pasado errante y nebuloso. Y quizá por lo mismo, le profesaban un afecto bien nacido y un agradecimiento verdadero. Desde aquel fatídico 1836, con la derrota de Santa Anna en la Bahía de San Jacinto, una de las más torpes e inexplicables de que se tenga memoria, los Sámano no habían tenido mayor desvelo que fortificar la hacienda con cactus gigantescos, construir troneras en las márgenes del río y en rehusarse a hablar siquiera media palabra de inglés. De ahí que la presencia de Crossman no sólo era de lo más aceptable, dadas las adversas circunstancias en que vivían, sino que había llegado a convertirse en el principal punto de contacto con el mundo exterior, ese nuevo mundo que él y su tropa habían logrado establecer. Por medio de aquel coronel de Nueva Inglaterra comerciaban ganado, intercambiaban cuero por forraje y, quizá lo más importante, recibían las últimas noticias del territorio más disputado de América.

Como si ignorara que le estaba cayendo encima un torrencial aguacero, Crossman ató sin prisa su caballo, se acomodó el sombrero azul de fieltro, aprovechó la doble laja metálica de la entrada para quitarse el lodo de las botas y subió con paso dubitativo los cuatro escalones que conducían al porche. Quiso rascarse, inquieto, alguna parte del cuerpo por debajo de la capa que lo protegía de la lluvia. Como era su costumbre, dejó que fueran los Sámano quienes le indicaran la distancia correcta que debía mediar entre ellos. Don Lorenzo se caló el sombrero a manera de saludo, mientras Amalia le ofrecía una manta seca con motivos de los indios kickapoo. El coronel Crossman colgó el sayal en una de las columnas y desvió la mirada hacia su montura, hacia la lluvia, que parecía más recia bajo el tejado, y por último hacia la llanura infinita.

El aguacero se tradujo en un sordo trasfondo, y después, en un silencio prolongado. Crossman tragó saliva con pesadez. Estiró el brazo. Con el hueco de la mano tomó un poco de agua de lluvia y se la llevó hasta los labios. Bebió lo que pudo. Necesitaba aclararse la garganta.

—*I am very sorry Mister and Mistress Samano* —les habló en inglés por primera vez en su vida—, *but you no longer belong here.*

Preservaba intacta la cortesía y el acento de los caballeros de Massachusetts.

Bajó la cabeza, escurriendo el sombrero entre las manos. Los Sámano se le quedaron mirando largamente, desconcertados, todavía de pie. Crossman no era el mismo: parecía transfigurado. A diferencia de otros encuentros, esta vez su mirada diáfana y acerada no se atrevía a cruzarse con la de sus amigos texanos, sus amigos de tanto tiempo. De alguna suerte, su aventura personal, su aventura de aventuras, cobraba un giro insospechado aquella tarde. Con visible dificultad les explicó que por la amistad genuina que les profesaba, había sido seleccionado por el mismísimo Sam Houston para informarles que, desde el día anterior, Texas había pasado a formar parte de los Estados Unidos de América. Y lo que era más importante para ellos, que los Sámano debían abandonar Texas de inmediato y para siempre.

Por cortesía, no mencionó lo más evidente. Era de familias como ésta de las que había que deshacerse primero. Tenían demasiado abolengo, demasiada historia y raíces demasiado profundas en aquellas tierras. Eran los antepasados de los Sámano quienes habían puesto nombre a las montañas y a los ríos, quienes fundaron las poblaciones y quienes habían traído desde Europa los animales de trabajo y de engorda. No se equivocaban en su decisión los nuevos norteamericanos. Con familias como aquella entre ellos, jamás podrían construir un estado de Texas del que se sintieran legítimos habitantes. Era imprescindible, por tanto, que fuesen desterrados cuanto antes, para darse a la tarea de reinventarlo.

—*You should better get moving before things get worse over here for you folks* —les recomendó de la mejor manera posible. Sus manos exprimían inconscientes, con nerviosismo, el sombrero militar, emblema mudo de quienes habían cambiado el rumbo de la historia de Texas.

Lorenzo se sentó con lentitud en un equipal que quedaba a sus espaldas. Dejó colgar los brazos hasta el suelo, abatido.

—Así es que finalmente llegamos a los trescientos años y un día. Ni uno más habremos de quedarnos, supongo.

Tenía la curiosa manía de hablar y suponer al mismo tiempo. Le parecía más seguro y más honesto que afirmar directamente. Crossman le devolvió esta vez la mirada y asintió con una sonrisa discreta, a modo de respuesta corporal. Desde la derrota en San Jacinto, Lorenzo iniciaba invariablemente sus conversaciones con referencias a la historia antigua de Texas. Gozaban de la amistad y la confianza suficientes para decirse las cosas más graves. "Así transcurran tres siglos, ustedes seguirán siendo los recién llegados. Ustedes construyen muy ligero, nada que ver con nuestros edificios de piedra maciza, establecidos para siempre", solía advertirle Lorenzo Sámano. "Dennos un poco de tiempo y desde aquí, desde Texas —le respondía Crossman—, liberaremos a todos los mexicanos de sus ataduras con el pasado violento y decadente que traen a cuestas." "Cómo quieren gobernarnos —le reviraba—, cuando llevan más gobiernos que años de independencia."

Este tipo de diálogo se había convertido en un frecuente duelo de esgrima intelectual entre Crossman y los Sámano. Formaban parte de sus guerras caseras y siempre inconclusas. Doña Amalia terciaba sin recato, haciéndole ver que en Texas la única conquista que podrían alcanzar era de orden militar, porque en las conquistas del alma, la Cruz les llevaba siglos de ventaja y, lo más evidente para ella, en el campo del amor ninguna mujer con sangre mexicana cedería jamás sus encantos a los cazadores de tierras y aventuras que habían venido del norte. Menos aún —le repetía con frecuencia— a los fracasados que llegaron de las partes más primitivas y pobres de Europa. "Para éstos —decía despectivamente—, ni una mujer española ni una mexicana." Crossman se sacudía, aunque intentara disimularlo, ante aquellas advertencias. Fuese porque se le sumara al grupo de los fracasados o por condenarle a un forzado celibato ante las hijas más espléndidas de la América Latina.

En sus conversaciones, salpicadas de mezcal extraído de los magueyales de Las Acequias, Lorenzo gustaba de impresionar a todos los recién llegados de Kentucky, Irlanda y Nueva York, contándoles que hacía trescientos años Álvar Núñez Cabeza de Vaca ya recorría en armadura aquellos inmensos territorios. Se le llenaba la boca narrando que de sus aventuras y descubrimientos surgió una de las grandes divisiones de la vasta y hasta entonces inexplorada geografía norteamericana: el Llano Estacado, zona que cruzó la expedición de Coronado, clavando mojoneras de colores en el suelo para saber cómo regresar por el camino andado, inaugurando tecnologías que más tarde utilizarían Hansel y Grettel en Europa. Aquellas marcas inocentes evitaron numerosas guerras entre las tribus indias de la zona. Temiendo que se tratara de algún hechizo o de una inescrutable señal del cielo, ninguna de las tribus se atrevía a cruzar al otro lado de las estacas que al azar había sembrado el explorador español. Cientos de años después, el Llano Estacado marcaría la gran línea divisoria entre el mundo de habla hispana y los sajones de Texas, como si se tratara, otra vez, de tribus irreconciliables y de rivales eternos.

Entre Robert Crossman y la familia Sámano se había logrado romper la barrera impuesta, siglos atrás, por Cabeza de Vaca. El aprecio por aquel aventurero de Massachusetts les había permitido superar años de grandes odios y turbulencias. Hasta en los peores momentos habían sabido conservar el buen humor y la camaradería. Ambos recordaban que la misma tarde en que terminó el sitio de El Álamo, Lorenzo Sámano se topó en una vereda con Crossman. El coronel conducía una carreta llena de aparejos de caballos, herraduras y clavos viejos para alimentar los cañones de Davy Crocket y de Jim Bowie. Ante la prolongación del sitio de El Álamo, le explicó, ya habían utilizado los barrotes de las ventanas, el hierro de la campana y los goznes de las puertas para repeler a las tropas mexicanas y su poderoso cañón de 16 milímetros.

—¿Pero qué no ve que con toda esa metralla podría lastimar a alguien, Roberto? —le atajó en aquella ocasión—. Además, ya no quedan caballos para herrar allá adentro —añadió irónicamente, apuntando con el dedo hacia las torretas en llamas de El Álamo.

—Tiene usted razón —le respondió Crossman, mirando la antigua Misión de San Antonio de Valero destrozada—. Que sean mejor para sus caballos —y le entregó los herrajes.

"La marca de un buen militar —afirmaba el coronel—, consiste en discernir cuándo ha terminado la guerra. Por eso no servimos para la política."

Después de la sangrienta batalla de El Álamo, le habían ofrecido cobijo al coronel. En parte por simpatía y en parte porque Santa Anna, al que los Sámano habían dado un almuerzo a su paso por la hacienda, les había parecido un tipo arrogante y repulsivo. Además, estaban convencidos de que ésa era la única manera de terminar verdaderamente con la guerra y con las divisiones que plagaban Texas. Don Lorenzo sostenía que si el gobierno mexicano, para bien o para mal, había abierto las puertas a los migrantes del norte, no había sido como un señuelo cruel para atraerlos y matarlos después. Eso sí, como le repetía prudentemente doña Amalia a su marido, tampoco los mexicanos habían invitado colonizadores para que después pretendieran echarlos de su propia casa.

De poco servían ahora todas aquellas consideraciones. El anuncio portado esa tarde lluviosa por Robert Crossman llevaba a su conclusión, para siempre, la colonización original de Texas.

El encuentro de aquel 3 de febrero fue distinto. En el porche de Las Acequias nadie intentó reparar la gravedad del momento con algún destello de buen humor. Debajo de la capa empapada, Crossman sacó un trozo de papel, con el edicto proveniente de Washington que obligaba al flamante estado de Texas a limpiar las tierras de texanos antiguos. Repetían así la práctica iniciada por los ingleses en las primeras plantaciones de Escocia, para dejarle a los borregos el espacio valioso que ocupaban los humanos.

Don Lorenzo tomó por una esquina el papel que le ofrecían, repelente, tocándolo apenas con las puntas de los dedos. Parecía ocioso y autodenigrante ponerse a leerlo. De todos modos, Crossman ya les había adelantado la conclusión de aquel edicto. Su actitud revelaba un temor, contagioso y mortal, hacia el contenido de aquel documento. Se levantó del equipal y, sin decir una palabra, jaló del brazo a su mujer. Doña Amalia podía leer el inglés mejor que él. La llevó hasta el interior de la casa, sin que esta vez corrieran a Crossman la cortesía de invitarle el acostumbrado café de olla y el mezcal. Los tres hijos de los Sámano, ajenos totalmente a las noticias que traía el ahora coronel del ejército de los Estados Unidos de América, se divertían frente al fuego, cosiendo retazos de tela en un edredón de cuero. La pareja se dirigió en silencio a la cocina. Doña Amalia, en un acto mecánico, siguió colgando pimientos sobre el marco de la ventana. El mundo no debía detenerse, no podía terminarse.

—Llueve mucho, Amalia, no tendrán tiempo de secarse —le dijo, apuntando hacia los pimientos con una anticipada melancolía. Acercó una vela para revisar con cuidado el documento. Comenzaba a oscurecer en Las Acequias.

A falta de mayores conocimientos del inglés, pasó el dedo una y otra vez en busca de su significado, sobre las palabras recién reproducidas en el mimeógrafo de San Antonio. Le arrimó una silla a su mujer, que no dejaba, ahora de manera compulsiva, de engarzar pimientos en un cordel. Después de muchos esfuerzos pudo lograr que se sentara. Su cuerpo estaba rígido, endurecido, la mirada distante. Los dos miraban hacia afuera. La ventana traslucía un panorama gris y sin matices.

—No necesito leer ese papel. Y usted tampoco —se aclaró la garganta—. Qué señal más contundente necesita, que la presencia de Roberto para traernos las noticias. Están decididos a expulsarnos a toda costa y con su mejor elemento. Supongo que era cuestión de tiempo. —Después reflexionó, como si hablase consigo mismo: "Quizá debimos irnos hace mucho tiempo para darnos una oportunidad de reconstruir la vida. Desde antes, incluso, de la derrota en San Jacinto. Llevamos diez años ahogándonos poco a poco en un mar de personas ajenas que nada tienen que ver con nosotros ni con estas tierras, que no hablan nuestro idioma ni viven como nosotros."

Hizo una pausa prolongada, esperando una respuesta de la flama de la palmatoria. Miró a través de los arcos interiores, más allá del patio central, a sus tres hijos, recostados boca abajo, cosiendo historias de animales fantásticos en la piel de un ternero. En ellos encontró la respuesta, la única posible, que podía desprenderse de las determinaciones contenidas en el edicto de expulsión de las familias mexicanas. Sus hijos, pensó Lorenzo, no merecían ser expuestos a las humillaciones que surgirían a partir de aquella fecha.

17

Ella se conmovió al observar cómo los miraba. Pero llegó a una conclusión diferente. En ellos tres percibía la semilla de la recuperación de Texas, de sus tierras, de su legendaria hacienda de Las Acequias. Tomó cuatro pimientos de una vez y los ensartó de un golpe certero. A paso lento salió de la cocina. Dio varias vueltas por el vestíbulo, tocó una a una las columnas de piedra que lo rodeaban. Miró largamente hacia arriba, hacia la bóveda catalana, con sus ladrillos entretejidos. Después, dejando caer hacia atrás la cabeza, repasó con la vista los vitrales que sus abuelos habían ordenado en Venecia, especialmente para esa casa. Seis retablos en cristal emplomado de exquisita factura que, desde su infancia, la habían acompañado en Las Acequias. Su mente se montó en el lomo de los recuerdos. Y pudo verse niña, cazando la luz del sol, según atravesaba cada uno de los vitrales, girando horas enteras bajo la bóveda, con la cara cubierta de reflejos azules, esmeralda, ambarinos y rojos. Levantó los brazos como queriendo abrazar aquella cúpula de cristales magníficos, traslúcidos incluso para la luz de una vela. Sus brazos no alcanzaban y se sintió pequeña. Sus tres hijos habían apartado la mirada del edredón para encontrarse con la imagen flotante de su madre en el vestíbulo. Vio que la miraban y tomó una determinación.

—Ni se le ocurra pensarlo, Lorenzo —entró con paso firme a la cocina—. Debemos defender Las Acequias a toda costa. Mire su casa, mírela bien, como si nunca antes la hubiese visto. ¿Usted cree que esto se construye en un par de años? Son muchas leguas a la redonda donde pueden encontrarse huellas de nuestra presencia, del trabajo de nuestros antepasados. La acequia no es obra de la naturaleza, los adobes que cocinó mi abuelo y que terminó de colocar usted, la bóveda y los vitrales que hasta el mismo Santa Anna admiró. Pero olvide todo eso si quiere. ¿Ya se puso a pensar que a diferencia de los colonizadores sajones de Texas a nosotros no nos darían tierras en México, así las merezcamos más? Entiéndalo, no nos dejan más alternativa que pelear hasta el final, que poner a prueba su crueldad y su determinación.

Se puso de pie, ató con fuerza el cordel lleno de pimientos alrededor de los clavos por encima de la ventana y salió, sin cobijarse, al traspatio. La lluvia y el viento la sacudieron. Fue entonces cuando lloró, ahora sí, con toda su fuerza.

Crossman fumaba en el vestíbulo. No había querido sentarse.

Lo último que deseaba era que los Sámano pensaran que él mismo comenzaba el desalojo que motivaba su partida forzosa.

—Póngase cómodo —el coronel dejó a un lado el sombrero de fieltro—. Amalia se rehúsa a que nos vayamos —le anunció, devolviéndole el edicto que ordenaba su expulsión.

—Es lógico —respondió el coronel, retomando el español—. Ustedes no se merecen este desenlace. Pero los texanos ya no tomamos nuestras decisiones solos. Lamentablemente su situación ha sido producto de las negociaciones entre Washington y la ciudad de México. A nosotros no nos queda más remedio que cumplir con instrucciones superiores. Violarlas, según dice el nuevo gobierno de Texas, equivaldría a mantener viva la flama para que algún día Mexico intente ocupar el estado nuevamente. Son ya demasiados los muertos en estas tierras. De alguna manera las disputas tienen que terminar. Inglaterra, Francia, España y México se oponen a esta solución, pero, viviendo aquí, dándose uno cuenta de que no hay otra categoría de personas más que los familiares de víctimas, de uno y de otro lado, no hay más remedio que tomar una decisión tajante y definitiva, por amarga que sea.

—Usted, Crossman, me enseñó alguna vez que hay momentos en que aceptar la derrota es el único camino inteligente. Me dijo, y bien lo recuerdo, que lo único que no podía permitirse un militar era perder la vida, a menos que fuese para salvar las de otros. Yo quiero que mi familia tenga una oportunidad, y no que sean mártires del odio interminable que ha plagado estas tierras en el último siglo. Lo único que quiero es que mis hijos, y no mis nietos, sean la última generación de parias.

—Lleva usted en la sangre el pragmatismo de los texanos verdaderos —Crossman, *el Cruzado*, en inglés, descendiente de nómadas y aventureros británicos desde hacía mil años, hacía un esfuerzo deliberado por escoger palabras dulces para los Sámano. Sabía que, de no hacerlo, el desprendimiento, la ruptura obligada con Texas sería más difícil, más penosa todavía. Era muy sajón en ese aspecto. La muerte y las despedidas es mejor despacharlas con rapidez y sin duelo, que no es lo mismo que sin dolor. Tantas veces, en otras condiciones, habían comparado la manera sajona y latina de velar a los muertos. Unos, con una comida abundante después del entierro; los otros, con un encierro prolongado y un luto que arrastra la memoria de unos hasta la tumba de los otros. Cuán diferentes éramos en los asuntos de mayor importancia, coincidían Sámano y Crossman.

El aguacero no amainaba. En la penumbra alcanzaban a divisar la silueta de doña Amalia, sentada en un tronco, a la entrada del cementerio familiar. El coronel norteamericano salió al escampado con una manta para traerla al cobijo del porche. Ella no opuso resistencia. Parecía levitar sobre el fango, como si su espíritu maltrecho careciera de peso para encajarse, como Crossman, hasta las rodillas en el lodazal. Ignorando la presencia del militar estadounidense se dirigió a su marido para transmitirle sus pensamientos de la última hora.

—Es imposible que nos vayamos. Aquí están enterrados los cuerpos y los ombligos de todos nuestros antepasados —los ángulos de su rostro violeta daban, a la luz de la vela, la impresión de que, verdaderamente, estaba hablando en nombre de los muertos en el cementerio familiar. Era como si hubiera pasado la última hora consultando personalmente la opinión de cada uno de los ancestros que se reunían en un semicírculo de lápidas en el traspatio de la hacienda. Su voz, en todo caso, imprimía una autoridad que dejaba espacio para la duda sobre si, efectivamente, había pasado todo aquel tiempo departiendo y consultando con sus difuntos.

—No podemos dejarlos aquí solos, Lorenzo, en qué cabeza cabe.

Lorenzo comprendió entonces que el rompimiento al que se veían sometidos por las nuevas autoridades de Texas no se reducía a abandonar los adobes, los vitrales, la plantación de magueyes y la bóveda catalana. Implicaba convertirse en huérfanos de su propio pasado, de sus raíces y de las tradiciones más profundas que les habían inculcado desde pequeños. A doña Amalia no le faltaba razón. No se les estaba exigiendo un simple cambio de domicilio, sino una ruptura brutal con su identidad, sus costumbres y su pertenencia en el mundo.

Crossman presintió que la discusión más complicada de la noche apenas comenzaba. Recordó súbitamente las tradiciones e historias que de niño le platicaba su madre, una inglesa nacida en Cornwall, respecto de la manera en que sepultaban a los muertos en las islas británicas. Los marineros eran arrojados al mar, los nobles al interior de las iglesias, los plebeyos a su parcela. En todos los casos, a la custodia de Dios y al territorio desconocido de los olvidados.

Después de tantos años de convivir con mexicanos, esta faceta de su manera de aproximarse a los misterios de la vida le seguía pareciendo indescifrable. ¿Acaso, entre católicos devotos como los Sámano, el destino último de todos no era el de reunirse nuevamente en el Juicio Final? ¿A qué venía la necesidad de convivir cotidianamente con sus muertos, de tenerlos para siempre a menos de cien varas de los vivos y en el mismo predio? Para Crossman, aquellas prácticas macabras chocaban de frente contra siglos de entrenamiento genético y, sin que le faltaran ganas de entenderlos, simplemente no les encontraba una explicación racional. Suponiendo que era, probablemente, su última oportunidad de adentrarse en esa mentalidad tan ajena e incomprensible, se aventuró a preguntarle a doña Amalia sobre el significado de los muertos en su vida.

Con la facilidad que tienen los rancheros para distinguir una vaca de un caballo, doña Amalia le respondió que la familia no tenía otro sentido más que estar unidos entre personas que se eligieron para quererse. Y remató diciéndole:

—La muerte no hace más que perpetuar para siempre esa unión. Pero no se equivoque, coronel Crossman, tenga la seguridad de que ninguno de ellos quiso dejarnos. Preferirían, téngalo por seguro, estar aquí presentes con nosotros ahora mismo, discutiendo lo que es mejor para la familia. Donde quiera que se encuentren están tan preocupados por nuestro futuro inmediato como Lorenzo, como yo, como los niños.

La conciencia de que hubiese menores detrás de aquel amargo capítulo sacudió visiblemente a Crossman. La relación con los muertos pudiera parecerle importante, desde el punto de vista de las tradiciones o de los deberes de una familia mexicana. Sin embargo, mucho más le preocupaba el destino de Mercedes, Santiago y Rocío, dormidos ahora frente al fuego de la chimenea. Si su cálculo del más allá no estaba equivocado, los muertos no podrían sufrir, ni cercanamente, los avatares que ahora les deparaba la historia de Texas a esos tres pequeños que lo presentaban, ante quienes visitaban Las Acequias, como a su tío, el coronel rubio.

—Es por ellos, primordialmente, que deben irse de Texas —les dijo Crossman, con la voz entrecortada.

Los Sámano notaron que su acento adquiría una tonalidad mayor y distante. Luego los sorprendió con un ofrecimiento inesperado:

—Me comprometo, honrando la amistad de tantos años, a cuidarles yo mismo a sus difuntos. Pero váyanse pronto. Son muchos allá afuera —apuntó vagamente en dirección a San Antonio— los que comienzan a hablar de limpieza de sangre en Texas, de romper de cuajo con el pasado, de recordar para siempre El Álamo. Me temo que la mejor opción de este día es la de retirarse lo más pronto posible. La alternativa de mañana será la de morir a manos de algún resentido, de algún forajido que no vea en ustedes más que un mal recuerdo, más que a gente que se interpone en el camino de erigirse en los nuevos reyes de la pradera y en el cumplimiento de su sueño de tener las tierras de las que carecieron sus antepasados europeos. Esta gente son o están —dijo— *land-thirsty* —no atinó a traducir adecuadamente para describir a todas esas generaciones de siervos medievales, desposeídos y ultrajados por los señores feudales, que llegaban ahora a América a poseer de golpe las tierras y la libertad que en Europa jamás consiguieron—. Dénse cuenta —añadió—, su batalla es muy desigual. Antes tenían detrás a México para defenderlos. Ahora, después de la firma del Tratado de Guadalupe Hidalgo —con la mirada apuntó hacia el papel que don Lorenzo Sámano le había devuelto—, México se replegó hacia el sur y es allí a donde deben irse ustedes. No hay más remedio. Lo último que quisiera ver es que se conviertan en presas de la venganza de los Bayliss, los Harrison o los Travis que, como si no hubiesen muerto en El Álamo, se han reproducido ahora cientos de veces y no encontrarían mayor placer que verles a ustedes, con toda la carga de tradiciones y abolengo con los que se les asocia en Texas, colgados por el cuello en este mismo porche.

Entonces se atrevió a decirle lo impensable a doña Amalia:

—No quisiera, al igual que ustedes, que alguien viniera a profanar las tumbas de sus antepasados para saciar sus deseos de venganza y de reparación de sus propios muertos.

La imagen cruzó por las mentes de los Sámano como una chispa desprendida de un leño seco. Pensaron en un arado tirando de las criptas y de las lápidas, para sembrarles trigo encima.

—Hasta dónde tendremos que irnos —preguntó don Lorenzo, pensando más en lo que tendría que hacer en el futuro inmediato que en la forma de sepultar definitivamente su pasado. Cuando Crossman, el tío afectivo de sus hijos, el caballero de los buenos modales y la decencia, les hacía aquella advertencia, era porque, con seguridad, los ánimos en San Antonio, en Hondo, en Cuero, en Goliad y en Nacogodches debían ser de verdadera persecución, de linchamientos y de odios mucho más dilatados de lo que suponían.

—Deben irse al sur del Río Bravo. Ésa es la nueva frontera. Con el Tratado, la franja entre el Nueces y el Bravo ahora es parte de Texas —ofreció el dato geográfico con frialdad. Cualquier comentario adicional no haría, pensó, más que generarles una mayor pesadumbre.

Lorenzo hizo una estimación de la distancia que tendrían que viajar, de los enseres y animales que podrían llevarse y sobre el tiempo que les tomaría. Habían pasado trescientos años, volvió a sus cálculos, ni un día más. Dentro de otros tres siglos, los descendientes de los Sámano emprenderían de nuevo el éxodo forzado, supuso, hacia el sur de algún río situado esta vez en Centroamérica.

Envuelta en el vapor de sus ropas que comenzaban a transpirar humedad bajo la manta, doña Amalia miraba alternativamente el cementerio del traspatio y la estancia donde dormían entrelazados sus tres hijos. Ponía en la balanza sus compromisos con el pasado y sus obligaciones con el futuro. Después observó la casona, con una mirada que la hacía aparecer como si la viera por primera vez. Sus cejas negras y de un arco perfecto, acentuado por un pequeño lunar en la sien apuntaban hacia la fuente de la entrada y hacia la bóveda con el vitral de colores que le devolvía la luz de las velas.

—¿Y la hacienda, a quién se supone que le pertenecerá ahora? —mordió la cobija inconscientemente, temiendo la respuesta, queriendo prácticamente retirar la pregunta—. ¿Su Tratado dice expresamente quién será el nuevo dueño de Las Acequias?

Crossman se jaló la mata de pelo dorado que le caía sobre los hombros en busca de una contestación. Miró la barrera de nogales, mezquites y cactus que habían plantado los Sámano al paso de los años. En su cálculo militar, la hacienda podría defenderse por sí sola bastante tiempo. Los bordos, las zanjas y las barreras que habían construido requerirían de una operación mayor para tomarla.

—De hecho sigue siendo suya —respiró—, aunque sin ustedes, supongo —comenzó inconscientemente a imitar la manía de don Lorenzo de rematar sus frases con un "supongo" que daba fe renovada de las incertidumbres de aquellos tiempos. Por lo demás, la respuesta a ninguno dejó satisfecho.

—Es decir —doña Amalia estaba a punto de elaborar el argumento que le interesaba—, que las disposiciones del famoso Tratado no alcanzan a Las Acequias.

—Mire Amalia —se apresuró a responderle Crossman—, quizá tenga usted la razón. Pero resulta imposible que pretenda vivir dentro de Las Acequias como si nada estuviera sucediendo al otro lado de la puerta. Tarde o temprano vendrán por ustedes y ni siquiera alguien como yo podría defenderles.

Lorenzo tomó los documentos que les había traído el coronel Robert Crossman de encima de la mesa y se los guardó en el bolso de la chaqueta. Era en verdad su testamento personal, el de sus propiedades, el de los muertos que abandonaría y el de trescientos años de labrar la historia, y ni un día más.

—La semana próxima saldremos hacia Saltillo —dijo en tono molesto. Con esas palabras se despidió de Crossman y del estado donde había nacido.

—Usted responde, coronel, por nuestros muertos —le sentenció Amalia, quitándose el sarape de un manotazo. De esa manera, la última visión que de ella tuvo el coronel Crossman fueron sus pezones firmes y morados, trasluciéndose a través de la húmeda camisa de manta.

El día que salimos de Las Acequias, yo misma me encargué de colocar en la puerta principal un enorme candado que mi bisabuelo Gonzalo trajo de Andalucía y que, según la historia familiar, habían utilizado los moros para defender sus fortificaciones de los ataques de Isabel de Castilla. Ya había fracasado una vez en resguardar las puertas de Granada. Confiaba en que esta vez sí fuese capaz de cumplir su cometido. Era una cerradura tres veces más grande que el cencerro de una vaca, con una pesada llave de hierro que le dejamos a Roberto Crossman como custodio. A petición mía, Lorenzo mandó fabricar una copia con el herrero de San Antonio, que nosotros nos llevamos en uno de los baúles.

En pocos días, la mudanza se fue convirtiendo en auténtica caravana. A pesar de que vendimos la mayoría de los animales, resultó muy difícil desprendernos de los muebles, los arreos y los objetos que nos han acompañado a lo largo de toda la vida y de las faenas en la hacienda. En total hemos salido con ocho carretas.

Una de ellas transporta los restos y las lápidas de nuestros dos hijos muertos, los grandes dolores de mi vida, las dos dagas que sólo desaparecerán, y eso con suerte, el día que me muera. Jamás me pareció lógico ni natural que los más jóvenes murieran antes que los más viejos. Sin tener inclinaciones por la blasfemia, Dios me libre, cuando ellos dos murieron de esa manera tan súbita, tan inesperada, sí llegue a pensar que Dios no estaba en su sano juicio y que si algo tenía que ver con su desaparición nos estaba imponiendo un castigo por demás inmerecido y despiadado. Desde ese día, no tiene remedio, he sido incapaz de sobreponerme a mi resentimiento contra dios (y por eso lo escribo a menudo con minúsculas). De todos modos no creo que encuentre mejor manera de castigarme más en el más allá de lo que me ha castigado en esta tierra. Es imposible sobreponerse a la muerte de un hijo. Viola el orden natural y lógico de la vida. Cualquier castigo se vale, menos ése. Ése no. Fue por eso, y contra la voluntad de Lorenzo, que el día que murieron, tomé todos los crucifijos y las imágenes que guardábamos en la casa y fui a colocarlos al cementerio, aunque en verdad quise, por un momento, quemarlos a manera de mensaje a las alturas. A ver si así, desde arriba, desde el Cielo, se daban cuenta cabal del agravio indescriptible del que habíamos sido objeto.

En medio de la mudanza tuve una de las discusiones más desagradables que recuerde haber tenido con Lorenzo. Se le ocurrió, aunque no me lo dijo exactamente así, que nuestra salida de Las Acequias era producto del abandono y el rencor que le guardaba a Dios desde la muerte de los chicos. Así que ahora yo tenía la culpa. Nada más eso me faltaba. Todo mundo sabe que hasta la muerte de los chicos siempre fuimos una familia piadosa, que cumplió con todos los ordenamientos de Dios o de dios. La verdad es que ahora pienso, a base de toparme con alegrías y desdichas, que hay cuando menos dos dioses, el benefactor y el maldito.

En fin, poco le faltó para culparme por la pérdida de Texas, argumentando que mi actitud hacia Dios no había hecho sino fortalecer en nuestras tierras las fuerzas del protestantismo que profesan los colonizadores del Norte. Ahora parece que abandonar Las Acequias le pesó más a él que a mí, cuando fui yo la que se hubiese quedado acantonada dentro de sus muros, cultivando la huerta y cuidando a los animales, con la seguridad de que no nos haría falta nada hasta que se aburrieran de hostigarnos. Fue mi idea (y sigue siéndolo a muchas leguas de distancia) que debimos quedarnos para mantener abierta una cicatriz en medio de la cara de una Texas anglosajona, protestante, desarraigada y sin identidad. Le dije incluso a Lorenzo que si nos quedábamos, muy pronto nos convertiríamos en una celebridad indispensable para todos los texanos. Los recién llegados son ahora propietarios de un territorio que ni siquiera conocen. Nada saben de los antídotos contra las mordeduras de víbora, desconocen los nombres de los ríos y de las cordilleras, los pasos entre las montañas y las cosechas que pueden cultivarse en estas tierras. Tengo claro que lo último que desean mantener es una memoria viva de la historia y las vicisitudes de Texas. Pero también me parece elemental que alguien les ofrezca una guía para la supervivencia, y ésos éramos precisamente nosotros, con todo y que no podamos ni queramos decírselo en inglés.

—Pues que se jodan, si es así. Ya nos llamarán, y con honores —me respondió enojado Lorenzo—, si de veras nos necesitan para sobrevivir. Y si la inexperiencia los mata, de todos modos regresaremos a recobrar Las Acequias y, si es necesario, a enterrarlos con nuestras propias manos.

No descarto que Lorenzo tenga la razón (jamás le reconocería que a lo mejor esta vez no se equivoca), pero por vía de mientras, llevamos dos días sin hablarnos. Por lo demás, estos ayunos de comunicación suelen ser más productivos en un matrimonio que mil palabras. El silencio oportuno, como me decía la tía Dolores, es la llave de la vida conyugal. En todo caso, he descubierto que callar nunca paga mal.

Fue así, en silencio, como subimos las lápidas y los restos de los niños a la carreta. De ninguna manera los íbamos a dejar atrás, y menos ahora que ya son menores en edad que dos de sus hermanos vivos. También subí la sepultura de la tía Dolores. No hubo más remedio. Lorenzo y yo tenemos tantas deudas y tantos recuerdos de ella. Será un buen amuleto. Además, como siempre fue tan calladita, ahora que está muerta se conversa con ella con la misma soltura que cuando estaba viva. Eso sí, extraño sus gestos, la manera única como arqueaba una sola ceja sin que se le corriera la nariz a los lados del rostro.

Mis otros muertos debieron quedarse en Las Acequias. Es tal la confusión actual en Texas que si nos los lleváramos, podría interpretarse como una manera de renunciar a nuestros derechos de propiedad sobre el rancho. A propósito dejamos abierta la puerta del cementerio para que los intrusos, de llegar a haberlos, no puedan sentirse cómodos. Por ahora, nuestros muertos son la mejor protección. Ellos se encargarán de que ningún Guadalupe Hidalgo nos arrebate lo que nos pertenece.

Desde chica siempre me había parecido que Texas tenía el cielo más alto del mundo. Pero no fue sino hasta que iniciamos la travesía cuando advertí que una de las ventajas de estas inmensas llanuras texanas es que da la impresión de que los objetos no desaparecen jamás del horizonte. Así, pude observar la silueta de la hacienda hasta bien entrada la tarde del día en que iniciamos la mudanza hacia Saltillo, Coahuila, el sitio que Lorenzo escogió para mudarnos. Las desventajas de estas planicies, que también las tienen, es que existe una gran cantidad de serpientes, más de cien variedades, cabezas de cobre, coralillos, cascabel y bocas de algodón. Resulta difícil conciliar el sueño, incluso encima de las carretas, cuando se sabe que esos bichos silenciosos merodean los campamentos. Otra desventaja es que no se encuentra más vegetación que los matorrales de lechuguilla y de candelilla, que por lo bajos impiden cualquier posible intimidad. El caso de los hombres es distinto: les basta con darle la espalda a los curiosos y a mirar el paisaje desde las alturas.

Lorenzo escogió el camino del Oeste, a través de Hondo, Sabinal y Carrizo, para cruzar el Río Bravo por Piedras Negras y de allí bajar por el desierto y los bolsones hasta Saltillo. La ruta por Laredo era más transitada, era mejor la carretera, pero también un botín más apetecido para los asaltantes de caminos y los indios que buscan municiones y pólvora.

A mis muertos les prometí regresar. Anoche, bajo una espléndida luna, estuve largo rato con ellos en el cementerio, después de desenterrar a Lorencito, a mi hija y a la tía Dolores. Sentí lástima por los demás. Estaba mal abandonarlos.

Sabemos tan poco de los muertos, de sus sensaciones, de sus necesidades, de sus preocupaciones, de sus temores. Me imagino que nos perdonarán todo lo que les hacemos porque estarán conscientes de nuestra ignorancia completa sobre ellos. Quizá lo que más les moleste es que los separemos de nosotros en cementerios anónimos, para convivir con otros difuntos a los que no conocen y les forcemos a mezclarse para siempre con extraños. De hecho, al final de la vida están condenados a pasar más tiempo con desconocidos que con los suyos. Los muertos han de tener sensaciones muy similares a las de los árboles y las plantas. No pueden moverse del sitio donde fueron plantados, no pueden escoger una mejor vista hacia los valles, ni tierras más húmedas. Los enterramos normalmente por parejas, de acuerdo a la cercanía que mostraron en vida. Pero a lo mejor en el más allá, *en la región donde de algún modo se existe*, se ignoran unos a los otros, como si jamás se hubiesen conocido, como si no hubieran compartido las alegrías y las angustias propias de la existencia. A lo mejor la muerte también pone distancia entre los muertos.

No estoy segura de que los muertos sepan más sobre ellos de lo que nosotros sabemos. ¿Sabrán, por ejemplo, si el tiempo de morir se cumple cuando se termina con alguna misión, con alguna tarea en la vida? ¿Habrá diferencias entre los muertos, los habrá de distintas clases quizá por la forma en que murieron? ¿Discriminarán los que murieron de vejez a los que se suicidaron, a los que fallecieron de una enfermedad o a los que mató un rayo? ¿Importará realmente del otro lado lo que hicieron o lo que fueron de éste? ¿Qué importará más en la jerarquía de los muertos, lo que hicieron o lo que dejaron de hacer en vida? Tan preocupados nos mostramos en la vida por asuntos tan insignificantes como las propiedades, el éxito, las cosechas y el trabajo. Y es probable que nada de esto les importe demasiado a los muertos. La muerte acaba siendo, me parece, el principal nivelador de la vida. ¿Les importará en verdad que les recordemos o no les hará ni siquiera cosquillas? Pero basta que Lorenzo y yo compartamos estas dudas para traerlos y tenerlos con nosotros. Tampoco porque estén muertos vamos a quererlos menos que si estuvieran vivos.

La ventisca la sacudió de sus pensamientos. Se dio cuenta de que era la única, en toda la caravana, que venía mirando hacia atrás, hacia los contornos distantes de San Antonio Béxar.

—Aquí pasaremos la noche —ordenó Lorenzo Sámano, cubriéndose el rostro con un paliacate.

Cuando se desata el viento en la llanura, la arena puede convertirse en verdaderas balas, capaces de atravesar las paredes. Acampar en esas condiciones se convertía en una operación que podía durar varias horas. Alinear las carretas en un cerco, formar un círculo con cal para atajar a los animales ponzoñosos, prender el fuego y montar una guardia para atisbar a cualquier posible asaltante de caminos o, peor aún, a algún grupo de comanches resentidos. Si en aquellos años azarosos en Texas algo había logrado unir a mexicanos y sajones era su temor común a los ataques de los indios. Se movían tan sigilosamente que pareciera que sus pies apenas tocaban el suelo. Normalmente su presencia era reconocida cuando alguien ya traía una flecha atravesada en el cuello. Hasta sus caballos parecían comportarse conforme a un código equino distinto. No relinchaban ante la presencia de las víboras ni se acobardaban frente a una descarga de fusil.

Mi tío abuelo, don Odilón Chapa, murió a manos de los comanches hará cosa de treinta años. También está enterrado en el cementerio de Las Acequias. Su cuerpo, estoy segura, debe ser el mejor preservado de todos. Al momento de encontrarlo abandonado en una cueva, mi tía Crisanta pensó que en realidad se había quedado dormido. Al sacudirlo por un hombro no solamente sintió su agresiva rigidez, sino que pudo ver por vez primera el trabajo de costura que le habían practicado los indios después de desollarlo. Todo su cuerpo se encontraba marcado con tatuajes y sortilegios. De vuelta en San Antonio, el forense pudo percatarse de que le habían extraído, con excepcional maestría, los pulmones, el hígado, los riñones, el corazón y el estómago. Después, como era su práctica, le habían llenado las cavidades con plumas de aves, que absorbían las hemorragias y, finalmente, le cosieron las heridas con la perfección de un zapatero italiano. La tía Crisanta ordenó que, para el traslado a San Antonio, le cubrieran el cuerpo con cenizas de una mina cercana y metieran su cuerpo, sellado, en una piel de vaca, a manera de mortaja. De esa manera lo bajaron al agujero. Mi madre, me acuerdo, se quedó muy impresionada, porque creyó que en realidad estaban enterrando algún semental de colección junto a los demás muertos de la familia.

Cuando amainó la tormenta de arena, Lorenzo se me acercó en la penumbra. Solamente faltaba descargar la carreta en que yo viajaba. Pensativa como estaba, ni siquiera me había dado cuenta de que no había colaborado para nada en los arreglos del campamento. Sin decírselo, le agradecí a Lorenzo con la mirada que no me hubiese recriminado esta falta de colaboración. Me acompañó hasta el lado de la fogata. Decidió romper el silencio que nos traíamos.

—En adelante le voy a encargar que nos cuide la retaguardia —dibujó una sonrisa socarrona. Sentada en un tronco todavía sentía el bamboleo de la carreta, como si no se hubiese detenido. Ya no tenía entrenamiento para esos trotes. Lorenzo, entre los destellos del fuego, tenía atravesada una mirada de travesura y, a la vez, de descubrimiento—. Nadie más que usted estuvo mirando todo el camino para atrás. Como no puedo pedirle que mire hacia adelante como todos los demás, mejor le pediré que nos cubra por detrás. Fíjese, sobre todo, si nota que se mueven los mezquites o los huizaches —era la manera de decirme que, efectivamente, temía algún ataque comanche.

—Usted ya no puede pedirme nada porque lo he perdido todo —le respondí, resumiendo la forma en que me sentía en esos momentos.

—Se equivoca —me dijo tajante—. No confunda la tristeza ni la pérdida de sus bienes con lo que puede hacer de su vida. De hecho —me subrayó en el aire fresco del desierto— ahora tiene más oportunidad de hacer algo que nunca antes. Está todo por hacerse, desde cero.

—Es que ya no sé qué esperar de la vida. No ha sido poco lo que hemos perdido. No es sólo la hacienda, es todo el territorio, los siglos de trabajo de nuestros viejos. De cierta forma siento que no hemos estado a su altura, defendiendo lo que nos legaron. A ellos tampoco les tocó fácil, pero siempre supieron protegerlo. Su grandeza era diferente a la nuestra.

—Creo que se me equivoca en algo esencial. De la vida no hay que esperar nada, más que las trampas que nos tienda en el camino. La vida no hace ofrecimientos de ninguna especie. Por ello, nada hay que reclamarle —hizo una larga pausa. Supo que ahora sí le estaba escuchando verdaderamente. Antes de incorporarse, me dijo—: No nos queda, Amalia, más que tratar de alterar la vida todos los días, para que al final nos ofrezca su veredicto implacable, como si nada hubiésemos hecho.

Se fue a dormir, pensando que si en el fondo todo en la vida se reducía a una cuestión del destino, esa misma noche le mordería una serpiente. Frente a la fogata alzó los hombros, se tapó la cara con el sombrero y se sintió un desgraciado.

Tomé conciencia plena del significado de la pérdida de Texas cuando, al aproximarnos al Río Bravo, divisamos un puesto fronterizo, el primero que había visto en mi vida, custodiado por un regimiento de *rangers* texanos, una suerte de militares disfrazados de vaqueros. En menos de dos semanas desde la suscripción del Tratado de Guadalupe Hidalgo, ya habían construido una comisaría de migración y traído, quién sabe desde dónde, un poste de madera de una sola pieza, donde ondeaba la bandera a rayas, con su recuadro azul parcialmente lleno de estrellas.

Para mi sorpresa, desde el momento en que Lorenzo supo que los *rangers* nos tenían a la vista, se bajó de la carreta al frente de la caravana, sacó un mazo y decenas de estacas pintadas de rojo en el borde, que se puso a clavar, una por una, en toda la ruta que nos faltaba cubrir hasta el cruce, ahora, entre los dos países. Impávidos, los guardianes, lo vieron hacer y deshacer, bajo una lluvia implacable. Sin quitarnos la vista de encima, nos miraron pasar con una frialdad infinita. Lorenzo, clavando estacas, quería dejar constancia de que por ese mismo camino habríamos de regresar algún día. Cada quien, supongo, ventilaba su locura y sus frustraciones de modo distinto. Fue un verdadero espectáculo mirar el ritual de Lorenzo, mientras los *rangers* intentaban disimular su desconcierto.

Bajo la lluvia miramos por primera vez del lado mexicano, de ese retazo de territorio que ahora era México. Ahí estaba Piedras Negras, como siempre había sido, sin letreros que dieran la bienvenida al México cercenado y sin puestos fronterizos a la vista. A fin de cuentas, era a los gringos a quienes les interesaba señalar dónde estaba la nueva frontera.

Ante la mirada vigilante de los *rangers,* comenzamos a bajar la cuesta hacia el lecho del Río Bravo. El paso de los años y de las caravanas había ido desgastando las laderas del río, formando un terraplén que permitía el paso de las carretas. A pesar de ello el cruce seguía realizándose con un declive considerable. Las carretas se bambolearon violentamente al iniciar el descenso. Teníamos que pasar a través de un vado que, con las lluvias de la época, era apenas perceptible bajo el agua arremolinada. Lorenzo no escuchó razones. Decidió que cruzáramos al lado mexicano esa misma tarde. Parecía presa de una enorme urgencia por abandonar Texas, por comenzar una vida diferente. Tenía una gran habilidad para pasar las páginas amargas de su vida sin volver a mirar atrás. Ahora, esa cualidad no dejaba de preocuparme. Podría olvidarse también del compromiso de regresar algún día a Texas. En cualquier caso, ya me encargaría de recordárselo.

Los bueyes de tiro y los caballos se rehusaban a atravesar por aquellas aguas traicioneras. Bajo la mirada de los mexicanos de un lado y de los *rangers* del otro, y sin una mano que nos ayudara, Lorenzo entró con el caballo hasta la mitad del río para medir su profundidad. Regresó a la orilla dando órdenes de que nos aprestáramos a cruzar. Uno de los peones le hizo ver que, aun si lográbamos atravesar con bien, resultaría imposible trepar con las carretas por la cuesta lodosa del lado mexicano. Nos dijo que estábamos equivocados. Según lo veía él, nuestras opciones se reducían a pedirles el favor a los *rangers* de quedarnos a pernoctar en Texas, cosa que no haría por dignidad, o a quedarse, en el peor de los casos, a dormir con la caravana en la margen del Río Bravo hasta que escampara y pudiéramos subir la pendiente con seguridad.

—De todos modos está decidido —daba vueltas nervioso sobre el caballo—, esta noche dormiremos otra vez en México. Se acabó.

Con aquellas palabras, Lorenzo ventilaba un cúmulo de rencores concentrados, de repudio al destino que se nos había atravesado en la vida.

Los hombres tuvieron que meterse a pie en el río para jalar a los animales que bufaban, que se resistían a cruzar por las aguas turbulentas. El nivel del agua les daba cerca de la cintura. Las carretas, por su propio peso, se hundían en el lecho del río, haciendo doblemente pesado el arrastre para los animales de tiro. Bajo un cielo sepia y nuboso, pasaron una por una las carretas, primero la que llevaba a los niños. Cuando faltaban por cruzar las últimas tres carretas, se acercó un grupo de mineros de Piedras Negras, con sogas y una polea de las que utilizaban para acarrear materiales desde el fondo de sus excavaciones. Sin esperar nuestro parecer, amarraron una de las cuerdas al tronco de un nogal y pasaron otra por el aro de la polea.

—¿Qué tanto traen en esas tres carretas? —preguntaron a Lorenzo, indicando con el dedo al otro lado del río.

—Granos, aparejos para siembra y —dudó en decírselo— las lápidas y los restos de nuestra familia.

El comentario no conmovió a los mineros. Les acosaba la prisa por cruzar. Conocían bien los instintos del Río Bravo y sabían que no contaban con mucho tiempo para intentar los tres cruces que faltaban.

—Vamos a amarrarlas una por una desde este extremo. Ya se inició la crecida del río y no le van a aguantar los animales. Dígale a su gente que use estos bueyes —los que ya habían cruzado— para jalar de la polea. ¿Queda algún familiar suyo de aquel lado?

—Mi esposa, nada más. ¿Por qué?

—Pásela usted a caballo primero. Y acuérdese de cabalgar de cara a la corriente, para que las patas traseras le impidan irse río abajo —a menos de doscientos metros, el río mostraba una caída de agua que podía percibirse por los troncos y las ramas atascados en el bordo—, y llévese esto —uno de los mineros le entregó el extremo de la cuerda— para que lo ate a alguna de las carretas. Temo que comiencen a flotar en alguna parte del cruce. Así no las perderemos.

Lorenzo emprendió la marcha bajo la ventisca y la lluvia, como le habían sugerido, con la nariz del caballo apuntando hacia el oeste, de donde provenía la corriente. Las pezuñas resbalaban en el lecho del río y el animal perdía terreno a cada paso. Cuando llegó al otro lado tuvo que cabalgar un largo trecho de regreso hasta el punto donde se encontraban las carretas. La corriente le había arrastrado río abajo mucho más de lo que esperaba. Tal y como le habían indicado, ató la cuerda firmemente al cabezal de la carreta que transportaba los granos. Dio instrucciones al peón, para cruzar también en diagonal, y con el sombrero en la mano, indicó a los mineros que comenzaran a tirar de la cuerda. La carreta se cimbró y el peón comenzó a movilizar a los animales con el fuete. Lorenzo y yo los vimos cruzar penosamente. Por momentos, la corriente ladeaba la carreta hasta permitir ver los ejes de las ruedas. Un jalón oportuno de la cuerda volvía a enderezarla y a mantenerla en curso hasta la otra orilla.

Sin consultar demasiado, Lorenzo me subió en las ancas de su caballo y comenzó a atravesar el río. Esta vez ganó primero terreno por la orilla, calculando cuánto lo arrastraría de regreso la corriente, a efecto de llegar al sitio donde se encontraban las demás carretas. De esta manera, aunque el caballo se deslizaba a cada paso, Lorenzo sintió que ya no era necesario forzarlo en exceso para resistir el empuje de las aguas. Con la cabeza escondida tras su espalda, no dejé de mirar hacia atrás, hacia las carretas que faltaban por cruzar y más arriba, hacia el puesto fronterizo de los *rangers*.

—Tráigase primero a los niños. Temo por ellos —le dije a Lorenzo cuando alcanzamos la otra orilla, apuntando hacia la carreta que transportaba las lápidas.

Volvió a tomar el extremo de la soga, cabalgó algunos metros río arriba y se dejó llevar por la corriente hacia el lado texano. A pesar de esta precaución terminó la travesía a una distancia parecida a cuando intentó cruzar en línea recta. La corriente era más fuerte. Le colgaban gotas de agua de los bigotes y temió que la ventisca le arrancara el sombrero. Lo fijó debajo de la silla de montar y fue a atar la cuerda a la carreta con los restos y las lápidas de los niños y de la tía Dolores. Respiró hondo y dio la señal con la mano en alto varias veces, para que comenzaran a tirar del cable. La primera penumbra de la tarde y el aguacero que arreciaba disminuían la visibilidad. Tiró varias veces de la cuerda, para que del otro lado supieran que debían iniciar el arrastre. La carreta de los muertos crujió con el primer tirón. Las ruedas apenas se movieron sobre el suelo fangoso. Los bueyes, temerosos del agua, lejos de jalar hacia el frente, opusieron resistencia para evitar que la carreta entrara al vado. Lorenzo decidió encabezar la maniobra a caballo, dirigiendo la carreta río arriba, para que la corriente ayudara después en el cruce. Sin embargo, la tensión de la cuerda impidió que avanzaran la distancia necesaria por la margen del río y pronto se vieron arrastrados hacia el centro de la corriente.

Los bueyes levantaban la cabeza con desesperación, en un intento por mantenerse a flote. De poco servía que el peón intentara guiarlos con las riendas. Sus patas apenas podían tocar el lecho del río. La crecida había comenzado. Se formaban remolinos a su alrededor, sacudiendo la carreta, hasta que perdió la dirección y comenzó a flotar. Una de las ruedas traseras debió golpearse con una piedra y salió a toda velocidad arrastrada por la corriente. Uno de los peones de brega se deslizó por el travesaño hasta la yunta y con un cuchillo cortó las amarras para liberar a los bueyes que, al igual que la rueda, comenzaron a perderse río abajo, remolcados por la creciente.

Liberada del anclaje que le daban los bueyes, la carreta quedó al garete, sostenida tan sólo por la cuerda que la unía con la ribera opuesta del río. Lorenzo se sostenía con ambas manos prendido de la cuerda, intentando mantenerse en su montura de frente al sentido de las aguas, como le habían dicho los mineros. Con la cabeza indicaba al peón que desatara la carreta y se amarrara él mismo con la cuerda para salvar la vida. La tensión de la cuerda no le permitía realizar la operación. Tomó su cuchillo, cortó el cable y, en ese momento, la carreta salió disparada río abajo, dando vuelcos entre la corriente.

—¡Se nos ahogan los muertos! —me nació gritarle, al mirar cómo salían disparadas las lápidas y los cofres que contenían los restos de nuestros seres más amados, despedidos entre la turbulencia de las aguas.

—¡Olvídese del caballo! —le insistían los mineros a Lorenzo, que obstinadamente se empeñaba en sostenerse en la montura con las piernas.

Liberados del peso de la carreta, la polea permitió jalar con facilidad a Lorenzo y al peón. El caballo logró hacer tierra y, desprendido ya del jinete, alcanzó la orilla río abajo. Dos mineros salieron tras el asustado animal que había cruzado con éxito el río más de seis veces en las últimas horas. Lorenzo, todavía sacudido, tomó un hondo respiro y miró a su alrededor.

Amalia estaba sentada en un tronco, con los ojos perdidos en la mitad del Río Bravo. Él, con las manos deshechas por la fricción de las cuerdas, le acarició el pelo, reconociendo al tacto sus pensamientos.

—Qué más podemos perder ahora —lo interrogó, cuando la oscuridad no era perturbada más que por la lluvia implacable—. Era natural que murieran. Es decir, que murieran de verdad —añadió, llena de indignación—. No fuimos capaces de protegerlos, ni en la vida ni en la muerte.

Guardaron un largo silencio, mirando desde la ribera del río las linternas de la barraca de los texanos.

Todos estaban tan fatigados que ni siquiera pensaron en remontar aquella noche la ladera que les conduciría al terreno plano y también interminable de Coahuila. Los mineros de Piedras Negras les ofrecieron cobijo, pero se dieron cuenta de que ni siquiera con la polea podrían mover aquella noche a doña Amalia Sámano del tronco desde el que vio desaparecer su más entrañable conexión con las tierras que tanto había amado.

Los médicos de Saltillo le insistían a don Lorenzo que su mujer no se había quedado muda para siempre. Sus cuerdas vocales no manifestaban muestra alguna de enfermedad o de atrofia. Le aseguraban que retenía plenamente la capacidad física para hablar.

Su problema era otro más grave; simplemente se había quedado sin qué decir. Lorenzo lo interpretaba como una forma de castigarlo por haber perdido las lápidas y los restos de los familiares más queridos, por haberse obstinado en cruzar el Río Bravo, en plena crecida, bajo la lluvia.

Conforme avanzaba el silencio, Lorenzo Sámano aprendió a comunicarse con el mundo y consigo mismo a base de monólogos. Fue así también como doña Amalia tomó para siempre el ingrato oficio de la escritura. No había remedio. Escribir era una manera de hablar consigo misma, la única forma, probablemente, de lograr sacudirse parte de la furia que la consumía, de desprenderse aunque fuese medianamente de la intensa confusión que la agobiaba. El día en que su marido la vio escribiendo sus pensamientos en unos sacos vacíos de cemento, decidió regalarle un libro de notas, empastado en piel española. Lorenzo pensaba que, si no quería hablar, a través de la escritura se enteraría de lo que le pasaba por la cabeza. El intento fue en vano. Para su decepción, ella estuvo toda la tarde haciéndole señas frente al regalo, hasta que Lorenzo comprendió que no aceptaría el cuaderno hasta que le pusiera un candado entre las pastas. Aquel libraco sería, a la postre, el eslabón más importante de los últimos Sámano de Texas con sus descendientes y con aquella porción de la historia que dividió a un país en dos mundos.

La instalación en Saltillo no fue cosa fácil. Su llegada dio pie al surgimiento de toda una mitología ligada a la pérdida de Texas. Los lugareños los veían como aves de mal agüero, como un recuerdo viviente de que México se había quedado irremisiblemente sin una pierna, sin manos. Eran un recordatorio del muñón sin posibilidades de cicatrizar que le había quedado al país, una herida ambulante. Los amagos de Francia para imponer un monarca europeo en México comenzaban a atribuirse a la fracasada defensa de Texas.

A pesar de que traían consigo una muy respetable cantidad de maravedíes de oro, los saltillenses se mostraban reticentes a tomárselos, por si acaso aquel dinero trajera consigo alguna desgracia infecciosa.

Los Sámano, dentro de las reflexiones que hacía Lorenzo en voz alta frente a su mujer, contemplaron la posibilidad de trasladarse a Ojo de Santa Lucía, que por aquellos días estaba siendo rebautizada con el nombre de Monterrey, en la vecina provincia de Nuevo León. Sin embargo, desistieron de tal propósito porque tanto Amalia como Lorenzo, aunque ella no lo dijera, abrigaban la esperanza de regresar a Las Acequias, a rehacer su vida en Texas.

"Me resisto a creer que México —comenzó a escribir Amalia en su libreta— no pueda imponerse, cuando se lo proponga, a ese puñado de aventureros y buscadores de fortunas que ahora ocupan San Antonio, encabezados por los Austin y el alcohólico de Sam Houston. Creo que no tardarán en abandonar Texas. Así salieron de Europa, así han continuado en América y, lo más seguro, es que continuarán buscando horizontes, incapaces de arraigarse y dejar huella más que en el camino que les vea pasar de largo."

Decidieron permanecer en Coahuila para facilitar su regreso a Texas. Ahí se había dispuesto, por algo sería, la capital de los dos territorios. En Ojo de Santa Lucía, lo sabían, hubieran sido aceptados de mejor grado. A fin de cuentas, el futuro Monterrey recibiría franceses, árabes, conversos y judíos, con la misma naturalidad que al ferrocarril de la ciudad de México. Pero los Sámano no se sentían parte de la misma diáspora. Ellos eran tanto o más mexicanos que los mismos fundadores de Saltillo, los descendientes de Francisco de Urdiñola y de un súbdito inglés, John de Kent, que al llegar a las Islas Azores los portugueses nombraron Do Canto, y al llegar a Coahuila adoptó el apellido definitivo de Del Canto. A diferencia de estos aventureros comunes, los Sámano provenían de los Cruzados, al igual que los ancestros del coronel Robert Crossman, que habían emprendido la aventura evangelizadora hacia el Nuevo Mundo, cuando comprendieron que los santos lugares de Palestina quedarían para siempre en la orfandad del Islam y el Judaísmo.

Lorenzo sabía, además, que Coahuila era el territorio natural para la reconquista de Texas. Según él, más pronto que tarde los texanos tendrían que ir a comprarles el algodón, los vinos y las telas que Texas no producía. Era cuestión de ir atrapándolos uno a

37

uno, según fueran bajando para comerciar. Había que arruinarlos primero y atraparlos después. De esa manera entraría caminando el ejército mexicano, hasta recuperar Texas para siempre.

A los pocos días de su llegada, don Arcadio Barrera, gobernador de Coahuila, invitó a desayunar a Lorenzo. Los Sámano todavía no tenían techo fijo en Saltillo.

—Será mejor que se vayan a la brevedad —le sugirió el viejo político, primer consumidor de rapé en el norte de México—. Ustedes traen la frontera a rastras. No tardará en llegar el día en que tengamos a las huestes de Austin y de Houston en las puertas de Parras y de Saltillo. Son imanes de la desgracia.

Sin pedir permiso, Lorenzo metió la mano entera en la polvera de don Arcadio, se la llevó a la nariz y tosió a todo pulmón.

—Se equivoca usted, respetable señor. Nosotros somos la mejor garantía de que jamás lleguen a asentarse por estas tierras. Y le diré por qué. Nosotros vamos de regreso a Texas y requerimos de su apoyo, no de su hostilidad para lograrlo.

Don Arcadio se escudó en el argumento de que el Tratado de Guadalupe Hidalgo era irreversible. Lorenzo Sámano le planteó entonces su estrategia de esquilmar a todos los texanos que se acercaran a comerciar. Le insistió en la necesidad de prohibir que en Coahuila se les vendiera semilla de algodón y cepas para sus viñedos. Al final, convenció al gobernador Barrera de lo pertinente que resultaba su estancia en Saltillo acercándole una bolsa de piel repleta de maravedíes de acuñación antigua.

El viejo jerarca empujó con una mano las monedas hacia un cajón del escritorio y, con la otra, le acercó el recipiente del rapé.

—Es usted muy convincente, don Lorenzo. Nada más falta que me diga que tiene deseos de ocupar la gubernatura de Coahuila.

—Me basta con que impida la venta de semillas de algodón, que controle la venta del alcohol y que abra de inmediato un puesto fronterizo en Piedras Negras. No deje de mandarles armas largas —añadió—. Tengo que ir pronto a recuperar algunas pertenencias muy queridas que perdimos en el río.

Saliendo de la oficina, Lorenzo Sámano pensó, por primera vez, que a lo mejor no era tan mala la idea de buscar la gubernatura de Coahuila.

A base de comunicarse a señas con su madre, los hijos de los Sámano aprendieron a esconder sus emociones. Los movimientos de las manos y la expresión de los ojos fueron sustituyendo paulatinamente a las palabras. Los gestos se convirtieron en el nuevo lenguaje familiar. Con sólo cruzar una mirada podían entenderse. Paradójicamente, a las pocas semanas todos pudieron darse cuenta de la cantidad de palabras que se utilizan innecesariamente. Se percataron de que los valores entendidos, y no sólo entre los miembros de una familia, son mucho más abundantes de lo que imaginamos.

A fuerza de vivir en el silencio, Rocío, la más pequeña y perceptiva, comenzó a desarrollar habilidades extrasensoriales. Al principio, necesitaba mirar fijamente a las personas para saber en qué pensaban. Sin embargo, fue afinando rápidamente sus capacidades, hasta que bastó su simple proximidad. Muy pronto, su madre y sus hermanos se dieron cuenta de que podía escucharles el pensamiento. De pronto se levantaba de la mesa, iba a la estantería y regresaba con un bote de mermelada de membrillo que ponía enfrente de quien la había pedido sin preguntar. Inclinaba la cabeza para aceptar en silencio los agradecimientos. A menudo se reía sola en la escuela y en la calle, cuando se percataba de la diferencia entre lo que pensaban los demás y lo que decían. "Qué vestido más ridículo se ha puesto la señora Mendiola", era el pensamiento de algún caballero. "Viene usted muy elegante esta noche, señora", eran las palabras que escuchaba. "El caballo está irremediablemente enfermo. Ojalá pueda encajárselo, aunque sea por cinco maravedíes", le resonaba en la cabeza. Y después, en el tránsito hasta la boca, "Me dolería mucho desprenderme de este fino alazán. Pero si usted insiste en comprármelo, pudiera cedérselo por doce maravedíes."

En la escuela la consideraban un fenómeno, porque no abría la boca más que cuando era orillada a hacerlo y siempre con la respuesta acertada. Ante cualquier pregunta de sus profesores, no tenía más que indagar en las cabezas de sus compañeros de clase o del propio maestro, para dar una contestación impecable. Estas habilidades la condujeron, desde muy temprana edad, a desarrollar una obsesión por la verdad y a separar a los seres humanos entre quienes actúan como piensan y los que piensan de una manera y hacen exactamente lo contrario. Al principio, le parecía carente de todo sentido que las personas casi siempre pensaran diferente de lo que decían o se comportaran en sentido opuesto a lo que se les ocurría. Las personas, llegó a concluir desde muy pequeña, viven en una perpetua traición entre lo que piensan, lo que desean, lo que dicen y lo que hacen. Sin embargo, conforme se fue acostumbrando, descubrió que el mundo sería un lugar mucho más peligroso y hostil si la gente se dijera lo que piensa verdaderamente y peor aún si actuara a su entera voluntad. Descubrió también que la mayoría de los pensamientos no eran otra cosa que deseos muy inmediatos, críticas surgidas de la envidia y, para su sorpresa, fórmulas ingeniosas para encubrir las carencias propias. Al final, cayó en la cuenta de que había estado tan interesada por lo que se les ocurría a los otros, que ya no sabía qué pensaba ella misma.

Su madre fue la primera en advertir las habilidades especiales de Rocío. En su presencia, hacía rápidos cálculos mentales, a veces contradictorios, para desorientarla: "No soy lo que soy, soy lo que ves, ves lo que soy y, al final, todo es apariencia", le decía con el pensamiento para confundirla y, entonces, ponerse a pensar de verdad lo que quería hacer, lo que la preocupaba. Cuando se cansaba de jugar estos juegos, hacía valer su autoridad y le ordenaba que no se metiera en su cabeza, que la dejara pensar a solas. Rocío se ruborizaba al ser descubierta. A cambio de garantizarle privacidad de pensamiento le prometió que antes de morir le daría la llave del candado de su cuaderno de notas para que, entonces sí, se enterara de todas sus reflexiones, hasta de lo que había experimentado al momento de parirla.

En esa finca invadida por el silencio, Lorenzo era el único que insistía en los monólogos, que a la postre le serían invaluables para los numerosos discursos públicos que pronunciaría en su campaña hacia la gubernatura de Coahuila. Nada más cruzaba la puerta de la casa, agotaba por sí solo la cuota de verbo que le correspondía a la familia entera. Por su propia iniciativa daba informes sobre el estado de las vides, las nogaleras, la producción esperada de vinos, de manzanas y de sus sueños de reconquistar Texas, ahogándolos con un embargo comercial desde México. Una tarde regresó pálido del Club de la Unión de Saltillo, donde había escuchado versiones de que el Congreso de Estados Unidos discutía la conveniencia de anexarse todo México, de una buena vez. La

Unión Americana ya se había extendido hasta el Pacífico y no había más remedio que ensanchar el territorio hacia el sur y hacia el Caribe. México y Cuba marcaban la secuencia natural en el mapa. Por otra parte, la presencia de los franceses y la instalación de un príncipe austriaco al frente del Imperio mexicano causaban escozor en Washington. Además, la frontera con México era un estorbo para el buen desarrollo del ferrocarril y un continuo irritante para perseguir en caliente a los bandoleros y a los indios que hacían de las suyas en el lado estadounidense y luego se iban a refugiar en territorio mexicano. Su preocupación fue en aumento cuando se enteró de que, después de su paso por Saltillo, el presidente Benito Juárez había llegado hasta San Antonio, pero lejos de intentar la reconquista, había salido dando las gracias a los texanos que le habían proporcionado armas para preparar la ofensiva contra los franceses. Lorenzo interpretó aquel suceso como una suerte de confirmación de que el errante gobierno mexicano reconocería, ahora sí y para siempre, la presencia y la soberanía de los norteamericanos sobre Texas. Pensó en Las Acequias, en el coronel Robert Crossman y en la estúpida suerte que le había deparado la vida. Rocío, que iba escuchando su pensamiento cargado de rencor y de maldiciones, decidió irse corriendo de la casa a empujar toda la tarde un aro novedoso que hacía rodar con un palo.

Uno de sus monólogos más memorables se produjo precisamente en el Club de la Unión, la tarde que fue traducida al español una deliberación del Congreso de los Estados Unidos sobre los beneficios y las desventajas de la anexión de México. El viejo gendarme de Saltillo, encargado también del telégrafo, leyó pausadamente ante la concurrencia el texto emitido en Washington, mientras se pasaba de una mano a otra un reloj de bolsillo que no había conseguido vender. Cuando llegó a la parte de las conclusiones del Congreso, donde se decía, palabras más palabras menos, que Estados Unidos había decidido por el momento abstenerse de anexar el territorio mexicano, los presentes irrumpieron en un aplauso y en gritos de celebración espontáneos. Luego vino el desconcierto. El gendarme concluyó la traducción diciendo que se entendiera bien, que el Congreso no se oponía a la noción misma de apropiarse el territorio de México, el cual —concedían— poseía múltiples riquezas y ventajas estratégicas. Pero que, más bien, los congresistas consideraban inconveniente apoderarse de él habida

41

cuenta de la población que lo habitaba, pues ésta "pudiera constituir la adopción de un peligroso cáncer para la sociedad norteamericana".

En ese momento se produjo el breve, pero igualmente memorable monólogo de Lorenzo Sámano en el Club de la Unión. Se levantó de su asiento como impulsado por un resorte.

—¡Que me hagan el favor de irse mucho a la chingada! —las venas le saltaban bajo el corbatín de seda negra—. Una cosa es que Santa Anna haya establecido una marca mundial como el militar más soberbio, negligente y por lo mismo el más resonadamente pendejo de la historia de México, y otra muy distinta es que esta punta de pastores puritanos, hambrientos de tierras, vengan ahora a erigirse en maestros de la humanidad, con todo y libreta de calificaciones, para ponernos a su gusto y discreción cincos y sietes en libertad, en valor y en cultura. Poco les faltará para calificar después a su antojo nuestro grado de inteligencia, de integridad y de fortaleza sexual. Dense cuenta, caballeros —trató de captar al máximo su atención—. En la historia del mundo, los grandes ganadores han sido siempre los que han logrado apropiarse a tiempo de la libreta de las calificaciones, los que establecen sus propios valores como vara para medir a los demás, para definir el bien y el mal, determinar la moda y hasta la belleza misma. Si dejamos pasar esta afrenta ahora, en el futuro nos vamos a conocer a nosotros mismos a través de lo que ellos opinen de México. Se van a convertir en el espejo donde reconozcamos nuestros éxitos y fracasos, alimentemos dudas y, al fin de cuentas, donde nos debilitemos, perdamos confianza en nuestra manera de ser, en nuestra cultura y, por último, terminemos aceptando que la tarea de calificarnos y de ser nuestros maestros también les corresponde. ¿No lo ven?

Los miembros del Club de la Unión lo miraron atónitos porque, independientemente del insulto, la noticia de que no serían anexados les parecía motivo suficiente de celebración. Su desconcierto obedecía, además, a que en esos días no existía una familiaridad perceptible con el novedoso concepto de *la chingada*, ni mucho menos se acostumbraba que un caballero distinguido lo utilizara en un recinto tan respetable como el Club de la Unión. Era aceptable, en todo caso, por la gravedad de los asuntos que se estaban debatiendo. No obstante, este neologismo apenas comenzaba a sentar sus reales y era únicamente conocido por las clases más ilustradas y por algunos políticos conservadores que en sus contactos con las tropas francesas de ocupación habían comenzado a adoptar la noción adulterada del galicismo *il faut se-chinguê*, al cual habían recurrido con tanta naturalidad y frecuencia las tropas del general Bazain después de la Batalla de Puebla.

Resulta imposible precisar si don Lorenzo Sámano recurrió en esa ocasión al expediente de mandar al Congreso de los Estados Unidos a la chingada como una expresión espontánea de su cultura de vanguardia, o bien porque hubiese dejado de ser dueño de sí mismo. En cualquier caso, aquel arrebato le significó uno de los contados golpes de fortuna en su atribulada existencia. Con los sajones amagando por el norte y los franceses acosando por el sur, la resolución de Lorenzo se tradujo en símbolo y garantía de la defensa de Coahuila ante la creciente posibilidad de convertirse en un puñado de parias dentro de su propio país. Fue así como Lorenzo Sámano, nacido y expulsado de Texas, pudo arrasar sin mayor oposición en las elecciones para ocupar el honroso cargo de gobernador del Estado Libre y Soberano de Coahuila.

Para la posteridad, el triunfo electoral de Lorenzo Sámano se convirtió en un paradigma político universal. Desde que soltó aquella perorata explosiva en el Club de la Unión de Saltillo, se popularizó la aspiración de todo político de cumplir sus anhelos de poder con la magia de una frase reproducida miles de veces en un lema de campaña.

Lorenzo, el Señor Gobernador, se hizo un ser insoportable en la casa. Frente a una mujer muda por decisión, dos hijos en los que apenas se adivinaba su estado de ánimo por el apetito que demostraran y una pequeña que sabía escuchar los pensamientos, el jefe máximo del estado era una presencia extraña, escandalosa y por demás divorciada de la realidad doméstica. Su estilo de gobernar reflejaba su historial como hacendado. No había remedio. En menos de un año al frente de los destinos del estado, recuperó todos los maravedíes que había invertido para abrirse paso en Saltillo. Compró una casa de arquitectura andaluza al costado del palacio de gobierno e iba a comer todos los días con su familia para ensayar los monólogos que, a fuerza de practicarlos, terminaron siendo la única manera eficaz de ordenar sus pensamientos. Cambió su vestimenta, pero no sus maneras. Compró botas de piel de armadillo y chalecos de brocado. Usaba sillas de montar en cuero pitiado. Acumuló más sombreros que un aristócrata cubano y mandó construir una carroza para doña Amalia, con el fin de que todas las tardes saliera a la calle para que la gente se convenciera de que no había muerto ni, como se comenzaba a rumorar de mala fe, que se hubiese devorado la mano izquierda, presa de la locura y la tristeza.

En el cenit de su poder político y de su popularidad, Lorenzo ordenó una mañana que en el pórtico de su casa colocaran azulejos de talavera con la leyenda *Las Acequias*. La *L* del principio y la *S* del final remataban bellamente en una suerte de lazo que se unía bajo el letrero en siete listones —uno por cada Sámano, los cinco vivos y los dos hijos muertos— y debajo de ellos un par más, simbolizando a Texas y a Coahuila. Rocío escuchó la mente de su madre y, ante lo que oyó, fue a esconderse en su habitación.

Fue en doña Amalia donde cupo la prudencia. Ordenó a señas que removieran el letrero de Talavera, pero con todo cuidado. Le dejó a Lorenzo una nota en la mesilla de noche: "Está muy lindo el letrero, aunque en la casa equivocada. He decidido guardarlo para ponerlo en donde corresponde, en Las Acequias en San Antonio de Béxar", y remataba diciéndole "o ¿qué, ya se le olvidó Texas, Señor Gobernador?"

La pregunta lo calentó. Sin embargo, Lorenzo no quiso violentarla. En algún momento pensó, como decían las malas lenguas de Saltillo, que probablemente era cierto que se había vuelto loca, aunque fuese totalmente falso que se estuviera devorando la mano izquierda. Supuso que Amalia no estaba enterada de que los Estados Unidos ya tenían en esos momentos cuarenta y ocho estados, negociaban la compra de Alaska a los zares de Rusia y la Nao de China había dejado de llegar a Acapulco por su presencia en Hawai. Con las botas de piel de armadillo sobre el escritorio, imaginó que el coronel Robert Crossman estaría haciendo lo mismo, plácidamente, en el porche de la hacienda de Las Acequias en Texas. Con desgano aceptó la remoción del letrero, pero a cambio ordenó al carretero que le diera a su mujer paseos más prolongados en la carroza para mirarla él mismo desde la ventana del palacio de gobierno. Le preocupaba verla morderse las uñas. Temió que fuese víctima de una conjura colectiva que la condujera, efectivamente, a devorarse las extremidades.

Después de pronunciar su segundo informe de gobierno, a diez años de haber llegado a Coahuila, Amalia decidió poner punto final a su silencio. Las señas no le bastaban ahora para transmitir la gravedad de sus pensamientos. La sorpresa fue mayúscula en aquel monumento al silencio en que se había convertido la casa de Saltillo.

—Es hora de regresar a Texas —le dijo con una voz cavernosa y oxidada, que recordaba el crujido de una rueda de molino.

Lorenzo puso una mano en el corazón y ella también, sorprendidos ambos del olvidado tono de voz de doña Amalia Sámano. Rompía así con el silencio de una década, para liberar la amargura contenida a través de toda una vida.

Lorenzo no reparó tanto en el contenido de sus palabras como en el hecho mismo de que volviera a hablar. La abrazó repetidas veces, le dio la bienvenida al mundo, le hizo cosquillas para escuchar su risa, le anunció que haría una fiesta en su honor y mandó traer a sus hijos inmediatamente de la escuela para que la escucharan hablar de viva voz. Rocío, la más pequeña, se sorprendió al reconocer que su voz y sus pensamientos eran de una tonalidad diferente. Cuando todos estuvieron alrededor de ella, evadió las preguntas sobre lo que pensaba acerca del rumor de que se estaba comiendo una mano y las risas que ello les provocaba. Su única insistencia, y para eso había vuelto a hablar, era para recordarles que debían regresar a Texas sin dilación.

—Nuestra familia tiene una promesa consigo misma, que todos ustedes han comenzado a olvidar —su tono era de reprimenda, un sacudimiento ante la vida comodina y despreocupada que habían adquirido en Saltillo—. Debemos volver a Texas antes de que termine el año —les sentenció.

Cada uno fue, sutilmente, poniéndole objeciones. Mercedes, la hija mayor, hizo mención del joven que la cortejaba y, ante el apuro que le imprimía su madre, confesó que la emocionaba irracionalmente, al grado de soportar la aridez de sus conversaciones sobre derecho romano. Para Santiago, Texas no era más que un recuerdo vago, con un paisaje escasamente distinto al de Coahuila, pero sin una ciudad tan atractiva como Saltillo. Además, bajo la guía y respaldo de su padre, el gobernador, iniciaba negocios en el comercio de ganado y en telares de algodón que le habían despertado un juvenil apetito por el dinero que la edad no haría sino afianzar. Inauguraba así una tradición local que tardaría muchos siglos en desaparecer. Rocío, por su parte, llevaba años escuchando los pensamientos de su madre sobre Texas y, por lo mismo, tenía una complicada mezcla de sentimientos. Eran muchas las ocasiones en que había oído pensar a su madre que la mantequilla de Texas era mejor que la de Coahuila, que se sentía prisionera y sofocada en la indiscreta sociedad de Saltillo, que olvidarse de regresar era un acto de traición a ellos mismos. Sabía mejor que nadie que Amalia había apoyado las aspiraciones de su padre a convertirse en gobernador del estado, con el único interés de que desde esa posición iniciara un levantamiento, reuniera las armas y los hombres para lanzarse a la reconquista de Texas. Para su desmayo, y de ahí la desesperación que la llevó a romper el silencio, fue testigo mudo de la manera en que su marido y gobernador, Lorenzo Sámano, se limitó a reforzar las guarniciones fronterizas al sur del Río Bravo, con la intención de repeler cualquier amago de expansión de los norteamericanos.

En vano Lorenzo intentó explicarle a su mujer que la cruzada por Texas sería un suicidio político, militar y económico. Enmendar los errores cometidos por Santa Anna era punto menos que imposible. Además, estaba demasiado ocupado el estado de Coahuila en mantener a raya a los franceses que amagaban desde el sur, como para abrir un frente de guerra adicional con los vecinos del norte.

—Ésa fue su principal promesa de campaña, que no se le olvide —le insistía ella—. La gente creyó y votó por usted para que recuperara Texas, para que no dejara impune el pillaje que se cometió allí.

—No son las mismas condiciones —se le iba en responder—. Para tener alguna oportunidad mínima necesitaríamos del Ejército Nacional en pleno, y ahora está demasiado ocupado intentando expulsar a Maximiliano. Ya será para más tarde, mujer, cuando el país esté en calma —intentaba disuadirla con una promesa distante.

Sin embargo, su persistencia no menguaba. Llegó a pensar con nostalgia en los días en que se hacía la muda. Era más fácil tratar con ella en condiciones de silencio. Ahora, con el habla recobrada, lo inquietaban sus arranques y ocurrencias. Como primera dama del estado instó a las señoras de la más alta sociedad a estudiar inglés, a conocer tácticas de espionaje, de seducción y, sobre todo, a tomar prácticas de tiro. Organizó colectas, bailes y rifas sin anunciar con claridad los motivos. Las damas de Coahuila participaban de todas aquellas iniciativas convencidas y alentadas por sus maridos de que ésa era la vía más idónea para estar siempre cerca de los favores y del aprecio del Señor Gobernador.

Presa de las críticas del público que le recordaba sus compromisos electorales y, ante todo, de las presiones que ejercía su mujer, Lorenzo Sámano emprendió el camino del norte la mañana del 26 de abril de 1858. El propósito declarado fue el de supervisar el estado de los puestos fronterizos que se habían instalado durante su gobierno. Recorrería, según lo anunció, todo el trecho de la frontera coahuilense, desde Boquillas del Carmen hasta el poblado de Hidalgo, para asegurarse de que el estado estuviese protegido de cualquier amago del norte y, como lo había prometido desde su campaña, para cerciorarse de que no hubiese comercio de semilla de·algodón, cepas para los viñedos y, a últimas fechas, armas y municiones.

Con el anuncio de la gira, Amalia entró en un regocijo inusitado. Los días previos a la partida, le dio a Lorenzo un tratamiento ya olvidado entre la pareja. Ella misma le cocinó cabrito, machaca y huevos ahogados en salsa de molcajete, le remendó las calcetas y le preparó conservas sazonadas para su travesía. La noche de San Gaspar, tres días antes de iniciar el viaje, penetró en su cuarto enfundada en un pijama de algodón egipcio y encendió en silencio la vela de la cómoda. Traía la respiración entrecortada y eso fue lo único que alcanzó a escuchar Lorenzo. Cuando la flama comenzó a iluminar la estancia, Amalia buscó sin éxito a su marido entre las sábanas. No encontró, luego de ajustar la vista, más que el ojo ciego de la pistola Smith & Wesson de Lorenzo, quien, con el cabello alborotado y los calzones largos a medio abotonar, le apuntaba incrédulo desde una esquina de la recámara. Los dos se rieron de buena gana. Por sus mentes pasó el recuerdo de sus días de recién casados en Las Acequias, cuando él la visitaba de improviso en su recámara y ella no le reclamaba más que los escalofríos que le transmitía la pistola que siempre traía cargada en alguna parte del cuerpo.

—Que esta vez sea sin la pistola —sonrió con una olvidada amplitud, mostrándole una línea también olvidada del cuerpo, al abrirse el camisón hasta debajo de la cintura.

No supo qué hacer bien a bien con la pistola, pero saltó ágil sobre la cama. Cuando entró en ristre y ella lo recibió con las incomodidades del desuso, le musitó al oído: "Devuélvame a Texas."

La emoción fue más veloz que el deseo. Se separaron exahustos y pensativos.

—Ésta es nuestra mejor oportunidad —jaló de los pies de la cama un cobertor de piel de búfalo—. Texas —añadió— acaba de separarse de Estados Unidos. La Guerra Civil, necesariamente, debe tenerlos distraídos y con las defensas bajas en el sur. Como Confederados dependerán, ahora más que nunca, de nosotros. Váyase hasta San Antonio, ofrézcales comercio y, a cambio, exija que respeten para siempre nuestros derechos de propiedad y los de todos los que salieron de Texas como nosotros. Así podremos regresar poco a poco y, desde ahí, desde dentro, recuperar lo que es nuestro.

Lorenzo se quedó mirando largamente las sombras del techo, se abotonó lentamente el calzón largo y de nuevo desinflado. Se le ocurrió entonces buscar a Robert Crossman y conocer el estado en que se encontraba Las Acequias. Abrió el balcón de la terraza y miró la torre sin terminar de la catedral de Santiago en Saltillo. Después pensó que en esos momentos era el hombre más importante, pero también más vulnerable del estado de Coahuila.

Tomó el camino que llevaba hacia El Paso del Norte, para encontrarse con el Río Bravo en el punto conocido como Boquillas del Carmen. Por ahí se decía que se encontraban los límites entre Chihuahua y Coahuila. En día y medio de camino cruzó por Nueva Rosita, junto al Río Sabinas y se enfiló de madrugada y con las cantimploras llenas, hacia el Cañón de Mariscal, una región desértica donde nadie podría vivir nunca. En La Babia encontraron a los últimos pobladores, encerrados con sus cabras en construcciones de adobe grueso que el viento cortante descarapelaba capa por capa.

—Reciban un saludo de su gobernador —les dijo al pasar, sin muchos deseos de detenerse.

—Ustedes también me lo saludan cuando lo vean —fue la respuesta que recibió, sin reparar, ni remotamente, en que era el propio Lorenzo Sámano el que casualmente pasaba por sus tierras.

El primer verdor del terreno les indicó cuatro días después, cuando sentían ya la boca como un trozo de carne puesto al sol, que estaban por llegar al Bravo. Con mejor ánimo y un par de jornadas de descanso, comenzaron a recorrer las márgenes del río. Lorenzo miraba intensamente del otro lado, intentando reconocer algún cambio en Texas desde la llegada de sus nuevos propietarios. Durante semana y media de una tortuosa travesía, cruzaron cuatro cañones y en un par de ocasiones, ante lo accidentado del terreno del lado mexicano, tuvieron que avanzar río abajo por territorio texano. En todo el trayecto si acaso encontraron rastros de una fogata y las huellas de una caravana. Lorenzo Sámano no pudo evitar el pensamiento de que si algún día emprendiera la reconquista de Texas, fácilmente podría asentarse en esa zona y declararla parte de Coahuila sin que se enteraran en mucho tiempo, tanto en Austin como en el mismo Saltillo. Pero era claro que ésa no era la zona de Texas que ambicionaba.

Tres días antes de cumplir un mes de travesía, la caravana llegó finalmente a Del Río. El gobernador pudo apreciar con satisfacción que se habían acatado sus instrucciones. Enfrente del caserío, mirando hacia el norte, la antigua cantina del pueblo había sido habilitada como guarnición y puesto fronterizo con una bandera que, aunque descolorida por las inclemencias del tiempo, demostraba con claridad los signos de una vigilante presencia mexicana. Al otro lado del río, en medio de la planicie despoblada, se divisaba una construcción de madera, un corral y un asta grande, con las banderas de la Confederación y del estado de Texas, con su gran estrella blanca y solitaria. Lorenzo preguntó a los lugareños acerca de sus relaciones con los oficiales texanos.

—Se la viven de este lado, con nosotros —recibió por respuesta—. Allá no tienen manera de matar el tiempo, ni cantina, ni mujeres —le comentaron con una mezcla de orgullo y sentimiento de superioridad—. Eso sí —le aclararon con un dejo de decepción— cambian al personal desde Uvalde una vez al año y, ahí nos tiene, otra vez enseñándoles a hablar español y a jugar con baraja clásica. No les permiten alternar demasiado con nosotros. Les han dicho algo así como que pueden contaminarse de quién sabe qué, por el contacto que pudieran tener con nosotros.

Lorenzo prosiguió el camino hacia el este. Mientras contemplaba la llanura, consideró que las probabilidades de recuperar Texas a lo mejor no eran tan remotas. Si no todo el territorio como se le conocía anteriormente, cuando menos una buena parte del estado. Al llegar a Piedras Negras, sabía exactamente lo que tenía que hacer.

Pidió que uno de los carruajes se adelantara para avisar a la población de la llegada del gobernador, primera en la historia de la localidad. Sin embargo, lejos de prepararle una recepción o alguna ceremonia, los mineros se organizaron para externarle sus reclamos. En los dos días que tardó en llegar desde que fue conocida la noticia, sus demandas pasaron de solicitarle mulas y aparejos para extraer el mineral, hasta un compromiso para construir un ramal ferroviario que les permitiera después conectarse con la vía que tendían los texanos desde San Antonio hacia California. Así, pensaban, y sólo así, podría sobrevivir Piedras Negras. Lorenzo les dijo que sí a todo y les dejó una carreta llena de armas como regalo, para proteger la frontera.

Cuando los sintió medianamente de su lado, bajó hacia el lecho del río, en el mismo vado por el que había cruzado hacía más de diez años. Envió a sus hombres a que cruzaran descalzos el río, en fila desde la caída de agua hasta el puesto de los texanos. Con las plantas de los pies debían sentir cualquier piedra lisa y sacarla a flote. Cuando no pudieran con el peso, debían levantar el sombrero en el aire y hacérselo notar. Los lugareños, que sentados en la ladera del río miraban la operación, estaban convencidos de que el gobernador planeaba la tan esperada construcción de un puente. Al ver que sacaban todas aquellas piedras se fueron convenciendo de que buscaba el sitio más adecuado para plantar los pilotes e iniciar la obra. Comenzaron incluso a preguntarse cuándo iría a hablar con los texanos en el puesto fronterizo para pactar la conexión con el otro lado.

Cuando Lorenzo escuchó esas especulaciones, lejos de desmentirlas, comenzó a pedir a sus hombres que alinearan los guijarros para empezar a darle sustento a la obra y, sobre todo, al rumor. Entusiasmados, los mineros bajaron también a colaborar. Sugirieron llevar cascajo de las minas para rellenar más pronto la cuenca. Pero Lorenzo los persuadió de la necesidad de utilizar únicamente piedras de río para que el puente resistiera las crecidas. Bajo la vigilancia inquieta de los soldados texanos de un lado, y la mirada traviesa de Lorenzo del otro, aquel tramo del río se convirtió en una auténtica romería.

A medida que se elevaba el carril empedrado sobre el lecho del río, aumentaba el ánimo de la gente para sacar piedras y, con éste, la popularidad del gobernador que había venido a organizarlos para realizar una obra largamente esperada. Después del puente, muy pronto llegaría el tren, comenzaron a especular.

El avance de las obras se vio pronto coronado con el descubrimiento de las tres lápidas, llenas de lama y erosionadas, que la familia Sámano había perdido en ese lugar hacía una década exacta.

Lorenzo las abrazó con la intensidad de quienes han recibido una segunda oportunidad en la vida. Hasta ese día, la memoria de sus dos hijos muertos y de la tía Dolores lo torturaba sin piedad. Pensó en Amalia muda y en sus hijos desarraigados en Saltillo. Pensó en la patada de mula que había segado la vida de su primogénito y en el machetazo con que después mató al impávido animal. Pensó, y sólo hasta ese momento junto al río, que en verdad había querido ser gobernador y lo había logrado, para poder hacer realidad aquel momento. Ya había sido demasiado el sufrimiento de verlos morir una vez para perderlos de nuevo, y esta vez para siempre.

Dejó al frente de la obra del puente a su hombre de mayor confianza. En Piedras Negras hubo fiesta a cargo del gobernador, sin que nadie más que él supiera lo que se celebraba. Hasta allá fueron a parar los agentes fronterizos de Texas que, sin ánimos de espiar a los mexicanos, aprovecharon la ocasión para combatir la soledad y el aburrimiento.

Al alba, Lorenzo Sámano emprendió el regreso a Saltillo, mientras que dos de sus hombres, llave en mano, partieron hacia San Antonio de Béxar para investigar qué había pasado con la hacienda de Las Acequias.

Después de dos meses de ausencia, Amalia salió a recibirlo a quince leguas antes de la entrada de Saltillo. Como no acostumbraban los abrazos, y menos a la vista del público, Lorenzo le propinó un beso en el hueco de la mano, donde ella sintió la punzada de una barba bien crecida, picante y desconocida.

—Le estoy devolviendo Texas, su Texas —fueron sus primeras palabras, al momento en que entraron las carretas al patio de la casa y comenzaron a desempacar las lápidas de Lorenzo, Amalita y la tía Dolores. Al verlas, sintió una confusión de alegría y de duelo renovado. Acarició las piedras con ternura. Metió los dedos delicadamente en las ranuras de letras y números esculpidos hacía casi un cuarto de siglo.

Aquella noche pidió que las transportaran a su habitación. Estuvo escribiendo en el diario, frente a las lápidas, hasta que se consumió todo un grueso cirio de parafina comprimida.

Con los estragos de una noche entera en vela, entró de madrugada al comedor con un aura blanca y violácea tan visible como sus ojeras. Rocío, que le escuchó el pensamiento antes de que pronunciara cualquier palabra, palideció.

—Hemos recuperado nuestra primera mitad —dijo animada—. Pero jamás descansaremos hasta no volver a Las Acequias, al lado de los demás.

Lorenzo, que desayunaba plácidamente, con el espíritu tranquilo por haber rescatado las lápidas y con la mente puesta en una nueva noche de amor intensa y prolongada como la de su despedida, retiró de un zarpazo los huevos con machaca que comenzaba a devorar con una avidez y una nostalgia propias de los náufragos. Por primera vez no acompañó el desplante con uno de sus largos monólogos.

Rocío comprendió entonces que sus vidas estaban más condicionadas por los muertos que por los vivos. Con gran sentido de anticipación, desde que ella tenía memoria, su madre les anunciaba que ya nada más faltaban dos semanas para el día de recordar el fallecimiento del abuelo Camilo o de la tía Martina. Ahora, con la llegada de las lápidas, no quería imaginarse los ejercicios hieráticos que le esperaban a la familia. No quería imaginarse el olvido en que caerían ella misma y sus hermanos, ante el inesperado regreso de los desaparecidos. Deseó, pero sin pensarlo con mucha fuerza para que no fuesen a oírle sus reflexiones, que sería mejor estar muerta para, ahora sí, entrar al calendario sagrado de las ceremonias familiares. Pocos misterios tan insondables como la muerte. Si acaso se la puede comparar con los enigmas del amor, la envidia y la risa.

—Todo a su tiempo —fue la respuesta lacónica que dio Lorenzo, recuperando su desayuno, con una voz que inspiraba la autoridad, no de ser gobernador, sino de haber regresado apenas de una travesía de más de ocho semanas de polvo, comida recalentada y falta de agua. Además, don Lorenzo le tenía reservada una sorpresa a la familia. Desde Piedras Negras había enviado a un emisario a reconocer el estado de la hacienda de Las Acequias y, más importante, a invitar al coronel Robert Crossman a que les visitara en Saltillo.

La única diferencia perceptible, después de once años de no verlo, era que los ojos de Crossman habían pasado de aquel gris profundo y acerado a convertirse en un par de bulbos colorados y venosos, producto de la intemperie y las visiones del horizonte interminable de Texas. A pesar de ello, su cara curtida por el sol y por los vientos planos de las llanuras, le había ganado personalidad ante el ojo femenino. Por las emociones que provocó su llegada a Saltillo entre las damas de sociedad, Rocío dedujo que las mujeres también descendían de los cazadores y que, por tanto, compartían el criterio masculino de que la presa más codiciada era la más inaccesible y escasa. Crossman era eso precisamente, un aventurero errante, sin otro asidero ante la vida que salir en busca de lo inesperado.

A su llegada, toda familia, hasta los sirvientes que le recordaban de sus días en San Antonio, lo abrazaron con grandes demostraciones de cariño. Sin embargo, por su pérdida de contacto con el mundo latino, Crossman había olvidado abrazar. Con sus manazas de vaquero detenía en el aire cualquier golpe de pecho que intentaran propinarle. De buena gana solamente les dio entrada al abrazo de don Lorenzo, su anfitrión, y al de doña Amalia, cuya visión de sus senos respingados le había acosado desde el día en que, saliendo del cementerio familiar de Las Acequias, la miró con la camisa empapada.

Se sentó despatarrado en un equipal que le indicó Lorenzo. Más que darle la bienvenida, le preguntó en caliente cómo estaba Texas, en concreto la hacienda. El coronel retirado puso una cara de *¿no sería tan amable de formularme otra vez la pregunta?*, que confundió a la misma Rocío, cuyos conocimientos del inglés eran muy rudimentarios, y más al momento de escuchar los pensamientos de un hombre del que le habían hablado tanto de niña y que ahora, en la primera juventud, le parecía un tipo ausente y de pocas palabras, pero con una personalidad muy atractiva. Tantas veces había escuchado que se trataba de un aventurero, un hombre curioso y explorador nato. Sin embargo, no alcanzaba a atinar, mirándole tan ensimismado y con movimientos tan pausados, qué cosa en el mundo pudiera entusiasmarlo, hacerlo salir de ese estado parsimonioso y mesurado con que se conducía.

La primera impresión perturbadora que Amalia y Lorenzo se llevaron fue al escucharle hablar de nuevo en español. El acento roñoso revelaba los años de desuso. Las dos hijas y, por qué no decirlo, también doña Amalia, no dejaban de mirar de reojo la marca de un azul profundo y protuberante que se destacaba en sus pantalones de mezclilla, alrededor de los genitales. Crossman, así de lento como se le veía, tenía un par de cojones redondos y generosos, que no tenía el menor recato en mostrar bajo las distintas tonalidades de su mezclilla de vaquero. Era evidente, cuando menos para Lorenzo, que Crossman se había dedicado a la cría de caballos en Las Acequias. Esa marca, tan erótica para las damas, le confirmaba el uso de chaparreras para la doma de los animales. Pero en esta ocasión, cuatro miradas clavadas sobre los testículos, incluyendo la de un hombre, fueron demasiado. El hecho es que Crossman, el hombre de la Cruz, el del apellido de cruzado, había perdido la costumbre de cruzar la pierna para disimular sus noblezas.

A fuerza de llevar una existencia solitaria, inició una narración por demás lacónica, en apariencia tímida pero sin duda envolvente. Su voz, según la recordaba doña Amalia, se había tornado más nasal y profunda. Quizá su paladar se había endurecido a base de hablar únicamente en inglés. Con los cinco Sámano como audiencia cautiva, el coronel tomó todo el tiempo que quiso para explicar con detalle la manera cómo se había reconstruido El Álamo hasta convertirlo en un templo a la valentía texana, la manera en que Samuel Houston había organizado a los *rangers* como milicia, ya que sospechaba que el gobierno de Washington no le apoyaría ante algún posible ataque desde México. Describió la organización de un incipiente sistema de espionaje para detectar cualquier intento mexicano de reconquista de Texas, lo cual hizo que doña Amalia arqueara las cejas y se cubriera el pecho ante las miradas de navaja que le lanzaba el coronel retirado hacia la línea del escote.

Hizo después una larga pausa para narrar, como si fuera un dato desconocido, la llegada de la mano de obra esclava a Texas. Se trataba de negros temerosos y confundidos que no entendían que quitarles las cadenas era para que su nuevo amo los llevara a trabajar a los campos y a las minas y no para que salieran corriendo como si hubieran recuperado la libertad que les fue arrebatada en su África natal. La salida repentina de los mexicanos había dejado a Texas irremediablemente despoblada, indefensa ante las frecuentes incursiones de los cherokees, y lo que resultaba más grave, sin hombres que trabajaran en el campo. Fue así como Texas se convirtió en un estado esclavista. Al unirse a los confederados prefirió conservar a los esclavos que mantenerse como parte de los Estados Unidos. Desde ese momento los negros fueron tratados con más dureza que nunca. Abiertamente les decían que si habían preferido separarse de Washington a prescindir de los esclavos, cualquier intento de escapar o de desobediencia sería considerado como alta traición y penado con una muerte ejemplar.

Crossman pidió un café de olla que saboreó con escondido deleite. Continuó con su relato, reflejando un oculto deseo de compartir las reflexiones que en silencio había venido madurando en la soledad de Texas. Sumidos en el dilema —ladeó el sombrero de ala corta— entre vivir aquella existencia miserable o correr el riesgo de morir para intentar remediarla, los esclavos simplemente dejaron de tener hijos. Sabían que la horca, después de todo, no era la peor opción que tenían.

Mientras transcurría la narración, Rocío podía escuchar algunas de las imágenes que se formaban en el cerebro de Crossman. Perturbada ante las visiones que recogía, prefirió analizar el aspecto de aquel coronel sobre el que tantas referencias había escuchado de boca de sus padres. Crossman ocupaba un capítulo muy especial en la mitología familiar. Lo miró largamente: las botas de piel de armadillo sobre la mesa de centro, con el triángulo de mezclilla bien marcado en la entrepierna, como si se tratara de un anuncio que pusiera en oferta sus prominentes genitales.

Ante la ausencia de embarazos —prosiguió el coronel—, en un principio se dieron a la tarea de meter parejas de negros desnudos en los graneros para que la inevitable atracción de la carne hiciera la magia. Pero ni así. La huelga sexual irritó enormemente a los dueños de los esclavos. Les amenazaron entonces con violar ellos mismos a sus mujeres, haciéndoles saber que serían huérfanos de padre desde antes de nacer. Como medida de presión, separaron indefinidamente a las parejas, ya que no tenía mayor utilidad —les

55

dijeron— que vivieran juntos. A los varones más fuertes y mejor capacitados para el trabajo les ofrecieron concederles la libertad si actuaban como sementales y lograban preñar al mayor número posible de esclavas. Algunos cedieron a la tentación, tanto para liberarse de sus amos como para cambiar el trabajo en los campos por tareas más placenteras en la paja de los graneros. Tildados de inmediato de traidores por los demás esclavos, esta medida creó grandes divisiones y enfrentamientos entre ellos, para satisfacción de los rancheros blancos.

A todas luces, le pareció a Lorenzo que su antiguo amigo narraba con lujo de detalle las escenas del esclavismo sureño para esquivar una conversación más puntual, de mayor importancia para los Sámano, pero probablemente más dolorosa e incómoda. Sin embargo, doña Amalia, quien jamás había visto a un negro en su vida, lo interrumpió abruptamente, abonando al hilo de la conversación del coronel retirado. Tuvo una ocurrencia.

—Esos esclavos son nuestra salvación —tomó a Lorenzo de la manga—. Son nuestros aliados naturales para recuperar Texas, ¿no lo ves? —las imágenes de una victoria fácil, justiciera y sonora se le agolpaban en la mente—. ¿Usted qué piensa, Roberto?

—En realidad —respondió con calma el coronel, asumiendo ahora sus credenciales de militar y estratega retirado—, sus aliados del momento serían más claramente los yankees. Ellos se oponen fuertemente a la esclavitud. Ésta es una de las razones principales de la Guerra Civil.

—Perdóneme coronel, creo que no me ha comprendido. Yo hablo de nuestros aliados, no de los aliados de los negros. Después de la recuperación de Texas, ellos también tendrían que irse al lugar de donde vinieron, a ser libres otra vez en el África, de donde salieron.

Crossman, el cruzado, esquivó la mirada febril que le enderezaba doña Amalia, esta vez a los ojos. El coronel se sintió especialmente incómodo porque aquel plan implicaba que él mismo también tendría que irse de Texas cuando se cumplieran los designios de reconquista de los mexicanos. Rocío, que pudo escuchar fuerte y claro aquel pensamiento de Crossman, susurró al oído de su madre los temores del militar y aventurero.

—Ay, qué tonta soy —se apresuró a reconfortarlo—. Por supuesto que usted no tendría que irse de Texas. Lo adoptaríamos como uno de los nuestros, como siempre lo hemos considerado —se le acercó y le dio un beso de aquellos que utilizan las colegialas para marcar a sus compañeros de clase preferidos.

—Dígame cómo está el rancho —interrumpió de tajo el gobernador, mirando hacia las ventanas. No le gustaba presenciar acercamientos, escenas cariñosas de ninguna especie, de su Amalia con ningún hombre. Era un convencido de que cualquier buen cristiano podía abstenerse de pecar de palabra y de obra, pero de pensamiento todos pecamos, hasta los curas más santos y piadosos. A su juicio, el problema con el pecado no estribaba en el daño que produjera, sino en que los demás se enteraran.

Rocío, que alcanzaba a escucharle las ideas, se limitaba a asentir con una sonrisa traviesa, que no hacía más que poner más nervioso, confuso y celoso a su padre.

—¿Qué está pasando en Las Acequias, coronel? —la voz rasposa llevaba tono de censura a las muestras de cariño de su mujer. No se atrevía a condenarlos directamente, a decirles lo que estaba pensando. Tantas veces había oído que era de mala educación hablar mal a espaldas de las personas. Pero sabía que decir las cosas de frente solía acabar en una golpiza indeseable, y eso era peor que alguna muestra ocasional de mala educación.

—Las Acequias —repitió Crossman, a modo de introducción al espinoso tema; en su dicción anglófona se escuchaba como "lassasecas"—, es y sigue siendo la mejor hacienda de Texas...

Lorenzo se tomó de las solapas del chaleco de piel, actitud que asumía cuando el orgullo se.le estimulaba.

—...y por lo mismo —sentenció—, todos los texanos se cortarían un brazo por vivir en ella.

—Pero díganos con detalle cómo está —insistió doña Amalia. Le interesaba saber si las ventanas no se habrían roto, si habrían crecido los nogales que plantó en la puerta antes de salir, si los canales llevaban suficiente agua para el ganado y el riego.

Lorenzo la atajó.

—¿Quién vive allí, coronel? —lo interrogó abruptamente.

Crossman esperaba, en algún momento, que surgiera aquella pregunta, con mayor o menor exigencia, pero lo tenía previsto.

—Han surgido muchos mitos, muchas leyendas sobre los mexicanos en Texas, don Lorenzo —comenzó a explicar sin ofrecer una respuesta directa. El tono de la conversación cambió repentinamente, si bien no había desaparecido la ansiedad por saber quién habitaba su hacienda.

—A qué se refiere, Roberto. ¿De qué leyendas se trata? Explíquese.

El coronel estaba visiblemente incómodo, tratando de cazar en el aire la manera más suave de transmitirles hasta qué grado había cambiado Texas desde su partida.

—Supongo que es parte de la naturaleza humana —recorrió la estancia con la mirada— recurrir al desprestigio de quienes ocuparon nuestro puesto, nuestra cama o nuestra tierra antes que nosotros. Así sucede todos los días a los políticos, a los viudos y a los divorciados. Usted debe comprenderlo mejor que nadie. Ya lo verá usted, don Lorenzo, cuando deje la gubernatura; quien llegue a ocupar su sitio intentará por todos los medios borrar su imagen de la mente de los coahuilenses. Pocas palabras amables tendrá para usted y para su labor de gobierno. Entre los amantes es todavía más clara la acción del desprestigio —se percató de que quizá no debiera abundar en este ejemplo en presencia de los menores—. Las guerras son peores todavía en este aspecto. *The winner takes it all*, se dice en inglés. Los ganadores se lo llevan todo, incluyendo la memoria, las costumbres y la dignidad de los derrotados...

—...y Las Acequias de los Sámano también —continuó la frase Rocío, recitándola desde la mente de Crossman, segura de que el coronel retirado no se atrevería a completarla.

—¿Es cierto lo que dice la niña? —se apresuró a preguntar doña Amalia, sintiendo un vuelco abrupto en el corazón. La cara de Crossman lo revelaba nítidamente. En un impulso inconsciente cruzó la pierna.

Fastidiado de escuchar historias de esclavos, clases sobre su futuro como ex gobernador desempleado y disertaciones sobre el nacimiento de la mitología cotidiana, Lorenzo apagó las velas sin mojarse los dedos, para ponerle fin a la noche.

Pero se equivocaba. La noche terminaría prolongándose como si la rotación de la Tierra se hubiese detenido sobre sus ejes oxidados. Nadie podía conciliar el sueño en casa de los Sámano. Hacía una noche estrellada, pero sin luna, como suelen ser las noches más misteriosas y también las más memorables. Soplaba una brisa ligera que agitaba levemente las cortinas de cada una de las habitaciones. Todas convergían sobre el patio central, al igual que unos desagües, relucientes como nuevos, en espera de que alguna lluvia despistada cayera sobre la desértica ciudad de Saltillo.

Esa leve brisa, se le ocurrió a Crossman mientras espiaba desde su ventana, podía agitar las cortinas y, detrás de ellas, mostrar los camisones de las mujeres, en especial el de seda italiana, color hueso, de doña Amalia Sámano. Esa noche, con los codos sobre el quicio de la ventana y mirando como gato en la oscuridad, pudo comprender las dimensiones que había alcanzado su antigua obsesión por aquella mujer. En su mente, hacía ya casi una docena de años, la noche aciaga en que debió anunciarles su salida inevitable de Texas, había quedado grabada la imagen de aquellos pezones morados que se estampaban con firmeza en la camisa de manta, como pidiendo que los liberaran de su cautiverio.

Crossman, con un desarrollado instinto para la batalla, tenía la costumbre de analizarse continuamente. Era natural en un hombre de armas, permanentemente al acecho. Toda una vida se había entrenado en leer cuidadosamente sus signos vitales. En su profesión de militar, aventurero y vagabundo no había más remedio que tomar conciencia, minuto a minuto, del grado de cansancio, de somnolencia, del vigor y de la capacidad de reacción. No hacerlo así, ya le hubiese llevado a la tumba hacía mucho tiempo. Tantas veces se había puesto collares de espinas para evitar dormirse en los campos plagados de serpientes y de apaches. Tantas veces había comido chiles quebrados con granos de café para ponerse en el debido estado de alerta ante un posible ataque enemigo o un enfrentamiento en puerta. Conocía entonces a la perfección su ritmo cardiaco, su nivel de reservas y hasta su resistencia al licor, a la insolación y a los habladores.

Aquella noche sus signos vitales le indicaban un pulso tan alterado que, de haberse calzado el sombrero, sus sienes habrían retumbado contra las alas. Sentía un cosquilleo en el envés de las muñecas y un intenso vacío en la frontera sur de su espalda. Tenía también, apuntando hacia las estrellas, una ostensible erección que lo martirizaba como a un adolescente enamorado de una prima. La tentación era demasiado grande. Estaba consciente de que a pocos metros, en línea recta, al frente exactamente de su cuarto, dormía Amalia Sámano, en una soledad inaceptable que, moral aparte, resultaba un grave desperdicio de oportunidades de gozo, romance, enamoramiento, vivencias inolvidables y sexo de grueso calibre. Cayó en la cuenta de que jamás en su vida había conocido una mujer como aquella. Ni siquiera Susan Guilman, la mujer que lo había perseguido desde Nueva Inglaterra, le rivalizaba en belleza y mucho menos en su capacidad de obsesionarlo décadas enteras. A su modo de ver, Amalia era una peculiar combinación de vitalidad, convicciones, distinción, facciones angulosas, abolengo, liderazgo y sensualidad. La podía imaginar perfectamente haciendo las veces de general al frente de un ejército, haciendo comer de su mano a la tropa y poniendo a temblar a su adversario. La podía imaginar igualmente recorriendo los puentes de Venecia en días de carnaval, con una máscara de lince para realzar sus ojos verdes y un albornoz de seda turca sobre el cuerpo desnudo. A su manera de ver, y eso lo obsesionaba, era la única mujer que conocía a la que podía atribuirle la capacidad de hacer cualquier cosa. Sin embargo, aquella noche, no la percibía de otra manera más que dándose un encontronazo sexual con él, usando aquellas piernas que habían cabalgado desde Massachusetts hasta Saltillo para levantarla en vilo y transportarla al más allá del mundo amoroso.

Cuando encendió su tercer cigarrillo, intentando aplacar los llamados que recibía como clamores desde la medianía frontal de su cuerpo, reconoció sin más que la razón de su visita a Saltillo no tenía más nombre que el de Amalia. Reconoció ante sí mismo, aunque le costara trabajo aceptarlo, que su ofrecimiento para hacerse cargo de Las Acequias no tenía otro motivo más que abrigar la esperanza de que a pesar de los tratados internacionales, Amalia regresara a San Antonio algún día. En su mente febril se escondía el pensamiento de que sería capaz de esperar todo lo que fuese necesario, hasta la muerte misma de Lorenzo Sámano, con tal de conquistar a aquella mujer indomable. Al propio tiempo se daba cuenta de que estaba trastornado por ella y que sus pretensiones rayaban en la locura. Para pocos gringos quedaba tan claro como para él que la infidelidad entre los latinos es un anatema mayor. En la Texas mexicana había aprendido bien que resultaba más fácil domesticar a una serpiente de cascabel que seducir a una dama de sociedad y, para mayor agravante, con hijos y casada con el gobernador estatal. Si alguna vez hubiese pensado en la mejor manera de precipitar una invasión violenta de los mexicanos hacia Texas, no tenía más que salir de su habitación en aquel momento, cruzar en silencio el pasillo e inmolarse por partida doble: muriendo de amor entre los brazos de Amalia y esperando que una bala le cruzara los sesos sin que mediara palabra ni explicación.

Aunque estaba plenamente consciente de esas posibilidades, su alma seguía dividida. No dejaba de preguntarse si de cualquier manera no valdría la pena morir de aquella forma, a cambio de poner fin a la tortura del enamoramiento imposible que lo venía acosando desde hacía más de diez años. Como sajón sumergido en el mundo latino, bien sabía que ante los casados se dificultaban los asuntos del corazón y, más todavía, los del sexo. Con los tenderos mexicanos de San Antonio había podido averiguar que vendían los camisones de dormir con todo y calendario de fiestas religiosas incluido. Luego de revisar las fechas en que la santa madre Iglesia permitía tener contacto y sumarle las que dictaban los ciclos de la femineidad, cualquier varón fogoso podía percatarse de la necesidad de explorar con urgencia los caminos de la masturbación, la ruta de los burdeles y el proceder de los coyotes solitarios del desierto. Al margen de todas aquellas consideraciones, su padecimiento parecía no tener remedio; aquella noche el coronel retirado Robert Crossman tenía una erección que no menguaba ni ensayando la cuenta atrás de los números nones.

Lorenzo Sámano, en esas mismas horas, se encontraba sumido en la depresión. Las revelaciones que les había traído Crossman desde Texas, más que confirmarle su sospecha de la pérdida definitiva de su patrimonio y de su herencia, le anunciaban que muy pronto tendría que poner a prueba si verdaderamente tenía madera de héroe. Si los ciudadanos de Coahuila no le reclamaban que honrara su promesa electoral de intentar la recuperación de Texas, con seguridad su mujer no le desprendería las uñas del cuello hasta que enfocara todas sus baterías a recobrar Las Acequias. Discretamente y sin que lo supiera Amalia, había realizado consultas con los principales expertos jurídicos de Coahuila, llegando a la conclusión de que la hacienda les seguía perteneciendo, a pesar de que hubiese cambiado de país. Sin duda se presentaba la ironía de poseer un bien que estaban impedidos de habitar. Pero el dictamen que había obtenido indicaba que si bien México había perdido Texas, los terratenientes mexicanos seguían siendo los legítimos propietarios de sus posesiones individuales. Un magistrado de la

Suprema Corte de Coahuila se lo había explicado de manera más puntual.

—Su familia, don Lorenzo, dejó de tener un rancho en México para quedarse con el mismo rancho en Estados Unidos. Haga de cuenta que su hacienda cambió de país. Pero sigue siendo suya.

Eso es todo. Así las cosas, pensó que la manera más directa de complacer a su mujer sería mediante una reclamación de sus derechos de propiedad sobre la hacienda y, después, en caso de decidirse a vivir en ella, debían ajustar su situación migratoria en Estados Unidos. Sin embargo, le costaba mucho trabajo concebirse como un arrimado con permiso de residencia en la tierra que le vio nacer. Además, en su cálculo, podía anticipar la hostilidad con que sería recibido en San Antonio un ex gobernador de Coahuila y, para mayor agravio, miembro de una de las familias fundadoras de Texas. Si estos ingredientes se sumaban al espíritu combativo de su esposa, se formaba un coctel verdaderamente explosivo y, a la larga, insostenible. De ahí que, mientras daba vuelta y vuelta en la cama, llegó a la conclusión de que la alternativa más sabia para los Sámano consistía en ejercer sus derechos de propiedad en Texas para vender la hacienda a buen precio y hacerse de una buena vez a la idea de que México se les había encogido para siempre. A la mañana siguiente, sin dilación pero de la manera más discreta, le pediría a Crossman que pusiera en venta la hacienda.

Rocío tampoco podía dormir. Para su desarrollada sensibilidad, esa noche rondaban demasiados pensamientos en alto. Recogía ideas y ocurrencias al vuelo, cada vez que alguien pasaba frente a su puerta. Cerraba los ojos y, sin necesidad de asomarse por la ventana, podía saber quiénes estaban despiertos. Sabía distinguir entre el sonido del pensamiento y el de los sueños, aunque fuese incapaz de interpretar el lenguaje onírico. Los sueños le parecían, más que inaudibles, atemorizantes. Si la distancia entre los pensamientos, las acciones y los dichos es grande, se decía a sí misma, entre los sueños y la manera de actuar de las personas existe un abismo mayor. Los deseos más escondidos de las personas, aquellos que más temor inspiran sobre nuestra naturaleza oculta, le causaban enorme inquietud y zozobra. Así, involuntariamente, fue cancelando sus capacidades de asomarse a los sueños de los demás. Se dio cuenta muy pronto de que al amanecer le resultaría imposible mirar con los mismos ojos a sus padres y a sus hermanos, sabiendo que en el transcurso de la noche habían soñado, sin censura, las escenas y situaciones más descabelladas y condenables.

Esa noche, recostada con los ojos muy abiertos, escuchó pensamientos que la perturbaron profundamente. Tenían la carga emotiva y el carácter descarnado de los sueños. Pero estaba cierta de que no eran sueños. Registró en el aire temor y deseos de venganza, ánimos caldeados y confusión pasional. Por las paredes de su cuarto se colaban imágenes de tropas avanzando hacia Texas, de Las Acequias en llamas, de un duelo a muerte entre su padre y el coronel Crossman. Y vio también la escena de un funeral en el que ella misma precedía el cortejo con un enorme cirio blanco, al frente de tres ataúdes, sin un sacerdote que les hiciera el servicio de encomendar sus almas al cielo. Pensó entonces que había comenzado a soñar como todos los demás. Esa noche supo también, como si alguien le hubiese entregado un certificado, que había dejado de ser una menor de edad.

Amalia deambulaba por los pasillos como alma en pena. Jamás había concebido al sueño como una obligación. Era, más propiamente, una suerte de desperdicio del escaso tiempo que ofrece la vida. Combatía irse a dormir cada vez que podía y nunca, ni siquiera cuando había caído enferma, se forzaba a meterse en la cama. No había podido borrar de su mente que de pequeña le causó una gran impresión que su tío Alfonso le revelara con pesar que había cumplido treinta y cinco años. Lo miró, se acordaba, como la encarnación más pura de la vejez. Por esta impresión, Amalia se sumergía en la depresión cuando se acercaban sus cumpleaños, especialmente los que le sumaban una década. Al cumplir los treinta se miró en el espejo, se palpó la musculatura y se contó las arrugas. No sentía que la vejez la hubiese sorprendido aún. Conservaba grandes reservas de energía y se sentía capaz de cualquier cosa. Sin embargo, debía reconocer que una cosa era lo que ella sintiese y otra muy distinta la manera cómo sería percibida por los demás, especialmente por los más pequeños. Sabía que en muy poco tiempo, al igual que su tío Alfonso, comenzaría a asustar a los niños cuando descubrieran su edad.

Esta impresión infantil la llevó a concluir que la vida corre más de prisa de lo que suponemos. Evitar el sueño era, por ello, una forma de exprimir lo más posible ese breve lapso de la existencia, una suerte de antídoto contra la llegada inexorable de la vejez.

Miraba con frecuencia las lápidas de sus dos hijos muertos y renovaba su convicción de que el tiempo que tenemos prestado en el planeta es en realidad muy corto.

Aquella noche sin luna, Amalia no tuvo mayor dificultad para mantenerse en vigilia. La narración que les había traído Crossman era un estimulante mayor. Todo su ser estaba envuelto en la confusión y el desencanto. Se sentía la actriz de una trama perversa, en la que había ganado todo lo que no le importaba en la vida y había perdido precisamente lo que más amaba. Los pensamientos se le arremolinaban mientras caminaba como un monje en penitencia por la oscuridad de la casa. Sabía lo difícil que resultaba revelarle a nadie sus confidencias más profundas e inconfesables. Pero igualmente sabía lo difícil que resulta para una persona encarar sus pensamientos más ocultos, sacarlos a flote al mostrador de la mente e intentar digerirlos y analizarlos en la soledad. De nosotros mismos es de quien primero nos evadimos. Nadie mejor que uno mismo para reconocer miedos, debilidades y maneras de hacerse daño.

Esa noche no tenía refugio frente a sí misma. Tenía las defensas por los suelos. Se dio cuenta, mientras caminaba por el pasillo oscuro, que en esos momentos estaba comenzando a pensar *lo que realmente pensaba* de sí misma, de su familia, de su destino. Y se lastimaba con cada idea que le atravesaba la mente. Reconoció que si de ella hubiese dependido, habría cambiado todo el resto de México por preservar Texas, por esa vida que tenía tan bien estructurada en Las Acequias. Reconoció que miraba con creciente desprecio a su marido y que no le nacía darle crédito por haberles encontrado un nuevo hogar y de la manera más exitosa posible, alcanzando el puesto más distinguido y codiciado de Coahuila. Sabía que no era culpa de Lorenzo que Santa Anna hubiera sido un soberano, un soberano pendejo, cegado por la arrogancia. La contrariaba que Robert Crossman, el único gringo que hubiera podido acercarla a una reconciliación con el mundo de los sajones, fuese precisamente el ave de mal agüero que una y otra vez les traía noticias desastrosas.

Esa noche en que se propuso no esconderse de sí misma, un tenso escalofrío recorrió los ductos de todo su sistema nervioso cuando evocó la imagen de Crossman y aceptó percibirlo como un hombre que pudo formar parte de su vida. Lo advirtió primero como un hombre que comprendía su causa en Texas y como una prima de seguro latente y confiable ante el apresurado desalojo que había ordenado el gobierno de Estados Unidos. Al lado de aquel hombre, declarado por Sam Houston como una de las leyendas vivientes de la república texana, habría sido capaz de preservar Las Acequias, sus muertos, sus vitrales italiano y la riqueza de sus tierras. Y se atrevió a decirse por primera vez que Crossman le parecía el mejor complemento masculino que conocía, distinto de su marido. Le hubiese gustado meter a esos dos hombres en una revolvedora de hacer mantequilla, mezclarlos perfectamente y producir así al hombre ideal de su vida.

Después cayó en la cuenta de que por abrigar esa ambivalencia no se había abandonado plenamente ni a uno ni a otro. Le había regateado cariño a Lorenzo y había terminado por convertirlo en un ser huraño, distante y taciturno. Reconoció que en su vida de pareja lo había moldeado mucho más en torno a sus carencias y frustraciones que alrededor de sus deseos y sus ideales. El Lorenzo que ahora conocía era el producto de todos los antídotos que había necesitado aplicar para superar sus arrebatos, sus frustraciones y sus defectos. Efectivamente, era gobernador como antídoto a la pérdida de Las Acequias, era verborreico como alternativa al silencio que ella había impuesto, era más rico que en Texas para demostrarle que había sido capaz de derrotar a la adversidad y la mala fortuna. Era leal, dedicado y hasta divertido. Pero le parecía poca cosa. Reconoció entonces que se había acostumbrado a él y, como suele suceder, la costumbre es el veneno más poderoso para matar el amor. Sabía que de poco le serviría intentar abandonarlo, pero también de poco intentar inyectarle una vitalidad imposible a esa relación tan antigua como desangelada. Lorenzo era, como tantos hombres, el novio perfecto. Culpable a lo mejor de haberse casado y persistido, pero inocente de ser parte de las reglas inevitables del tedio, la cotidianidad y la práctica de asistir todas, todas las mañanas con ella al desayunador.

Su percepción de Crossman era muy distinta. Lo veía como un actor de gran cartel, cuya misión en la vida había sido desprenderse de Massachusetts, del mar, de las ballenas y la mirada en Europa, para caer inesperadamente en Texas y conocerla; a ella, a nadie más que a ella. Lo sabía, lo sentía. Podía leerlo en sus ojos de canica gris transparente. Crossman, el cruzado, traía en el alma la marca de Amalia, así hubiese llegado a destiempo a la repartición, así fuera de la raza equivocada y sus costumbres nómadas contrastaran hasta el límite con el apego de ella a la tierra y a las tradiciones. No sólo representaba a sus más acérrimos oponentes, sino que en la vida era su contrario. Y eso, reconoció aquella noche, era lo que la atraía de aquel militar retirado, de cara angulosa, barba desaliñada, porte fornido, caminar de coyote errante y un par de inmensos y bien formados cojones.

Su existencia podía resumirse en que había perdido todo y ganado todo a la vez. Pero, a pesar de estar tablas con la existencia, no sentía, ni de cerca, estar en paz y en equilibrio. Sin embargo, para su pesar, se sentía condenada a la medianía. Y no encontraba la fórmula para evadirse de esa condición. Los golpes de la vida le habían enseñado que el destino era indomable, pero que a la vez era capaz de levantarse de la nada y sortear cualquier reto que se le presentara. Sabía que podían arrebatarles Coahuila también y a donde sea que llegaran volverían a triunfar y llegar a la cima del poder, la riqueza y el refinamiento. Pensar en los sajones la arrastraba a la paranoia. Era inevitable, aunque volvieran a cambiar de domicilio, no dejaría de reconocer que el estigma de Texas les acompañaría para siempre, como un apellido de mal gusto, por todas las generaciones de Sámano que vinieran detrás de ella.

Con la idea de abrir el diario y sentarse a escribir las meditaciones que la atormentaban, recorrió el pasillo recubierto de barro cocido para buscar un candelabro. Con la mano tanteó dentro de la caja de los pedernales. Frotó las lascas de un golpe certero sobre el aserrín, sacando de inmediato una flama. Aproximó el pebetero al pabilo de la vela y fue entonces cuando escuchó a sus espaldas los latidos de un corazón a pleno galope. La llama iluminó los ojos transparentes del coronel Robert Crossman. Tenía el cuello enrojecido y las sienes dilatadas.

—¿Tampoco puede dormir? —alcanzó a preguntarle Amalia, como quien se quita un golpe a la cara. La luz de la flama apenas podía abrirse paso en la atmósfera viscosa que les rodeaba. La respiración del animal, todavía con visos de humano, rebotaba en las paredes de piedra. Ella, con inexplicable serenidad, le puso una mano abierta sobre el pecho desnudo. Fue un acto reflejo para detenerle. Descubrió fácilmente que era él quien traía a todo el Séptimo Regimiento de Caballería atorado en el pecho. La mano se le quedó adherida sobre su torso de atleta, como quien toca un hielo con las manos mojadas.

Así permanecieron segundos eternos, sostenidos en vilo por el primer contacto físico de su vida, analizando el calor de la mano, la consistencia del pelambre que tapizaba el pecho del coronel, sintiendo la electricidad que recorría el arco humano que formaban los dos en la penumbra. Se miraron, bien de frente, descubriendo en sus ojos tonalidades de turquesa y esmeralda que la luz de la vela subrayaba como un baile de brujas. Crossman pudo permanecer inmóvil, aunque su cuerpo se bamboleaba involuntariamente ante la intensidad de sus latidos. Podía suceder lo que fuese a partir de ese momento. Pero era claro para él que jamás podría, desde ese día, dejar de pensar en Amalia. Al mismo tiempo, hizo el cálculo militar de que siempre resultaba más fácil planear un asesinato, un asalto o la toma de un cuartel, que ejecutar la acción programada. Esa carga de infantería, que ni siquiera Puckett habría planeado mejor en la batalla de Gettisburgh, se perdía ahora en un mar de confusiones y consideraciones secundarias, al momento de empuñar la bayoneta y lanzarse por fin al ataque. Nadie mejor que él sabía que la tensión grande en las guerras se siente antes de comenzar las hostilidades. Una vez que se escucha la orden de *a la carga* se liberan las tensiones más apremiantes, las que surgen de la especulación. Esto lo pensó, con el apremio de un pubis más inflamado que la cordillera de los Apalaches. Pero no sabía qué hacer con la mano de Amalia. Sentía su palma y sus dedos como un hierro de marcar al rojo vivo. El corazón se le fue deteniendo y entonces, cuando menos lo pensaba, se decidió finalmente a atacar.

Amalia había estado sosteniendo todo a la vez: la vela, la respiración y el cuerpo vibrante de Crossman. Se sentía tan petrificada como el miembro en ristre del coronel retirado. El brazo derecho se le había convertido en una barra de acero que parecía soldada al pecho velludo del hombre. También en su cuerpo sintió recorridos olvidados de calambres, calores esparcidos, punzadas y una estampida de bisontes en el pecho que se le aproximaban desde el horizonte de la juventud perdida. De un soplido apagó la vela. La brasa del pebetero brilló en la oscuridad, dejándolos sumergidos en la soledad de sus dudas. Hacía menos de una hora que se había atrevido a penetrar en la bóveda de sus pensamientos más inconfesables, llegando a la conclusión de que era una mujer del destino, a la que ningún esfuerzo le había valido para manipular el rumbo de su existencia. Deshaciéndose del temor hacia sí misma, había llegado a aceptar que Crossman la venía marcando desde el día mismo en que le volteó la espalda a las ballenas y se dirigió a Texas a saciar sus sueños de aventura. Lo había reconocido como el complemento y antípoda de Lorenzo, la mitad del ingrediente con el que haría la mezcla del hombre perfecto en una batea de fraguar mantequilla. Había llegado al extremo utilitario de pensar en él como un salvoconducto, visa de residente y garantía para tener una estancia pacífica y sin trastornos en su amada hacienda de Las Acequias. Lo había concebido, al reencontrarse con el temor de envejecer y de ser incapaz de escribir su propia biografía, como una alternativa para la segunda mitad de la vida. Ahora no quería ni pensar lo que sería el tedio y el veneno de la costumbre en un segundo amor.

Y a pesar de estar convencida de haber descubierto la línea recta, el brazo no se le aflojaba. Su mente divagaba entre lo práctico y lo sublime. Lo mismo consideraba las opciones de llevarse a Crossman al granero, que irse a satisfacer aquel ardor con Lorenzo. Sopesaba por igual la locura que significaba enredarse con el coronel bajo el mismo techo que cubría a su marido, que desperdiciar aquel regalo que le ofrecía la vida y que, aunque fuese de manera involuntaria, ella misma había atraído. Se dio cuenta de que aunque no se había atrevido a decírselo a sí misma, de alguna enigmática manera le había hecho entender a aquel hombre que lo deseaba y que estaría dispuesta a abrirle una rendija en su complicada existencia.

Presa de la duda y la confusión no atinó más que a asirse con todas sus fuerzas a la pelambre del pecho expandido que tenía enfrente. El Cruzado sintió la presión de su tenaza y el filo de sus uñas en las proximidades del esternón. Soltó un lamento, una exhalación reprimida que combinaba el placer con el dolor. Ella lo duplicó, mirando con desesperación hacia el techo, como si iniciara una plegaria. Quiso golpearlo para liberar sus ansias, para hacerle participar del dolor que sólo produce la certeza de que no hay salvación. Siempre tiene que haber salvación, se dijo. Hasta para superar la muerte se han inventado distintas fórmulas. De una o de otra manera, con la reencarnación, la resurrección o el juicio final, tenemos que pensarnos y hacernos a la idea de que somos seres infinitos, eternos. A fin de cuentas, la única misión que nos une es la de vencer a la muerte. Pero si todo en la vida se acaba, si todo tiene un principio y un final, también la muerte tiene que terminarse algún día. De eso estaba segura.

Rechazar a Crossman era una locura tan grande como aceptarlo. Rechazarlo, después de lo que había pensado sobre él hacía apenas media hora en la soledad, equivalía a cercenarse por la mitad, abandonar para siempre la oportunidad de meterle en la revolvedora de cuajar mantequilla que ella misma se había inventado. Ella era, finalmente cayó en la cuenta, el recipiente donde habrían de combinarse los dos hombres de su vida, donde confluirían definitivamente sus destinos.

De pie en la oscuridad del pasillo, el coronel inició un leve movimiento hacia atrás. La empuñadura de Amalia se tensó sobre sus vellos. Con un dolor maravilloso y sin necesidad de utilizar las manos fue jalándola con pasos silenciosos hacia su habitación. Dependía ahora de Amalia si se soltaba o si avanzaba hasta el final del acantilado para zambullirse de lleno en la marea. Se sintió, efectivamente, como una condenada a muerte, en un barco de bucaneros, caminando sobre una tabla hacia las inmensidades desconocidas del océano. Sabía, además, que al final del trampolín no podía aguardarla más que el arpón ardiente de ese hombre de Massachusetts, hijo y nieto de balleneros. Su destino inmediato era lanzarse con él a la mar, hasta que el oleaje de sus pasiones los reventara contra los riscos de una costa desconocida y plagada de riesgos.

Entraron al cuarto. Crossman atrancó la puerta cuidadosamente. Amalia se dirigió hacia la ventana. La casa estaba en completo silencio. El amanecer no estaba lejos.

El coronel retirado del ejército de Texas se dirigió al armario y con meditada lentitud sacó su revólver. El cañón plateado relució bajo la tenue luz de la noche. Se colocó en un extremo de la cama y apuntó hacia Amalia, jalando lentamente del percutor. Ella miró con incredulidad hacia el ojo ciego de la pistola. Por un instante estuvo a punto de soltar el mismo grito que tenía reservado para el orgasmo que alcanzaría con Crossman.

—Saldré antes del amanecer, Amalia —le dijo con el aliento agitado—. Nadie habrá de saber lo que suceda esta noche, la más esperada de mi vida.

Ella no atinó a saber qué debía responderle. Miraba con intensidad la mano crispada de Crossman sobre el revólver. Se le veía decidido, con aquella erección desbordante de por medio, a cometer una locura monumental.

—Es una precaución necesaria —le explicó pausadamente—. Es mejor de esta manera. Así, jamás tendrá remordimiento alguno por lo que pase. Usted no habrá hecho otra cosa más que salvar su vida, obedeciendo las instrucciones de un hombre que la amenazó con un arma.

Las cejas negras de Amalia se arquearon tan alto como el domo de una catedral. Hizo un movimiento con la pistola, hacia los lados. Ella comprendió. Uno a uno comenzó a desabotonarse el camisón italiano, hasta dejar una franja en el centro del cuerpo, que de inmediato invadió la luz de la noche y la mirada sedienta de Crossman.

—*Here begins the love that never was* —pronunció instintivamente en su idioma natal. Dejó a un lado el revólver y se arrancó de un manazo el calzón de manga larga. La levantó en vilo por debajo de las costillas y se sumergió con ternura y vigor en su aroma, entre los senos que tenía tan grabados en el cerebro. El arpón de Massachusetts encontró sin dificultad la herida que ella traía abierta desde el nacimiento. La estocada certera provocó que la ballena aleteara sobre sus brazos, sabiéndose capturada. Al sentir los espasmos de un orgasmo irreconocible, contuvo un grito que le venía desde lo más hondo. Sintió tan fuerte la atracción como el rechazo. Decidió entonces morderse con fuerza la mano que tantas veces le habían dicho que se devoraría, hasta sacarse un hilo generoso de sangre.

Crossman se incoporó y comenzó a examinar su cuerpo palmo a palmo, besándole el reverso del cuerpo y las zonas de la sensibilidad protegida. A grandes bocanadas se llenó los pulmones con sus humores. Quería llevarse para siempre esa parte de ella, la única posible, bien incrustada en su torrente sanguíneo y en la memoria.

Amalia no podía mirarlo ahora. Estaba en territorios ajenos y, por más que buscaba evitarlo, no podía superar enteramente el peso cultural de toda una existencia sumida entre el placer y la duda. Sintió que la vida, nuevamente, la había colocado en una esquina desconocida. Le pareció observar, tras el movimiento de las cortinas, que algunas estrellas tenían una nueva colocación. Disfrutaba el calor de Crossman y sentía que después de aquella noche, sus grandes confusiones no harían más que aumentar. Después intentaría digerir, desmenuzar, el torrente de sensaciones que experimentaba en esos instantes.

Como buena trasnochada que era, pudo notar que el amanecer llegaría pronto. Y con éste, se aceleraría la llegada de la noche verdadera.

—Ahora sí, coronel, necesito que no deje de apuntarme con su revólver —fueron las únicas palabras que pronunció en toda la velada, mientras intentaba vestirse con la dudosa incomodidad de tener una mano de Crossman atenazándole con suavidad el seno izquierdo.

Él tomó la pistola, extrajo una bala del barril y se la dio en prenda.

—Marca de militar —le dijo, como explicándole algo irremediable en su medio. Después le apuntó fijamente, obligándola a salir de su recámara.

Ella le mordió con fuerza el reverso de la mano, mirándole fijamente, hasta que logró hacerle sangrar.

—Ésta es la marca de la mujer —le respondió—. Siempre lleva una mezcla de dolor, gusto y pasión, pero, ante todo, es imborrable.

—Le pondré sal —le prometió sin reparo—, para llevarla siempre conmigo.

Así se despidió, recordando un antiguo rito comanche de unión.

Cuando aparecieron los primeros rayos del sol, el coronel retirado Robert Crosmman iba ya bien enfilado por el camino de la nueva frontera.

Amalia Sámano sintió una fuerte inclinación a enmudecer nuevamente. En un primer momento hizo algunos débiles intentos por hablar, pero al poco tiempo desistió. Esta vez ninguno de los miembros de la familia le insistió demasiado para que recobrara el habla. Intuían que cualquier cosa que dijera a partir de las noticias que había traído Crossman, terminaría por quitarles el sosiego que tan penosamente habían alcanzado en Saltillo. Lorenzo temió, esta vez como preocupación propia, que su mujer decidiese de verdad devorarse la mano, como tantas veces se lo habían anticipado los lugareños. Cuando le miró la marca de la mordida, todavía con una costra fresca, consideró amarrarla a la cama. Indeciso, optó por asignar a tres de sus peones de mayor confianza a espiarla día y noche para que no fuera a cumplirse la predicción popular de que terminaría por masticarse alguna de las extremidades. Sin revelarle sus pensamientos, todos los días la saludaba en silencio con un beso en el hueco de la mano, que ella aceptaba con distracción. Colocó, otra vez sin preguntarle, el letrero de talavera con el nombre de Las Acequias en el pórtico de cantera de la casa de Saltillo. En esta ocasión ella lo tomó como evidencia de que su marido sabía de tiempo atrás que la hacienda de Texas estaba perdida irremediablemente, pero que no había tenido el valor de decírselo. Vendió también la carreta y los caballos que le había comprado, para que ella supiera con toda certeza que ya no le interesaba exhibirla ante los coahuilenses y, por otro lado, para comprobar con sus ciudadanos la teoría de Crossman sobre la creación de los mitos y las leyendas. No tuvo que esperar mucho tiempo para confirmar que en toda la ciudad surgían conjeturas sobre las condiciones físicas y mentales de la esposa del gobernador. Corría el rumor, cierto por cierto, de que dormía con las lápidas de sus hijos muertos en la alcoba. Se decía que tramaba desesperadamente la reconquista de Texas o cuando menos un asalto espectacular sobre Las Acequias. Para ello, se decía, estaba recabando la ayuda de Juárez, de los liberales, de las tropas francesas recién expulsadas, de los familiares de Miramón y Mejía, todos al mismo tiempo y con el mismo propósito. Corría también la especulación de que ya no vivía con el Señor Gobernador, sino que había salido detrás del coronel texano Robert Crossman, amor oculto de su vida, y gringo por añadidura, a través del cual pensaba recobrar el rancho y a su vez cumplir sus más escondidos sueños románticos y pasionales.

Más allá de estos rumores, no puede afirmarse más que, a pocos meses de la visita del coronel, esta mujer agobiada por la angustia y la desilusión pasó una larga temporada recluida en el monasterio de Santa Clara, a las afueras del vecino poblado de Parras. Durante su retiro con las monjas aprendió a elaborar rompope y dulces de nuez con una receta secreta. Sumida en el silencio al final de su vida atribulada, montó una modesta confitería en las bodegas y el granero de la casa. La fabricación de los dulces y el rompope le permitió sobrellevar la viudez de mejor manera y, sobre todo, combatir el lento avance del tiempo.

A través de la figura de doña Amalia Sámano florecieron insospechadamente la literatura y la mitología coahuilenses. La profecía de Crossman parecía cumplirse. Los últimos días de su gobierno fueron acompañados por una dinámica explosión artística, salpicada de relatos épicos, amorosos, de intrigas internacionales y espionaje transfronterizo y, por supuesto, dio pie al surgimiento de los primeros corridos que se conocieron en el norte de México. En la canción mexicana de todos los tiempos, Amalia Sámano sirvió de inspiración original para los compositores de *Rosita Alvírez*, *La Coronela* y, con la llegada del tren, de *La Adelita*.

Con el correr de los años y sin saberlo doña Amalia, las mujeres del norte de México buscaron parecerse a ella. Deseaban emular su espíritu indomable, su obstinación por reclamar sus derechos y su manera de controlar al hombre, con la inteligencia suficiente para que jamás se supiera dominado.

Doña Amalia Ximena Coronado de Sámano, nombre completo con el que pidió la inscripción de su tumba, quedó para siempre asociada con la reconquista de Texas. Por esa razón, ahí donde la Malinche no cuenta más que como un mal recuerdo, Amalia Sámano se convirtió en un símbolo de la resistencia. Su recuerdo se tradujo en referente para las generaciones por venir y muy especialmente para quienes arriesgándolo todo siguen cruzando la frontera más profunda de América. México es un país, desde entonces, unido en la pérdida de su territorio, fundido en su más costosa derrota. Desde entonces, qué bendición y qué desdicha, México es el país de los sueños permanentes y, a la vez, el país de un brillante futuro que no llega jamás.

Con la cabeza gris y altiva, doña Amalia de Sámano murió en la cocina de la casa de Las Acequias de Saltillo sumergida en el silencio, mientras sopeaba en leche caliente las galletas de naranja que ella misma horneaba. Murió bajo la mirada de dos de los peones que don Lorenzo dispuso en su testamento que cuidaran de ella a todas horas, hasta que la vida se le terminara.

En su alcoba dejó, con un candado que recordaba al cencerro de una cabra, un cuaderno empastado en piel española, con la historia íntima de esa franja enigmática que hoy une y separa a

73

México de los Estados Unidos. Dejó también la bala de un revólver colt calibre 38 que pidió devolver a su hacienda en San Antonio.

Muy poco se supo de Crossman desde aquella madrugada en que cabalgó solitario por las praderas de Coahuila, con el corazón revuelto y la mente absorta con imágenes de Amalia. *Going North, America way.* Quienes pudieron verlo trotando miraron un saco vacío, más confundido que el famoso jinete sin cabeza de su Nueva Inglaterra natal. Había dejado atrás, y lo sabía, el momento más precioso de su vida, irrepetible e inigualable. Daba gracias por haber podido cumplir sus deseos más profundos y antiguos: integrarse, aunque fuese por unas cuantas horas, con el ser más fascinante que había conocido, sabiendo desde siempre que no podría compartir su vida con ella. Su satisfacción no era la de un cazador que ha matado a su presa en calidad de trofeo. Por el contrario, al haber cruzado el umbral de su intimidad quedó para siempre esclavizado a su memoria.

A su regreso a San Antonio pasó sin recato a habitar Las Acequias a sus anchas. Se dio cuenta, por fin, de que se había convertido en un hombre de la frontera, en texano verdadero. Ahí se le había ido la vida y ahí decidió morir. Defendió activamente y con todos los medios a su alcance, los derechos de propiedad de la familia Sámano sobre la hacienda. En los rincones más escondidos de su cerebro guardaba la esperanza lejana de atraer a Amalia hacia él, para compartir las tardes en el porche de Las Acequias. Enloquecido por un amor que la distancia no hacía más que atizar, contempló la idea de ejercer sus destrezas como militar y su reputación como hijo predilecto de Texas, para convocar primero a un referéndum y después a la subversión abierta, con el propósito de refundar la efímera República de Texas, independiente de Estados Unidos e independiente de México, como según él era el destino que le correspondía a esa tierra de muchas tierras.

Al tener noticia de la muerte de don Lorenzo Sámano, el viejo coronel retirado inició la restauración completa de la hacienda. Limpió los vitrales italianos y reparó la bóveda catalana, encaló las paredes, plantó flores e hizo funcionar de nuevo la fuente de piedra rosa llevada desde Zacatecas. Presa de una oculta emoción que recordaba las escenas bíblicas sobre la venida del Mesías, ordenó que se construyera una cama idéntica a la que brevemente había ocupado en su visita a Saltillo. Frente a la viudez de su amada, estaba seguro, y para ello miraba con confianza la cicatriz de la mordida que portaba orgulloso, de que Amalia no haría otra cosa más que volver, con sus lápidas a cuestas, a la casa que tres décadas antes abandonó forzadamente.

Como un zopilote hambriento, cada mañana escudriñaba el horizonte, tomando café en el portón de la hacienda, mirando hacia la llanura infinita, con la esperanza de ver la llegada de una caravana que transportara a esa mujer distinguida, altiva, enigmática y seguramente de hermosa vejez. Cuando una de esas mañanas se dio cuenta de que había dejado de pensar en ella, cayó en la cuenta de que en realidad estaba muerto. Mirando hacia el vacío y sin esperar que cayera el sol en la pradera, Crossman falleció sentado en un equipal. En su breve testamento no asentaba más que la voluntad de que le informaran a Amalia Sámano que ya no podría cuidar más de su hacienda y que le pidieran autorización para ser enterrado junto al molino.

Con la edad, Rocío fue perdiendo la habilidad de escuchar el pensamiento de los demás. A cambio, consiguió la llave del diario de su madre. A escondidas ordenó hacer tres copias, todas empastadas en cuero español, para sus hijos. Muchas veces le preguntaron por qué solamente se ocupaba de la memoria de su madre e ignoraba la de su padre, el gobernador, el terrateniente y el gran arquitecto de la frontera.

Transgrediendo el respeto filial, Rocío le metió mano e hizo abundantes correcciones al manuscrito original de su madre. Lo hizo con la autoridad que le confería haber sido capaz de escucharle el pensamiento en los días en que lo había escrito. Las correcciones fueron hechas al cumplirse diez años exactos de la muerte de don Lorenzo Sámano y Vidaurreta, bisnieto de vascos, nacido en Texas e incinerado sobre las aguas del Río Bravo del Norte, a la mitad precisa de la frontera.

Rocío jamás compartió la devoción de su madre por los muertos. Según ella, la mejor parte de los muertos era que hubiesen vivido. A base de añadirle párrafos al diario de Amalia, sentía que la mantenía más viva y más cercana que con cualquier misa, novenario y homenaje en su memoria. De esta manera, la historia de Amalia Sámano creció, cobró giros inesperados y se transformó en la inspiración principal de las mujeres que, pocos años más tarde, le darían sentido a las balaceras interminables de la Revolución mexicana.

Metiéndole pluma, imaginación y conocimientos íntimos, Rocío terminó duplicando la extensión del diario de su madre. Ya entrada en años y en carnes, era frecuentada por los gobernadores en turno, que criticaban la labor de su padre, tal y como lo había anticipado Crossman, y ensalzaban la memoria de doña Amalia para granjearse la simpatía popular. Organizó círculos de lectura en la casa de Las Acequias de Saltillo, modificando la historia de acuerdo con las exigencias del público. Así, la memoria de Amalia se hizo capaz de satisfacer todos los gustos, necesidades y referencias en los discursos de los políticos. Al enviudar, Rocío debió ganarse la vida convirtiendo su casa en museo privado y en importante centro de discusión y debate, rivalizando incluso con el mismo Club de la Unión. Sus lecturas del diario la mantenían a flote, aunque cada vez requería de introducir tramas desconocidas o abiertas invenciones que atrajeran el morbo y la sed de leyendas. Muy cerca del final de su vida, consciente de que ella misma se había convertido en parte del inventario del museo, tuvo la tentación de recuperar la atención general narrando, por única ocasión, el amorío torrencial que en una de las recámaras de arriba había tenido su madre con el coronel texano Robert Crossman. Para su sorpresa, la opinión pública en pleno, incluyendo al gremio de gobernadores retirados, salió en una defensa enérgica de la memoria de doña Amalia Sámano y del mismo Lorenzo, a quien pretendía ponérsele una cornamenta póstuma. Rocío, que conocía la verdad, enmendó de inmediato sus versiones y en un acto de arrepentimiento público confesó que la desesperación económica la había orillado a inventar semejante infundio. Contagiada de una vergüenza que la acompañó hasta la tumba, recuperó las tres copias originales del diario y les puso un candado que roció varios días con jugo de limón para que nadie pudiera violarlos.

Tuvieron que transcurrir más de ochenta años para que un notario de Saltillo, de nombre Gonzalo y de apellido Sámano, encontrara los tres legajos bien escondidos tras un ladrillo de adobe y cortara el candado con una segueta de acero templado, para que alguien volviese a conocer estas historias. El día que comenzó a leer el diario original faltaban exactamente dos años para el final del siglo XX.

TEXAS: SEGUNDO TIEMPO

San Antonio, Texas, febrero de 1998

A las cuatro de la mañana con un minuto cerró el pesado portón de madera tras sus espaldas y se detuvo unos momentos para sacarse del cuerpo la respiración contenida. En ese preciso instante cayó en la cuenta de que en verdad estaba huyendo de su casa. A pesar de los meses de preparación y autoconvencimiento, al encontrarse sola en la banqueta, bajo la farola colonial que alumbraba la calle empedrada donde había nacido, experimentó el mismo temor de los que creen haber dejado definitivamente el tabaco y sintió una enorme atracción por volver atrás, a su cama caliente, a la tranquilidad de su vida de siempre.

—¡Ay jijos! —dijo para sus adentros, porque hacia afuera no era una joven que acostumbrara las expresiones altisonantes—. Ya no tengo manera de volver a entrar. Ahora sí va en serio —reconoció de inmediato.

Las posibilidades de intentar un regreso al interior de la casa eran tan impensables como vergonzosas. Implicaría despertar a su padre a las cuatro y minutos de la madrugada de un lunes, con maletín al hombro y cara de fugitiva, para pedir que le abrieran la puerta. Podría incluso fingir que finalmente se había hecho sonámbula. Lo consideró muy en serio al mirar la ciudad vacía, más vacía de lo que nunca antes la había visto. Desechó la idea, meneando la cabeza, dejando flotar sus caireles dorados en el aire de la madrugada. Cuestionó todo su trabajo de planeación. Habría sido más sencillo huir un día cualquiera a una hora más cómoda, a las diez de la mañana, tan pronto como su padre saliera a trabajar a la notaría. Pero no. En su mente infectada de leer novelas y pasar tardes enteras en la función doble del cine, las huidas clásicas te-

79

nían que darse en la madrugada, en silencio y en solitario. Y ahí estaba, enfrentándose a las consecuencias de imaginarse constantemente como personaje de alguna leyenda moderna.

Todavía alcanzó a considerar la alternativa de despertar a algún vecino de confianza, subir hasta la azotea, cruzar al tejado de su casa y bajar como reptil hasta el balcón de su cuarto. Pero no tenía esa clase de vecinos. Con seguridad la arrojarían a las fauces de su padre, antes que ayudarla a conservar su secreto. De hecho —se dijo—, le harían todo tipo de preguntas y, lejos de creerle que de verdad intentaba irse de mojada a los Estados Unidos, la obligarían a reconocer injustamente que venía de acostarse con alguien, de preferencia casado. En el mejor de los casos, le harían admitir que estaba drogada, ebria o ambas cosas, y que por esa razón no había logrado llegar a su casa a una hora decente. En Saltillo, inventarle historias y rumores a los demás era un deporte altamente especializado. Volvió a agitar sus caireles en la brisa matinal. Miró el portón de madera que hacía más de cien años colocó un antepasado suyo que había llegado a ser gobernador de Coahuila. Calculó que si nadie había podido violarlo en ese siglo y medio, ella no sería la primera en entrar sin llave a la antigua casona de Las Acequias.

Pasaba de las cuatro y veinte de la mañana, cuando reconoció que su mejor alternativa en esos momentos, la única que se había dejado a sí misma, consistía en seguir adelante con el plan original. Fue así como, con paso dubitativo, emprendió sola el camino hacia Texas.

Al abordar el autobús de Transportes del Norte viajaba con zapatos tenis, pero su altivez y estilo la hacían parecer como si viniese calzada con tacones altos y subiera en una carroza. Desde su llegada a la frontera en Laredo, traía el alma en un hilo. Acumulaba, con ésa, dos noches de desvelo. Rápidamente tuvo que aprender a manejarse dentro de la red, una verdadera industria clandestina, dedicada a cruzar el Río Bravo. Tuvo el acierto de acercarse a pedir el consejo de una familia de michoacanos que tenía experiencia en burlar, más que a la policía fronteriza de los Estados Unidos, los engaños de los coyotes y polleros del lado mexicano. Por todos lados le querían sacar dinero. Le ofrecían paquetes, como si fuesen agencias de viajes, en los que le aseguraban cinco intentos de cruce por mil dólares o, en tarifa de descuento, un enlace con las autoridades de la migra estadounidense por quinientos dólares en viaje sencillo. Los paquetes podían incluir transporte en falsos cajones de trailer hasta el interior de Texas, casas de indocumentados para pasar oculta algunas noches, contactos para obtener empleo, talleres de imprenta para conseguir documentos migratorios falsos y despachos de abogados que prometían sacar los nombres de los ilegales de los registros computarizados del mítico *Immigration and Naturalization Service*.

—Mejor búsquese a un buen *patero,* mi güera —le recomendaron los michoacanos—. Ésos le cobran más barato. La pasan seca del otro lado y suelen tener a alguien que le ayude a cruzar la reja por algún sitio seguro. No se crea eso de que le ayudan del otro lado. Nadie ayuda del otro lado. Es puro engaño. La verdad, no hacen más que llevarla a algún rancho donde le quitan el dinero y luego la entregan a la migra. Todavía peor, pueden echarle el ojo para meterla a trabajar en algún taller sin más paga que la comida o —hizo una pausa—... usté está muy bonita, la pudieran llevar a la fuerza a una casa de putas, con perdón de la palabra.

El cruce no era tan sencillo como se había imaginado. Volvió a acordarse de su casa en Saltillo y del grueso portón de madera que la separaba de la vida cierta y llena de comodidades a la que había renunciado, esa vida que tanto había llegado a desesperarla y que ahora no le parecía tan despreciable. Los michoacanos la vieron tan inexperta y desconsolada que ellos mismos la llevaron con el *patero* de más confianza que conocían.

Con una luna en cuarto menguante, cruzó el río a estricto lomo de paisano. Desde los hombros de su guía y transporte, miró a lo largo del río hasta donde le alcanzaba la vista, hasta donde se lo permitía la tenue luz de la noche. Pudo apreciar gran cantidad de personas, especialmente mujeres, que atravesaban con toda naturalidad con la ayuda de algún lugareño. La escena le recordó las crías de las tortugas marinas, corriendo a toda velocidad hacia el mar en algún atardecer en la playa. Le impactó que nadie, acarreador o acarreado, mostraba signo alguno de prisa o de apuro. Fuera de la insólita hora de la madrugada en que sucedía todo aquello, a sus ojos parecía tratarse de una actividad perfectamente normal de transporte, como el tranvía o, más propiamente, como un ferry.

Eso era, un ferry humano, con trato personalizado, cuotas perfectamente establecidas y con destino más o menos garantizado. Secretarias, nanas, cortadoras de pelo, cuidadores de mascotas, sirvientas, meseros y uno que otro jardinero, componían el elenco de los migrantes cotidianos. Los pateros y sus cargas humanas conversaban distraídamente mientras atravesaban el río. Algunos hacían la travesía en grupos, sobre balsas improvisadas, hechas con cámaras de llanta, con todo y nombre, como si fuesen embarcaciones de gran abolengo. La mayoría, sin embargo, atravesaba sobre las espaldas de hombres que conocían mejor el lecho del río que las mismas letras de las canciones de Alejandro Fernández o de los Tigres del Norte. Una vez del otro lado cobraban como cualquier camionero, guardando el dinero en una bolsa de plástico que metían en la gorra o escondían bajo del sombrero. Regresaban despacio al lado mexicano a cruzar a otros paisanos, hasta el amanecer. Parecía existir algún acuerdo entre las comunidades de ambos lados de la frontera. Lo único que no era permitido, según se comentaba en la zona, era el cinismo de cruzarse a plena luz del día. A ésos sí, por un mínimo recato, los arrestaban con lujo de violencia.

Miranda Sámano, inexperta en aquellos menesteres, subió a toda velocidad el terraplén del lado texano. Su andar apresurado contrastaba con el de los demás migrantes, que más propiamente le recordaban a un grupo de obreros dirigiéndose con resignación a la fábrica. El coyote de avanzada la atrajo discretamente hasta el túnel que atravesaba la frontera, prendiendo y apagando la flama de un encendedor. A partir de ese momento —le advirtió—, tenían que ser más precavidos. A menudo cambiaban las instrucciones a los agentes fronterizos desde Washington, lo cual les obligaba a hacer algún despliegue vistoso de aplicación de la ley. Entonces venían las redadas, los maltratos y los actos de extorsión. Miranda confiaba en no correr con tan mala suerte que ese día en especial se ordenaran los arrestos de la temporada invernal. En silencio, el coyote le colocó una bolsa negra de basura, con un agujero para sacar la cabeza. Con ella se deslizaría mejor por debajo de la valla, evitaría las mordeduras de roedores y de insectos, y sería menos identificable por los equipos de visión nocturna de los agentes migratorios. El anciano se le quedó mirando, un tanto perplejo. Con una cara de "qué le vamos a hacer", cortó otro trozo de plástico y se lo amarró a la cabeza.

—Usted disculpe. Es la primera vez que me toca cruzar a una güera —le explicó con una enorme sonrisa a modo de aclaración, al tiempo que le hacía el tocado—. Con esos pelos, podrían verla a cinco kilómetros de distancia —añadió.

Ella se dejó poner la pañoleta de plástico sin reparos, reclinando la cabeza hacia atrás, como si la prepararan para una intervención quirúrgica. Estaba atemorizada. Desde que cerró el portón de su casa en Saltillo supo que el cruce de la frontera sería el episodio de la aventura que más le angustiaría.

—Es primeriza, ¿verdad? —eso de tratar con vírgenes, aunque fuese en materia de cruces migratorios, entusiasmaba al viejo. Nada como la sensación de toparse con lo nuevo, sobre todo si eran coches, zapatos o mujeres.

Miranda asintió, pues tenía la curiosa manía de contestar con la verdad. Por lo demás, hubiese sido pretencioso, si no imposible, fingir que tenía experiencias previas en el cruce clandestino de fronteras.

—En cuanto divise la ciudad —le advirtió—, quítese la bolsa y entiérrela bien. Nadie se va a ocupar de usted aquí cerquita de la línea. La bronca va a empezar cuando quiera meterse más pa' dentro del país. Y acuérdese, aunque tenga encima a los de la migra, nunca vaya a correr. Eso es lo peor. Ahí es cuando se ponen a disparar. En cambio, si camina como si nada, tiene más chance de que no le hagan caso. Váyase derechito hasta la estación. A buen paso debe llegar por allá a eso de las seis y media.

El hombre hablaba con apuro, porque tenía tiempo de no verse en la necesidad de dar la lección completa a un principiante.

—No vaya a la taquilla —subrayó—, porque ahí la pescarían hechos la madre. Vaya con el cuidador del baño de hombres. Le pide un boleto *derecho* de Greyhound —hizo énfasis en la palabra— para donde vaya. Él entenderá de qué se trata y se evitará preguntas.

Ése era uno de los miles de códigos secretos que se manejan en la frontera, en esa tierra de nadie, tan distante y tan ajena de Washington como de la ciudad de México.

Miranda, que ya de por sí traía el pulso como ratón de laboratorio, trataba de retener toda la información, los consejos que le proporcionaba el veterano y al mismo tiempo sentía la urgencia de meterse en el túnel y echarse a correr sin parar hasta donde le dieran las piernas. Le preocupaba, producto de la inquietud, que su padre hubiese podido llamar a la migra, al sheriff de Laredo, al mismo Departamento de Estado y al FBI para ponerles en guardia sobre la fuga sorpresiva de su hija. Toda la policía migratoria, pensaba, debía llevar a esas alturas una fotografía a color de Miranda Sámano, hija del notario coahuilense con mejores conexiones en el sistema de procuración de justicia de los Estados Unidos. Las palabras del coyote, que no dejaba de hablarle, se le fueron desdibujando en el torbellino de sus sospechas, hasta que dejó de oírlo, sumergida en sus temores. A su mente acudió la visión de que nada más cruzara, nada más sacara la cabeza del otro lado del túnel, ahí estaría con linternas, a la caza, un destacamento especial de la policía fronteriza, con perros, macanas, esposas, rifles de alto poder y camionetas con rejas en las ventanas.

En su paranoia e influida por los kilos de novelas que había leído en su vida, no tuvo dificultad en imaginarse bajo un potente reflector de halógeno, frente a la silueta negra de cuatro policías fronterizos, los faros de una camioneta y un altavoz que le diría: *Miranda Sámano, entrégate* (¿o surrender?). *Ni siquiera tienes derecho a guardar silencio y llamar a tu abogado porque ahora mismo saldrás de vuelta a Saltillo.*

Al final la asaltó una corazonada más grave. Se le ocurrió que las indicaciones del coyote pudieran ser una trampa más, tendida hábilmente por su padre, confabulado con los michoacanos, para no perderle la pista y entregarla directamente a las autoridades. Su padre era, y siempre había sido eso, la autoridad. Se sumergió entonces en las profundidades del túnel, arrastrándose como lagartija, intentando recordar todos y cada uno de los consejos que le había dado el pollero, para hacer exactamente lo contrario.

Escudada tras sus facciones de modelo de alta costura, se dirigió con disimulada tranquilidad a la taquilla. Sentía la cara aturdida por el frío intenso de la madrugada, y el cuerpo caliente después de la larga caminata cubierta con una bolsa de plástico a manera de abrigo. Familias enteras dormían en el piso de la estación, acurrucados unos contra otros. Cuando llegó su turno pidió un boleto, con un solo billete de veinte dólares a la vista. El resto de los ahorros lo traía bien escondido debajo de la blusa.

—*One way to San Antonio, please* —lo más probable es que fuese innecesario usar el inglés en Laredo, pero prefirió ir a la segura. Con el boleto en la mano pasó distraídamente frente a los baños. Ahí estaba el enlace del pollero, jalándole el agua a los mingitorios, repartiendo papel a los que se lavaban las manos, ofreciendo golosinas y, por supuesto, vendiendo pasajes de autobús a los indocumentados. Con alivio, Miranda pudo percatarse de que, de entrada, se había ahorrado algún dinero. El bañero vendía los boletos por lo menos al doble del precio en ventanilla. Sintió en la distancia que comenzaba a escurrírsele de las manos a su padre. Ese tipo, pensó, bien podía ser parte de los señuelos para devolverla a su casa de Saltillo.

Se sentía incómodamente vigilada, cansada de mantener los sentidos aguzados al límite de la atención. Más allá de que fuese a toparse con alguien de la migra, su apariencia la hacía estar continuamente en el centro de las miradas. Su presencia era un extraño trasplante en una estación de camiones fronteriza, donde no había más que jornaleros pobres que se dirigían a barbechar el campo o a levantar cosechas. Algunos más, se veía, regresaban a sus casas luego de haber pasado una temporada con sus familias en México. La gente como ella viajaba en avión. Por ello, nada más difícil y antinatural —pensaba en el autobús— que fingir naturalidad. Sumergida en la relativa privacidad de su asiento, iba escribiendo en su diario y hojeando una revista llena de consejos para bajar de peso, ser feliz y alcanzar la plenitud sexual. No leía. En realidad su único propósito era que los demás la vieran leer, actuar con una aparente naturalidad. Evitaba cruzar la mirada con cualquier pasajero. No se les fuese a ocurrir hacerle la plática y, como siempre sucede, indagar por qué abandonó su casa, qué iba a hacer sola en Texas una joven tan atractiva. Detenidamente observaba de reojo a los pasajeros que viajaban con ella. Contra más rubios, le habían dicho, serían mejor ejemplo para copiar sus actitudes, su manera de comportarse y pasar desapercibida.

Sentía el corazón encogido. Desde pequeña había escuchado historias de terror sobre la manera de actuar de los agentes de migración estadounidenses. Si bien se sentía razonablemente protegida por sus caireles ocres y sus ojos verdes, ninguna precaución salía sobrando. Temía, sobre todo, que su acento en inglés la delatara de inmediato. Además, era bien conocido que en los autobuses de línea solían viajar policías fronterizos encubiertos, vestidos de paisano, para atrapar migrantes incautos. Miranda, por su belleza, era un blanco natural de las miradas de cualquiera y, por lo mismo, un platillo delicioso para el agente que consiguiera atraparla. Debían estar fastidiados de arrestar a tipos llenos de polvo, malencarados o medio muertos de sed y de frío a mitad del desierto. Su apariencia era otra vez, como siempre en su vida, su mejor aliada y su peor enemiga. Cualquier error, una plática con algún compañero de viaje, aparentemente inocua, podía dar al traste con la aventura mayor que iniciaba.

Había penetrado en territorio de los Estados Unidos de América sin documentos. De no haber sido por la áspera discusión que sostuvo hacía meses con su padre al descubrir sus intenciones de escapar de la casa, cuando menos traería consigo el pasaporte y la licencia de manejo del estado de Coahuila. Pero su padre, Sámano de origen y notario principal de Saltillo como agravante, pensó, en su mente jurídica, que la mejor manera de retener a su hija era ocultándole el pasaporte y cualquier otro documento que diese fe de su identidad. Lo peor de todo es que tenía razón. Se reconfortaba pensando que con todo y pasaporte en mano, igual no hubiera conseguido una visa migratoria para irse a vivir a Texas. Pero cuando menos no sería una "indocumentada" a los ojos de los agentes migratorios. Un pecado menos, que no era poca cosa, para su precaria tranquilidad al otro lado de la frontera.

Muy pronto, y sin proponérselo, pudo percatarse de que sus caireles dorados eran más efectivos que cualquier pasaporte o visa de residente en los Estados Unidos. El trato que recibía era bien distinto al que le dispensaban a otros paisanos. Por más que se empeñaran en usar tenis de marca, jeans prelavados, calcetín blanco y camiseta oficial de los Mets de Nueva York, los agentes de la policía migratoria se lanzaban como fieras sobre cualquier cabeza de pelo negro, con peinado de aguacero, piel apiñonada y, más elocuente todavía, esclava con iniciales o escapulario de la Virgen de Guadalupe. En el caso de Miranda, el cabello ondulado con tonos de malta recién cortada y una inesperada capacidad para ruborizarse, hacían la más eficaz magia migratoria. La raza todavía importa, tuvo que admitir.

No por ello dejaron de acercársele los agentes del INS. Sin embargo, parecía que estaba racialmente inoculada. De acuerdo con los cursos que les impartían en la academia de policía, Miranda simplemente no podía formar parte de esa tribu café, menuda y sucia, como eran descritos los naturales de México en sus manuales de entrenamiento. Con ese cabello y esa tonalidad de ojos, ningún agente hubiera podido suponer otra cosa más que Miranda estaba de vacaciones, procedente del mismo Connecticut, probablemente en una experiencia cultural exótica en la entraña de esa otra América que poblaba el sur de los Estados Unidos.

Aunque eran las siete menos diez de la mañana, se puso los lentes oscuros. Sentía los ojos inflamados y el cuerpo aterido. Hubiese deseado saber cuánto tiempo le tomaría el trayecto hasta San Antonio. Pero prefirió abstenerse de exhibir su oxidado manejo del inglés. Ocupó un asiento junto a la ventanilla, rogando que el autobús no se llenara de pasajeros. Mirando el movimiento de la estación se le agolparon los pensamientos y las sensaciones acumuladas en los últimos meses, hasta que el sueño la venció.

Ésta es la primera vez en mi vida que viajo verdaderamente sola. Es quizá un acto de simple congruencia. Desde la muerte de mamá estoy sola. Me he sentido tan sola como ella estuvo en vida, con un marido notario permanentemente ocupado, cada día más ensimismado en su mundo de papeles, escrituras y actas en que daba fe de todo tipo a sus clientes, menos a su propia familia. Bajo el mismo techo, durante todos esos años, vivimos dos grupos de personas con los mismos apellidos. Ahora me doy cuenta de que mamá era la única referencia real con mi vida familiar. La soledad, cuando se da dentro de la casa, parece mayor. Si de ahora en adelante, en San Antonio o donde sea que termine este viaje, me siento otra vez sola, será algo perfectamente normal. Pero en la casa, la compañía de los familiares que ahí están, que entran y salen, que hasta se les puede hablar y tocar, hace más lastimosa, más insoportable la soledad.

No había llorado en estos tres años. El llanto se vino en el momento exacto de salir de la casa, por la madrugada, como una fugitiva. Fue en el momento de cerrar el portón, cuando me quedé a solas con el silencio de la calle y el zumbido de las farolas, que me brotaron unas lágrimas espontáneas. Largo rato me quedé mirando las luces de Saltillo, hasta que desaparecieron en la distancia. Finalmente, la oscuridad se tragó el último rastro de la ciudad donde nací, crecí y de la que finalmente me fugué. Escapé al fin de la casa, de mi padre siempre tan viudo, incluso antes de que muriera mamá.

Cuando papá cumplió cincuenta nos habló por primera vez. Quiero decir, nos habló de verdad. Nos reunió en la sala. Los tres hermanos adivinamos que esta vez la charla sería diferente. Aquella tarde dejó de ser nuestro padre por un rato para convertirse en el tipo que vivía en el cuarto del fondo. Fue interesante y hasta conmovedor empezar a saber en qué pensaba, qué recorría su mente en los escasos momentos en que su actividad profesional no lo absorbía. Nos confesó que tenía las mismas confusiones que cuando era un adolescente, con el agravante de que cada vez disponía de menos tiempo para remediarlas. Nos preguntó si creíamos que mamá se habría marchado tranquila al otro mundo sabiendo, aunque fuera en el último minuto, para qué había vivido. En sus palabras se asomaba una suerte de envidia hacia el conocimiento que supuestamente tendrían los moribundos y que, por alguna extraña razón, jamás tenían el tiempo o la disposición de revelar a los que nos quedamos de este lado. Sacó a relucir, en una tarde, todas las grandes preguntas que le venían agobiando desde la infancia. Fue un largo monólogo donde se cuestionaba la necesidad de perder la mayor parte de la vida ganándose el sustento y acumulando comodidades, en lugar dedicarse, simple y sencillamente, a intentar vivirla. Qué triste se puso, qué desesperado. Ese cumpleaños lo sacudió profundamente. Sentía que la vida se le iba de las manos sin ton ni son.

A mí me tomó totalmente fuera de guardia al revelarme lo que pensaba de mí. Su confusión me ayudó a entender. Directamente me dijo que admiraba, envidiaba, que me comportara todo el tiempo como si fuese un personaje de novela, al que le suceden las cosas como si le fuesen ajenas, como parte del papel que debemos representar en la comedia de la vida. Pero como si nada de lo que me sucediera tuviese en realidad una dedicatoria verdadera para mí, como si se tratara de un accidente ajeno a mi persona. Me dijo que yo siempre le había dejado la impresión de que hacía lo que tenía que hacer, sin reparos, sin resistencias o cuestionamientos mayores, como si de verdad supiera en dónde encajaba cada acto, cada circunstancia de la vida, en la trama general. Habló como nunca y después nos dejó un silencio de varios días en la casa. Nosotros tampoco teníamos las respuestas que buscaba.

Probablemente nunca sabrá hasta qué grado contribuyó a alimentar nuestra confusión. Las reacciones que produjo en nosotros tres fueron de lo más disparatado. En lo único en lo que coincidimos fue en estar seguros de que no queríamos llegar a los cincuenta años con una carga tan inmanejable de dudas y de interrogantes. Estoy convencida de que todo lo que ha sucedido en la casa desde entonces es producto de esa conversación.

Eugenio, mi hermano mayor, cumplió sus promesas amorosas y se casó apuradamente con Estelita, nuestra vecina. Desde hace unos cuatro años, Estela venía haciendo las veces de su verdadera hermana. Con ella iba al cine, jugaba damas chinas, veía la televisión e intercambiaba regalos cada fecha en que cumplían otro mes de noviazgo. Se daban besos en el coche, a las afueras de la ciudad y, en ocasiones, la excitación les llevaba al límite de que la palanca de velocidades llegara a estorbarles. Tengo la impresión de que en tan prolongado noviazgo jamás se pasó alguno de ellos al asiento del otro. Tantos años habían vivido pared con pared, tirándose avioncitos de papel por encima de la barda con mensajes de una cursilería aplastante y dándole vueltas al árbol que compartían nuestras casas en la banqueta, que había logrado confundir la amistad entre personas de sexo contrario con el amor. Estelita lleva tantos años diciéndome cuñada que comienzo a dudar que recuerde mi nombre. Desde la edad en que peinaba muñecas en el zaguán, su única misión ha sido la de casarse con Eugenio e irse a vivir lejos con él... a unas dos cuadras de la casa de sus padres.

Tuvo la fortuna de haber nacido en la casa de la esquina. Así nunca pudo surgirle la inquietud de descubrir otros vecinos más que nosotros y, con ello, alguna alternativa perturbadora para sus avances amorosos. A mamá, desde chica, le decía tía para darle a entender que la quería más que a una suegra cualquiera. Pienso que Eugenio la quiere desde siempre en piloto automático. Por ello no tuvo mayores problemas en darle su consentimiento cuando ella le propuso matrimonio, más o menos a los dieciséis años. Le hizo prometerle que no estudiaría medicina, porque la graduación toma mucho tiempo, las enfermeras son muy resbaladizas y, finalmente, por tener licencia y hasta la obligación de andarle metiendo mano a la gente. A todos nos sorprendió, para qué ocultarlo, cuando llegó a la casa fingiendo una gran felicidad por haber sido aceptado en la facultad de contaduría. Eugenio no tiene la menor traza de contador. Pero Estelita pensó que sería mejor carrera para su futuro como pareja. Ahí terminó la discusión. En vano le recordó mi madre que proveníamos de una de las familias de mayor abolengo en Coahuila, protectores de la frontera y descendientes de un gobernador del estado. Mi madre se resistía a aceptar que con esa trayectoria, uno de los Sámano fuese ahora a llevar las cuentas y a calcular el pago de impuestos de otras personas. Eso lo debían de hacer otros, algún escribano cualquiera, para nuestra familia. Estelita, sin embargo, desarmó los argumentos de su tía haciéndole notar lo difícil que le resultaría aceptar las caricias de un médico que dos horas antes, y con las mismas manos, hubiese estado extirpando órganos, tocando tumores, trasplantando vísceras. Era más agradable, en todo caso, meterse en las finanzas ajenas —le dijo— que en el abdomen de las personas. En el fondo, Estelita temía, como alguna vez me lo confesó, que cuando llegara el momento de mostrarse desnuda ante Eugenio, mi hermano ya hubiese visto tantos cuerpos, que su relación sexual llegara a convertirse en un estudio anatómico cualquiera o, peor todavía, en simple terreno de experimentación y de estudio. A la cuñada le producía pánico pensar que el amor de su vida, en medio de una torrencial noche de caricias y desabotonamiento pausado de la ropa, fuera a cambiar de pronto su atención hacia los niveles de sudoración vaginal, ritmo cardiaco e hinchazón del labio inferior. A fin de cuentas, después de tantos años de defender la virginidad hasta los límites del heroísmo, era por demás razonable que soñara con una buena cogida y no con un remedo de investigación fisiológica.

Camila es otra historia. Me imagino que nació cuando mis padres ya se habían cansado de tener hijos. Alguna vez la escuché lamentarse de que había sido sietemesina para sacar a mi madre del apuro. Ni de cerca recibió la misma atención y los cuidados que Eugenio o que yo. Heredó toda mi ropa y los juguetes que por ahí fuimos dejando. Con el tiempo terminó acostumbrándose a no poder estrenar. En su infancia se vacunó ante lo nuevo. Me preocupa que ahora vaya a compartir soledades con mi padre en la casa de Saltillo. Ellos dos siempre fueron los más distantes, así que me imagino que no habrá mucho diálogo en la casa ahora que ha muerto mi madre y me he ido yo.

Camila siempre quiso ser escritora. Todo lo pintoresca que es al hablar, lo vuelca como catarata interminable sobre el papel. En esto la envidio. Mientras que a ella le fluyen parrafadas enteradas sin esfuerzo aparente, a mí me salen apenas frases desconectadas, que jamás podrían formar parte de una misma historia coherente. Con el tiempo fue aumentando mi temor a enfrentar el papel en blanco, retador, que parece decirnos "aquí estoy, listo para recibir tu obra, arráncate con tus ocurrencias". El papel en blanco, es el verdadero artífice de la igualdad entre las personas, el que nos hace recuperar la humildad perdida. Ahora me doy cuenta de que a los escritores no se les puede entender como personas, se les entiende por medio de sus obras. Dejan de ser ellos mismos para convertirse en sus libros y en sus personajes. Son individuos huraños, sumergidos en su mundo. Viven otro tiempo y otras preocupaciones. Mi hermana tiene la voluntad y el carácter para ser una buena escritora y, cuanto mejor sea, más solitaria y silenciosa se hará.

Pensar en ella, en lo que será de su vida a partir de mi fuga a San Antonio, fue una de las cosas que más me hizo dudar al momento de salir de Saltillo. Una vez que me asiente en Estados Unidos entraré en contacto con ella para saber cómo se encuentra y preguntarle si quiere venirse a vivir conmigo. Papá lo va a resentir, pero de todos modos su soledad no tiene cura. Tener familia jamás lo hizo menos solitario.

Se levantó ligeramente las gafas oscuras para restregarse los ojos. La falta de sueño comenzaba a estragarla. El autobús avanzaba lentamente buscando el entronque de la carretera a San Antonio. Pasó largo rato mirando por la ventana. Ante sus ojos se revelaba un horizonte de anuncios de neón, de gasolinerías con tienda de autoservicio y restaurantes de hamburguesas, en tonos de rojo y amarillo chillante, los colores modernos del hambre. Al tomar la autopista, el autobús estabilizó la velocidad y entró en un bamboleo rítmico e hipnótico, producto de las ranuras en la pista de concreto. Con un bigotito bien recortado y visera de charol, el despachador fue recogiendo los boletos de los pasajeros. No tenía pinta, afortunadamente, de ser un agente encubierto de la policía migratoria, ni tampoco, por cierto, de ser uno de los sabuesos de su padre. Fue entonces cuando Miranda se dio cuenta de que el asiento de al lado estaba ocupado por un individuo enfundado en una gruesa chamarra de mezclilla con piel de borrego. Para su tranquilidad, tampoco tenía pinta de agente encubierto de la policía migratoria. No por ello dejaba de exhibir sus aspiraciones manifiestas de galán de tiempo completo. Miranda miró por encima de la cabecera de los asientos hacia el fondo del autobús en busca de algún lugar vacío. Captó su lenguaje corporal. Sin embargo, nada le haría mudarse de asiento. Al entregarle su boleto al empleado de la Greyhound, repartió sonrisas a los cuatro costados, denotando la dicha que sentía por viajar al lado de una mujer de portada de revista. Miranda se enconchó sobre sí misma. Estiró el brazo el mínimo necesario para entregar su boleto y volvió a mirar por la ventana.

Comenzó apenas a comprender que se encontraba en otro mundo. Las casas que observaba a lo lejos no tenían rejas de hierro forjado, chimeneas, paredes de adobe, ni techos de teja. A cambio lucían un pasto muy bien cortado, buzones sobre la banqueta y grandes antenas parabólicas. Recordaba los poblados de Coahuila con su bruma baja de la mañana, con las copas de los árboles y los campanarios como flotando sobre algodones. Y veía ahora esas praderas de cultivos interminables, grandes señales verdes en las carreteras y postes gigantescos con anuncios, las únicas interrupciones visibles en el horizonte. Después, de reojo, notó que su vecino de asiento la espiaba. Los ojos se le estiraban como serpientes intrusas sobre piernas y manos. Miranda adivinaba el previsible propósito de entablar una conversación y compartir una intimidad a la que nadie le había invitado. Lo retó, mirándole a su vez las botas de filigrana, carta de presentación inescapable de los pachucos. El vecino fingió a su vez mirarse con cuidado la grosera punta de latón plateado. Aunque hubiese preferido observar el paisaje, abrió su revista para acotar claramente su espacio vital. El artículo de portada se titulaba "25 maneras de revivir su deseo sexual este verano". Comenzó a hojearla. No había llegado siquiera al segundo anuncio de cosméticos cuando el sueño volvió a apoderarse de ella.

Una tormenta de aguanieve le dio la bienvenida a San Antonio. Miranda concluyó que se trataba de un golpe de suerte. Al descender en la estación, todos los viajeros corrían a guarecerse en el interior del edificio. Pensó que esa condición complicaría, en el último momento de riesgo, cualquier acción de la policía migratoria. Ella, deliberadamente, descendió sin dar muestras de apresuramiento. Cruzó el vestíbulo con paso seguro. Un mar de sombreros texanos, hebillas del tamaño de los campeones mundiales de boxeo y una desconcertante uniformidad en el uso de la mezclilla azul se apretujaba en el vestíbulo. Las ropas y los cuerpos exhalaban vapor, según se iban secando. Al observar a la muchedumbre notó por primera vez que los mexicanos, por más que se vistieran con la misma marca de ropa que los americanos, no escapaban a su identidad: seguían siendo eso, mexicanos disfrazados de gringos. Un buen intento, aunque frustrado, de mimetización y camuflaje cultural. Se originaba así el fenómeno de que los migrantes terminan pareciendo muy gringos cuando vuelven a sus comunidades en México, y mexicanos siempre, mientras viven en Estados Unidos.

A través de la ventana de la estación, tras una fina cortina de nieve, detectó al otro lado de la calle un restaurante de comida italiana. Cruzó apresuradamente. Los tenis resbalaban sobre el pavimento congelado. La recibió un intenso olor a pastrami, salsa boloñesa de frasco y queso parmesano. Pidió un café y un submarino con albóndigas. Una mesera oaxaqueña le rellenó la taza de café cuantas veces quiso. El bocadillo le supo a gloria después de casi dos días de consumir alimentos de bolsa.

Sacó el monedero y una tarjeta con el número telefónico de Cindy Bolaños, su único contacto, así fuese remoto, en San Antonio. Haría cosa de cuatro o cinco años, Cindy se había quedado en casa de los Sámano durante el verano, a manera de intercambio para tomar un curso de español. Recordaba que esta chicana se la había pasado de campeonato. Por aquellas épocas Cindy debía tener dieciocho años, menos de veinte seguro. Con eso de que no hablaba bien español, venía sola y era medio gringa en sus costumbres, prácticamente todos los chicos del barrio de Saltillo alcanzaron a meterle mano en algún momento de su estancia. Lejos de amilanarse, Cindy percibió aquellos avances como un signo inequívoco de popularidad y de un atractivo sexual hasta entonces desconocido. Ni por aquí le pasaba que era práctica común que los jóvenes de Saltillo acostumbraran utilizar el verano como época privilegiada de cacería. No era extraño que en ese periodo rompieran temporalmente con sus novias locales para conocer las delicias que solían llegar a aprender español y otras artes, desde el norte remoto y, por lo visto, carente de sensualidad.

Durante más de dos años, según la perseguían los recuerdos, los romances inconclusos y se topaba con fracasos amorosos en San Antonio, Cindy Bolaños amenazó con regresar a pasar una temporada en Saltillo. Con inusitada frecuencia enviaba cartas a su familia adoptiva con frases aisladas en español y fotografías retocadas de estudio. En sus misivas mandaba invariablemente saludos a los galanes que en algún momento se la habían llevado al monte y que la habían hecho sentir más mujer que nunca. Lo más importante para Miranda era que en todos aquellos años de intercambio epistolar, Cindy siempre ofreció brindarles hospitalidad cuando decidieran visitarla en San Antonio. Había llegado el momento de cobrar el favor.

Marcó el número telefónico y cruzó los dedos, rogando que estuviera en casa, que no se hubiese mudado de la última dirección que les había dejado en sus cartas. El auricular olía a peperoni, a grasa y a puré de tomate. Para su sorpresa, respondió un niño pequeño.

—*Is your mammy there?* —preguntó al vuelo Miranda, al toparse con la razón por la que había dejado de escribirles Cindy Bolaños. El niño no le respondió siquiera. Sin embargo, pudo escuchar cómo gritó a todo pulmón "Cindyyy!", con lo cual Miranda supuso que era madre soltera. Según ella, los hijos naturales, por instrucciones de sus madres, las llaman por sus nombres de pila y no por el papel que desempeñan en sus vidas. Quieren que sean sus amigos, no sus hijos. Temió que se le consumiera el tiempo en el teléfono. No tenía más que otra moneda de veinticinco centavos.

—*Hithere, who's calling?* —su dicción apurada era inconfundible, como una trompeta de blues cerca del final de una canción.

—Cindy, qué gusto —le dijo emocionada, liberada de la preocupación de que su único contacto en Texas, en todo Estados Unidos, pudiera haberse esfumado. Agarró efusivamente el auricular olor a salami con las dos manos—. *This is Miranda, from Saltillo. I am here in San Antonio*—, se aplicó a fondo en aquella frase crucial para su futuro en Texas. Era el momento de exprimir los cuatro semestres de inglés que había cursado en la academia Harmon Hall del Bulevar Venustiano Carranza.

—*Oh, my God, can you believe it!* —respondió extrovertida, abierta, ruidosa, tal y como la recordaba—. *What are you doing here, darling?*

—*It's a long story* —hizo una pausa. Calculó que no tenía sentido intentar ofrecer explicaciones desde un restaurante de emparedados italianos—. ¿Me podría quedar unos días en tu casa? —mejor soltarlo de sopetón y en español para que no fuera a rehusarse. La idea de irse a meter en un motel no le hacía gracia por razones anímicas, pero también financieras.

—¿Arondestá? —preguntó Cindy en un español enmohecido. Miranda miró con ansiedad hacia las paredes, detrás de la barra de los sandwiches para buscar el nombre del establecimiento.

—"Bigotones" —respondió apuradamente—. Bigotones Deli & Pizza. *By the bus station.*

—*I know exactly where it is, honey. I'll pick you up in half an hour* —y de inmediato temió que su hermana putativa de Saltillo hubiese cambiado mucho y que no fuese capaz de reconocerla—. *Are you still sort of blondish, sweetheart?*

Miranda no pudo captarle el final. Guardó silencio tratando de adivinar la pregunta.

—¿Güereja toravía? —insistió, en traducción de cortesía.

—Sí —se ruborizó sola—. Todavía güereja, ¿y tú?

—*I am a bit fat, dear. I'll explain to you later* —le incomodaba el tema, mejor responder en inglés. De todos modos mañana, como siempre, empezaría con la dieta—. *I'll see you there in a few minutes, ok?*

—Gracias, mil gracias —estoy salvada, pensó con alivio.

—De nara —su pronunciación era tan mala como grande su cordialidad. A partir de mañana, al igual que su gordura, podría comenzar a remediarla.

Miranda Sámano había llegado finalmente a San Antonio.

Cindy Bolaños rentaba una típica casa prefabricada de madera, plástico y tablarroca en un suburbio plano y sin carácter, a las afueras de San Antonio. Hasta donde alcanzaba la vista, la casa prototipo se reproducía cientos de veces. Diferencias insignificantes como el color del buzón, el trabajo de jardinería y la mecedora del porche, apenas permitían distinguir una casa de la otra, como prueba palpable del socialismo involuntario de los Estados Unidos. Su coche era un Ford de segunda mano, color café, ocho cilindros. Según me explicó a manera de disculpa, el comprador inteligente debe buscar coches color café. Como nadie los quiere y mucho menos los luce, normalmente están en mejor estado y a precio de rebaja. A pesar de sus explicaciones, el coche era una verdadera cafetera. El color hacía juego con su estado lamentable y, eso sí, le ayudaba a disimular la suciedad.

Cindy no vivía en la misma dirección a la que medio Saltillo le había escrito después del tórrido verano que pasó con nosotros. Sin embargo, su número de teléfono no había cambiado. En Estados Unidos la gente cambia con tal frecuencia de domicilio que lo único que se llevan a cuestas son los números del teléfono y de la seguridad social.

Mi corazonada había sido correcta. Cindy era madre soltera. Tenía un hijo de tres años y medio, al que había bautizado con el nombre de Thomas Dario. El nombre le venía bien, aunque con el paso del tiempo, inevitablemente, se iba a prestar a bromas. Por poco no me aguanto la risa y las ganas de decirle que cuando este niño fuera a México a todos se les iba a ocurrir seguramente que se trataba de un alcohólico perdido: *tomas diario, Dario*, le van a decir, de seguro. Mejor ni comentárselo a Cindy; ya estaba bautizado. El buen Dario era un híbrido casi de libro de texto entre el latino y el sajón. Sus ojos negros contrastaban con su pelo pajizo pardo, su piel de tonalidad fronteriza.

No me he atrevido a preguntarle a Cindy si fue concebido en Saltillo o en San Antonio. La fecha de su nacimiento coincide vagamente con la del verano que pasó en nuestra casa, cuando se hizo popular entre la tropa. Este hecho me ha inhibido de traerle saludos y recuerdos de Saltillo. Me apenaría mucho mencionarle por accidente al padre de la criatura. Más riesgoso aún; si mal no recuerdo mi hermano Eugenio fue uno de los que con más gusto le metió mano en aquellos días. Con eso de que ocupaba la habitación del final del pasillo, no me extrañaría que más de una noche se haya ido a meter entre las sábanas con Cindy para mitigar los escalofríos de la madrugada. No lo culpo. Estelita lo ha tenido tan aprisionado desde que, como dicen los psicólogos, le aparecieron los caracteres sexuales secundarios, que probablemente la presencia de esta texana fuese su única oportunidad en la vida de acercarse a una mujer distinta. Eugenio es, por cierto, además de contador público titulado, rubio de piel clara. Sin duda, no es el único güerejo del mundo. Pero viéndolo bien, este Thomas Dario podría ser perfectamente mi sobrino.

Cindy le llama Dario, no Darío. Pone el acento en la a. Sólo ocasionalmente le dice Tommy. Se me ocurre que después del abrupto despertar sexual que tuvo en Saltillo regresó a San Antonio más suelta de cascos y dispuesta a ofrecerle sus favores a chicos a los que anteriormente se había negado. Quizá en su confusión de madre soltera y al mirar los rasgos híbridos del nene, no fue capaz de discernir la identidad ni la nacionalidad del padre y, como solución salomónica, decidió ponerle un nombre también híbrido. Si con el paso de los años predomina el rubio, usará el Thomas; si prevalecen sus rasgos latinos, podrá utilizar el Dario y hasta el Darío.

La hospitalidad de Cindy ha sido proverbial. Despejó para mí sola el sótano, una estancia amplia con chimenea, sofá-cama y televisión, un tanto oscura, pero muy acogedora y privada. Es curioso, pero más que bienvenida me siento necesitada por ella, como si hubiese estado esperando mi llegada, el arribo desde hace mucho tiempo de alguien como yo. Ha sido un gran alivio para ella que pase a recoger a Dario a la guardería, en vez de tener que escapar del trabajo a toda velocidad y después encomendárselo a los vecinos hasta su regreso por la tarde. Al niño también le ha venido bien que su "tía Miranda" lo lleve directamente a casa, en vez de dejarlo encargado con los vecinos. Los Goldberg, un matrimonio de judíos retirados y sin hijos, tendrán también un respiro temporal sin la presencia y la responsabilidad de cuidar a Dario todas las tardes.

Cindy trabaja como demostradora en una tienda que vende tarjetas de felicitación, globos estampados con mensajes cursis y muñecos de peluche. En ese empleo ha podido practicar el español que aprendió en Saltillo. Por esa tienda pasan muchos paisanos y mexicano-americanos que la fuerzan a utilizar el idioma. Comete faltas continuamente. Sin embargo, su carácter abierto y extrovertido le ayuda a lanzarse a hablar sin vergüenza. Escucharla me confirma que aprender un idioma es la experiencia más parecida a volver a la primera infancia. Siempre he pensado que los niños no carecen de ideas, sino que no cuentan con las herramientas para expresarlas. Algunas de las frases de Cindy me han hecho tanta gracia que las he ido apuntando en una libreta: "Si sabo no nazo", decía angustiada cuando me narró el descubrimiento de su embarazo. Tenía también muchas expresiones traducidas literalmente del inglés; cambiaba *awfully nice* por *espantosamente lindo* y con frecuencia me preguntaba ¿te estás gozando a ti misma? Para saber cómo la estaba pasando. Como parte de una costumbre generalizada en la franja fronteriza, utilizaba a menudo expresiones como "te hablo pa'trás", cuando ofrecía devolver la llamada.

A los empleados de la tienda en que trabaja les hacen descuento. De manera que Cindy intenta superar el complejo de culpa llevándole toda clase de monos, estampitas y novedades a su hijo. El cuarto del niño se ha convertido en un auténtico catálogo de personajes de las caricaturas, trenes, autopistas y un zoológico completo de animales de peluche. A lo mejor tanta compañía inanimada no hace más feliz al niño, pero seguramente lo ataranta. A fuerza de comunicarse con muñecos que jamás le responden, tampoco espera que los de carne y hueso, como su madre o como yo, le respondamos. Pregunta y dice sin esperar nada a cambio. De grande va a ser escultor, de seguro. Bibliotecario, en el mejor de los casos.

Tanto como aprecio que Cindy me brinde su hospitalidad, me incomoda abusar de su generosidad. No me siento a gusto tomando alimentos del refrigerador sin poner mi parte para la manutención de la casa. Es evidente que el dinero no abunda en esta casa. Así que a la semana siguiente de mi llegada me llevé a Dario al supermercado con todo el dinero que tenía y de un golpe llené la alacena para sentir el derecho legítimo de tomar algo más que café con azúcar en la casa. Traer la comida y brindarle cuidados al niño me han liberado, hasta cierto punto, de la sensación de estar abusando gratuitamente de la generosidad de una madre soltera. Ella me recuerda, cuando nota mi preocupación, que pasó más de tres meses en mi casa de Saltillo asaltando la despensa sin remordimiento alguno, disponiendo incluso de los favores de la cocinera para que le preparara guisados y antojitos. La diferencia, que no es pequeña, es que en Saltillo dependíamos del sueldo abultado de un notario y no de los pobres ingresos de una vendedora de muñecos de peluche.

Por las noches, cuando Dario cae vencido ante el rumor de la televisión, nos ponemos a conversar en la cocina. En un acuerdo tácito, las dos fingimos que somos más amigas de lo que en verdad nos hicimos durante su estancia en Saltillo. La verdad sea dicha, apenas le vimos el polvo en aquel verano. Como si fuese una moderna Rosita Alvírez, conoció todos los barrios de Saltillo y, por supuesto, asistió a todos los bailes.

Nos hemos ido tomando confianza. Cada noche que pasa nos vamos preguntando y confesando asuntos más íntimos. Fue así como me contó que algunas semanas después de su regreso a San Antonio tuvo ataques frecuentes de vómito y de náusea. Lo atribuyó en un principio a una ingesta de chimichangas y burritos en una cadena de comida rápida Tex-Mex de San Antonio, con los cuales trataba de paliar el gusto que había adquirido por el pozole, el cabrito y las enchiladas verdaderas. El día que mostró intolerancia a una hamburguesa con queso, con las que se había criado desde que tenía uso de razón, tuvo que aceptar la realidad inocultable de que estaba embarazada. Sin demora buscó a Tony Aguirre, un compañero de *high-school* que invariablemente le pellizcaba las nalgas, para conseguir una coartada duradera para su embarazo. Por más que se acostó con Tony y refinó su capacidad de fingir orgasmos, al momento de darle la noticia se limitó a dejar de pellizcarla y a cambiarse de barrio. Jamás volvió a saber de él.

Aunque había pasado por muchas manos en Saltillo, a mí me incomodaba inexplicablemente el tema. Después de aquellas confesiones, por pura coincidencia Cindy me hacía referencia a los rasgos físicos de Dario. Entonces me apresaba el temor de que el siguiente paso fuese preguntarme por la salud de mi hermano Eugenio, si seguía siendo tan güerejo como ella lo había conocido y que, por último empezara a llamarme cuñada, de cariño, por supuesto. Me imaginaba con facilidad a Estelita, la celosa perfecta, cruzando la frontera con escopeta en mano para matarnos a las dos; a mí por alcahueta y a ella por puta.

La hospitalidad de Cindy había sido una enorme tabla de salvamento. Llegar a su casa fue como encontrar un refugio en la tormenta. No le he mencionado que entré ilegalmente a Estados Unidos. El tipo de vecindario me hace suponer que de vez en cuando habrá redadas para sorprender indocumentados. Pero, según puedo ver en la televisión (a diario transmiten varios reportajes sobre el tema) normalmente los atrapan en bares, estaciones y fábricas de ropa y de ensamblaje de aparatos eléctricos. Pareciera que las guerras comerciales en Texas se libran enviándose unos a otros los agentes de la policía migratoria para que le clausuren la empresa a la competencia. No hay pierde. De una u otra manera todos contratan indocumentados. Por mi parte, tengo que comenzar a pensar de qué forma voy a regularizar mi estancia en este país. De momento se me ocurre recurrir al expediente del pasaporte perdido o robado, con todo y la visa. En cierta forma, es un dato verdadero, mi padre me robó el pasaporte, con todo y la visa estampada en él. Qué van a saber los agentes de migración si me lo incautó mi padre o si alguien más me lo robó. Ya resolveré el asunto.

Ayer, por primera vez en diez días, salí a conocer una parte de San Antonio. Es evidente que estas ciudades no están hechas para caminar. Cuesta trabajo decidir qué fue primero, el coche o el trazo urbano. Las diferencias son imperceptibles hasta llegar al centro de la ciudad. Casa para todos, pero todos en la misma casa, pudiera ser el lema de estos proyectos habitacionales.

Aburrida de caminar cuadra tras cuadra mirando el mismo tipo de casa, tomé un autobús hacia el centro de la ciudad. Quería dejarlo para más adelante, pero, inevitablemente, en San Antonio todos los caminos conducen a El Álamo o al paseo junto al río artificial. Ahí se detiene el camión, por ahí pasan todos los lugareños. Ahí me bajé.

La antigua iglesia colonial de piedra caliza contrasta con los edificios de cristal y el imprescindible centro comercial que la circunda. Es interesante observar las actitudes tan distintas que produce entre los visitantes sajones y los latinos. La mayoría, antes de entrar y leer las pequeñas notas museográficas colocadas por Las Hijas de la República de Texas, están convencidos de que fueron los sajones quienes ganaron la batalla y los mexicanos quienes la perdieron. Después avanzan en su confusión al percatarse de que unos triunfaron perdiendo y otros perdieron ganando. Al final del paseo a todo mundo le quedaba claro, eso sí, que los sajones sitiados eran buenos de toda bondad y los mexicanos malos de toda maldad.

En el recinto principal, lo que debió ser la nave central de la iglesia, están colocadas unas grandes placas de bronce, con los nombres de los *189 patriotas que dieron más valor a su libertad que a su propia vida,* los que pelearon contra más de cuatro mil soldados mexicanos. En ellas aparecen los nombres y el lugar de origen de los que perecieron en el sitio de El Álamo: Escocia, Kentucky, Missouri, Tennessee, Virginia, Ohio, Inglaterra, Massachusetts, así como el mismo San Antonio y Laredo, Texas. Las candilejas, algunas banderas raídas y los objetos que utilizaron durante los trece días que duró el sitio, se conjugan para dar una apariencia de santuario, de refugio de la memoria colectiva, del parto de Texas.

Nada de qué sorprenderse. En todas las culturas se hace necesario, indispensable, contar con derechos y con la legitimidad de que la soberanía sobre un lugar proviene de los ancestros, de la huella antigua de la civilización o, como en el caso de Texas, de un derramamiento de sangre inspirada en las causas más nobles.

En el museo que colinda con El Álamo puede apreciarse la manera en que el gobierno de México invitó a los sajones que quisieran a establecerse como colonos en Texas. Sin embargo, se daba cuenta también de que fueron engañados a la mala, pues muy pronto se convirtieron en súbditos del régimen tiránico y por demás caótico de Antonio López de Santa Anna. Este último personaje recoge los más altos índices de impopularidad y de consenso por parte de mexicanos y extranjeros. Su personalidad es un punto de unión más fuerte que el Tratado de Libre Comercio. Basta ver los gestos de los peregrinos que acuden a El Álamo, cuando se plantan frente a su retrato al óleo. Es sorprendente que no haya habido una moción para cambiarle de nombre a San Antonio, por aquello de ser población tocaya de un individuo tan unánimemente detestado.

Mientras visitaba el sitio histórico se me ocurrió mencionar, como si pensara para mis adentros, "es increíble que este hombre haya sido un santo". Ello propició que un grupo de turistas que venía de California a cumplir el mantra patria de visitar El Álamo, me preguntara por qué aseveraba que Santa Anna era un santo. "¿De dónde creen, si no, que proviene el nombre de la ciudad de San Antonio?", me limité a responder. Algo es algo. La credibilidad de Las Hijas de la República de Texas se vio, momentáneamente, en entredicho.

Para mí, aquella visita terminó siendo una experiencia por demás agridulce. Era inevitable que yo no pudiera mirar aquellos testimonios de la gallardía y el espíritu libertario de los *texians* con ojos de turista. De la misma manera que otras familias de Saltillo discutían los domingos por la mañana acerca del futbol o del estado de la economía, en mi casa se hablaba de la usurpación de Texas, de la manera en que los sajones se fueron infiltrando como la humedad en un acto de descarado expansionismo territorial, que sólo sería el aperitivo para conquistar más tarde California, Nuevo México, Arizona y, a la vuelta del siglo, ocupar Puerto Rico, el Canal de Panamá, las Filipinas, Hawaii y otras tantas islas del Pacífico. Por fortuna, algunos congresistas norteamericanos de la época pensaron que México estaba demasiado poblado, tenía demasiadas diferencias con el mundo anglosajón y protestante y que, por todo ello, anexarlo significaría incrustar un cáncer en la sociedad estadounidense, en la *ciudad sobre la colina*, que los peregrinos inmigrantes habían fundado en Nueva Inglaterra.

En mi casa de Saltillo el tiempo no había transcurrido. La cicatriz histórica que significa Texas para todos los mexicanos, era una herida abierta, presente y cotidiana. No era por azar que fuese yo la primera Sámano que cruzaba la frontera en casi ciento cincuenta años. De acuerdo con la visión que compartíamos en casa, Texas se fue convirtiendo en un refugio de fracasados en sus lugares de origen, buscadores de fortuna, capaces de atropellar con la misma saña que ellos habían sido atropellados en los sitios de donde provenían. Texas, según la versión de mi familia, no era más que un lugar para el cobro de venganzas, la mayoría personales. Todo mundo era rudo y pegaba en la mesa para exigir lo que se le había negado en su lugar de nacimiento. Nada se pide por favor, las cosas se demandan. Texas era tierra de arrebato, el paraíso de la ley del más fuerte, de usar botas y ropa resistente hasta para ir al correo y a la oficina. En el subconsciente de los texanos no caben las pequeñeces ni, mucho menos, la cobardía. Es menester estar todo el tiempo preparado para batirse a duelo, enfrentar la adversidad, mostrar la hombría (hasta para soportar el suplicio de las botas de cuero repujado) y llevar hasta sus límites la defensa del individualismo.

No pude evitar el pensamiento, mientras el autobús me llevaba por las grandes avenidas y carreteras interiores de San Antonio, que ese celo por la individualidad debía generarles una profunda soledad. En los autos, con las ventanas cerradas, los conductores hablaban o cantaban solos, evitaban cruzar la mirada con los demás. En las calles se ven, pero no se miran. Sus miradas traspasan los cuerpos y observan todos los escenarios, menos el humano. No me sorprendió descubrir después que los romances se gestan actualmente a través del correo electrónico y las redes de las computadoras. Deben hacerlo así para conocerse antes de verse, pero sobre todo para no comprometerse a nada, antes de revisar el expediente de su potencial compañero. Todo concuerda, me parecía, con los íconos de Texas: su estrella solitaria, el mensaje reproducido un millón de veces en las defensas de los coches *Don't mess with Texas*, que en el fondo se traduce en la sentencia "no te metas conmigo". Al final pensé que todas aquellas debían ser reflexiones prematuras, producto de años enteros en casa aprendiendo a mirarlos con recelo. Pensé también que los nuevos texanos debían nacer en probetas, para ahorrarse el contacto que requiere una buena gestación. Incluso en el sexo y en el amor debían mantener celosamente su individualidad.

Ahora entiendo mejor a Cindy. En los meses que pasó con nosotros en Saltillo no solamente descubrió su sexualidad, sino también, y más importante, que había alternativas a la soledad. En México encontró que para que las actividades valieran la pena, tenían que hacerse en familia o en grupo. Descubrió el valor de conversar, de pasar la vida con quienes nos rodean, el gran valor que representa conocerse a través de los demás. En Estados Unidos las personas se prueban, en su éxito y en su fracaso, por lo que sean capaces de hacer solas. En México hay que probar, en todo caso, que se es un buen camarada. Ellos se emborrachan para olvidar y borrar, nosotros para confesarnos con alguien y para compartir los secretos.

Sin darme cuenta se me fue toda la mañana en ese viaje por la historia. Fue así como me olvidé, de plano, de recoger a Dario a la salida de la guardería. Llamaron a Cindy de emergencia y salió disparada a recogerlo pensando lo peor. Verificó que mi ropa y mi veliz estuvieran en el sótano, para cerciorarse de que no me hubiera ido de San Antonio sin correrle la mínima cortesía de despedirme de ella.

Llegué a la casa poco antes del atardecer, tomada de uno de los postes del camión, junto a la puerta, intentando identificar, cuadra tras cuadra, en dónde debía bajarme. Todas las casas eran iguales y no me sabía el número de la casa de Cindy. Finalmente pude ver el coche café con el escape suelto. Me bajé del autobús y caminé dos cuadras de regreso.

—Me tenías preocupada —me recibió Cindy—. Ya iba a salir a buscarte a El Álamo.

—¿Cómo sabías que fui a El Álamo? —le pregunté, sin esconder mi asombro.

—No podías evitarlo —me respondió enigmática—. La sangre llama.

Dario no quiso saludarme. Trenzado a la pierna de su madre, me hizo entender claramente que lo había decepcionado.

Con los primeros vientos de la primavera rozándole la cara, Miranda se percató de que tenía asuntos pendientes. Tenía que explicarse a sí misma y muy en serio, las razones por las que había abandonado su casa de Saltillo y, no menos importante, tenía que ponerse a trabajar. Cindy, liberada del compromiso de atender a Dario en horas de trabajo, se había ganado el premio de vendedora del mes. Aprovechando el Día de San Valentín, había logrado establecer una nueva marca de ventas de muñecos de peluche y de tarjetas alusivas al amor y la amistad. Sin embargo, sus ingresos seguían siendo raquíticos. Lo último que quería Miranda era convertirse en una carga insoportable para esta amiga que le había dado cobijo temporal y no eterno. Recoger a Dario se había convertido en su única obligación fija y cotidiana. Era su forma de retribuir la hospitalidad de Cindy y también una manera de reconciliarse, poco a poco, con el niño, que anteponía la excepción de haber fallado un día a la regla de pasar por él sin falta todos los demás. Desde detrás de la ventana de la guardería la miraba largamente, recogía despacio sus útiles y salía en silencio sin darle la mano. Pasaban varias cuadras de monólogos interminables de Miranda hasta que el niño se dignaba a responderle. De haber sido su novio, en vez del hijo de una amiga, le habría partido la cara a golpes.

Caminando a paso de niño de tres años, comenzó a sentir un vacío creciente en el alma. Notó que sus ojos ya se habían acostumbrado al panorama plano y repetitivo de aquel suburbio de San Antonio. Le costó trabajo creer que hubiese algún lugar distinto en el mundo, más allá de aquellas hileras interminables de casas idénticas. Reconoció con toda claridad, hasta entonces, que había salido de Saltillo con la errónea creencia de que cambiando de escenario cambiaría ella por dentro. A mes y medio de haber llegado a San Antonio podía certificar que el lugar de residencia hace poca mella en las costumbres y en los problemas propios. En el mejor de los casos, las personas se mimetizan con el medio donde viven, cambiando apenas su apariencia. Quien es alcohólico, depresivo o *gay* no deja de serlo por cambiar de escenario. Sin embargo, pensaba, hay que ver cuántas personas se abandonan a la aventura pensando en que se convertirán en alguien distinto, corregido y mejorado. No faltan, incluso, los que se casan para dejar el hogar paterno y, según ellos, transformarse a sí mismos.

Miranda había logrado mimetizarse. Con gran soltura respondía las preguntas insólitas que le formulaba Dario, mientras caminaban desde la guardería, mientras veían horas enteras de televisión infantil. "Miranda, ¿el chocolate sale de las vacas cafés y la leche de las blancas?, ¿por qué a las personas que se asolean se les ponen blancas las nalgas?"

El diálogo cotidiano con un niño de tres años y medio comenzaba a calar en el ánimo de Miranda. Si acaso, su manejo del inglés había mejorado escuchando la televisión al lado de Dario. El español del niño había mejorado también en forma muy considerable. Cindy se llenaba de orgullo al ver a su hijo manejarse en español sin mayores problemas de acento. Ésa era otra forma de pagarle la renta, pensaba.

Miranda comenzó a dar signos de desesperación ante la existencia que llevaba en San Antonio. Sabía que tenía que salir a buscar trabajo, comenzar a rodearse de otras personas y salir adelante por sus propios medios. Sin embargo, no daba con la fórmula para encontrar empleo sin que le pidieran papeles migratorios o documentos de seguridad social y de residencia legal en Estados Unidos. Por la noche, en su acostumbrada charla de la merienda, le consultó a Cindy.

—Necesito ponerme a trabajar, pero sin que me descubra la policía migratoria y mucho menos mi padre, que debe tener bien lanzadas sus redes con los abogados de Texas.

—No le has llamado a tu padre desde que viniste, ¿verdad?

La pregunta le cayó como plomo. Notó cuán injusta, en aras de preservar desconocido su paradero, había sido aquellas semanas con su familia. Pensarían que se habría muerto, que la habrían secuestrado, que se habría asociado con alguna secta de fanáticos religiosos. Le pidió en el acto el teléfono a Cindy. Marcó con apuro.

Respondió su hermana Camila. No podía creerlo, se le atiborraban las preguntas, todas las dudas y las peores sospechas que había venido acumulando a lo largo de mes y medio de ausencia sorda.

—¿Estás bien, qué te pasó, dónde estás, no te han maltratado? Toda la policía de Coahuila te está buscando. Reunimos dinero para un rescate, pero no aparecen los secuestradores. Y lo peor —le dijo Camila—, papá está más marchito que nunca.

La frase le rebotó en la cabeza.

Miranda intentó tranquilizarla todo lo que pudo, evitando hasta el límite revelarle que vivía con Cindy, la piruja de San Antonio, como la conocía Camila. Quería mantener oculto su paradero, pero también evitar que su familia pensara que los había cambiado por una estancia con aquella texana caliente que hizo todo lo posible por embarazarse varias veces en Saltillo, opinión en que la tenía su padre las pocas veces que se había referido a ella.

Ante el alboroto que hacía Camila en el teléfono, su padre cogió la extensión y se quedó mudo, escuchando simplemente a su hija mayor dando explicaciones oblicuas, pero liberado de la pesadilla de que hubiese muerto, que la hubieran raptado, que le hubiesen lavado el cerebro y ahora fuese la concubina de algún fanático de esos que encubren su insatisfacción sexual y su deseo de contar con un harem en el nombre de algún dios todopoderoso.

—Vivo con una amiga, Camila. No se preocupen. Estoy bien, muy bien. De veras. Necesitaba un poco de tiempo y de espacio para mí misma.

Luego reflexionó. Si supieran que no había hecho más que cuidar a un niño y ver horas interminables de *Nickelodeon* y del *Cartoon Network*.

—Eso lo puedo entender muy bien —irrumpió de pronto la voz quemada, apenas audible de su padre—. Siempre supe, Miranda, desde el día en que naciste, que te irías de la casa. Igual que me sucedió a mí y le pasará a tu hermana. Lo que me parece inaceptable —comenzaban los reproches que tanto habían contado para su salida de Saltillo— es que te hayas ido sin dar aviso. Llevamos más de un mes sin saber si te mataron, te mataste o te tragó la tierra en algún convento de monjas.

Miranda trató de mantener la calma, serenar a su padre, una vez más. Gonzalo Sámano tenía un carácter explosivo. Era un milagro de la naturaleza que se hubiese amaestrado a sí mismo hasta convertirse en un recatado notario público. Tenía, más bien, el temperamento de un domador de circo.

—Avisos les di muchos —respondió retadora Miranda—. Lo único que me faltó anunciarles fue la fecha y el destino de mi partida.

—No discutamos, hija. Sé que estás en Texas —la tomó por sorpresa.

—¿Tú sabías que Miranda estaba en Texas, papá? —terció Camila desde el otro teléfono—. No me digas que era teatro toda tu aparente preocupación, la movilización de la policía entera de Coahuila y hasta tus sospechas de que la hubiese mandado secuestrar el presidente de la Corte de Justicia del Estado.

Camila se sentía decepcionada. En su mente literaria ya había comenzado a construir toda una historia épica de la manera en que su hermana había logrado convertir a sus secuestradores en un movimiento de acción social. Otra gran novela a la basura. Gonzalo Sámano estaba ahora a dos fuegos, entre dos hijas llenas de reclamos y demandas.

—¿Qué necesitas Miranda? ¿Estás bien, hija? —preguntó Gonzalo.

—Estoy bien papá, muy bien. De momento no necesito nada —lo pensó mejor y agregó—: Viéndolo bien, sí necesito que me envíes algo: mi pasaporte y mi licencia de manejar —se dio cuenta en el acto de que el ajedrez de estrategias con su padre estaba apenas por comenzar.

—Con gusto, mi hijita, nada más dime a dónde debo enviártelos.

Esa última palabrita, con el tono que utilizó, le llevó a suponer de inmediato que darle una dirección significaría una llegada masiva de agentes de migración, detectives personales, perros amaestrados y quién sabe cuántos implementos cohercitivos más, para arrestarla y sacarla como envío exprés de regreso a la casa paterna.

—No tengo domicilio fijo —le respondió de primera intención.

—Va a ser, entonces, un poco difícil que te los haga llegar. Nada más dime qué debo poner en la etiqueta de envío.

En pocas palabras, pensó Miranda, "nada más dime a dónde tengo que mandar a mis huestes punitivas". Tapó el auricular con la mano. Cindy hacía como que contemplaba las nubes de crema en su taza de café, con las orejas más paradas y despiertas que un coyote hambriento.

—¿Tienes algún apartado postal o la dirección de la tienda donde trabajas? Necesito que me envíen mi pasaporte.

Cindy le repitió dos veces, para que lo memorizara, su *P. O. Box*. Inevitablemente, al final tenía que decirle que el apartado postal estaba en San Antonio, Texas. No había remedio. Separó la mano de la bocina y le recitó la dirección. Calculó que si había logrado saber que estaba en Texas, sin haber dejado rastro alguno, ahora que sabría la ciudad donde se encontraba, sus perros de presa no tardarían en dar con ella. La respuesta de su padre no se hizo esperar.

—Entre todos los lugares del mundo a donde pudiste irte, se te ocurrió escoger San Antonio. Así de fácil, así, inopinadamente, rompiste con el mandato más sagrado de cinco generaciones de la familia Sámano.

—Sí, ya lo sé —repuso Miranda con el mismo fastidio que los hijos de los republicanos españoles, cuando escuchaban a sus padres pedirles que no pusieran un pie en la madre patria hasta que no hubiese terminado la dictadura franquista. Y repitió el mantra familiar: "Que se pudra Texas hasta que no nos devuelvan las propiedades que legítimamente nos pertenecen."

—Entonces, mi hija, por qué se te ocurrió ir no sólo a Texas sino precisamente a San Antonio.

Miranda comenzaba a sentir el fastidio que la había empujado a salir de su casa.

—Porque alguno de nosotros tenía que venir alguna vez a intentar recuperar —e hizo voz de cantaleta— "las propiedades que legítimamente nos pertenecen", como dejó grabado en piedra la bisabuela o tatarabuela Amalia.

—No te burles, Miranda —éste era uno de esos temas donde la razón jugaba para su padre el mismo papel que las pulgas para los perros—. No me vayas a decir ahora que estás en San Antonio para recuperar las haciendas perdidas hace siglo y medio.

Miranda pensó con cuidado las alternativas de su respuesta. El viejo tenía el pasaporte guardado y, por ende, el sartén por el mango. Si le respondía que sí, que había ido a San Antonio a recuperar la hacienda, no sólo hubiese tocado las fibras del abolengo familiar, sino también el orgullo de abogado que le acompañaba. Cuántas veces no había repetido Gonzalo que solamente con la ley en la mano los gringos nos iban a devolver las tierras y que solamente él, el mayor abogado que había tenido la familia alcanzaría a lograrlo. Prefirió distraer el curso de la conversación.

—Papá —le dijo conciliadora—, no quiero otra cosa más que pasar un tiempo sola, conocer mis capacidades sin mayores apoyos, probarme a mí misma. Quiero trabajar un tiempo por estas tierras y para ello requiero que me envíes el pasaporte y todos los papeles que sientas que puedan ayudarme para estar tranquila unos meses por aquí. Y —añadió— también me interesa conocer la tierra donde vivieron nuestros antepasados.

El domingo me levanté tarde. No es que me hubiese desvelado, pero las mejores costumbres siempre deben preservarse. Cuando subí del sótano me encontré a Cindy perfectamente arreglada, sin huellas de la regadera, peinado de pistola, medias oscuras, falda tableada, suetercito de tirolesa y una discreta carga de maquillaje. Esa mañana, si se lo hubiera propuesto, habría conseguido fácilmente un puesto como secretaria en alguna institución filantrópica o como recepcionista en algún centro de atención a pensionados. Dario, por su parte, llevaba pantalones cortos de casimir, una camisa blanca con bordados y el pelo perfectamente engominado. Hasta dejaban la impresión de hablar con mayor propiedad. Daba un poco de pena saber que tendrían que subirse a un coche tan sucio y en tan mal estado como el Ford café de Cindy.

—Vamos a casa de mis padres —dijo tartamudeando, como si la hubiese sorprendido a punto de cometer el robo de la caja de un supermercado—. ¿Quisieras acompañarnos? —arrastró las palabras de modo que la respuesta fuese inobjetablemente que no. Hizo que Dario se pasara una galleta con chispas de chocolate a toda velocidad, lo tomó del brazo, hizo una mueca cuando se tiró unas gotas de leche en la camisa inmaculada y salió rápidamente de la casa—, ahí tienes de todo. Tengo unas llaves extras sobre el farol del jardín, por si quieres llevártelas.

La prisa la agobiaba más que en cualquier día de media semana. Quizá los padres eran muy puntuales o muy castrantes o las dos cosas. Después pensé que a lo mejor le daban algo de dinero para sostenerse. Aunque parecía dudoso, partiendo de la manera como iba vestida. Según la estrategia judía, cuando se va a pedir dinero hay que aparentar penuria y vestir la ropa más deteriorada, para que la necesidad se vea recompensada debidamente. Por el contrario, según los libaneses que conocía en México, hay que vestirse con las mejores ropas para que quienes te den dinero crean que están entrando en un negocio y no simplemente aportando una dádiva. Mi lectura es que ninguna de las dos recetas es mejor que la otra, porque tanto a los judíos como a los libaneses normalmente les va muy bien en materia económica.

Los despedí con chanclas en la puerta. Le hice alguna morisqueta a Dario, para que siguiera sintiéndose el centro del mundo. Cuando invadí el silencio de la casa me reencontré con el placer de la soledad. Leí el *San Antonio Express-News* con dos tazas de café. Con gran despliegue publicitario se anunciaba una ceremonia en honor del conde Gustavo de Béxar, descendiente de los fundadores originales de San Antonio. Junto a la fotografía del gordito aristócrata, aparecía el listado de las actividades que se realizarían en, dónde más, la explanada de El Álamo: el festival incluía desfile de carruajes antiguos, representación de los oficios del siglo XVII y verbena popular, con la participación del alcalde de la ciudad y las Hijas de la República de Texas, para balancear los ingredientes españolizantes que traería consigo el conde. Hacía una mañana brillante, sin viento, en el preludio de la primavera. Decidí asistir.

En el antiguo claustro de La Misión habían colocado templetes y micrófonos, coronados por una enorme guirnalda de globos con los colores de las banderas de España y de Estados Unidos. Las Hijas de la República de Texas, ataviadas para la ocasión como Aunt Jemina, repartían panfletos que exhortaban al público a "conocer tu historia". Rechazaban las aviesas intenciones de "grupos de mexicanos resentidos" que a últimas fechas habían salido con el invento descabellado de que un soldado de Santa Anna escribió una crónica en la que narra la muerte de Davy Crockett, el personaje más mítico de la batalla de El Álamo, en términos menos heroicos que los consignados por la leyenda. El debate estaba en su apogeo sobre este giro inesperado de la historia, como también lo estaba la puja en las casas de subastas, donde el escrito del siglo pasado rondaba el medio millón de dólares según la empresa Quysner & Baker de Los Ángeles, que lo tiene bajo su custodia.

Con unos discretos listones en verde, blanco y rojo y unos menos discretos chalecos de charrería, simpatizantes de la causa mexicana paseaban también por el claustro, repartiendo sus propios panfletos. "La visión de un testigo", se titulaba, en referencia al polémico diario del soldado José Enrique de la Peña. Estas memorias rompen con el mito de que Crockett murió en el fragor de la batalla, blandiendo hasta el último momento su rifle, el famoso *Old Betsy,* como si fuera un bat de beisbol, en una lucha cuerpo a cuerpo cuando ya se le habían terminado las municiones. La narración de De la Peña establece que Crockett fue arrestado y pidió clemencia a Santa Anna, diciéndole que no era más que un naturista inocente que se había quedado encerrado en El Álamo y, a la luz de las circunstancias, no había tenido más remedio que defenderse con todo lo que tuviera a su alcance. De cualquier forma, fue ejecutado con otros seis compañeros, cuando ya había terminado el sitio.

Las Hijas de la República de Texas afirmaban que se trataba de un documento falso, fabricado por los mexicanos resentidos para empañar la reputación de Crockett y para "ajustar la historia a su gusto". Los mexicanos, efectivamente resentidos, argumentaban que la autenticidad del escrito de De la Peña estaba fuera de discusión, como lo avalaba Quysner & Baker. El panfleto que distribuían formaba parte de una colecta entre la comunidad mexicana y cualquier otro "simpatizante de la verdad" para adquirir las memorias de De la Peña, "antes de que algún fanático conservador y adinerado las comprara con el único propósito de prenderles fuego", como efectivamente se rumoraba.

Tomé un asiento en las primeras filas, frente al templete. Cuando se cruzaban, folleto en mano, las Hijas de la República de Texas y los mexicanos revisionistas, se sostenían la mirada a ver quién cedía primero y al pasar por el lado arquean el cuello en lo que terminaba siendo un ritual interesante, mezcla del *Jarabe tapatío* y el *Square Dancing.*

La Banda Militar Histórica de San Antonio ocupó el estrado. Los integrantes debían ser los hijos de las Hijas de la República de Texas, ataviados con casacas rojas, como las que uniformaban a las tropas británicas que jamás llegaron a territorio texano. Esa viñeta de la historia, la música de flautín, xilófono y tamborileros, constrastaba con los anuncios de cerveza y de estaciones de radio, en todos los casos *proud sponsors* de la visita sin precedentes del conde don Gustavo de Béxar.

Finalmente, cuando el estrado se encontraba ya repleto de personajes disfrazados de pioneros, apaches, dandys con sombrero de carrete, vaqueros, *rangers* y soldados con uniformes de franela, apareció un individuo de traje a rayas para anunciar la llegada del alcalde y del conde de Béxar. Entre ambas personalidades formaban el diez perfecto: el alcalde alto y delgado como cuello de jirafa y el conde rechoncho, bajito y con los cachetes colorados. Don Gustavo de Béxar parecía salido directamente de las célebres *Meninas* de Velázquez. Solamente que este conde tenía un color de mejillas más rozagante y la mirada menos estrábica que sus colegas de estirpe. Venía ataviado con unos pantalones abombados en los colores de la casa real española, zapatos de hebilla dorada, medias blancas hasta las rodillas, camisa de organdí, chaleco de gamuza negra, cuello alto de brocado y sombrero goyesco tocado con plumas de faisán. No había margen de error para distinguir al conde del alcalde. La estampa del aristócrata español logró un inusitado consenso aún entre los más rabiosos mexicanos y texanos del público. De alguna manera, unos y otros guardaban la esperanza de que ese noble español pusiera la historia en su sitio esa misma mañana, de una vez y para siempre. Los cónsules generales de México y de España, sentados en la primera fila, se frotaban las manos y se cuchicheaban secretos y bromas al oído. A fin de cuentas, fuesen anglos o latinos, mexicanos o gringos, todos habían respetado por igual el apellido de los Béxar en el nombre oficial de San Antonio.

Tomaron asiento en un par de sillones de marquetería y terciopelo rojo, con patas rematadas en garra de león. Los anuncios de cerveza picaban en la vista más que nunca. Los apaches desentonaban en el estrado, a menos que les dieran licencia para matar a flechazos al alcalde y a su huésped. Daban ganas de adivinar qué podría estar pensando ese jefe indio de finales del siglo XX, bajo aquel penacho que sobresalía por encima de las cabezas de todos. Vinieron los discursos. El presentador oficial se concentró en extender sus agradecimientos a las compañías patrocinadoras del evento, con la célebre y desacertada frase de *This noble Spaniard has been sponsored by Miller Light Beer, the San Antonio Savings & Loans and KMPQ Stereo 103*, como si su existencia entera se la debiese a aquellas empresas. La estación de radio proporcionaba el fondo musical, combinando a placer algún pasodoble, las notas de

La cucaracha, otra vez *Cielito lindo*, zarzuelas famosas, acordes de banjo y marchas alusivas al *Boston tea Party*, única ocasión en que los indios americanos, aunque fuera disfrazados, aportaron algo a la causa de la libertad. Mi compañera de asiento, una señora de edad, con el pelo canoso y acicalado como merengue de dos pisos, me palmeaba emocionada el antebrazo.

—*Isn't it marvellous? I mean this royalty stuff.*

—*Yes it is, madam* —¿qué más podría responderle ante aquella exhibición viviente de sincretismo histórico? Después de todo, las plumas del sombrero eran reales.

El alcalde tomó la palabra con pocas intenciones de dejarla en algún momento. Narró la saga completa, desde la aparición de los búfalos que pastaban placenteramente por las praderas texanas en tiempos inmemoriales, hasta el respeto que le reservaba el San Antonio moderno a sus tradiciones, a su rico pasado histórico y, principalmente, a la memoria y al legado de la familia Béxar. Dejó en claro de una vez y para siempre que, por encima de cualquier diferencia que existiera en aquel San Antonio, multirracial y pluricultural, la simple evocación del apellido Béxar convocaba a la unión, a la hermandad y al orgullo de vivir en la ciudad norteamericana donde más claramente se luchó y se murió por la libertad y en contra de la tiranía y el despotismo. A cada frase afortunada, las Hijas de la República de Texas sacudían en el aire sus raffias y pompones tricolores, mirando desafiantes a los hijos del otro bando, que guardaban sus matracas y sus pitos en espera de algún pronunciamiento al que pudieran sumarse.

Tocó su turno frente al micrófono al conde de Béxar. La cabeza del gordito apenas rebasaba el podio de los oradores. Amablemente le colocaron un escalón para hacerlo visible ante el auditorio. Sin ninguna consideración hacia el público, se expresó en un español antiguo y alambicado, poniendo en un verdadero brete a la traductora. Como era de esperarse, el conde disertó ampliamente sobre la fundación de la ciudad y de sus distintas etapas históricas, los informes que sus antepasados presentaban al rey de España sobre el desarrollo de la zona y los contactos iniciales con los más altos jefes de la patria iroquesa. El conde manejaba una narrativa rica en imágenes y un vocabulario tan pródigo que, en muchos casos, hasta quienes hablaban español debían esperar la traducción al inglés para entender lo que había dicho.

Cuando su intervención se acercó a la etapa polémica de la guerra de Texas, se hizo un silencio sobrecogedor en la plaza.

—Estoy consciente de las muchas, de las interminables disputas que se han dado en estas tierras desde la consumación de la Independencia de México. Este santuario —apuntó con el dedo hacia el campanario de El Álamo— es testigo mudo de la mezcla de dos sangres. Dentro de esos muros de cantera se mezclaron, sin figuración alguna, las sangres de combatientes mexicanos y americanos. Ésa fue la última vez, aunque haya sido en condiciones accidentadas y violentas, que se dio alguna forma de unión verdadera entre estos dos pueblos. En esos días, nublados por las descargas de pólvora y el olor inescrutable de la muerte, se dieron cita los peores agravios y los odios más irreconciliables, bajo los auspicios de causas tan nobles e ideales tan altos como la libertad, la integridad territorial, el rechazo a la tiranía y la contención del expansionismo. Los dos bandos llevaban alguna parte de la razón, pero al sumarlas no podía llegarse a otro resultado más que la imposición de unos sobre otros, el pisoteo de los derechos del contrario y el despojo absoluto de sus propiedades y su derecho mismo a vivir en estas tierras. La muerte en masa sepultó las posibilidades de extraer lo mejor y más valioso de ambas culturas. Para que una de ellas floreciera hubo de denostarse y desacreditar a la otra. Paradójicamente, quienes pelearon por la libertad adoptaron esclavos, mancillando su propia causa, su lucha para ensanchar los caminos de la libertad. La historia se escribió esos días con punto final y firma al calce.

Hizo una pausa prolongada. Su discurso comenzaba a tomar visos de regaño.

—Mucho disgusto ha causado a los Béxar de todos los tiempos y todas las edades que en ésta su comarca, fundada originalmente para acercar al hombre a la palabra de Dios —volvió a señalar la Misión de El Álamo—, al imperio de la justicia y a crear un nuevo centro de civilización, haya quedado para siempre marcada como sitio de desencuentros y como ejemplo vivo de que en Texas la fuerza, la obstinación y el arrojo ocupan una categoría superior al derecho, la razón y la tolerancia.

Las Hijas de la República de Texas se miraban entre sí, desconcertadas. Los mexicanos levantaban las matracas con intenciones de saludar y aplaudir algunas de las tesis del conde de Béxar, pero las bajaban con igual rapidez al notar que también a ellos y a sus antepasados les atizaba con especial virulencia. Faltaba lo mejor.

De pronto, el conde, don Gustavo de Béxar, el chaparrito de las ropas finas de la antigüedad, hizo señas con la mano a un asistente que se encontraba detrás del sillón que ocupaba. Un hombre menudo con cara de flauta apareció, ataviado como paje de la Edad Media, con un estuche del tamaño de una mesa, plano, como aquellos que utilizan los artistas para transportar sus obras. Colocó ceremoniosamente el estuche sobre un atril que había traído para el efecto. Entre el público circuló la sensación que acompaña la presencia de los magos antes de ejecutar el truco principal. El paje se cercioró de que el estuche estuviese cerrado y se colocó a un lado, otra vez como un asistente de mago.

—No es mi papel, ni siquiera mi más vana intención hacer política en este estado. Esa tarea no nos corresponde —de repente utilizaba el plural de la realeza—. Sin embargo, es obligación de mi familia impulsar la reconciliación en esta comarca, en este condado de los Béxar. En los ciento cincuenta años que han transcurrido desde entonces, el viento y la lluvia han borrado las marcas de la sangre mezclada en el sitio de El Álamo. Es menester, no obstante, hacer honor a la verdad en este día. El destino de Texas ha sido el de ser la tierra de muchos pueblos y no simplemente la tierra de muchas tierras como ustedes han querido mañosamente llamarla. Ante el ojo del visitante, en el San Antonio moderno no hace falta erigir muros ni ser un experto en etnias o en sociología para percatarse de los sitios en los que es uno bienvenido y en cuáles no, cuáles son los bares y los barrios de los negros y cuáles los de los latinos, las escuelas de los sajones y las iglesias de cada uno de ellos. Ni siquiera para visitar a Dios existe una licencia que no conceda la raza y la cultura. En San Antonio se coexiste, mas no se convive.

El antiguo claustro de La Misión entró en un silencio que permitía escuchar la maquinaria del reloj del universo. A una señal del conde, el paje sacó una pequeña llave de su bolsillo y abrió con todo cuidado los cerrojos del estuche negro. Al abrirlo quedó a la vista una piel de borrego repujada, con los emblemas de Felipe II, rey de España y de las Indias de la Mar Oceánica. Desde mi segunda fila alcanzaba a mirar ilustraciones fantásticas, tanto en las letras iniciales como en un mapa que ocupaba la porción central de aquel pellejo.

—Éste es el edicto de propiedad de la familia Béxar sobre los territorios y posesiones del lugar en que nos encontramos —según se producía la traducción al inglés, un murmullo fue dominando la plaza. El alcalde se removió incómodo en su asiento como trono. El noble español pidió entonces al paje que leyera en voz alta, los términos del documento.

Al terminar la lectura, la mirada del conde había registrado un cambio sensible. Dejó de aparecer mágicamente como una pieza viviente extraída del museo de las Colonias, para hacerse de carne, hueso y pasiones.

—He aquí uno de los puntos de partida para comenzar una reconciliación real entre los habitantes de este condado. He aquí —repitió, sin dejar de apuntar a la piel de borrego con la mano— la oportunidad de que San Antonio comience a reescribir su historia sobre bases luminosas y ciertas.

—*Is he going to donate the sheepskin?* —me preguntó de sopetón mi vecina, la del peinado de merengue—. *Is it worth a lot of money?*

Las palabras siguientes del conde nos impidieron iniciar una conversación.

—Como apreciarán en la lectura que acabáis de escuchar, en ningún apartado de este edicto se establece que los derechos de propiedad para los condes de Béxar hayan prescrito. Y tampoco, para su debido conocimiento, los diferentes tratados suscritos entre las potencias ocupantes de esta zona mencionan plazos para ejercer el legítimo derecho a la propiedad, ni mucho menos se ocupan de establecer normas para la propiedad privada. Ni el Tratado Adams-Onís, ni el Tratado de Guadalupe Hidalgo contemplan apartados pertinentes o relativos a la propiedad de los individuos en los territorios señalados al efecto. De manera que, mis muy estimados y queridos habitantes del condado de Béxar, los herederos del conde don Rodrigo Fernando de Béxar y Sigüenza, siguen hasta el día de hoy siendo los legítimos propietarios de esta comarca.

La plaza se cubrió de un silencio sepulcral. Estaba tan acendrada la costumbre —quién sabe de dónde vendría— de aplaudir religiosamente al final de cualquier intervención pública, que la gente no acertaba qué hacer. El conde les había tomado por sorpresa. Resultaba impensable aplaudir el anuncio de que la propiedad de cada uno de los presentes no era suya y nunca había sido verdaderamente suya. El noble español ya había hecho su reclamación, pero ellos, ¿a quién debían reclamarle entonces? A fin de cuentas, todos habían pagado con dinero bueno, tasas de interés e hipotecas, los bienes que poseían. Ahora, si tenía razón jurídica el conde, se desayunaban con la noticia de que no habían hecho otra cosa más que hacerle el juego a usurpadores, que a su vez seguramente habían sido embaucados por otros y así, indefinidamente, hasta la fecha en que se torció la letra y el espíritu de la leyenda inscrita en la piel de borrego que estaba frente a sus ojos.

—*Is it that after all we didn't win at the Battle of El Alamo?* —me interrogó apresurada mi vecina—. *Is it what he is saying? My home is not my home, I mean really?* —usaba insistentemente el *"I mean"*. Luego se preguntó—: *Then who is the real owner, this man, the noble?*

Esas mismas preguntas flotaban en el aire para todos. El alcalde, presa de la confusión y del ridículo, después de todo a él se le había ocurrido traer al conde a celebrar los ciento cincuenta años de la anexión de Texas, decidió enviarle un mensaje contundente al miembro de la realeza española. Escribió apresuradamente unas líneas en una tarjeta que extrajo del bolso del saco. Llamó a uno de sus asistentes, todos pudimos ver cómo dio unos cuantos pasos temblorosos y le pasó la nota al conde don Gustavo de Béxar. Aquél la leyó y transformándosele la expresión del rostro regordete y sonrosado. Se acercó al micrófono.

—El alcalde me pide que "amablemente" done en estos momentos el título de propiedad a la ciudad de San Antonio. Me hace notar que éste sería un buen gesto de mi parte en esta ocasión. Yo le preguntaría a cambio al señor alcalde, por qué no se nos pidió lo mismo en tiempo y forma cuando se produjo el arrebato de nuestras propiedades. Os recuerdo que no han pasado más que ciento cincuenta años, un tiempo corto en la historia, pero suficientemente largo como para que se nos hubiese preguntado si queríamos una indemnización, poner en venta la comarca o, como ahora me solicitan, hacer una "amable donación".

El alcalde tenía los ojos inyectados por la contrariedad. Desde mi segunda fila pude escucharle, supongo que muchos más le oyeron exclamar: "¿Por qué carajos nadie me informó que San Antonio no era nuestro?", buscando algún responsable.

El conde, de estatura insignificante y vestimenta de pirulí, había tomado el control del evento. La ecuación del poder en San Antonio parecía haberse alterado por completo. Más allá de la piel de borrego, mudo testimonio que avalaba sus palabras, su postura indicaba que él era verdaderamente quien poseía y tenía el dominio legítimo sobre la comarca de Béxar. De pronto, una de las Hijas de la República de Texas se levantó de su asiento súbitamente, al percatarse de la parálisis pasmosa en que había caído el alcalde después de su frustrado intento de conseguir una amable donación.

—El conde desconoce tres cuestiones de primordial importancia —dijo en un español que arrastraba las erres, pero perfectamente comprensible—. La primera —le advirtió con el dedo levantado— es que el señor que le entregó ese título, el señor Felipe II, no gobierna sobre esta parte del mundo. Ni siquiera gobierna a España. Su segunda equivocación —ahora levantó dos dedos— es que Texas fue una república independiente y ahora es parte de otra, con los derechos propios de una nación para decidir libremente qué le pertenece a cada quien. Y tercero y más importante —añadió un dedo más—, los texanos tenemos un derecho de sangre sobre la tierra que habitamos; la sangre que fue derramada por nuestros antepasados en este santuario de El Álamo —recogió dos dedos y apuntó con el sobrante a la vetusta capilla de piedra.

Ahora sí se soltó una lluvia ensordecedora de aplausos, de los aplausos contenidos que todos traían atrapados en las palmas. Surgieron espontáneamente los cánticos de *Remember El Alamo* y *Don't mess with Texas*. El Alcalde, que siempre había llamado a la concordia entre anglos e hispánicos, sintió que sus posibilidades de reelección se desmoronaban frente a sus ojos.

Desde su pedestal improvisado, el conde permanecía inmutable, con la misma excitación de quien observa una partida de ajedrez. En vez de intentar retomar la palabra poniéndose a pegar de gritos en el micrófono, el paje le puso un peldaño más bajo los pies. Su figura resaltó con mayor claridad por encima del podio. Entonces, el asistente le entregó un legajo antiguo, recubierto por una elegante piel repujada. El silencio volvió a imponerse. La función de magia no había terminado.

—Quisiera presentaros a algunas de las familias que me acompañan en esta cruzada en honor de la justicia —y comenzó a pasar los folios, delicadamente, mojándose en cada vuelta de hoja la punta de los dedos—. Algunos de estos nombres —agregó— os resultarán conocidos: Béxar, Coronado, Gonzales (subrayó la ese en su elegante dicción), Nacogodchez (subrayó ahora la zeta), Uvalde, Lozoya, Medina, Navarro, Victoria, Sámano, Sabines y Valverde.

Al escuchar mi apellido, no pude evitar que me atravesara un relámpago lanzado desde alguno de mis genes más antiguos y oxidados por el tiempo y el olvido. Debí mostrarme muy descompuesta, afectada, porque mi compañera de asiento me tomó instintiva y firmemente con la mano y me dijo:

—*Don't worry darling. Everything is going to be all right.*

Los miembros de la banda de música, que debían tocar algunas notas festivas al final del acto, de plano guardaron sus instrumentos o los colocaron debajo de las sillas. Mientras tanto, el conde no cedía. El tipo era sin duda un presumido, pero había que agradecerle que de no ser por personas como él, no conoceríamos ni apreciaríamos el sentido de la humildad. Hasta ahí los reconocimientos a la personalidad que, a medida que se apoderaba del escenario, se hacía más ofensiva y arrogante.

—Las familias que llevaron y llevan estos apellidos, estimados y queridos habitantes de Béxar —siguió disertando— pagaron no una, sino varias veces por las propiedades que ocuparon en Texas. Aquí consta —señaló el legajo empastado— un registro minucioso de la cantidad de maravedíes que pagaron a la Corona, del costo detallado de la construcción de las haciendas, los acueductos y los templos —apuntó una vez más hacia la cúpula de El Álamo— y, quizá lo más importante, dan cuenta de los arreglos, pagos y acuerdos que se establecieron con las tribus indias que habitaban estas tierras para ejercer sus derechos de propiedad.

Hizo una pausa para tomar un poco de agua, arriesgando con su silencio que le arrebataran la palabra. Pero nadie lo hizo. El público estaba presenciando un acto inédito de historia viva y, aunque sacudidos por los planteamientos del conde, el momento no debía interrumpirse, como tampoco ciertos museos deberían cerrar nunca. La historia nos ha sido enseñada con tal nivel de reverencia que no solamente nos lleva a hacer nuestra la noción de que todo tiempo pasado fue mejor, sino que nos hace admirar con una extrañísima fascinación a quienes de primera mano pudieron conocer y convivir con los grandes personajes de la historia. En el conde don

Gustavo de Béxar muchos veían la encarnación de un individuo que, por la manera de vestir, de expresarse y por lo que significaba, bien pudiera haber estrechado la mano de Juárez y de Sam Houston, de Álvar Núñez Cabeza de Vaca, de Jim Bowie y del mismo Felipe II. Ante todo les impresionaba que el conde de Béxar tuviera registro de sí mismo, un conocimiento preclaro de todos y cada uno de sus antepasados, de cada una de las acciones de sus ancestros, buenas, malas y mediocres. Pero registro al fin; certificado de origen, dirían los más modernos. Estaba consciente, además, de que en una patria de desarraigados y migrantes de distinto rango, la realeza siempre ha provocado una fascinación muy especial. Pero no tanto por el magnetismo de encabezar el *jet set* más ampliamente reconocido, sino por concederles la ventaja de que mientras su memoria apenas alcanzaba la zona de los abuelos, ellos conocían su procedencia desde los tiempos más remotos.

—Os causará extrañeza explicaros —sentenció el conde— a qué se debió que los indios kickapoo, los coushatta y los tigua atacasen con tal virulencia los asentamientos texanos a partir de la salida de las familias españolas y mexicanas. La razón es sencilla: vosotros no negociasteis los acuerdos que establecieron mis antepasados y las familias que he mencionado. Por ello les desconocieron y les declararon la guerra. Esto, dicho sea de paso, jamás lo aprovecharon los mexicanos. Siempre creyeron que sus aliados naturales para recuperar sus derechos en Texas serían los negros esclavizados. En realidad, sus aliados naturales eran los indios. Así se torció la historia, como siempre, para los dos lados. Las familias fundadoras de Texas reconocen la existencia de tres gobiernos pero de una sola forma de propiedad. De manera que lo que he venido a ofreceros es la oportunidad de rectificar vuestra historia, aprovechando esta ocasión en que se conmemoran los ciento cincuenta años de la anexión.

El contingente mexicano, primero tímidamente, después a todo vuelo, comenzó a sonar las matracas. La mayoría de ellos, desposeídos lo mismo en México que en Texas, intuía que nada podían perder avalando y aplaudiendo los pronunciamientos del conde. En un descuido les abrirían la posibilidad de obtener algún reconocimiento histórico de lo que tan eficazmente habían sepultado en siglo y medio los sajones. Las Hijas de la República de Texas comenzaron a llamarse entre sí, primero con un discreto lenguaje corporal y después abiertamente con los brazos como aspas, para retirarse ruidosamente de la plaza.

El alcalde aprovechó el desconcierto reinante para escaparse sigilosamente por detrás del estrado. La banda y los que iban disfrazados de vaqueros, de milicianos y de pioneros percibieron igualmente que aquel no era su día y de manera más o menos disimulada, tomaron camino hacia la salida. En cuestión de minutos, solamente permanecieron en la plaza los mexicanos de las matracas, los sombreros de charro y los chalecos de gamuza, y el conde con su paje y su certificado de propiedad grabado en piel de borrego blanca. También estaba yo, rodeada de un mar de sillas vacías y vasos de plástico tirados por el suelo. Nos quedamos mirándonos largamente, los unos a los otros, hasta reconocernos como los mismos perdedores, los de siempre. El noble personaje descendió parsimoniosamente del pódium y pidió al paje que le siguiera con el estuche que contenía el pellejo. Al llegar al borde del estrado hizo una caravana, miró al cielo y después clavó la vista en nosotros.

—Tal parece que tendremos que esperar otro siglo y medio. Nada de qué preocuparse. Para ellos es mucho tiempo, pero para nosotros es un rato cualquiera —acto seguido, el conde guardó sus pertenencias, incluyendo el sombrero de plumas, y salió con paso ligero de la plaza como un verdadero mago medieval.

Separados por algunas hileras de sillas, no quedamos más que los puros paisanos. Después de ciento cincuenta años y aunque solamente fuese por un rato, el claustro de El Álamo volvía a ser únicamente para nosotros.

Me acerqué a ellos. Tenían la barbilla recargada sobre sus matracas tricolores.

—Y usté mi güera, qué anda haciendo por acá.

—También soy mexicana, de Saltillo. Acabo de llegar.

—Pues está usté muy güera.

—Pues sí. Y ustedes qué. Las señoras del disfraz son las Hijas de la República de Texas, ¿y ustedes?

Soltaron la carcajada, era obvio que me había puesto de pechito para la respuesta que recibí.

—Nosotros apenas somos unos hijos de la chingada. ¿Pues qué no vio cómo hasta cuando ganamos la perdemos? En esta plaza estamos bien pinches salados, señorita.

—Pues sí.

A partir de aquella llamada a Saltillo, el ritmo de la vida de Miranda se vio alterado profundamente. En su cálculo, su padre no tardaría en dar con ella, a través de las señas del apartado postal de Cindy Bolaños. Con suerte le mandaría el pasaporte y la licencia de conducir, para obtener el acuse de recibo y tenerla bien ubicada. En el peor de los casos, se aseguraría de que algún agente migratorio estuviese pendiente del buzón para echarle el guante al momento de ir a recoger el correo.

Sin embargo, no era eso lo que más le preocupaba. La desanimaba especialmente que había sido incapaz de darle una razón, más allá de lo convencional, para querer estar sola y encontrarse consigo misma. Sabía perfectamente que le había tocado en suerte vivir en la era de la apatía. Pero al margen de estas motivaciones no encontraba más que cursiladas para explicarle a su padre por qué había decidido escapar de su casa. Si había elegido ese camino, si había planeado con tanta anticipación la huida y, lo que era más importante, si había logrado hacerlo superando sus dudas y temores, debía enfrentarse a las razones de fondo que le permitieran explicarse, sobre todo a sí misma, lo que pretendía probar y alcanzar con esa mudanza a San Antonio.

Conocía mejor los motivos por los que no se había quedado en México, que las razones positivas para emprender la aventura. No se había fugado en busca de oportunidades económicas, como la mayoría de los paisanos que atraviesan ilegalmente la frontera. Tenía claro que se evadía de su casa, de una vida carente de tonalidades, que la asfixiaba. No escapaba de México. De hecho, el país le seguía pareciendo un enigma fascinante, una verdadera potencia internacional para crear contradicciones y formas nuevas de surrealismo. Según lo veía, México calificaba como el principal candidato a convertirse en la Primera República Montessori del mundo, donde cada quien terminaría haciendo lo que le diera la gana, dentro de un caos concertado que a todos los haría más libres y creativos. Ésa era su predicción de lo que sería México al iniciarse el nuevo siglo. Por esas razones, pensaba como tantos otros mexicanos regresar muy pronto al país, para sumarse de lleno a esa república que avizoraba y que, según ella, devolvería a México la condición de vanguardia en que se había especializado en la primera década de cada siglo. Hacía el cálculo lineal de que si en 1810 se produjo la Independencia y en 1910 la Revolución, para el 2010 algo igual de grande ocurriría con la creación de esa patria montessoriana que tenía en mente.

También tenía claro que no se había ido para conocer el modo de vida americano, porque la penetración cultural de Estados Unidos permitía alcanzar ese conocimiento lo mismo en los cines y en los centros comerciales de Saltillo que en los de la Patagonia. Ni siquiera se había trasladado a San Antonio en son de venganza o con ánimo de reparación por los agravios que habían sufrido sus ancestros durante la guerra de Texas. Más bien lo contrario. Le molestaban sobremanera las conversaciones huecas que se daban en su casa sobre la recuperación, con todo y pago de intereses, de las propiedades originales de los Sámano. Todo se había ido, década tras década, en palabras vacías, fuesen las del gobernador Lorenzo Sámano, cuando algo pudo haberse hecho, hasta las de su padre, el notario Gonzalo Sámano, quien insistía en lograr la recuperación del patrimonio familiar con la ley en la mano. A decir verdad, lo más cerca que había estado cualquiera de los Sámano de recuperar algo en Texas lo había logrado precisamente Miranda, al meterse de regreso a Estados Unidos con la misma cantidad de documentos con la que habían salido hacía siglo y medio doña Amalia y su familia. De haber tenido cualquier indicio de derechos en Texas, pensaba Miranda, no habría tenido que someterse a las humillaciones e inquietudes de tantos miles de mexicanos que se van al norte. De poco le servía su linaje y tres siglos de presencia familiar en Texas frente a los agentes del servicio migratorio y de la patrulla fronteriza. Había tenido que cruzar la frontera con una bolsa de plástico en la cabeza, por debajo de una valla de metal, como evidencia suprema de la inacción de los Sámano.

Estas reflexiones le dieron una idea. Recordando la llamada telefónica, se le ocurrió que, efectivamente, ella era el miembro de la familia que más lejos había llegado, cuando menos al conocer de primera mano El Álamo y los suburbios de San Antonio. Su fuga tendría un mayor sentido, algo que probarle, al menos a su padre y a los Sámano antes que él, que la única manera de regresar a Texas era precisamente regresando como ella lo había hecho. Sintió entonces un orgullo extraño y escondido de haberlo hecho precisamente sin pasaporte y sin papeles, como correspondía a una digna heredera de la indomable Amalia Sámano.

Luego de dos intentos fallidos de divorcio, Matt y Rita Crossman habían logrado dar el difícil salto de traducir el amor en amistad. Vivían en paz, con su respectiva cuota de aburrimiento, de estabilidad y de esporádicas salidas a cenar, en las que ambos leían una y otra vez el menú, a falta de temas de conversación. En cada amago de divorcio habían concebido un hijo, como antídoto para la separación y como resultado del siempre tórrido reencuentro. Se dieron cuenta de que mientras el amor está hecho de una materia resbaladiza, la amistad ofrece menos satisfacciones, pero también menos penalidades. Mejor vivir la planicie gris que el desfiladero de colores, llegó a aceptar Crossman.

Cuando vino la segunda separación, parecía que la suerte de su matrimonio estaba echada. Matt se fue a vivir a una antigua bodega en el centro de San Antonio, que más tarde habilitaría como cantina para almas solitarias. Por una módica renta se instaló con un camastro y un escritorio en el espacio que había ocupado la oficina del dueño de aquella antigua destilería y almacén de licores.

Le incomodaba que hasta la manera y el tono de pelearse fuese blanda. La falta de pasión les anulaba el ánimo para batirse con la intensidad que demanda una buena separación conyugal. Matt llegó entonces a la conclusión de que la hora del divorcio había llegado. Cumpliría así, y a regañadientes, con la premonición que le había lanzado un amigo de la juventud: "Las más grandes expectativas que ofrece el matrimonio son el divorcio y el adulterio." Prácticamente había mantenido su relación con Rita para llevarle la contraria a ese vaticinio lapidario. Se preciaba de combatir sin desmayo cualquier dictado del destino. Crossman procedía de una familia en la que le habían repetido hasta el cansancio que la única manera de lograr algo en la vida es aplicando una estrategia parecida a la de las universidades en sus escudos, donde se inscriben lemas como "Fidelidad, inteligencia y perseverencia". Según sus padres, ir en contra de la tradición y de las marcas de la cuna era tan inútil como comprobadamente estúpido.

Desde su improvisada habitación de candidato al divorcio, en un rincón de la bodega, comenzó a idear la manera de convertir aquel gigantesco y oscuro galpón en una cantina para melancólicos. Instaló una computadora para arrancar el negocio y comenzó a pactar su separación por Internet. Entraba en contacto con su mujer por medio del correo electrónico y en grandes parrafadas le confiaba sus dudas, sus confusiones y las razones que le impulsaban a divorciarse. Hasta le refirió la frase concluyente de su amigo de la juventud sobre el divorcio y el adulterio. En un principio, Rita se limitó a ofrecerle respuestas escuetas y casi siempre tan puntuales como "este mes no has mandado el pago de la renta" o "llegaron ya las formas para la declaración de impuestos". Sin embargo, a medida que Matt fue lanzándole reflexiones, inquietudes y cuestionamientos, Rita fue involucrándose como nunca antes en su pensamiento. Paradójicamente, a través de Internet comenzó a conocer verdaderamente al hombre con quien había compartido los últimos catorce años. A base de las intensas parrafadas que noche a noche aparecían en la pantalla de su computadora, comenzó a descubrir a un hombre distinto y del todo más interesante que aquel marido huraño, refugiado tras las páginas del periódico matutino que desconfiaba hasta de su capacidad para hacerle un huevo tibio de cuatro minutos. Ante estas inesperadas ofensivas computarizadas, sus respuestas electrónicas se fueron haciendo más abundantes, hasta que ella también terminó por compartirle sus confusiones y sus anhelos más olvidados y secretos. Sin apuesta de por medio, su relación mejoró sustancialmente a través del espacio cibernético.

"¿Por qué no me aceptas una invitación a cenar?", le insinuó Matt en uno de sus mensajes computarizados. Ella aceptó. Pero al estar nuevamente de frente, en vivo y en directo, volvieron a clavar la nariz en el menú, sin ser capaces de abordar los temas que con tanta soltura ventilaban por medio de la computadora. Habían logrado construir una magnífica relación virtual.

Pactaron entonces que, por extraño que resultara, se dirían las cosas más graves y sustanciosas por medio de Internet y solamente se verían cuando hubiese necesidad de involucrar el físico, tan frecuentemente como fuera necesario para sostener su matrimonio.

De esta manera, dejaron a la computadora los asuntos del corazón y de la mente y se daban unas encerronas puramente sexuales, sin cruzar apenas palabra, en la antigua oficina de la bodega. Gracias a esos ocasionales encuentros, Matt compró un colchón verdadero y le regaló el viejo catre al guardia de la bodega.

—Ahora sí debes sentirte muy original —lo atacó por medio del correo electrónico—. Pero te apuesto —lo retó Rita— a que conviertas la bodega en un sitio de encuentro para atraer gente verdaderamente distinta. Así reconocerás muy pronto que tu pretendida originalidad abunda mucho más de lo que te imaginas.

Crossman aceptó el desafío. Buscó socios e inversionistas y compró las primeras cajas de vinos y licores. En absoluta soledad y bajo la luz mortecina de una lámpara que colgaba de un cable inmenso, rompió una botella de champaña para darse ánimos y desearse suerte, como si botara al mar un barco. Guardó el tapón para estofarlo algún día en hoja de oro, como talismán perenne de la suerte. Como estaba eufórico y desprendido, pero sin recursos para darse lujos, pasó el líquido que pudo rescatar por un colador y se bebió el champaña con una fruición de náufrago. El día que mostró a Rita el diseño arquitectónico que él mismo dibujó para el bar, la embarazó de un solo tiro certero sobre las cajas de un vino de California que acababa de llegarle.

Al recibir la noticia de que sería padre por segunda vez no tuvo más remedio que reconocer que es poco lo que puede hacerse frente a los dictados y las circunstancias que esconde la naturaleza.

Matt había llegado a esa edad intermedia e indefinida que, al igual que la adolescencia, lo único importante que ofrece es empeñarse en superarla. Al verse cara a cara con el calendario de los cuarenta años en el horizonte, añoró sinceramente las confusiones de la primera juventud. Los cuarenta le resultaban más implacables, desconcertantes y crueles. En la adolescencia, como sea, queda por enfrente el tónico de una juventud incipiente y la hermosa incógnita de qué hacer con la vida. La oferta que ahora tenía frente a sí era la del declive, el deterioro inexorable, los achaques y, más que todo, la conciencia de que ya no resultaría tan fácil pensar en nuevos inicios, alcanzar realizaciones especialmente ambiciosas ni giros pasionales que le dieran un renovado sentido a su existencia. Notaba involuntariamente que el tiempo le había encallecido el espíritu y lo novedoso prácticamente había dejado de existir para él. En el mejor de los casos se enfrentaba a variaciones sobre algún tema conocido previamente.

Crossman era un desvelado crónico y un melancólico incorregible. Su mujer le insistía en que debía mudarse a la India para cambiar su ritmo circadiano. El caso es que todo ocurría en su mente y en sus sentidos cuando se apagaban el sol, el teléfono y, más que todo, la voz chillante y acompasada de Rita. Para apaciguar su naturaleza noctámbula le vino la idea de fundar el bar, que él concebía como una suerte de hospital para solitarios y un santuario para atemperar el insomnio. Más que un negocio, la cantina era el refugio que necesitaba para combatir su propio aislamiento del mundo. En su juventud había conocido París como mochilero, llegando a la conclusión de que su hábitat natural era muy semejante a los cafés de los existencialistas en la Rue de Saint-Germain. Sitios donde nada pasara, donde se reunieran a leer los diletantes y a conversar sin prisa y sin agenda y, por lo mismo, donde todo fuese capaz de suceder.

Rentó así aquella bodega abandonada en el casco viejo de San Antonio, de altísimos techos que le permitieron poner una barra circular en el centro, abrir grandes ventanales para quienes quisieran reconciliarse con el horizonte texano e instalar escalinatas de hierro forjado con rellanos adosados a los muros de ladrillo crudo, donde cada parroquiano pudiera ubicarse tan solo o tan acompañado como quisiera. En su conjunto *The Stranger* asemejaba una enorme jaula de leones, con una barra común que facilitaba algún encuentro fortuito entre los solitarios.

Mientras que los genios de la mercadotecnia elogiaron su selección del nombre del bar, pues atraía a todos los que querían sentirse diferentes a los demás, es decir a todos, Matt sabía perfectamente que el nombre lo había robado directamente de la obra de Albert Camus que tanto había influido en su manera de aproximarse a la vida, a los demás y a sí mismo. El súbito éxito empresarial que obtuvo con la cantina le llevó a olvidar muchas cosas y a sustituir sus olvidos con fantasías que le hicieran sentirse bien. Una de ellas fue que durante su estancia en París solamente logró terminar de leer un libro de los muchos que compró y que ahora decoraban las paredes de la antigua bodega. Ese libro había sido precisamente *El Extranjero*. Pero en descargo de él, debe reconocérsele que lo leyó de principio a fin tres veces, con subrayados en el texto y reflexiones al calce. No obstante, tan pronto como salía de las librerías parisinas, le escribía su nombre en la primera página, reproduciendo un ritual de la infancia, cuando mordisqueaba su sándwich en el recreo para que ninguno de sus compañeros de clase le pidiera compartir bocado.

La lectura de Camus le había secado partes importantes del cerebro mucho antes de cumplir los treinta. El efecto de aquella novela fue tan severo que ninguno de sus amigos y conocidos alcanzaba a explicarse cómo era posible que todavía no hubiese asesinado a algún argelino. Al verse todas las mañanas al espejo tenía la manía de saludarse con un *hello stranger* ante la sensación de que era capaz de despacharse cualquier sorpresa y de meterse en grandes líos a base de cumplir con su promesa de aceptar todo lo que le ofreciera la vida, y si fuera posible, comérsela a pedazos. Con el mentón cubierto de espuma para rasurar, no dejaba de resultarle increíble la cantidad de locuras en las que se había embarcado, las licencias enormes que se había dado para tomar conciencia, ahora, de que la llegada de los cuarenta no le presagiaba más que el principio del final de una existencia agitada, marcada por su necesidad de evadirse y seguramente intrascendente.

Con un gran éxito para su cantina y para sentirse verdaderamente en casa, a un costado de cada mesa colocó todos los libros que tenía, más algunos títulos adicionales que compraba por un dólar en las librerías de segunda mano. Al poco tiempo de abrir el bar, tuvo el dudoso acierto de invitar a sus antiguos amigos de aventuras y de la facultad. La mayoría tenía la virtud de abrigar la esperanza de vivir vidas de novela, complicadas, dramáticas y con la convicción de que cualquier cosa que les sucediera sería culpa del autor. Muchos habían parado más de una vez en la cárcel, otro quedó paralizado de la cintura para abajo en un accidente de motocicleta, otro más se había tatuado el cuerpo en cada sitio nuevo que recorría por el mundo. En todos los casos convergían en conocer los grandes libros del vacío. La década de los sesenta los habían dejado ayunos de luchas sociales y posibles reivindicaciones políticas. Cuando la contracultura les fue permitida, se transformaron en costumbristas involuntarios. Sin estar convencidos, la única lucha que la generación anterior les había dejado vacante era la de alcanzar el honroso éxito de tener casa propia en algún suburbio, membresía en el club más cercano, mujer de estilo dedicada a la pintura y a las artesanías, dos hijos de sexo contrario y una camioneta todo terreno en la puerta. Hasta ahí llegaban las reivindicaciones sociales e intelectuales de los años noventa.

A contrapelo de los tiempos que corrían, la oculta rebeldía de Matt se expresaba en esperar siempre algo más de la vida y entregarse a alguna causa, aunque ello le significara ganar menos dinero y gozar de un estatus prominente. Aplicó entonces toda esa vocación a crear un gran espacio de discusión, intercambio de soledades y, con suerte, de expresión de cualquier manifestación de talento.

Bajo su novedoso concepto, *The Stranger* no tenía más que tres empleados. En la Asociación de Restaurantes y Cantinas de San Antonio, muy pronto fue aclamado como un portento en el ancestral negocio de vender alcohol. Su sistema era de una simpleza que rayaba en lo ofensivo para los grandes genios de la mercadotecnia. En vez de tener, como en todas las demás cantinas del mundo, una barra atendida por varios empleados con cientos de botellas a sus espaldas, Crossman había colocado la estantería de las botellas al alcance de todos los parroquianos. A ella acudía cada sediento a armarse su trago al gusto. Para cualquier duda, faltante o preparación de alguna bebida exótica, ahí estaba uno de sus empleados, José Inés Méndez, un veracruzano retirado de la pesca del camarón, que había acumulado una enorme experiencia en la preparación de bebidas en dos años de trabajo a bordo de un crucero en el Caribe. Además —como buen veracruzano— era un excelente conversador y fungía como traductor oficial de *The Stranger* para la clientela latina.

El hecho de poner las botellas al alcance de la mano transmitía una desconocida sensación de libertad y de confianza a los parroquianos. En sus inicios no faltó quien le advirtiera a Crossman de los peligros financieros y peligros a secas, que entrañaba poner las bebidas de manera tan accesible para el cliente. "Te van a desfalcar en menos de una semana. No van a tomar más que los tragos más caros, van a llenar los vasos hasta el tope y te van a dejar intacto el Bacardí, ¿no te das cuenta?" Pero Matt insistía en que, sin ser caridad, estaba seguro de que la mezcla de libros, islotes de asientos para conversar en la "intimidad colectiva", como él la llamaba, y sobre todo, por el tipo de gente que se aproximaría a un sitio de esas características, sería un negocio muy próspero. Al final tuvo la razón.

En realidad no había hecho más que adaptar el trillado concepto del buffet con cuota fija al mundo de las bebidas. Si el truco mercadotécnico había funcionado tan bien entre comidas tan distintas en precio, como podían serlo los ostiones, el salmón o los waffles belgas, lo mismo podía aplicarse al mundo de las bebidas.

—Les apuesto lo que quieran —desafió a sus socios— a que van a ser muy contados los casos de abuso. Si se sienten a gusto en el bar, ellos serán los primeros encargados de protegerlo. Además, el lugar está orientado a cuarentones taciturnos en busca de una compañía que siempre los evade. El éxito del sitio se sustentará precisamente en que las reglas las conoce todo el mundo, pero odiamos que alguien esté encima de nosotros imponiéndolas o recordándolas. Nadie se va a exceder, lo mismo que nadie llega a tu casa y, por gratis que le ofrezcas la bebida, acaba con toda tu cava.

Los socios tenían serias dudas de acompañarlo a hacer experimentos con su dinero. Pero su optimismo era contagioso y al final decidieron apostarle a su intuición.

La reticencia de los inversionistas no logró generarle dudas. Sin embargo, buscó una fórmula que le permitiera abrir el bar con el mínimo de empleados, colocar la decoración rústica que tenía en mente y el sistema de autoservicio que tanto éxito le traería. Además de José Inés, al que le cayó de perlas el empleo para regularizar su condición migratoria, Crossman consiguió que le acompañara en aquella aventura etílico-literaria un veterano profesor de letras que había tenido que abandonar su cátedra en Princeton, en parte por el grosero frío de Nueva Jersey pero principalmente por empeñarse, contra las instrucciones expresas de la rectoría, en dejar la lectura de Shakespeare siempre al final del curso. El día que le dejaron sus pertenencias en el pasillo de los dormitorios universitarios, tomó la decisión de trasladarse a Atlantic City para dar terapia literaria y filosófica en los casinos, y para intentar seguir los pasos de Dostoievski cuando se fue a Baden-Baden, escribió de un jalón *El jugador* y perdió todo su capital, pero a cambio conoció la esposa del final de su vida. Fastidiado del frío y aturdido por el ruido incesante de las máquinas tragamonedas, sintió que Dostoievski le sacaba demasiada ventaja y abandonó la empresa. Decidió tomar entonces un autobús hacia Texas, donde estimaba que el clima sería más benigno, la gente más inculta y, por lo mismo, nadie le reprocharía que omitiese mencionar a Shakespeare.

Roger Casey tenía todos los atributos para servir de comodín en las mesas de *The Stranger*. Tenía una maravillosa colección de sacos de tweed con parches en los codos, unos grandes bigotes de morsa moribunda y una trenza siempre acicalada con brillantina que mandaba el claro mensaje a quien lo viera que estaba viejo pero sin intenciones de morir. Casey, sin necesidad de mayores instrucciones de Crossman, asumió su papel en la cantina, con una maestría que jamás había alcanzado en sus clases de Princeton. Para Crossman era evidente, luego de comprobarlo cientos de veces en bares de Estados Unidos y de Europa, el enorme anhelo de los bebedores noctámbulos de poder acercarse al compañero de mesa sin temor al rechazo o a la impertinencia. El profesor Casey lograba acortar las distancias entre los desconocidos, juntándolos en alguna mesa a conversar sobre D.H. Lawrence, William Faulkner o la última novela de Tom Wolfe. Ya que los sentía encarrerados en la plática, pasaba a formar otra tertulia, hasta que alcanzaba el prodigio de ver espontáneos que se levantaban de su silla para declamar a Walt Whitman y, depende del trago que tuvieran en la mano, hasta lanzar algunas de las flechas y sentencias de Nietzsche.

Al cumplir medio año en operación, José Inés Méndez, de Veracruz, no pudo más que confesarle a Cróssman:

—Oiga, Matt, éste es el primer *pendejada free bar* del mundo.

El impacto de su comentario no pudo hacer la mella que esperaba, pues jamás fue capaz de traducir debidamente el concepto al inglés. Sin embargo, denotaba claramente lo emocionado que se encontraba con el éxito de la cantina, con los insospechados ingresos que obtenía cada noche, con la tarjeta verde de residente legal que había conseguido y, para su sorpresa, con el tardío delirio que había logrado adquirir por la literatura.

Así, entre el cajero, el profesor de literatura y el camaronero retirado de Veracruz, Matt Crossman logró atarantar sus confusiones existenciales en la creencia de que estaba construyendo un nuevo ágora del pensamiento y de creatividad en el corazón de la estepa texana. La espontaneidad con que fueron surgiendo las novedades que introducía en la cantina le devolvieron la confianza de que, a pesar de sus sospechas, todavía era sujeto de cegarse ante la sorpresa. Casey, al percatarse del renacimiento que mostraban los parroquianos habituales, colocó una colección de plumones de colores en los baños, bajo la hipótesis de que la porción más despiadadamente abandonada de la literatura universal se había escrito precisamente en las paredes de los sanitarios. En su experiencia como docente era extraño encontrar a alguna persona que no hubiese quedado marcada de por vida por la lectura de alguna reflexión corta y punzante, mientras meaba en un baño público. Esa gran fuente de creatividad habría de ser recogida y estimulada por primer vez en *The Stranger*. De paso, lograba evitar que el único baño de la cantina requiriese de mayores atenciones y, por ende, de nuevos empleados. Colocó entonces, tanto en el sanitario de hombres como en el de damas, un rollo de cartulina con la invitación expresa a que cada quien diera rienda suelta a su inspiración, sus más ocultas vulgaridades y hasta una que otra recomendación sobre el desempeño del bar. Casey, por designación propia, se encargaría de seleccionar las frases más destacadas y él mismo las colocaría temporalmente a la vista en los muros de la antigua bodega.

Cuando nació la segunda hija de Crossman, el éxito de *The Stranger* estaba bien consolidado. Mientras tanto, y a pesar de la ayuda de Internet, su matrimonio naufragaba miserablemente.

Al poco tiempo de andar por el *River Walk*, Miranda cayó en un estado de profunda introspección. Desde pequeña, cuando tenía necesidad de pensar a fondo sobre algún asunto, salía a dar grandes caminatas, procurando no pisar las líneas de la banqueta. Los practicantes del zen pasan horas interminables mirando las piedras o pasando un dedo por la flama de una vela hasta encontrar la iluminación, el famoso *satori*. Miranda buscaba lograr el mismo efecto sin pisar las rayas de la calle. Su zancada se hacía variable, como de flamingo en celo, con pasos de repente muy cortos, luego demasiado largos. Al final, su mente cinematográfica la venció. Quiso sentarse en un café al aire libre para rematar sus pensamientos. Pero en un acto de pragmatismo, reconoció que no estaba para darse esos lujos. Se le estaba acabando el poco dinero que había traído a San Antonio. Se reconfortó pensando que, cuando necesitaban reflexionar con profundidad, los personajes centrales de las películas simplemente ponían los codos sobre algún barandal, de preferencia con vista al mar, la mirada perdida en el infinito, la música de fondo envolviendo el espacio y el pelo meciéndose suavemente en la brisa. Bien sabía que era en esos cortes, en esas pausas, cuando la historia de los personajes daba sus vuelcos más inesperados.

En su caso, su suerte no sería distinta a la de los actores. No tuvo más alternativa que quedarse mirando el río, a los turistas mal vestidos, las tiendas de recuerdos y las bandas de mariachis exhaustas de tocar *Cielito lindo* y *La cucaracha,* únicas dos canciones mexicanas que conocen los norteamericanos. Compró un enorme vaso con hielo y un poco de coca-cola de maquinita. La obsesión de los nativos con el hielo le recordó que estaba en territorio ajeno, que los mariachis eran trasplantados y que no pertenecían a ese lugar. Se puso a morder el popote para aplacar el hambre. Tenía la necesidad urgente de trazarse un plan de acción para continuar con su aventura texana, con su aventura personal. Debía encontrar un trabajo hecho a la medida; con un jefe que no le hiciera demasiadas preguntas o que le solicitara documentos de identidad y migración, y al propio tiempo con una paga suficiente para poder salirse de casa de Cindy a la brevedad. Era urgente dejar de ser una carga para su amiga y evitar que el cerebro terminara por paralizársele a base de las fuertes dosis de caricaturas que se suministraba todas las tardes en compañía de Dario. En cualquier caso, le quedaba claro que no había huido de su casa en Saltillo para recluirse ahora en un suburbio sin personalidad de San Antonio.

Erguida encima de un puente peatonal, con la cabeza entre las manos, volvió a preguntarse si sabía en realidad hacia dónde iba, con qué objeto se había fugado a Texas y qué esperaba alcanzar con aquella mudanza transnacional. Al poco tiempo de sorber coca-cola, la asaltó la imagen de que todo el proyecto consistía en borrarse las marcas de la cuna. Por razones que no alcanzaba a explicarse, la enfermaba pensar que desde el mismo día de su nacimiento era un objeto preetiquetado con un trazo de vida diseñado e impuesto por las costumbres, la condición social e incluso por las carencias de sus padres. Tenía muy presente la duda de cómo sería, o hubiese sido, sin todo ese equipaje social y cultural que había heredado involuntariamente. Le molestaba aceptar que fuese el producto de un accidente o de los distintos accidentes de la vida, sin tener mayores posibilidades de meter las manos.

"No hay duda de que si hubiera nacido en Marruecos —era una de sus reflexiones de batalla— sería inevitablemente musulmana, andaría todo el día con la cabeza cubierta, sabría coquetear con la mirada y terminaría casándome con el tipo que escogieran mis padres. Pero nací en México, soy niña de sociedad, tuve que terminar una carrera para halagar a mis padres y mi único destino probable era el de casarme con algún lugareño adinerado, tener sus crías, engordar y sentarme a ver telenovelas desde que cumpla los treinta hasta que me muera." Se miraba en el espejo de su hermano Eugenio y de su episodio matrimonial con Estelita. De haberse quedado en Saltillo, la geografía terminaría por determinar las fronteras de su capacidad amorosa. "Nada más me faltaba —se decía con insistencia— que termine pasando mi vida al lado de una persona cuya principal virtud sea la de vivir a pocas manzanas de mi casa. Qué tal —se preguntaba —si el compañero idóneo para mí se encuentra en este mismo instante en un barco en alta mar, acaba de abandonar el sacerdocio en Sudamérica o dentro de cinco minutos aparecerá por uno de los portales que flanquean este río en San Antonio." Estas consideraciones la agobiaban. No estaba dispuesta a ceder ante el determinismo amoroso, geográfico o de cualquier otra clase. Lo que en verdad le inquietaba era descubrir para qué había venido al mundo.

Para borrarse las marcas de la cuna, midió el tamaño de la empresa que debía enfrentar. Estaba consciente de que nos entrenan para recordar, cuando muy a menudo resulta más importante desarrollar la capacidad de olvidar. Recordamos cosas que no queremos recordar y terminamos sin poder olvidar las cosas de las que quisiéramos desprendernos para siempre. Miró con cuidado a su alrededor. Frente a sus ojos tenía ejemplos de libro de texto. Con enorme facilidad podía distinguir a los mexicanos de los gringos. Tan sencillo como si fueran uniformados con los colores de equipos diferentes. Todos esos mexicanos, aunque llevaran varias generaciones viviendo en Estados Unidos, no habían aprendido a olvidar. Por el contrario, de generación en generación habían sido educados en los valores de preservar las costumbres y las tradiciones. Esa actitud venía reforzada por el mensaje de que solamente así mantendrían su identidad. Pero Miranda no veía más que una tribu de híbridos, gente disfrazada de su contrario, con el escapulario escondido bajo una camisa de Gap, esperando la celebración de la fiesta del Cinco de Mayo, al tiempo que las mujeres se pintaban el pelo de rubio o surgían paisanos acicalados en el muy mexicano estilo *punk*. Los texanos no se quedaban muy atrás. Vivían como turistas en su propia tierra, mirando con un azoro de principiante las construcciones de adobe y de piedra, el colorido de las vestimentas de los mexicanos, soltando una que otra palabra en español para marcar distancia con los yanquis y buscando medir con precisión científica el grado de picante en cada variedad de chiles. Veía nómadas, de uno y otro lado, con la memoria adherida a los genes. En Texas, concluyó Miranda, se había perdido definitivamente la capacidad de olvidar.

Volvió a cruzar el centro de San Antonio sin pisar una sola raya de las banquetas. De pronto sus pies frenaron frente a la puerta de un taller de vitrales. Se trataba de una casa de ladrillo crudo, con grandes ventanales, trabes de madera y apuntalamientos de acero antiguo, en forma de estrella. La cara se le iluminó con los reflejos de colores que traspasaban las láminas de vidrio. Entró con cara de niño en juguetería. Ningún dependiente acudió a atenderla. Del techo colgaban las lámparas estilo Tiffany, cientos de anaqueles separaban las placas de vidrio, ordenadas de acuerdo con su color y su textura. En los muros y entrepaños apreció vitrales terminados con paisajes del desierto, escenas mitológicas, obras abstractas, marcas de cervezas y motivos religiosos. La invadió una extraña sensación de identificación y descubrimiento. De hecho, el trabajo en vidrio emplomado era una de las actividades que en verdad había elegido en su vida, que no le había venido preetiquetada ni obedecía al esquema de vida familiar que se tenía diseñado para ella. Recordó las tardes absorbentes que pasó en el taller de Saltillo, restaurando vitrales antiguos, cortando las piezas, embonando con envoltura de cobre y sellando con plomo derretido. Sintió que la invadía una olvidada emoción hasta que se dio un fuerte tope en la cabeza con una de las lámparas que colgaba del techo. Como badajos de campana, las pantallas de flores y las estrellas de cristal chocaron entre sí, creando un efecto de fichas de dominó que rápidamente invadió el silencioso espacio del taller. Con la preocupación de que pudieran romperse, se llevó la mano a la sien y sintió el pelo apelmazado por un brote de sangre. Al ver la mancha roja en sus dedos, una visión lechosa le invadió la mente y se desvaneció al lado de un bodegón.

Al escuchar el choque de las lámparas, el dueño del taller salió apresurado de la trastienda. Llevaba puesto un mandil de manta cruda y unas barbas canosas salpicadas de fragmentos de cristal. Con una mano en alto detuvo el vuelo de una lámpara en forma de piñata hasta que el sonido cesó. Tardó unos segundos en reconocerse como paramédico improvisado, ante la belleza impactante que observó extendida sobre el suelo, con la falda ligeramente abierta, al igual que la cabeza. Con sus manos callosas tomó la cara de Miranda. Examinó la herida.

—*Lay down, lay down. Don't try to move, you are hurt* —a manera de almohada le puso bajo la cabeza una tabla acojinada de las que utilizaba para transportar las planchas de vidrio.

Miranda fijó la vista en la barba llena de reflejos de colores y chispazos de cristal. Con una fuerte punzada en la sien, pensó que el anciano era producto de su imaginación, un abuelo salido de los cuentos. Sintió ganas de vomitar la coca-cola. Se llevó el dorso de la mano a la boca.

El viejo regresó con un botiquín de latón. Se frotó las manos con alcohol puro y sacó los materiales de curación. Por la naturalidad con que la atendió podía comprenderse que tenía tanta pericia para curar heridas como para cortar las planchas de vidrio. Le ladeó la cabeza. Con dedos expertos hizo pinza sobre la piel abierta como ojal, pasó un algodón para desinfectarla y le colocó un vendolete de cinta adhesiva.

—Lamento mucho lo de sus lámparas —le dijo sin atreverse a abrir los ojos—. Espero que ninguna se haya roto.

—¿No habla inglés? —la atajó en un acto reflejo. El anciano no se esperaba que esa rubia con manchas de sangre en la mejilla fuese a hablarle en otro idioma.

—Lo entiendo, pero no lo hablo muy bien. Pero usted sí que habla un buen español.

—Bueno, lo hablo como todos en San Antonio, peor de lo que hacemos creer a los demás gringos, pero nunca como para engañar a los mexicanos —soltó una carcajada espontánea y estruendosa, como si acabara de cometer alguna travesura.

Miranda recordaba la teoría del comportamiento que establece que los primeros cuatro minutos en que se conoce a una persona resultan determinantes para saber si funcionará o no una relación. Es la etapa en que entran en funcionamiento las vísceras, cuando se intercambia química, miradas y hasta reconocimiento del tono de voz. A esto se le sumaba ahora que el anciano la venía a conocer primero por un contacto con su sangre, todavía adherida en pequeñas costras a sus dedos.

La ayudó a incorporarse. La tomó del codo y la dirigió hasta el área de trabajo del taller. Sin preguntarle, le sirvió un café y le arrimó un banquillo.

—Kevin O'Malley —se presentó finalmente.

—¿Cómo dice? —preguntó todavía un poco aturdida.

—Es mi nombre, Kevin O'Malley. Tengo ascendencia irlandesa.

—Discúlpeme —se sonrojó ligeramente—. No le había comprendido. Soy Miranda Sámano. Vengo de México, de Coahuila.

Entendía las conversaciones como un juego de espejos, donde esencialmente uno ofrece la información que recibe. Sorbió el café lentamente. La sien le punzaba. Pasó la mano por encima de la mesa de trabajo, acojinada y áspera, con los rastros de un uso intenso. Su mirada se clavó en el vitral que trabajaba O'Malley. Era la escena de una capilla colonial en ruinas, flanqueada por dos nogales, con un pozo al frente.

—Es un trabajo muy hermoso, señor O'Malley. ¿Existe en verdad este sitio?

—Es el recuerdo de una antigua misión franciscana que visité hace algunos años en Nacogodches, al sur de Texas. Ha pasado mucho tiempo, así que lo más probable es que sea más imaginaria que verdadera.

Tenía una manera pausada de hablar. Su mente seguramente recorría con cuidado el vocabulario en español, sin apresuramientos, hasta dar con la palabra acertada. Se colocó unas gafas de alta graduación, como visores. Tomó un trozo de vidrio y lo pasó por encima de una pequeña lámpara de neón blanco.

—Cada día me cuesta más trabajo estar seguro de que elijo los colores y las texturas correctas. Creo que ya lo hago más con el tacto que con la vista.

—A mí me parece —le dijo Miranda, continuando en su juego de espejos—, que la grisalla es siempre lo más complicado. Con eso de que no se puede apreciar bien hasta que se mete al horno...

O'Malley la interrumpió.

—¿Has trabajado con grisalla?

—Solamente en restauración y muy de vez en cuando para detallar. No sé, cuando hay que resaltar las espinas de un cactus o meterle un poco de sombra al follaje.

—Aquí en San Antonio ya casi nadie trabaja la grisalla, ¿sabías? Casi todos prefieren usar el esmeril para obtener los contrastes. Es una verdadera lástima.

—Así es. Le quitan la textura al vidrio y no es el mismo —parecía como si se completaran la frases.

—Exactamente.

—La luz no pasa igual, porque el espesor lo hace más fino cuando se utiliza el esmeril. Además, es muy fácil que se quiebren las piezas al momento de montarlas.

—Todo es por culpa de la prisa —le explicó O'Malley—, la obsesión por obtener resultados rápidos. En todo, no solamente en el vidrio emplomado. Hay poca capacidad de demora. *Immediate satisfaction.* Casi todos la buscan, desde la conquista amorosa hasta la promoción profesional. Si por algunos fuera, en tres o cuatro años pasarían de empleados rasos a gerentes, de aprendices a maestros.

Probó otra pieza de vidrio, color ocre, sobre la lámpara. Prosiguió con sus reflexiones.

—La carrera contra el tiempo que tanto nos angustia. Todos los días hay que ganarle la carrera a la muerte que acecha. De ahí nos viene la obsesión, la angustia por cumplir, lograr, acumular, enamorarse, reproducirse y visitar cinco países en cuatro días. Uno de los resultados de esto son esos espantosos vitrales estampados a máquina, con un recubrimiento de plástico negro entre los recuadros de colores. Pero ya ves, a muchos les da lo mismo, con tal de colocarlos a toda prisa en los ventanales de un bar o de un hotel que debe estar listo de inmediato.

Su español mejoraba, incluso en su pronunciación, a medida que lo iba hablando. Miranda lo miraba fijamente. Por primera vez en varias semanas pudo olvidarse de que estaba en San Antonio, que no tenía documentos migratorios y que se le estaba acabando el dinero.

—Pero yo sigo creyendo —continuó el anciano irlandés— que, por la misma prisa en que vive la mayoría de las personas, sube el valor del tiempo, de las obras que han desafiado la apuración inconsciente de que podemos morirnos en cualquier momento. Cuando se pone uno a trabajar en un vitral que tomará dos años en quedar terminado, de alguna manera nos estamos diciendo que tenemos la plena seguridad de que la muerte no nos alcanzará antes de concluirlo. Y, sin pensarlo, quien lo admira y quien paga por estas obras sabe que no solamente se trabajó en ellas con el cuidado y la paciencia que demandan estas cosas, sino invirtiendo el tiempo escaso de la vida en realizarlo.

Levantó la mirada y observó los ojos verdes de Miranda con

las gafas de aumento. Sus pupilas estaban fijas, como en una fotografía.

—Es muy difícil, señor O'Malley, saber a qué velocidad debe uno vivir. Me parece que la velocidad no importa tanto como saber que, aunque se tenga una vida corta, el tiempo se ha aplicado correctamente. Se me ocurre que la gente vive con esa prisa intentando descubrir qué lo llena.

Se quedaron mirando a través del aumento de las gafas. Le daban una aparencia de búho. Ella sonrió ante la dirección que tomaban sus pensamientos.

—¿Qué? —preguntó O'Malley.

—De lo que no hay duda es de que el vidrio emplomado tiene propiedades milagrosas.

—¿Tanto así te gustan?

—Ahora me gustan más que antes. Fíjese lo rápido que nos transportó a una conversación como ésta. A veces pasan años hablando con las personas, sin poder escapar de las trivialidades.

—El famoso *small talk*. Uno de los deportes más practicados en los Estados Unidos —completó el maestro vidriero. Otra vez soltó esa carcajada fresca y resonante.

—No sólo en este país —le apuntó con el dedo para subrayar que le daba la razón—. Conozco el soso ritual de preguntar el nombre, los estudios realizados, la edad y la profesión. Cuando se saben esos datos, se puede declarar que ya se han conocido.

—Te faltó indagar el equipo de beisbol al que le van.

—También eso —ahora fue ella la que se sonrió. No sabía reírse a carcajadas como O'Malley. Tomó una pieza ya recortada de vidrio e instintivamente comenzó a aplicarle la cinta de cobre en los bordes con una espátula de madera. El viejo la miró trabajar.

—¿En dónde aprendiste? —sus manos reflejaban más que una gran experiencia, un enorme gusto para trabajar con el vidrio.

—Estuve en un taller de Saltillo.

—En México se trabaja bien el vidrio, al estilo tradicional. El tiempo allá pasa a otro ritmo, ¿no es cierto?

—No sabría decirle. Llevo muy poco tiempo en Estados Unidos. No puedo comparar bien todavía.

—Ya lo verás muy pronto. He estado muchas veces en México, visitando catedrales, talleres y conventos. Algunos tienen obras magníficas. Pero dime, qué haces aquí.

Miranda titubeó. Pensó en su pasaporte guardado bajo llave en una gaveta del despacho de su padre, en la casa desordenada de Cindy, en las tardes eternas con Dario frente al televisor y en las dudas que abrigaba sobre el propósito de su huida a Texas. Reconoció la oportunidad que se le abría y no la soltó.

—He venido a pedirle trabajo, señor O'Malley. A eso he venido a San Antonio —el viejo la miró con una mezcla de escepticismo y diversión—. No lo sabía exactamente antes de entrar en su taller. Pero ahora me doy cuenta de que ésta es la razón por la que he venido. En verdad me gustaría mucho poder trabajar para usted. Además —lo retó—, creo que a los dos nos conviene.

—¿Ah sí? ¿Por qué estás tan segura?

Se limitó a apuntar hacia un vidrio con el dedo.

—Porque la pieza que está buscando es ésta —y le extendió el pedazo de vidrio amartillado que había cubierto con el filo de cobre—. Tengo ojos más frescos que los suyos para identificar los colores.

O'Malley ablandó la cara. La esgrima verbal le fascinaba. Ella retomó la ofensiva. No podía ocultar su preocupación desde que llegó a San Antonio, que sus probabilidades más altas de trabajo estuvieran en algún expendio de hamburguesas o, debido a su manejo del español, como mesera en un restaurante mexicano, vestida de china poblana, sirviendo margaritas. Ésta era su gran oportunidad.

—Usted decía hace unos instantes, señor O'Malley, que se nota de inmediato cuando un vitral está hecho con el tiempo suficiente, sin apresuramientos. Lo que yo le ofrezco es sumar "mi tiempo" —entrecomilló en el aire con los dedos— al suyo, para producir vitrales nunca vistos en San Antonio. ¿Qué le parece?

El viejo la miró. Es decir, la miró bien y completa. Permitirle entrar en su taller y en su soledad significaba darle entrada en su vida. Pensó en las largas horas de soledad que pasaba todas las semanas en el taller, con una que otra conversación insípida con los clientes y escuchando discos con el piano de Rachmaninov o los violines de Vivaldi hasta altas horas de la noche. Se la imaginó entonces, atendiendo al público en el mostrador, llevando control del inventario de los materiales, seleccionando vidrios y, ante todo, metiendo una brisa de frescura en *O'Malley's Stained Glass*.

—No tiene que decidirse de inmediato —le dijo ella, al percibir que el viejo se tomaba una pausa tan prolongada—. Pero puedo asegurarle que vendré cuantas veces sea necesario hasta que logre convencerlo. De hecho, sería más fácil para ambos si de una buena vez me pusiera a prueba. Créame que conozco algo de vidrio y que quiero aprender de usted. Además, no puedo verme trabajando en uno de esos grandes talleres que parecen almacenes, con luces de neón y un regimiento de empleados sacando vitrales como si fueran pizzas de entrega inmediata. Es necesario dejar las huellas en el vidrio para intentar que alguien llegue a apreciarlos.

El maestro vidriero supo que Miranda era una trampa que le tendía la vida. A sus sesenta y cuatro años pudo anticipar que la iría conociendo, se iría preocupando por ella, le iría revelando sus secretos artesanales y la historia de su vida. Supo también que conocerla le haría más doloroso aceptar la inevitabilidad de la muerte que, como buen irlandés, tenía especialmente presente. Finalmente pensó que si no fuese a ser así, no tenía caso aceptarla como ayudante en el taller. Le miró la herida en la sien, la mano que le sostenía la cara y un pequeño filo del brasier que le asomaba con curiosidad por el borde de la blusa. Estaba acorralado por aquella joven hermosa y decidida. Lo sabía.

—Siempre quise aprender a hablar bien el español —le respondió con timidez—. Me encantaría que estuvieses cerca para practicarlo. Te pido que corrijas mis faltas.

—Yo le pido que me enseñe a trabajar bien el vidrio.

El viejo suspiró, como el clavadista que está a punto de lanzarse de la plataforma de diez metros. A modo de respuesta, con su mano callosa le extendió un mandil de manta cruda y piel de gamuza.

—Espero que te quede bien y que seas una buena aprendiz —le dijo con una sonrisa de resignación. Se arremangó un trozo de su soledad y le dio la bienvenida.

Era muy diferente trabajar en serio para un taller privado en el extranjero que aprender a jugar a hacer vitrales en una academia de señoras aburridas patrocinada por la oficina de la primera dama del Estado de Coahuila. Los elogios por un corte mediocre de vidrio amartillado en Saltillo se traducían en miradas de censura y a veces regaños por propiciar el desperdicio en San Antonio. A pesar de ello, el señor O'Malley me ha mostrado una paciencia difícil de comprender. Probablemente le venga bien que le haga compañía y poder practicar el español sin temor al ridículo. A lo mejor tiene pensado concederme un periodo prudente de aprendizaje y si no doy el ancho, encomendarme llevar las cuentas y el inventario de la tienda.

Paso largas horas en el taller. Salgo de casa con Cindy a la hora en que se dirige al trabajo y me quedo trabajando hasta bien entrada la noche. Mi única preocupación es alcanzar el autobús que me regresa al barrio de Cindy. Aprovecho cualquier distracción del señor O'Malley para practicar cortes de vidrio. Mientras me observa no puedo hacer, por el momento, más que limar las piezas, cubrir los bordes de sus cortes con cinta de cobre y rellenar uniones con una aleación compuesta por plomo y aluminio en partes iguales. Los vapores que despide esta mezcla no son tan nocivos como se supone que eran en la antigüedad. Así de fácil me ahorré una de las razones que esgrimió mi padre para sacarme del taller en Saltillo. "Te vas a quedar estéril Miranda, si sigues empeñada en trabajar con plomo. Solterona además porque se te va a caer el pelo y los dientes." Todavía lo recuerdo como si fuese ayer mismo.

Cindy ha resentido que deje de pasar todos los días por Dario a la guardería. El niño ya no me dirige la palabra. Ahora sí, en serio. Además hemos perdido poco a poco los temas de conversación común. Es decir, ya no podemos comentar *Aventuras en pañales* ni *Los castores cascarrabias*. De manera que se nos terminaron los puntos de referencia que compartíamos. Cindy tiene sentimientos agridulces hacia mí. De un lado, le viene bien la perspectiva de que gane algún dinero y que no sea una carga tan grande para los gastos. Del otro, le veo cara de preocupación porque siente que tengo los días contados en su casa. Mi llegada rompió la monotonía que llevaba. En realidad su vida es muy plana. Es de esas que si no se divierte en el trabajo está perdida. Antes de que llegara yo, me dice, pasaba horas enteras, desde su llegada del trabajo, hablando por teléfono con quien quisiera escucharla y en los días festivos sacaba una película de la tienda de videos y se encerraba en su habitación a comer palomitas y a soñar a través de la pantalla.

Me preocupa acostumbrarme a este tipo de vida. De seguir así terminaré verdaderamente como una solitaria fracasada, cargando la frustración de haber salido sin sentido de casa. Me convertiré en la tía Miranda en el mejor de los casos, y eso en el supuesto de que Dario me aceptara. Pero hay algo más preocupante todavía. Con seguridad los sabuesos de mi padre estarán a la caza de mi paradero que, a través del apartado postal, encontrarán sin mayores dificultades. Imagino el día en que me despierten unas sirenas, una redada policiaca al frente de la casa. Aunque a veces sueño con la escena, lo más probable es que nada de eso ocurra. Ojalá. Al menos eso tendría que contar a mi regreso a Saltillo. Podría intentar una escapatoria y forzarlos a que me pusieran las esposas, salir en algún noticiero. Sin embargo, lo más seguro es que llegaría mi padre personalmente, empacaría en silencio y saldríamos de San Antonio, dando por terminado el episodio de mi huida. Ni modo Cindy, tus planes y los míos no encajan, otra vez.

Con el señor O'Malley he conversado largamente, de todo y de nada. Pero uno de los temas que no hemos tocado, ni siquiera rozado, es el de la posibilidad de que algún día pueda ganar algún dinero en el taller. El asunto es de cierta gravedad; el viejo simplemente no sabe cobrar. A todo mundo le fía, da crédito a la palabra y ni siquiera lleva bien la cuenta de lo que adquieren sus clientes. Sus momentos obsesivos los descarga frente a la mesa de trabajo, cortando, seleccionando vidrios, preparando la cañuela de estaño y las aleaciones. Escogí una mañana soleada para preguntarle sobre las finanzas del taller.

—Creo que ya estoy muy viejo —me respondió sin titubeos— para que a estas alturas de mi vida aprenda a perder la vergüenza en cobrar. Pero tú sí estás en edad y nadie te conoce. Aquí está la lista de precios —me extendió unas hojas maltratadas. Quién sabe cuánto tiempo tenía sin revisar sus costos. En sus ojos acuosos detecté una imploración porque lo liberara del predicamento de cobrar, ajustar los impuestos y lograr que todo cuadre—. Me han sugerido varias veces que consiga una computadora para llevar la contabilidad y hasta para saber cómo andamos de materiales. Quizá tengan razón. Dará menos pena decirle a los clientes que la computadora dice que nos deben tanto por esto y tanto por aquello.

Me limité a responderle que no me parecía mala idea. Si estaba en mi destino hacer la cobranza, no estaba del todo mal pasarle a la máquina la responsabilidad de hacer las sumas y calcular los impuestos. Pero era evidente que esas conversaciones de la vida práctica no eran nuestro fuerte. Una tarde, cuando me puso a cortar tiras simétricas de un vidrio con vetas lechosas, le pregunté distraída si tenía idea de qué manera su familia había llegado a Estados Unidos, a Texas concretamente. Me dijo que sí y luego se quedó callado. Yo tampoco dije una sola palabra. Era la mejor manera de forzarlo a que me contara su historia.

—Mi familia —inició su narración— formó parte de un clan originario del condado de Kerry, al suroeste de Irlanda. Hoy día es el sitio más turístico de la isla. Los guías engañan fácilmente a los visitantes asegurándoles que la zona está llena de gnomos y duendes. Normalmente llegan a creerlo cuando salen de los *pubs*, que abundan en cada poblado —el viejo mostró las encías en una sonrisa prolongada, envuelta en el ensueño de un recuerdo adherido a los genes. Tomó una lámina de vidrio amarillo amartillado y sacó de un bolsillo la cuchilla de punta de diamante.

Supe entonces que me contaría su historia, sin más límite de tiempo que las botellas de cerveza oscura que guardaba en la trastienda. Se dirigió a la puerta, cerró con llave y puso el anuncio de que el taller estaba cerrado. Treinta o cuarenta años antes, aquél hubiera sido un escenario perfecto para la violación de una joven desvalida y solitaria en su primera visita a los Estados Unidos. Sin embargo, ahora, mi única preocupación verdadera era que el señor O'Malley se inspirara demasiado en el recuento de su historia, bebiera demasiada cerveza Guinness, se cortara un dedo accidentalmente y yo perdiera el último autobús hacia la casa de Cindy. Todo eso ocurrió aquella noche.

—Como tantas otras familias, mis antepasados abandonaron Irlanda durante la hambruna de la papa, a mediados del siglo XIX. Nunca ha dejado de sorprenderme que la pérdida de tres cosechas de papas al hilo llevasen al país a un caos tan enorme y a la muerte o al éxodo de más de la mitad de la población. Me llama especialmente la atención porque Irlanda, como cualquier otro país de Europa, no conoció las papas sino hasta que los españoles comenzaron a llevarlas desde América. Es decir, en cosa de tres siglos los patrones de alimentación se habían alterado a tal extremo que la dependencia hacia un solo producto diezmó la población de manera irreparable. Antes de la hambruna, Irlanda tenía quince millones de habitantes; siglo y medio después apenas tiene cinco. No he dejado de preguntarme qué comían entonces, antes de conocer la papa, que les haya permitido librarse de la inanición. Jamás encontré la respuesta.

"Mi bisabuelo Seamus se hizo a la mar en uno de los llamados 'buques ataúd', los famosos *coffin ships* que partían de Connemara y de Galway hacia América. Después de que pasaban migración, los bañaban y les revisaban los dientes en la isla del Gobernador, en Nueva York, iniciaban el penoso trance de americanizarse legalmente y, más complicado todavía, de ser aceptados plenamente en sociedad. Desde entonces, la práctica inconsciente de los norteamericanos ha consistido en discriminar y hacerle la vida difícil al grupo de migrantes de más reciente arribo. Así, en distintas épocas, los irlandeses han sido sujeto de esa discriminación. En parte por el catolicismo, pero principalmente por haber llegado a Estados Unidos después que los ingleses, los escoceses, algunos nórdicos y alemanes. Siempre les ha venido cómodo a los que llegaron antes hacerles notar a los irlandeses que aquí debían hacer muchos méritos para ser aceptados y que, por tanto, cualquier trabajo, con el salario que determinaran, debían aceptarlo sin chistar.

"Esta realidad, que para los irlandeses se prolongaría mucho más tiempo que en el caso de otros recién migrados, llevaba a O'Malley a ver con especial simpatía a los mexicanos que llegaban a Estados Unidos. Según él, los mexicanos tenían el dudoso honor de ser al mismo tiempo los más antiguos y los más recientes migrantes. Ahora, por un salario inferior, debían aceptar ocupaciones y oficios que los demás repudiaban, y manejar un perfil bajo en todo momento, pues siempre se les recordaba que eran tolerados, que viven de prestado en un país ajeno. Otra razón, quizá la de más peso para aquella simpatía natural, provenía de que sus antecesores fueron enrolados en el ejército de los Estados Unidos en la guerra contra México. Como recién llegados a América, sus servicios militares eran recompensados con la plena ciudadanía, como una suerte de carta de naturalización por la cual ya podían ser reconocidos como norteamericanos de tiempo completo."

La claridad y vehemencia de su narración eran inversamente proporcionales a la cantidad de cervezas oscuras que iba sacando del refrigerador. Miranda, que no alcanzaba a terminarse su primer botellín, lo miraba fijamente, con su barba canosa, sus ojos chispeantes y sus manos inquietas. Poco faltaba, quizá un poco de nieve en la ventana y una fogata en la chimenea, para formar una escena navideña del corte más clásico. Al escucharlo hilar su narración, pensó que no era por azar que Irlanda hubiese dado tantos escritores notables, quizá la mayor proporción per cápita en el mundo.

—La guerra con México —continuó el viejo— marcó profundamente a las generaciones siguientes de los O'Malley. El tatarabuelo Seamus y sus dos hermanos no alcanzaron siquiera a conocer Nueva York. Al momento de su desembarco les canjearon el derecho de admisión por un enrolamiento inmediato en las fuerzas de infantería que saldrían hacia Veracruz. Y para allá se fueron, con unas lecciones al vapor sobre el arte de la guerra que tomaron sobre la cubierta del barco. Desde la popa les enseñaron a cargar el rifle y a disparar, usando como blanco las gaviotas que se apiñaban sobre la estela. Se divertían de lo lindo tirando balazos al aire, afinando la puntería y acostumbrando los cachetes a la patada que les daba el fusil en cada disparo. Hasta ahí les alcanzó la felicidad, porque llegando a la ciudad de México, los tres hermanos cayeron rápidamente en la cuenta de que ésa no era su guerra y que, en el mejor de los casos, estaban peleando del lado equivocado. Su cabellera roja impedía que pasaran inadvertidos para uno y otro bando. Los comandantes gringos los enviaban a tomar posiciones al frente y a aceptar las tareas más arriesgadas, recordándoles en todo momento que ésa era la única vía legítima y eficaz para que se les aceptase con todas las de la ley en su nueva patria adoptiva. No faltaba más que acercarse a alguna de las fortificaciones en Churubusco o en Molino del Rey para que ya se enviara a algún pelirrojo irlandés de avanzada a probar, como señuelo, el armamento y las posiciones de las fuerzas mexicanas.

Solamente uno de los tres hermanos O'Malley terminó con vida en aquella aventura militar. Padraigh, el hermano mayor, que en la penuria de la hambruna de la papa había sido enviado para su instrucción a un seminario benedictino, comprendió de inmediato que la guerra con México no era de corte político, sino de carácter religioso. Según podían interpretar las decisiones de los generales de Estados Unidos, los protestantes utilizarían esa guerra para probar, otra vez, su superioridad sobre los católicos. Los recuerdos del Ulster y de los años feroces de Oliver Cromwell en la isla verde les llenaron de rabia. A Irlanda le habían logrado cercenar un tercio de la isla para los siglos venideros, esgrimiendo la forma superior de producir y entender el mundo de los protestantes. En México veían repetirse el mismo patrón de conducta. Reivindicar a México, se les ocurrió, reivindicaría tarde o temprano a Irlanda de la presencia británica.

—A nuestros dos países —le dijo O'Malley a Miranda— nos ha tocado en suerte ser vecinos de imperios mayores y, por cierto, primos entre sí. De ahí que, más allá de la raza y otras superficialidades, nos parezcamos tanto. Pero ése no es el punto al que quería referirme. El caso es que esos pelirrojos y pecosos, habrán sido cerca de ciento veinte soldados, se unieron alrededor de un buen vaso de cerveza mexicana para conspirar contra los generales gringos que los habían llevado a México. Sabían que los tenían agarrados por el lado de las familias que habían dejado atrás, en Nueva York y en Boston. Pero también sabían que si no daban aquella batalla iba a parecer que de veras Dios los había escogido a ellos como favoritos y a los irlandeses y a los mexicanos como los jodidos.

"Una tarde formaron, al lado del canal de Churubusco —el viejo hablaba como si en verdad hubiese estado ahí—, el Batallón de San Patricio y luego, mostrándoles un crucifijo, se dieron a la difícil tarea de convencer en inglés a los mexicanos de que estaban de su lado. A las fuerzas mexicanas les costó mucho trabajo convencerse de que iba en serio su decisión de desertar del ejército de Estados Unidos. *Catholic, catholic*, les decían, apuntándose al pecho para darse a entender y mostrándoles estampillas de san Patricio, del cual jamás se había oído hablar en México. La representación del viejo Paddy les parecía más un druida y un ermitaño que un santo verdadero, así como aparecía rodeado de cruces celtas, tréboles y tumbas construidas en promontorios circulares. No fue sino hasta que se pusieron a tirarle con un odio bien añejado y sin el menor remordimiento a las fuerzas del general Zacarías Taylor, que los mexicanos comprendieron que en verdad estaban de su lado.

"El desenlace fatal para dos de los tres O'Malley se produjo una mañana soleada en la Plaza de San Jacinto en el antiguo pueblo de San Ángel, cuando torpemente se escondieron en la iglesia y de allí los fueron sacando uno a uno para colgarlos en el atrio y a la vista de todos. Seamus logró escapar de milagro porque había caído perdidamente enamorado de una veracruzana y, ante las premuras del amor y de la primavera mexicana, tuvo la suerte de quedarse a practicar su puntería en otros menesteres menos sórdidos que los de andar matando al enemigo como gaviotas.

La oscuridad comenzaba a caer sobre San Antonio y Miranda notó, sin conocerlo todavía tan bien, que el viejo O'Malley sentía la urgencia de mudarse de las cervezas al whisky irlandés. El impulso de la narración comenzaba a exigirle gasolina de mayor octanaje. Y en efecto, sacó dos vasos bajos de la gaveta posterior de su mesa de trabajo y puso frente a sí una botella alta de vidrio verde de Jameson's. Sin preguntar siquiera le sirvió a Miranda. Inexperta en materia de whiskys, pero con algunos caballitos de tequila en su haber, se largó el contenido de un solo trago. Cuando advirtió que Miranda no se sacudía, O'Malley hizo lo propio, esbozando una gran sonrisa de simpatía.

—Si no te digo que, más allá de las superficialidades, los mexicanos y los irlandeses somos pueblos gemelos.

Miranda se sonrió y levantó el vaso en un distante brindis.

—Continúe, por favor —le pidió.

El viejo, que sabía poner perfectamente los paréntesis mentales, retomó el hilo de la narración como si estuviera leyendo directamente de un libro que hubiera dejado por momentos boca abajo.

—Aquella encerrona romántica resultó a la vez providencial y demoledora para el pobre de Seamus. Salvó la vida, pero se le partió el corazón por lo menos en tres pedazos. Recibió la primera sacudida al ver a sus paisanos y sus propios hermanos colgados del cuello y calados después con el hierro de la bayoneta, como buitres dormidos en los pirules del atrio de San Jacinto. No es difícil imaginar a Seamus, que en esos momentos tendría unos veinticinco años, deambulando solitario por debajo de los pies de sus compañeros de aventuras, de los cuerpos inertes de todos aquellos que habían cruzado el Atlántico para escapar del hambre y de la presencia de los ingleses. Debió caminar por aquellas callejuelas empedradas en una soledad infinita, perdiendo el equilibrio, dándose raspones contra las paredes de adobe, vomitando de consternación y de dolor en alguna de las esquinas. Imagínatelo. El único irlandés con vida en todo México, en un México que acababa de ser derrotado por los verdugos de sus hermanos. En esos momentos no podía más que suponer que, al regreso de las tropas a Estados Unidos, a todos los familiares del Batallón de San Patricio los devolverían a Irlanda, los lanzarían al mar o de plano los ejecutarían como parte del castigo ejemplar que se había iniciado en San Ángel. Todas esas familias quedarían marcadas y sin oportunidades en Nueva York y en Boston, como si fuesen portadoras de una plaga letal —tomó un trago largo sin apresuramiento. Sus manos callosas no encontraban reposo sobre la mesa de trabajo. Ya pasaba recortes de vidrio de un lado al otro para volverlos a colocar en su sitio original. Con el rostro marcado intensamente por las arrugas, prosiguió.

—Así que su segunda preocupación ahora eran las tres mujeres de los O'Malley ancladas en Nueva York. Ellas y su prole de pecosos. Consideró entonces olvidarse de ellas, calculando que ésa era la mejor forma de salvarlas. Podrían peligrar más si él, uno de los sediciosos de la guerra mexicana, intentaba acercárseles. Tomó la decisión de quedarse a vivir con la veracruzana, de la cual estaba intensamente enamorado en esos momentos y formar una familia bajo un nombre ficticio. Aprendió a hablar el español a la perfección, con acento veracruzano, como el de ella. Pero sus pelambres rojos lo delataban como si trajera a rastras la sombra de la muerte. Con una pasta de orégano, vainilla cruda y extracto de damiana, se tiñó el pelo de oscuro. Sin encontrar sosiego, comenzó a pensar en un apellido que le permitiera pasar desapercibido y comenzar a unir los retazos de su vida destrozada. Era natural que, como buen irlandés, no se le ocurrían más que adulteraciones españolizadas de los apellidos de la Isla, todos comenzando con la letra "O". Así, el apellido O'Brein derivó en Obregón y el O'Carragh en Ocaranza y después en Carranza a secas. Esos apellidos, inventados en la desesperación de preservar la vida, terminaron por adoptarse como moneda de uso corriente en México. No obstante, por el parecido con O'Malley, se autobautizó Omaña, aunque en sus registros aparecería después como Umaña.

"La vida en clandestinidad, especialmente en el periodo en el que las fuerzas de Estados Unidos mantuvieron la ocupación en México, nulificó rápidamente su apetito sexual. Las relaciones con su novia veracruzana, una mujer fogosa, tropical, con piernas altas y torneadas como cedros tostados, se hicieron más fraternales que de pareja. Comenzaron a llevar una relación de hermanos. El pobre de Seamus españolizó su nombre por el de Jaime y consiguió trabajo en una curtiduría que se dedicaba a hacer aparejos para caballos. Pero por más que buscaba la inspiración necesaria para defenderse en la trinchera sexual, no alcanzaba a trasponer la barrera de las caricias. Ella, mientras tanto, le enseñaba a hablar el castellano y se bajaba cada vez más el escote durante las clases. Sin embargo, todo era en vano. Era evidente que la voluntad no estaba aliada con la fuerza.

"La mala fortuna volvió a hacer presa de Seamus. La veracruzana fue perdiendo afición por navegar sobre aquella piel de nácar venida desde el Mar del Norte. En el taller de peletería tampoco le fue mejor, ante su insistencia casi demencial de poner grabados celtas en las sillas de montar, como si se tratara del Libro de Kells. Así, cuando las tropas norteamericanas abandonaron la ciudad de México, Seamus partió detrás de ellas en dirección a Texas. Pensaba que Texas era en esos momentos el híbrido más semejante a su condición personal. Se hablaba tanto español como inglés y, además, los migrantes de recién arribo eran mejor recibidos que en otras zonas de Estados Unidos.

"Una vez instalado aquí buscó hacer contacto con las tres familias O'Malley de Nueva York. Pudo enterarse de que se habían ubicado en el distrito judío, acomodando mercancía, llevando mensajes y haciendo la limpieza. Así lograron sortear los largos meses de distanciamiento con los tres padres de familia. Ellas los esperaban con la ilusión de que llegarían cargados de medallas, con concesiones para explotar alguna riqueza en México, con pensiones vitalicias del ejército y, sobre todo, con la seguridad de que ahora sí serían aceptados como genuinos norteamericanos. Desde su oculto paradero en Texas, Seamus pudo hacerles llegar discretamente el mensaje de que se trasladaran a San Antonio para rehacer la vida. No les mencionó, deliberadamente, que Padraigh y Sean habían sido ejecutados, con el último Padre Nuestro atravesado en la garganta. También omitió, por supuesto, revelarles el torrencial amorío que había sostenido con una mujer nativa, y sobre todo, omitió mencionar los primeros indicios de una impotencia en gestación.

"Así, Seamus se instaló en San Antonio como cabeza de tres familias, con tres mujeres de ojos brillantes y en plena flor de la vida. Para ganarse la vida se pusieron a fabricar lo que mejor sabían hacer, whisky. Para ello, instalaron un bodegón de techos altos con un alambique al que le metieron toda clase de granos, verduras y plantas de la región, en busca de un destilado que pudiese alcanzar la aprobación general. Terminaron produciendo masivamente un aguardiente de trigo salvaje, mezclado con un poco de sorgo. A falta de bosques en la región para hacer barricas, se les ocurrió ponerle melaza en bajas cantidades, la cual daba un color ambarino a la bebida y ayudaba a disfrazar la sequedad del destilado en la boca. En un principio lo distribuían en grandes botellas de cerámica en todas las cantinas de la zona, desde Houston hasta El Paso. Cuando estalló la Guerra Civil, se promovió que los estados confederados comerciaran entre sí lo más posible, para mantener niveles de riqueza que les permitieran mantener la rivalidad con los estados industriales del norte. Por esta vía comenzaron a llegar maderas de Kentucky y de Tennessee.

"El sobrino mayor de los O'Malley, el hijo del Padraigh ejecutado en San Ángel, desarrolló un importante sentido para los negocios y comenzó a utilizar aquella madera para fabricar barricas. Redujo el contenido de sorgo, pero se le ocurrió mantener el bautismo de melaza líquida que comenzaba a darle un sello distintivo a este whisky. Después se valió de los comerciantes franceses de la Louisiana para comenzar a venderlo más allá del territorio de Texas, aprovechando las disposiciones que alentaban el comercio entre los confederados. En un truco mercadotécnico de primera clase les hizo creer a los comerciantes franceses que la receta de ese destilado venía de la mismísima casa de los Borbón y que el añadido de melaza no se usaba más que en esta bebida y en la preparación del champaña. Los mercaderes comenzaron a marcar las barricas con la palabra "Bourbon" en honor al supuesto origen monárquico de la receta, con la debida malicia, para explotar la orfandad que notaban en América por haber carecido de realeza. Toda vez que las tropas confederadas de refresco se asentaron durante la Guerra Civil en Kentucky y en Tennessee, fue precisamente en esos estados donde mejor acogida se le dio a este exótico trago que mercadeaban los franceses. Los milicianos que regresaban del frente en los estados yanquis del norte a recuperarse del desgaste de la guerra, comenzaron a llamarlo whisky de Tennessee y de Kentucky y hasta la fecha así se le conoce, aunque su invención y sus primeras ventas se hayan dado a unas cuantas cuadras de donde estamos ahora en San Antonio."

El viejo O'Malley se levantó de su banquillo de trabajo y subió lentamente una escalinata de madera que conducía hacia una bodega en el piso superior del taller. Miranda aprovechó su ausencia para mirar el reloj. Siempre le había parecido de mal gusto estar mirando las manecillas en presencia de alguien que no está contando con la presencia del tiempo. Se percató de que ya no alcanzaría el autobús de regreso a casa de Cindy. No quiso ni imaginarse lo que cobraría un taxi a esas horas de la noche hasta el lejano suburbio donde vivía.

O'Malley bajó con la sonrisa de los que han hallado la lámpara de Aladino. En las manos traía una botella enorme de cerámica color crema, un asa para cargarla y una inscripción hecha al fresco. Se la mostró a Miranda como si trajera un bebé recién nacido al que van a conocer los familiares por primera vez. Con el dedo recorrió las letras.

—*Bourbon Whiskey* —leyó orgulloso—. *Made under the original recipe of the Hon. Gentleman, Mr. Padraigh O'Malley and Family. Distilled, aged and bottled in San Antonio, Texas. 1862.* El olor de la melaza todavía puede percibirse —retiró el viejo corcho con extremo cuidado. Lo acercó a la nariz de concurso de Miranda y ella tuvo que practicar un acto de generosidad extremo para esbozar una sonrisa al mismo tiempo que aspiraba los olores del botellón. Emanaba una peste semejante a la del sarro recién removido de las encías. Mantuvo todo el tiempo que pudo una sonrisa de primera actriz.

—Así que por estos rumbos se inició todo —Miranda se sumó al orgullo del anciano.

—A pocas cuadras de este sitio, para ser precisos —tomó la botella de Jameson's y se disponía a servir otra ronda de tragos cuando Miranda lo atajó.

—Se ha hecho un poco tarde. Ya no alcanzaré el autobús 47 —bajó la mirada.

El viejo O'Malley sopesó las alternativas. Calculó desde la más sencilla y a la vez la más despreciable de abrir la cartera, darle unos dólares a Miranda y despacharla en un taxi, hasta la de evitar que concluyese así como así aquella narración. No recordaba otro momento en que de un solo tirón contara la historia profunda de los pioneros irlandeses. Algo tenía Miranda en el aura que le había conducido por aquellos empolvados territorios del recuerdo y de las muy extensas investigaciones que Kevin había hecho de su pasado familiar.

—Ven —le dijo decidido, quitándose de prisa el mandil de trabajo—, te mostraré la destilería que fundaron mis antepasados. Es un paseo corto. Después de esta conversación te vendrá a modo conocer la parte antigua de San Antonio. Ya veremos más tarde cómo hacemos para que te vayas a casa.

Miranda se limitó a ofrecerle una sonrisa de aceptación. Tomaron sus abrigos y caminaron en silencio. Con el aire fresco, comenzó a digerir el mundo de imágenes y reflexiones que en las últimas horas le había transmitido su nuevo jefe. Por la mente le cruzó la inquietud de reconstruir ella misma su pasado familiar. Desde su más temprana infancia había vivido en una casa de tal valor histórico que en algún momento había llegado a ser museo. En las sobremesas en Saltillo escuchó decenas de veces trozos salteados de la leyenda de su antepasada Amalia y de la personalidad del gobernador Lorenzo Sámano. Se daba cuenta ahora, con un dejo de vergüenza, que invariablemente había escuchado aquellas narraciones, de sus padres y sus abuelos, con el morro retorcido y el talante malhumorado. Su obsesión por mirar hacia el futuro la había cegado de su misma historia. Demasiada complicación le significaba averiguar qué quería hacer con su vida como para estarse preocupando por desenterrar y enterarse de lo que habían hecho y sentido sus ancestros. Sin embargo, ahora meditaba que si hubiese puesto mayor interés en aquellas conversaciones, podría entenderse mejor, como parecía ser el caso del viejo O'Malley, que en apariencia parecía en paz consigo mismo y claramente orgulloso de su pasado. Se dio cuenta de que estaba calada por un resorte que no sabía hasta ese momento que tenía dentro del alma y que ahora le saltaba pidiendo que lo liberaran. Al atravesar un crucero lo tomó de un brazo, agitó la cabellera en el aire frío de la noche y contuvo con dificultad un suspiro que le anunciaba el comienzo de una nueva forma de madurez, de una nueva etapa de su vida.

El edificio de la antigua destilería estaba perfectamente iluminado, con reflectores que lamían sus paredes de ladrillo rojo de abajo hacia arriba. Miranda y O'Malley se detuvieron a mirarlo en la distancia. Parecía estar en llamas. Tenía unos grandes ventanales a distintas alturas y una marquesina de hierro forjado en la entrada, coronada por un enorme letrero que rezaba *The Stranger*. Los ojos de O'Malley podían ver más allá de los trabajos de restauración que se le habían practicado al edificio. El portero y la clientela miraban con extrañeza la manera en que el viejo pasaba las manos sobre los ladrillos y apuntaba con el dedo a distintas partes de las paredes para llamar la atención de Miranda sobre algunas inscripciones y detalles arquitectónicos del diseño original. Una de las estrellas de hierro, que servían para apuntalar la fachada, tenía visibles las iniciales P.O., correspondientes a Padraigh O'Malley, fundador de la destilería.

Entraron interesados en encontrar huellas de la historia en las paredes interiores, pero su atención pasó de inmediato a reconocer la dinámica de la cantina. Las luces no se dirigían a una pista de baile o a alguna mesa donde los dueños del sitio localizaran estratégicamente a las chicas más guapas para atraer a la clientela. Por el contrario, las luminarias se centraban en estantes de libros y en pinturas de aceptable factura que colgaban de los muros. Después de pasar un rato analizando el sitio, Kevin O'Malley pasó a la zona de las bebidas a servirse él mismo un trago. Miranda no quería beber más y se sirvió únicamente una soda de diseñador, con sabor a zarzamora negra. Ocuparon uno de los sofás y permanecieron largo rato observando a la gente, estupefactos ante las conversaciones que se daban alrededor de ellos, fueran sobre T.R. Forster o Virginia Wolf, la mujer que escribía como hombre para robarse una parte del pastel literario que ellos llevaban monopolizando.

Al momento de levantarse a preparar su tercer whisky, O'Malley dio un lento paseo por los distintos niveles de *The Stranger*. Revisó con cuidado los estantes de libros, cruzó algunas palabras aisladas con los parroquianos, pulsó la pedantería con la que se comportaban algunos clientes metidos a improvisados intelectuales y cuando regresó con Miranda le externó su aprobación general por el giro que le habían dado a un sitio tan caro en la historia de su familia. Desacostumbrado a circular en esos ámbitos, despachó con una rudeza desacostumbrada a un trío de jóvenes que habían salido de inmediato a la cacería de Miranda, aprovechando la ausencia de O'Malley.

—Cuando era niño este lugar aún pertenecía a mi familia —le comentó, con el único propósito de recobrar el interés de Miranda—. Donde ahora está la barra, se encontraba el alambique. Bien pulido todavía pudiera ser una pieza digna de observarse.

Pero Miranda tenía la cabeza más ausente que la vista. En más de una ocasión la habían tachado de antisocial por quedarse callada toda la noche en las discotecas, contemplar a la clientela con ojos críticos y jamás aceptar una invitación a bailar. A querer o no, siempre que asistía a algún club nocturno o a algún bar de moda, el entorno la orillaba al aislamiento y a la reflexión. Miraba a la concurrencia como espejos en los que ella aprendía mucho de sí misma. Analizaba las distintas etapas y estrategias del cortejo, lo cual la divertía mucho. También solía hacer abstracción de la música a todo volumen y de esa manera veía a los danzantes dar brincos ridículos o abrazos disfrazados de baile como si fuesen marionetas del disc-jockey, ese gran manipulador a distancia. Fue entonces cuando cayó en cuenta de que fuese en Saltillo, en San Antonio o en San Petersburgo, cargaría siempre con su soledad a cuestas. Los bares la tornaban especialmente hermética. Sentía cierto compromiso con O'Malley para seguir el hilo de su conversación, pero le costaba trabajo combatir la concha de almeja que se le cerraba por encima en esos momentos. Aprobaba igualmente el sitio. Pero ya había terminado de socializar por ese día. Se sentía distanciada de todo y fue a meterse un rato al baño de damas para refrescarse la cara.

Abrió la llave del agua y recogió una poca en el cuenco de la mano. Se frotó la nuca y se quedó mirando largamente en el espejo, metiéndose más aún en ella misma. Al poco tiempo entraron dos mujeres juntas, charlando en voz muy alta. Ignorando la presencia de Miranda se abrazaron fogosamente, acariciándose los senos y comiéndose a besos como si se tratara de dos náufragos metiendo la lengua en el agua de un oasis. Se entrelazaban las piernas y se metían las manos por debajo la falda corta, jalando el resorte de sus bragas en una especie de baile de las cañadas. Cuando se separaron, sudorosas y jadeantes, registraron a Miranda en su espacio visual. Ella las miraba fijamente y de frente. Su mirada no era de morbo o de excitación importada.

—*You should have joined us earlier* —le dijo la que hacía las veces de la tuerca, después de analizarla de arriba abajo—. *Now it is too late, you see?*

Como la cara de Miranda no dio indicio alguno de respuesta, le dio una palmada en el trasero a su pareja, se acomodaron la blusa y volvieron a dejarla en la soledad del sanitario. Miranda observó sus pantalones vaqueros y su camisola de algodón a cuadros. De no ser por su porte, las dos lesbianas hubiesen pensado que era la encargada de la limpieza en el baño. Pero, por el contrario, la habían invitado al festín, *you should join us*, le habían dicho claramente. Después de aquella "amable" insinuación, pensó, podía considerarse debidamente incluida, para cualquier propósito, en la sociedad sanantoniana.

Antes de abandonar el baño pasó frente al pizarrón que había colocado ingeniosamente Roger Casey, el maestro retirado de literatura que trabajaba para *The Stranger*. *The writting is always on the wall* —rezaba la invitación en el borde superior. Debajo estaban los plumones de colores para la clientela que quisiera dejar su marca. Miranda tomó uno de ellos y escribió lo primero que le vino a la mente: "Dice el refrán que al que madruga Dios lo ayuda. Pero no especifica si al que se queda a dormir hasta tarde Dios se empeña en joderlo." Y salió del baño.

El viejo Kevin O'Malley la esperaba cerca de la puerta. Le ofreció el codo para que ella lo tomara del brazo. Salieron directamente hacia la brisa fresca de la noche.

—Cuando era muy pequeño —le confió—, el baño de mujeres, del que acabas de salir, era mi habitación. Me pregunto cómo será hoy.

No obtuvo respuesta de ella.

Esa noche Miranda durmió en el ático del taller. Sin quitar la vista de la ventana no pudo dejar de ocurrírsele que, para cuando llegara a la edad del señor Kevin O'Malley, ese mismo ático podría ser el baño de caballeros de una discoteca o de un club de jugadores de backgammon. Fue entonces cuando entendió cabalmente el comentario del viejo irlandés.

No llegó al extremo de reprocharle a Cindy que la razón principal de su huida a San Antonio no había sido precisamente la de convertirse en la niñera de un hijo natural. Tampoco le dijo que ella no tenía la culpa de que se hubiera embarazado en un fugaz momento de calentura. Tampoco acabó confesándole que ella también traía su propia soledad por dentro y que no quería juntarla con la de ella. Pero casi.

Su salida de casa de Cindy terminó haciéndolas enemigas por el resto de su vida. El radar de Miranda no alcanzó a anticipar aquel desenlace. Se imaginaba más bien que se abrazarían en la puerta, se comprometerían a seguir viéndose, se desearían suerte y ella se quedaría en el porche de la casa moviendo su manita en la distancia. Mucha suerte comadrita, algo por el estilo.

Pero Cindy se puso brava. De ninguna manera quería verla despedirse. Estaba cansada de enfrentarse sola a la soledad y al abandono que todos los días le recordaba el desliz de haberse embarazado y de tener que admitir que había cambiado una noche fogosa por una vida planificada, si es que eso todavía existía. Ahora tendría que vivir para siempre acompañada de la más grande trampa que le había tendido la vida, su hijo Thomas Dario.

—No te vayas, no puedes irte así nomás —la agarraba con las dos manos, como si se tratara de un niño que va por primera vez al kínder. Miranda no atinaba cómo zafarse de ella sin lastimarla en lo más hondo.

—Nos seguiremos viendo todo el tiempo, no te preocupes —le sobaba su cabecita—. A la salida del trabajo podemos encontrarnos para ir al cine, tomar la copa, salir a caminar juntas.

Sin embargo, las cosas se pusieron mal, realmente mal entre ellas.

—Sabes que puedo delatarte fácilmente con la migra —le advirtió, sacando de la manga una carta que jamás pensó que siquiera se atrevería a mencionar. Pero no contenta con aquel exabrupto añadió—: A tu padre le encantará saber dónde encontrarte y máxime cuando se entere de que te has ido a cohabitar con un anciano que bien podría ser tu abuelo.

En esos momentos Miranda pensó que lo más aconsejable era ignorarla y dejarla que desahogara a su manera la frustración de estar condenada al ostracismo y al olvido. Pero todo tenía un límite y reaccionó con vehemencia ante la amenaza.

—No es mi culpa —le respondió con toda la mesura que fue capaz de reunir— que por una mala noche le hayas dado al traste a toda tu existencia. Date cuenta, ahora me estás hablando con la misma incapacidad de reflexionar que te llevó a embarazarte en el momento más inoportuno de tu vida. Te voy a dar un consejo: si no quieres seguir hundiéndote, acostúmbrate a usar primero la cabecita, después el corazón y ya al mero final, los ovarios.

Y luego le hizo un ofrecimiento:

—Yo voy a hacer como que esta conversación jamás se produjo y tú vas a hacer como que nunca me dijiste lo que acabo de escuchar.

Tomó sus cosas y se dirigió a la puerta con paso resuelto. Un taxi de sitio la aguardaba con el motor encendido.

—Como tú lo prefieras, *cuñada* —le dijo subrayando las palabras, mientras trasponía el umbral. Miranda enderezó la espalda, apretando la empuñadura de la maleta que cargaba—. Y para tu información, la cogida con tu hermano Eugenio no fue nada mala. Por el contrario, me gustaría volver a acostarme con él todas las veces que pudiera y por qué no, entablar una relación más estrecha con mi suegro, aquí mismo en San Antonio. A lo mejor le llamo para que venga a conocer pronto a su nieto, ¿qué te parece?

Las venas del cuello se le inflamaron. Respiró tan hondo como los toreros cuando están a punto de entrar a matar. Pensó con exactitud lo que debía hacer frente a aquellas circunstancias inesperadas. Siguiendo sus propias recomendaciones, repitió para sus adentros "cabecita, corazón y ovarios", en ese orden. Mantén la calma. Aquí y ahora ya no se resuelve nada.

—¡Somos familia, Miranda, somos familia! —le gritaba ahora, jalándose la falda hacia abajo con los puños.

—No te creas que es tan fácil entrar en mi familia, de veras.

—Tampoco te creas tú que es tan fácil entrar en este país sin documentos —le reviró.

Apresuró el paso hasta el taxi, aventó sus pertenencias de cualquier manera en el asiento trasero y se abstuvo de voltear hacia la casa donde pasó su primera etapa en San Antonio. Viajó en silencio todo el trayecto, pensando en la manera en que se iban entrelazando distintos acontecimientos aparentemente aislados de la vida. "Eugenio seguramente se enteró del embarazo de Cindy —se le ocurrió— y por eso apresuró su matrimonio con Estelita. Nunca me simpatizó mi cuñada, pero después de conocer a Cindy no lo culpo por buscar cualquier escapatoria. Si se enterara la famosa Estelita, vendría a desollar a esta piruja con las manos desnudas. A lo mejor no es tan mala idea mandarle el mensaje de que Eugenio tiene un hijo natural. Sus odios me ayudarían a liberarme de esta víbora y de las idioteces que se le ocurra cometer en mi contra. Estoy tan enojada… A título de qué o de quién tengo yo que andar pagando por las aventuras de otros, así se trate de mi hermano. Ellos fueron los que se pusieron a retozar a sus anchas. Yo qué tengo que ver con eso. Pero tal pareciera que un hecho ajeno como ése tuviera dedicatoria desde el principio para mí, como si se tratara de un destino personal que otros vienen a construirme. Ahora que comienzo a labrarme un camino propio, aparece algo tan inesperado como un recordatorio fatal de que jamás podremos ser ni siquiera medianamente dueños de nuestro destino. Igual si me hubiera escapado a Nebraska o a Rusia en lugar de escoger San Antonio, me habría topado con algo que otros hicieron y que hubiese influido en mí como si lo hubiera estado ensayando con dedicatoria, como si fuese parte de mis cuentas pendientes. Ahora no me dan ganas más que de sentarme frente a la ventana del ático en el taller y quedarme a esperar que la vida transcurra y decida por mí. Me doy cuenta de que es muy poco lo que puedo influir en ella."

Llegó descompuesta a la puerta de *O'Malley Stained Glass*. Se fue a meter entre los brazos de Kevin, sin ofrecer explicaciones. El viejo le pasó un brazo por encima de los hombros, con la misma pasión y la misma ternura con que los franceses reciben una baguette recién horneada. Prefirió no indagar demasiado en esos momentos. Ya tendría ella oportunidad de contarle lo que quisiera.

—Te he arreglado el ático. Creo que vas a estar contenta ahí.

Cargó su maleta y despachó al taxista. La guió hasta el ático. El viejo en verdad se había pulido con los arreglos. El sitio aparecía razonablemente limpio y con una doble iluminación, entre la luz que entraba del exterior por la buhardilla y un par de lámparas preciosas de vidrio emplomado que colocó sobre un buró y en la mesilla de centro. Una de las lámparas era el sello distintivo de Kevin O'Malley. Se trataba de un florero con tulipanes rosas y amarillos, todo en vidrio desconchado, con una luz proyectada desde la base. Si alguna vez O'Malley iba a alcanzar la fama en el mundo del vidrio emplomado, sería precisamente por su utilización de planos tridimensionales como el de aquel florero maravilloso. Miranda se quedó de pie en el centro de la habitación, sintiendo que apenas en ese momento se iniciaba verdaderamente su aventura texana, su exilio verdadero. Ése era su sitio.

—Vengo un poco afectada —le confesó al irlandés—. La salida de casa de mi amiga resultó más accidentada de lo que esperaba.

El viejo la miró sin responder. Sabía que estaba en presencia de un monólogo.

—Estoy mudándome a su propia casa y todavía no me ha preguntado siquiera por qué estoy en San Antonio, qué clase de persona soy. Usted me ha recibido como si nos conociéramos hace un millón de años, cuando no hemos tenido en común más que una herida en la cabeza, una sesión de historia familiar y un par de semanas de trabajo conjunto. Bien pudiera ser una prófuga de la ley de mi país o una vividora que se aprovecha de la caridad pública. Qué tal si usted se ha guiado exclusivamente por las apariencias y más tarde se llevara una enorme sorpresa.

—No me estarías diciendo estas cosas y menos en el día mismo en que estás mudándote a mi casa.

—Se lo podría estar diciendo precisamente como una coartada, para convencerlo de que usted está recibiendo a una persona digna y correcta.

—Eso lo supe desde el momento en que te estaba curando la cabeza. Estás buscando tu vida y de momento te ha parecido que éste es el mejor lugar para seguir en la búsqueda. Eso es todo. Pero dime en verdad, ¿por qué se te ocurrió venir a San Antonio? —quizá no era el momento para preguntárselo, pensó después.

Miranda se sentó en el camastro. Sentía los músculos endurecidos.

—Dicho en una sola frase, por las mismas razones que ahora vengo tan afectada. En Saltillo veía venir todas las cartas marcadas. No sé si me explico. No necesitaba ser adivina para poder predecir la vida que me aguardaba —hizo una pausa prolongada, mirando por el ventanal, como había deseado hacerlo desde que despertó esa mañana—. Hasta la fecha cubrí todas las etapas y di todos los pasos de la receta que me escogió mi familia. He cumplido con todo hasta ahora, desde la primera comunión hasta los cursos de cocina que me apuntaban como una muchacha casadera. En mis cartas está también asegurar que a mis hijos los conduzca por el mismo camino que yo he sido llevada. Parecemos modelos para armar; se abre la caja de nuestra vida y solamente tenemos que seguir las instrucciones —tragó saliva. El viejo le miró el cuello, enrojecido por el rubor.

O'Malley se rascó instintivamente una pierna y fijó la vista en el ventanal. Podía ser su nieta, pensó, pero ya tenía su buena carga de enigmas. Supo entonces que en presencia de Miranda rejuvenecería. Desde que la vio tirada en el suelo del taller con la cabeza abierta, supo que ese tipo de compañía, por idílica que fuese, traería a su vida el elixir que lo alejaría de la muerte, del tedio y de los horrores de la vejez. Ahora, mientras la escuchaba, pudo confirmar estas sospechas, aunque ya no tuviera la edad más que para mirar hacia la ventana junto a ella.

—Así que, como apreciará, estoy tratando de evadirme de los fatalismos de la vida. Y es por esos fatalismos —le aclaró— que vengo tan consternada de casa de Cindy. Vengo afectada porque tal pareciera que las cartas que trae uno marcadas frente a la vida no están en una sola mesa.

—Ya lo decían los árabes hace más de mil años —la atajó con uno de sus breviarios culturales predilectos—. Si tratas de escapar de la muerte en Bagdad viajando a Samarcanda, es porque en realidad la muerte te estaba acechando en Samarcanda desde un principio.

—Ya lo creo. Acabo de descubrir que Cindy pudo tener un hijo con mi hermano, producto de una temporada que pasó con nosotros en Saltillo. Al enterarme de esto, he empezado a sospechar que le resultaba especialmente útil que me hospedara en su casa para que a través de mí pudiera acercarse de alguna manera a mi hermano, pedir alguna suerte de indemnización, un casamiento forzado o algo por el estilo. Lo que hoy viví al despedirme fue una auténtica extorsión, para pagar por los errores de mi hermano.

—¿Cómo podría extorsionarte? —le preguntó, inquisitivo—, a fin de cuentas lo que hayan hecho es asunto de ellos.

Miranda se abrió de capa. Tenía que llegar el momento de decírselo al viejo y parecía más aconsejable desde un principio.

—Estoy en Estados Unidos sin documentos de ninguna especie. Me vine de *mojada* y no tengo manera de lograr que mi padre libere mi pasaporte y mis credenciales. Cindy amenazó con dar parte a los de migración. Probablemente mientras conversamos ya le esté informando a la policía que me he mudado al taller. Estaba furiosa, excepcionalmente furiosa diría yo.

El hombre se le quedó mirando un largo rato. En su mirada distante y sus brazos inertes pudo percibir el abatimiento de la frustración y la suerte que, cuando pensamos en ella, es porque generalmente es mala. Aunque apenas pasaba del mediodía, O'Malley bajó hasta la puerta de entrada de la tienda y colocó el letrero de "cerrado".

—Continuemos aquí abajo la conversación —le gritó desde el fondo de la escalinata.

Cuando llegó Miranda a la mesa de trabajo, el viejo le mostró un vitral antiguo que necesitaba un trabajo general de restauración.

—Ha llegado esta mañana —cambió abruptamente de tema—. Es italiano, del siglo XVIII. Podrás apreciar la grisalla insuperable de esa época, que hasta la fecha hemos sido incapaces de copiar con las nuevas tecnologías. Se nota que cada una de las piezas fue horneada más de un par de veces —el viejo maestro miraba el retablo con una ternura que Miranda jamás había observado en alguien que presenciara un objeto—. No me digas que no es una maravilla —sus palabras le transmitían una emoción de la que Miranda no podía participar en aquellos momentos. Su mente divagaba en sus propios asuntos. El viejo lo notó de inmediato. Le puso el mandil por encima de la cabellera color de avellana y se lo ató con firmeza detrás de la espalda—. No tienes de qué preocuparte —le tiró levemente de uno de los caireles, en son de reprimenda amistosa—. Si en esta ciudad tenemos experiencia en algo es en asimilar migrantes de cualquier clase y condición. Todos sabemos, desde el alcalde y el sheriff hasta cualquier agricultor o el dueño de un restaurante, que sin el trabajo de los migrantes resultaría imposible disfrutar del nivel de vida que tenemos.

Miranda lo miró con incredulidad.

—¿Es que no me entiende? Le digo que no tengo un solo papel donde diga siquiera mi nombre. No crea que no he pensado en ir al Consulado mexicano y decirles que se me extravió el pasaporte, que me lo robaron al salir del aeropuerto. Pero estoy segura de que mi padre ya les habrá solicitado que si me presento en el Consulado me envíen de regreso a Saltillo en el primer autobús que salga, con todo y escoltas.

—Te digo que yo lo arreglo —la miró con una ternura parecida a la que antes dirigió al vitral—. Ahora pasemos a cosas más importantes. El contenido metálico de estos vidrios y su transparencia son excepcionales. Han estado a la intemperie durante más de doscientos años y todavía pueden percibirse sus más mínimos detalles.

—En verdad es muy bonito —le dijo Miranda, tomando el antebrazo de su pasaporte viviente.

—Y eso no es lo más complicado. Mira estas caras, los detalles de la villa y el follaje —le dijo, guiando su vista con el dedo—.

Esta grisalla fue aplicada seguramente con pinceles, puntillas y esponjas marinas, cada etapa en una horneada diferente. Recuerda que en esa época tenían vidrios preciosos pero con poca variedad de colores, por lo que tenían que ser verdaderos maestros en la pigmentación y el entintado. Es probable que, a medida que lo vayamos restaurando, encontremos muchas maravillas más escondidas en algunos de estos vidrios.

El conjunto del vitral mostraba una escena de amor medieval. Un hombre joven, con vestimentas muy similares a las que había visto lucir días atrás al conde de Béxar, leía un libro de las horas a una damisela de largos cabellos dorados y un cono de seda a modo de tocado en la cabeza. La transparencia en los ropajes que lograba captar aquel vitral dejaba ver la mano de uno de los grandes maestros venecianos. Lo mismo que los rasgos de sus caras y manos, donde el vidrio mostraba sombras y tintes que daban el realce necesario a cada elemento del vitral. El fondo mostraba un muro cubierto de hiedra y un ventanal gótico que, a su vez, tenía otro vitral, una obra dentro de la obra mayor. Varias piezas estaban rotas, pero afortunadamente no se detectaba a simple vista que hubiese pedazos faltantes.

—Ésta tiene que ser la madre de todas las restauraciones. La haremos apegándonos lo más posible al método original. Si las piezas rotas están completas, las remedaremos con la cañuela de plomo más semejante a la que existía en ese entonces. Quizá tendremos que fabricar una cañuela propia. En donde detectemos faltantes, el reto será encontrar el vidrio más parecido y darle la tonalidad que han adquirido con el tiempo. Con este trabajo, Miranda, nos vamos a graduar con honores en el arte del vitral. Ya lo verás —le dijo entusiasmado.

—El príncipe lector está vestido idéntico al conde Gustavo de Béxar —anotó distraída.

—¿El del discurso polémico en El Álamo?

—Sí. Incluso los colores de sus ropas son los mismos, amarillo con rojo, el saco negro con ribetes dorados.

—Los colores de la realeza española. De hecho este vitral fue ordenado por alguna de las familias fundadoras de Texas, probablemente en honor de los Béxar, cuando todavía residían en San Antonio. Pero lo más importante es que si logramos realizar un buen trabajo, podrían solicitarnos la restauración de otros cinco.

Todos ellos son muy hermosos. Están instalados en la cúpula de una de las haciendas más antiguas del condado, la hacienda de Las Acequias. Uno de estos días te llevaré a conocerla.

El comentario le produjo un vuelco entero de sus órganos internos. En su familia resultaba difícil establecer qué había sido primero, el apellido Sámano o su asociación con Las Acequias, incluyendo la casona de la que había huido de Saltillo. En ciento cincuenta años, pensó, hemos pasado de hacendados y terratenientes a restauradores indocumentados de las obras que mandaron traer de Europa mis antepasados.

—Sigues pensando en el altercado con tu amiga, ¿verdad? —el viejo, experto en objetos traslúcidos, podía observar que sus ojos verdes cobraban nuevamente una apariencia opaca.

—No, en realidad me gustaría saber qué piensa usted de lo dicho por el conde de Béxar hace unas semanas. El pellejo de borrego parecía genuino y el personaje, a menos que fuese un magnífico actor, daba la impresión de ser un aristócrata verdadero.

—Tocó un tema muy sensible en Texas: el de la reclamación de propiedades. En descargo suyo habrá que decir que logró unificar a todos los sajones en su contra. Rara vez, ninguna vez en mi memoria cuando menos, se había visto en San Antonio que la gente se levantara espontáneamente para abandonar un acto. Lo cual indica también que nadie tenía una respuesta contundente a la demanda del conde. Se lo habrían hecho notar en su propia cara.

—Pero, ¿le parece razonable?, ¿puede ganar un juicio?

—Es difícil, porque al igual que él trajo un pellejo de borrego con el título de propiedad firmado y lacrado por el rey de España en el siglo XVI, el día menos pensado aparece por ahí algún indio americano con una piel de búfalo todavía más antigua, que le transfiera el dominio de todo Texas. En realidad, todo el asunto se resuelve en reconocer cuál es la conquista relevante para hacer prevalecer los derechos de unos u otros, qué tan atrás en la historia te quieres mover. Hasta ahora, la única conquista que es aceptada es la de las huestes de Houston y los Austin. Ésa es la que cuenta.

Hija de padre notario y siempre miembro embrionario del club de reclamantes de derechos sobre Texas, Miranda había escuchado hasta el cansancio en sobremesas, las diferentes posiciones jurídicas que se manejaban respecto de las propiedades de los fundadores de aquella provincia. No dejaba de llamar su atención que muchos de los argumentos utilizados por el conde de Béxar fuesen los mismos que había escuchado en el comedor de su casa.

—Es demasiado peligroso lo que está haciendo el conde como para que le den la razón —estimó el viejo—. Hay que reconocerlo, en el mundo prácticamente nadie, ninguna familia, se encuentra en su lugar de origen. Tan sólo hay cerca de cincuenta millones de irlandeses en Estados Unidos, uno de cada dos uruguayos vive fuera de su país, y si los descendientes de los ingleses se hubiesen quedado en la Isla, tendrían que dormir de pie. Si acaso los chinos viven verdaderamente en el territorio de sus antepasados. Y por eso son tantos. No es que les guste más el sexo que a nosotros o que tengan mejores médicos, sino que simplemente no se lanzaron, como los europeos, a conquistar otras tierras. Ya irás apreciando las contradicciones que se viven a este respecto todos los días en San Antonio, en el sur de Estados Unidos. Cuando llegan nuevos migrantes a este país, el mensaje de fondo que se les da es que "Nosotros migramos primero y ahora tú no tienes derecho a hacerlo."

—Ni siquiera cuando se trata de mexicanos —lo interrumpió Miranda—, a pesar de que muchos de mis paisanos más bien se vieron forzados a migrar desde Texas hacia México.

Su manera de pensar conectaba muy bien con la de Miranda. Sabía perfectamente que en la Irlanda de sus ancestros, Oliver Cromwell los había echado al mar, de la misma manera en que los gringos habían barrido con los mexicanos en California, Arizona y Texas.

—Por eso, Miranda, nosotros nada más nos dedicamos a restaurar los vitrales de otros.

—En vez de que —lo atajó— alguien más venga a colocarlos en los ventanales de nuestra casa.

Ambos permanecieron mirando el vitral en silencio. Seguía siendo muy hermoso. Al final Miranda le dijo:

—Es mucho lo que se tiene que restaurar.

—En efecto.

—Sobre todo cuando hayamos terminado el vitral.

A las cinco de la tarde *O'Malley Stained Glass* cerraba sus puertas al público. A partir de ese momento, todavía se quedaban trabajando en el taller unas cuantas horas sin distracciones. Hacia las ocho, el viejo Kevin sentía el llamado ancestral de los pubs dublineses y comenzaba a sacar cervezas y a servir whisky. Miranda comenzó a hacer el cálculo de que O'Malley era muy parecido al tío que todos quisiéramos tener.

Una noche de finales del verano, con mucho trabajo todavía por delante, se dio cuenta de que escaseaban las reservas de Guinness y de Jameson's. Se desató el mandil, sacó al azar algunos billetes de la caja registradora y se encaminó hacia la licorería. Miranda se adueñó del silencio del taller. Entró con paso vacilante, por primera vez, en la habitación de O'Malley, una pequeña estancia con dos ventanas que daban hacia el callejón posterior, apenas una cama con una mesilla de noche, una lámpara de vidrio emplomado en negro, un baúl rústico frente a los pies de la cama y un escritorio inglés. Encima del escritorio observó una fotografía de O'Malley, muchos años más joven, con la barba rubia, frente a un vitral cuando menos una cabeza más alto que él. Aparecía como un pescador orgulloso posando junto a un pez vela recién extraído del mar. La dejó en su sitio e intentó abrir la cortina de madera que cubría el escritorio. Estaba echada la llave. Miró de reojo hacia la trastienda, tomó un pasador de pelo. Con los dientes le arrancó la punta de goma y lo metió por la cerradura. Apenas opuso resistencia. Pudo levantar la cortinilla corrediza sin dificultad. Ante sus ojos aparecieron más fotografías antiguas, apiladas en desorden, unas en sepia, otras en blanco y negro y solamente las de vitrales específicos en color. Sólo una de ellas estaba enmarcada; era una foto de familia en sepia, al lado de uno de los alambiques de la destilería. Podía tratarse de alguna celebración, alguna navidad o año nuevo. El pequeño O'Malley posaba con unos pantalones cortos, tirantes sobre una camisa de franela y una gorra de lana abombada. A todos sus familiares se les veían los ojos blanqueados por el contraste con las caras llenas de mugre y de tizne. En otro de los cajones guardaba puntillas de cautines para disolver el plomo, supuse que sus consentidas. Después reaccionó con un leve movimiento hacia atrás. Uno de los anaqueles estaba dominado por la fría presencia de un revólver antiguo y reluciente como si lo terminaran de aceitar. Lo tomó delicadamente. El peso del cañón de acero le venció la muñeca. Era un Smith & Wesson calibre 38, pesado como la herradura de un caballo percherón. Lo devolvió a su sitio. Ahí quedó, quietecito, hasta inocente, pensó Miranda.

No quería imaginar con qué estruendo escupiría sus truenos mortales.

Escuchó la campanilla de la entrada. Colocó de cualquier manera la pistola en su sitio y cerró de golpe la cortinilla del escritorio. Conteniendo la respiración apoyó el trasero sobre la cubierta corrediza hasta que escuchó el chasquido de la cerradura y regresó ruborizada hasta la trastienda. El viejo venía cargado con las bebidas. Salió en su ayuda, dando resoplidos, fingiendo que acababa de realizar alguna operación delicada sobre el vitral. Le vino bien el primer whisky de la noche.

La restauración del vitral de Las Acequias les consumió más de un mes y les obligó a hacer alteraciones importantes en el taller, adquirir pinceles y cañuelas especiales de plomo, traídas desde la misma Italia. Fabricados a la usanza antigua, los cristales azules contenían efectivamente cobalto, los verdes estaño y cobre, los rojos oro.

—Hoy día resultarían incosteables —le comentó O'Malley.

La mano de Miranda, al principio temerosa frente a un vitral invaluable e irrepetible, fue adquiriendo confianza, soltura y, al poco tiempo, una envidiable maestría. En las primeras etapas, O'Malley cruzaba los dedos detrás de la espalda cada vez que su aprendiz pintaba con grisalla o derretía el plomo sobre las juntas. Puntilloso como era, cuando se avecinaba algún procedimiento especialmente delicado, le pedía que pusiera al día las cuentas o que levantara el inventario, para alejarla de la mesa de trabajo y ejecutar esas maniobras él mismo. Sin embargo, al paso de unas semanas, el pulso joven de Miranda fue ganando la confianza del maestro. Simplemente realizaba las tareas con mayor facilidad y precisión.

No es que Miranda tuviese una marcada vocación por el dinero. Pero sin duda tenía un sentido práctico más desarrollado que el viejo O'Malley. Poniendo tan sólo un poco de orden en la cobranza, en el registro de gastos y en el uso de los materiales, el taller floreció económicamente como por acto de magia. Frente a los clientes ella haría el papel de la mala de la película, introduciendo la desconocida práctica de cobrarles a los clientes con cierta regularidad.

—Mal que lo diga yo —le aclaró una mañana Miranda—, pero el taller no es una agencia de caridad pública. Aunque sea accidentalmente, esto tiene que funcionar también como negocio.

El viejo no opuso objeción, mientras que ello no le implicara distraerse de su trabajo para ponerse a ganar dinero, mucho menos a contarlo. A su edad ya no estaba para andar desperdiciando el tiempo. Ella se dedicó a recoger la cobranza y a conciliar facturas. Así, el último día de mayo, apenas podía abrir la caja registradora, repleta de billetes y cheques. Miranda los ordenó por sus denominaciones y se los entregó en paquetes a O'Malley. Había que depositarlos en el banco. El viejo tomó los fajos, les quitó la liga e hizo diez montones, repartiendo los billetes con la habilidad de los engatusadores callejeros que preguntan en dónde quedó la bolita. Le fue poniendo nombre y destino a cada uno de los paquetes; para materiales, para pagar el teléfono, para comprar víveres y, finalmente, para Miranda.

—Cómo va a creer. Ya es suficiente con la "beca" que me está dando desde hace dos meses. Apenas me parece justo que intente pagar sus gentilezas con un poco de trabajo en el taller.

—Mira, Miranda, para mí está bien claro que con o sin lo que acabo de darte mi posición económica apenas variará. Y, en cambio, a ti te puede venir muy bien tener un poco de efectivo para darte algún gusto, comprar ropa, tomarte una cerveza, qué sé yo.

Y en efecto, a cuatro meses de haber llegado a San Antonio, Miranda no había usado otra ropa más que la que alcanzó a meter en el pequeño maletín deportivo con el que salió de su casa de Saltillo. Si bien al viejo le encantaba mirar los bordes del brasier que se le asomaban por las esquinas de la blusa, estaba fuera de discusión que la joven necesitaba un nuevo vestuario. Por lo demás, le entusiasmaba la perspectiva de verla bien ataviada, con una vestimenta que le permitiera lucir su belleza en su desconocido esplendor. El viejo estaba convencido de que la ropa vieja marchita y oxida a las personas. Además, resultaba un poco ofensivo que el mandil que le prestaba para trabajar en el taller comenzara a verse más nuevo y en mejor estado que su misma ropa.

A ella se le enrojecieron los ojos con unas lágrimas tímidas. El viejo lo notó, pero se hizo el despistado porque era un sentimentalón sin remedio. Por lo demás, pensaba que la chica se había ganado con creces su salario. Su labor de hormiguita trabajadora se notaba por todos los rincones del taller y muy especialmente en las recaudaciones. A Miranda no le temblaba la mano ante los clientes para cobrar lo que les correspondía. El viejo fiaba, daba crédito a la palabra, no contaba siquiera los metros de cinta de cobre o las piezas de cristal que se llevaban sus clientes. Miranda, según él lo veía, había inaugurado una nueva era de prosperidad en el taller y, lo que resultaba más importante, le había descontado tiempo para su propia muerte. Con lo difícil que le resultaba reconocerlo, desde la llegada de Miranda le había nacido una insólita preocupación respecto al tiempo que le restaría de vida. A falta de altas miras, búsqueda de fama, poder o riqueza, ni familia que cuidar, el viejo O'Malley vivía un día a la vez. Violaba sistemáticamente el adagio aquel de "no dejar para mañana lo que puedas hacer hoy". Muy por el contrario, él siempre se dejaba algo para el día de mañana y todavía mejor para la próxima semana para asegurar cuando menos que llegaría vivo hasta ese día. Reconocía, con más de sesenta años encima y sin tapujos, que el tiempo ya no le alcanzaría para descubrir la razón de su existencia. Asumió entonces una postura cínica ante sí mismo, diciéndose que no era tan importante burlar la muerte como retardar el suicidio. Pasada cierta edad —le dijo una tarde a Miranda—, todos hacemos pactos con la muerte. Pero no necesariamente con nosotros mismos que, en el fondo, somos los que nos quitamos la vida, los que bajamos el *switch*. Entonces se la pasaba engañándose, diciéndose que no habría de suicidarse hasta que no terminara un determinado vitral o conociera algún sitio pendiente de visitar en el mundo. Pero para ese entonces ya había comenzado a trabajar en uno nuevo o a planear otro viaje y así se la llevaba, despistando al pequeño suicida que traía metido en el cuerpo desde los años de la pubertad.

Ella miraba su paga, sin atinar cómo ejecutar un acto tan sencillo como era alargar la mano, cerrarla sobre los billetes y meterlos en la bolsa del mandil. Al igual que los divorcios, cobrar por primera vez es un asunto bastante enfadoso. Sabía que al mes siguiente ya no tendría mayor empacho para tomar el dinero y que, pasado algún tiempo ella misma haría la cobranza, los pagos, la facturación y el cálculo de los impuestos. Pero en esos momentos se cohibía, buscando un camino intermedio que le permitiera tomar los billetes y, al mismo tiempo, dejar en claro a su anfitrión que su agradecimiento rebasaba cualquier consideración monetaria. Que no estaba ahí por el dinero.

O'Malley le hizo una confesión tranquilizadora:

—Me parece una gran lástima —le dijo— que tengamos la necesidad de ganar dinero. Al hacerlo así, trabajamos para ganar dinero y no por lo que estamos haciendo. Es lamentable.

Ella no pudo más que coincidir con el viejo. Tomó sus billetes y al cálculo los dividió en tres partes iguales. Al igual que el viejo O'Malley, le puso destino a cada porción.

—Mi contribución a los gastos del taller —dijo, tomando el primer fajo—, mi parte y, lo más importante, un depósito que me gustaría hacerle para ir solucionando mis trámites migratorios.

—Déjate de tonterías. Toma ese dinero y ve a sacarte unas fotografías. Eso es lo que tienes que hacer —con la mano sucia de polvo de vidrio, le arrimó los billetes y se dio la media vuelta para que ella se animara a tomarlos. Si el viejo era mal cobrador, más inexperto era todavía pagando la nómina—. Sería útil, por cierto, si pudieses conseguir el número de tu pasaporte o de alguna visa que hayas tenido para entrar a Estados Unidos.

Con ese propósito, tomó el teléfono y comenzó a marcar el número de su casa. Su hermana Camila debía ayudarle. Le resultaba difícil imaginarse la situación que prevalecería en su casa. Lo más probable es que su padre y su hermana estuviesen compitiendo en la final de la copa mundial del silencio. De por sí, por tratarse de la tercera de la familia, prácticamente no la conocía su padre, siempre ocupado, dándole preferencia y prioridad al cliente de la notaría que a su hija menor. Mientras timbraba, su mente inevitablemente se transportó a Saltillo, a su frondosa alameda, a las farolas de hierro forjado que aún sobrevivían a la rapiña, al portón macizo de madera de su casa y hasta el patio interior, con la fuente al centro y las arcadas que daban asiento a las habitaciones y las estancias. Recordó la carreta rústica en el patio, cubierta con macetas de geranios, siempre en flor. Ante todo, la llamada la transportaba al lenguaje florido, anecdótico y espontáneo de su hermana. Tipa simpática, iconoclasta, que en verdad rompía todos los moldes. Con ella no se hablaba como con nadie más.

—¡Carajo, ya era tiempo! —exclamó al reconocer de inmediato su voz.

—Tranquila, dime, ¿cómo están?

—Bien (para respuesta corta) o ¿tienes tiempo para conversar?

El viejo O'Malley paraba la oreja. No podía ocultar su curiosidad. Casualmente se le ocurrió en ese preciso instante ponerse a reparar una lámpara a dos metros y medio del teléfono, cuando llevaba meses arrumbada.

—Tengo que pedirte varios favores —Miranda fue al grano.

—Pues ya somos dos.

—Necesito que me mandes urgentemente mi pasaporte y de ser posible, me des el número de la visa gringa. Como comprenderás, aquí tengo de todo, menos identidad.

—Qué ventaja, ¿no crees? Poder ser, de repente, quien quieras, reinventarte a placer.

—Todo lo contrario. De un tiempo para acá lo que menos quisiera es cambiarme por otra.

—¿Te salió lo Sámano?

—Ya te platicaré. Pero dime, ¿crees poder conseguirme el pasaporte? —no iba a ceder en eso—. Está en el escritorio de papá, en el cajón central.

—Ahora dime tú una cosa: ¿qué carajos le pasó a la Cindy Bolaños?

—¿A qué te refieres? ¿Ahora qué hizo?

—Presentó una demanda genética y dice que tú eres su testigo.

—¿Cómo que una demanda genética?

—Al parecer hay una empresa nueva en Chicago, Genet@com, que puede certificar la paternidad de cualquier niño.

—El día que salí de su casa me amenazó con este asunto. Ya veo que pretende llevarlo lejos.

—Papá, Estelita y Eugenio están muy inquietos.

Miranda pudo imaginar la soledad de su casa, ahora infectada con los problemas que ella había despertado en San Antonio. Entonces le propuso:

—¿Por qué no te vienes a pasar una temporada por aquí? Te lo digo en serio. Dile a papá que deseas traer personalmente mis documentos —hizo una breve pausa—. Por lo demás, en una de ésas hacemos realidad los sueños del viejo, de estar a sus anchas, tan solitario como vino al mundo, con sus inseparables legajos de jurisprudencia, sus sellos lacrados y sus compac de música clásica.

—No suena mal. Pero primero tienes que tranquilizar a la Bolaños. Mandó muestras de sangre de su hijo, algo así como *tomas diario* (el nombre no puede ser cierto), al Genet@com y pidió, por la vía legal como dice papá, que Eugenio aporte su cuota de sangre también. Pero ojo. Como tú y yo debemos tener la misma que Eugenio, en una de ésas nos andan requiriendo también alguna donación.

—Aquí ni siquiera saben que estoy, menos todavía quién soy.

—Pero Cindy sí lo sabe. Cualquier día te da una sorpresa grande.

—Tienes razón —aceptó—, y eso me tiene preocupada hace varias semanas.

—Por cierto, la que está como fiera con todo este asunto, ya te imaginarás, es la cuñada Estelita. Ahora viven con nosotros en Las Acequias —le aclaró—. Para acabar de joderla está embarazada y parece maraca. ¿Te acuerdas de lo flaca que era? Ya te imaginarás, el palo seco que siempre fue con tremenda panzona. Y en medio de esto le cae la noticia de que nuestro hermano, alias su marido, es o puede ser el "gran inseminador", dependiendo de lo que digan en Chicago.

—Pues en una de ésas nuestro hermano efectivamente expandió la familia por partida doble. No lo podría descartar.

—¿Conociste al mentado *Tomas Dario,* o como quiera que se llame?

—Sí, claro. La verdad que bien pudiera ser un disparo al aire de Eugenio.

—Bueno, para que veas la suerte que te acompaña. Mi padre estaba a punto de organizar una expedición para traerte de regreso a Saltillo. Pero comenzaron las amenazas de Cindy Bolaños, el apoyo entusiasta de Estelita —mejor conocida ahora como el plato de segunda mesa— y las preocupaciones de papá sobre las implicaciones de tener una familia alternativa. Papá, muy consciente de la rumorología de Saltillo, les ha dicho ahora a todos, hasta en el Club de la Unión, que tu partida a San Antonio no tiene otro propósito más que serenar a Cindy Bolaños, y litigar en favor de las mejores causas de los Sámano. En pocas palabras y para que te enteres, estás en San Antonio para resguardar el prestigio de la familia y para evitar que la Bolaños continúe sus investigaciones. Ya te imaginarás la campaña *anticindista* que ha montado nuestro padre: "Si esa piruja se ha atrevido a levantar falsos contra Eugenio, bien puede hacerlo después contra otros hijos de buenas familias saltillenses. Después de todo —anda diciendo—, la tal

Cindy quedó más manoseada que el volante de un tráiler." Éste es el tipo de mensajes que está difundiendo. Aunque la verdad, el respetable público no hace más que esperar a que la empresa de Chicago se pronuncie sobre la materia.

—Y Eugenio, ¿qué dice?, ¿has hablado con él?

—Nada más dice que tiene tantas probabilidades de ser veraderamente el padre como las de ganar en la ruleta apostando a un solo número. Dice que es uno entre treinta posibles ganadores. O sea que no desmiente que le haya hecho su trabajito a la Cindy, pero tampoco, ni desahuciado, le sacas una gota de sangre.

En esta parte de la conversación, el viejo O'Malley ya estaba trabajando en su lámpara a escaso medio metro de Miranda, con el oído bien atento. Por nada del mundo se iba a perder los detalles de la plática.

—Pero —prosiguió Camila— el panorama es todavía más complicado. Conforme arrecia la especulación entre sus colegas abogados, papá inventa nuevas razones para explicar tu partida a San Antonio. Por lo visto el asunto del niño se le hace poca explicación. Últimamente está diciendo que también te fuiste para revisar el asunto de la hacienda en Texas. Ya sabes, la nueva versión de la reconquista...

—Ah, caray.

—Pues sí. Si vieras lo contestatario que nos ha salido últimamente. ¿Y sabes lo más gracioso? Se me hace que comienza a gustarle ese papel.

—A ver. Vamos por partes. Son apenas las once de la mañana. ¿Estás bien? ¿Quieres que te crea que mi papá está cambiando radicalmente de piel?

—Más que eso. Le encanta su nuevo papel, te digo. Está ganando una popularidad repentina. Comienzan a candidatearlo para alcalde, para gobernador, qué sé yo. Igual se trata de una broma de sus amigos. El caso es que ahora asocia todos los acontecimientos recientes en un coctel verdaderamente maravilloso e increíble. Dice que el reclamo de Cindy Bolaños, respaldada por unos mercenarios de la genética en Chicago, es un ejemplo más de las vejaciones que acostumbran hacer los gringos. Sus demandas —dice— son invariablemente respondidas. Pero, ¿qué pasa con las nuestras, con nuestras legítimas y archivadas reclamaciones sobre propiedades y derechos en Texas? Ergo, con esa alta misión a cuestas, ha salido la primogénita de la familia, la indomable Miranda Sámano, rumbo al norte a corregir de una buena vez el torcido rumbo de la historia.

A Miranda se le atascó en el cuello una mezcla de risa nerviosa con insuficiencia respiratoria.

—El último ingrediente del coctel es el de la candidatura. Créeme que se lo toma en serio. Está comenzando a circular la idea con sus amigos del Club de la Unión de que el ciento cincuenta aniversario de la pérdida de Texas es un momento ideal para que Coahuila tenga a otro Sámano como gobernador. Según su nueva tesis, el estado podría alcanzar una gran prosperidad si lograse cobrar parte de las reclamaciones pendientes desde el siglo pasado. Anda arengando entonces a los Chapa, a los Carranza, a los Soler y otras familias viejas para orquestar una ofensiva conjunta de reclamaciones.

—Pues que tenga mucha suerte, porque aquí apenas se acuerdan de que esto alguna vez no fue Estados Unidos.

—Ya lo sé, pero en ésas anda metido y, además, por descabellado que parezca, sus ideas están teniendo mucho más eco del que hubiésemos supuesto. A la gente le gusta oír esas cosas. Pero me falta comentarte una de las cosas más importantes para tu condición de migrante indocumentada. Papá ya hizo público que resides en San Antonio y que estás "haciendo un eficaz trabajo". Te atribuye, por ejemplo, que la visita de un conde a San Antonio…

—Del conde Gustavo de Béxar —la interrumpió—. En efecto, lo conocí.

—Bueno, pues peor tantito. Anda diciendo que tú estuviste detrás del acto que encabezó en San Antonio y de lo que dijo por allá.

—Lo invitó el alcalde, hombre. Yo me enteré por los periódicos.

—Pues eso no es lo que está diciendo papá.

—Cómo va a ser —exclamó ahora Miranda, preocupada—. ¿Estás segura de que todo esto no es producto de tu imaginación?

—Para nada. Lo que sucede es que papá se ha ido enredando cada vez más con sus argumentos, con sus invenciones. Ha de ser su reacción al temor de quedarse solo, qué sé yo.

Hicieron una pausa necesaria. Era demasiada información en una sola llamada. Había que digerirla y sopesarla poco a poco. Tapó con una mano la bocina y le pidió al viejo O'Malley que le preparara un whisky, como si fuera para él. El viejo miró de soslayo el reloj y con una sonrisa maliciosa entró a la zona más visitada de la trastienda para sacar hielo y declarar abierto formalmente el bar. Para terminar la conversación le dijo a su hermana en el tono más serio que pudo:

—Creo que, sin proponértelo, estás en medio de una doble o triple pinza.

A pesar de que el lenguaje florido de Camila hacía más llevadero el argumento, el fondo de lo que le estaba transmitiendo la perturbó. Bebió con apuro del vaso de whisky.

—Creo que no es tan grave como tú lo pones —la tranquilizó Miranda—. Nadie más que tú y seguramente papá tienen completa la historia. De cualquier manera, aprovéchate de la confusión que está cundiendo en la casa para que vengas a verme. Mejor salte.

—Por mi parte, cuenta con ello. La verdad, me vendría bien oxigenarme un poco. Aunque debo decir que las cosas se están poniendo también muy divertidas por acá. Esta mutación repentina de papá es verdaderamente insólita, digna de verse —la conversación les abría un menú muy variado de ideas. Sin embargo, ya era tiempo de colgar. Miranda aprovechó para desahogar una inquietud.

—Trata de traerte una copia del diario de doña Amalia —le soltó de sopetón— y cualquier otro documento que pueda darle credibilidad a la versión del viejo.

—Haré todo lo posible por ir para allá. Sería interesante conocer las tierras de los abuelos.

—El diario podría ser un cañonazo de alto impacto por aquí. Especialmente después del discurso del conde, que removió bastante las aguas históricas —se quedó pensativa unos instantes y después repuso—: Para nosotras tener aquí el diario sería apasionante. Será como tener una ventana privilegiada a la historia de este sitio, a nuestra propia identidad.

Ambas guardaron silencio, haciendo cada una sus propios cálculos, trayendo a la memoria recuerdos de la infancia, conversaciones e imágenes que desde pequeñas las venían rondando como sueños que persisten noche a noche.

—Aunque sea en fotocopia, pero me lo llevo —le ofreció Camila, y después añadió—: en una de ésas todas las teorías que se ha estado inventando últimamente papá para salir de sus problemas, se hacen realidad al final.

—Oye, vamos más despacio. No eches a volar tan pronto la imaginación —la sosegó—. Y no dejes de traer mis documentos, para estar más o menos tranquila.

Antes de colgar, le pidió que tomara nota del teléfono de *O'Malley Stained Glass* y que la mantuviera informada. Era obvio que desde Saltillo tenían mejor monitoreados los movimientos de Cindy Bolaños y que mientras Genet@com no emitiera su veredicto sobre la paternidad de Thomas Dario, tendría tiempo para regularizar su estancia en San Antonio.

—Oye —la sorprendió el viejo O'Malley, tan pronto terminó la conversación—, deberías llamar más seguido a tu hermana. En media hora tu cara produjo todas las expresiones conocidas en el inventario de los gestos. Me encantaría conocerla, y eso que solamente escuché la mitad de la conversación. Que no me muera —añadió el hierático irlandés— sin antes conocerla.

El viejo tenía ahora un tercer pretexto contra el suicidio; además de terminar vitrales y viajar a lugares extraños, ahora deseaba conocer a la hermana menor de Miranda Sámano.

Kevin O'Malley atravesaba por una profunda confusión de sentimientos para la que no encontraba remedio. Se sentía felizmente copado por la presencia de Miranda, pero copado al fin. Con una vida entera de diletante y solitario consumado a cuestas, después de dos meses de compañía garantizada y casi permanente, comenzó a caer en la cuenta de que lo que antes simplemente pensaba, ahora tenía la necesidad de verbalizarlo. De hecho, ya no podía pensar como antes. Tenía que hablarlo para poner en movimiento los antiguos engranajes de su mente. Mucho tiempo le tomó caer en la cuenta de que la vida en compañía tiene sus fases bien establecidas. Si en un principio parece indispensable llenar cualquier silencio con alguna ocurrencia y se piensa hablando, conforme avanza una relación, el silencio penetra cada momento, como la humedad, hasta que se agotan las ocurrencias y las anécdotas. Así, el pensamiento y el lenguaje terminan convirtiéndose en una masa insufrible de cálculos sobre la reacción que generará un comentario cualquiera, en un afán de no resultar repetitivo y en un dominio exacto de los pensamientos más íntimos e inconfesables. Las relaciones, pensaba O'Malley desde su juventud, comienzan con el tanque lleno de un par de historias personales desconocidas y con la seguridad de que todo lo que se diga y todo lo que se escuche será de alguna manera novedoso, un descubrimiento en cada frase. Mantener esa reserva relativamente llena resulta tan laborioso como prácticamente imposible. Con esa convicción, O'Malley tomó la decisión de juventud de no casarse jamás.

Desde la llegada de Miranda, despertaba por las mañanas con la cabeza como una clara de huevo: revuelta, pero invariablemente en blanco. No era sino hasta que comenzaba a conversar con ella que ese limbo vacío que se le ocultaba bajo el cráneo empezaba a adquirir algún color y textura definidos. Dependiendo de por dónde se orientara la conversación primera de la mañana, su mente quedaría rebotando todo el día sobre el significado de los sueños, el deterioro ecológico o la necesidad de hacer un nuevo pedido de materiales para el taller.

—Si seguimos encerrados de esta manera en el taller —le soltó sin miramientos una mañana—, vamos a terminar hablando exclusivamente de cuentas, pedidos, facturas y fechas de entrega de los trabajos.

Miranda comprendió de inmediato el sentido del reclamo.

Le vino a la memoria, como un relámpago, la imagen del acechante novio de Saltillo. Al pobre se le agotaron tan rápido los temas de conversación que repetía las frases y los argumentos que memorizaba en los programas de televisión. Su estoicismo era digno de reconocimiento, pues era evidente que una vez que concluyera la crónica completa de su biografía y de su esquelético credo, normalmente nada le ocurría de un día a otro que fuese medianamente digno de mención. Por contraste, estaba cierta de que en la relación de corte filial que tenía con O'Malley, jamás se plantearían dificultades de esa naturaleza. Sin embargo, reconocía, al igual que el irlandés, que vivir sin una cierta búsqueda del riesgo y la aventura atrofia tanto el cerebro como las señales que éste pudiera mandarle a la lengua.

—Saldré a conocer los otros san antonios —le respondió al vuelo.

Con una mezcla de sentimientos, el viejo la vio desplegar nuevamente las alas con las que había llegado el día que se abrió la cabeza contra la lámpara.

A partir de esa conversación, Miranda comenzó a colgar el

mandil de trabajo a las cinco en punto para aventurarse por las calles y sitios de reunión de San Antonio. Los primeros días le ganaron los deseos de mimetizarse con los texanos. Sin tener un destino preciso, caminaba apresuradamente al lado de quienes acababan de salir de sus oficinas y se dirigían en estampida a los paraderos de autobús y a sacar sus automóviles de los estacionamientos. A medida que se fue sumando día tras día a las corrientes circulatorias de la ciudad, comenzó a comprender su dinámica y su ritmo. Notó que los apresuramientos duraban poco más de media hora después de la salida de los trabajos. Después, el andar comenzaba a hacerse más pausado y el reloj aminoraba su velocidad. Entre lunes y miércoles, podía observar que las personas apenas si se hablaba entre sí, los bares permanecían desolados y los oficinistas portaban ropas y corbatas más oscuras. Como si se hubiese impartido una terminante instrucción militar, los sajones salían de sus oficinas con un portafolios y una bolsa de plástico en la que llevaban un par adicional de tenis. En un ritual inesperado para Miranda, todos ellos salían por las puertas giratorias, se sentaban en alguna banca y cambiaban sus zapatos de calle por los de suela de goma. Así se producían combinaciones fascinantes de traje de casimir a rayas con zapatos Adidas, medias de nylon oscuras con Nikes en tonos anaranjados y violeta, minifaldas con zapatos de basketbol antiderrapantes y ternos claros en estilo Príncipe de Gales con botines autografiados por Michael Jordan. Como si fueran garras o huellas de animales, cualquiera podía transitar San Antonio sin levantar la mirada, sin hacer otra cosa que mirar el calzado y adivinar las costumbres y el origen étnico de los transeúntes.

Recordaba que las cantinas de México alguna vez tuvieron un letrero en la entrada que rezaba: "Prohibida la entrada a mujeres, niños, uniformados y personas armadas." En los bares de San Antonio, algo así resultaba innecesario. A excepción de los menores de edad nadie tenía prohibiciones de aquel tipo. Sin embargo, podía levantarse un acta notarial si se llegaba a encontrar a un mexicano en bares de sajones, a un sajón en bares de negros o a un negro en un restaurante de comida china. Hasta los deportes y la música, pudo descubrir Miranda, tenían sus públicos bien diferenciados por raza y por generación o por ambas: los negros en los conciertos de rap y en los juegos de baloncesto, los blancos en el golf, el tenis y las baladas, los mexicanos en el futbol y, como era de esperarse, en las tocadas rancheras y norteñas. La colocación de letreros prohibitivos no hubiera resultado tan eficaz como aquella segregación espontánea.

Muy pronto descubrió que los verdaderos centros ecuménicos y de concurrencia universal eran los centros comerciales. "La vida entera de los americanos —le dijo una noche a O'Malley al regresar al taller— puede narrarse a partir de sus entradas y salidas al *shopping mall*. Allí nacen, crecen, se reproducen y mueren —le comentó—. No es difícil pensar en cómo pasaron de la carreola a consumir helados, a jugar a las maquinitas tragamonedas y de ahí a entrar al cine solos, para conocer a la pareja de su vida y volver a comer helados, hasta llevar a sus propios hijos a que se repita la historia. Aunque no los culpo —le confesó—. Si no fuera por esos sitios, muchos texanos se verían forzados a tener relaciones íntimas por teléfono y a clausurarse las cuerdas vocales."

Con la tranquilidad de contar con un poco de dinero en la bolsa, fue haciendo una inspección minuciosa de los lugares de encuentro en la zona colonial de San Antonio. En esos días se sentía dueña de un extraño poder con una tarjeta de crédito con la que le sorprendió una mañana Kevin O'Malley. Al recibirla, ella no salía del binomio agradecimiento y sorpresa y le preguntó desde el fondo de la candidez:

—¿Es genuina?

—¿Cómo que genuina, a qué te refieres?

Ella lo miró con sus grandes ojos verdes, preguntándose si el viejo quería forzarla a participar en una discusión inútil. No pasaba un solo día sin que Miranda le recordase el asunto de sus documentos migratorios y, a cambio, le llegaba con la segunda derivada de la identidad, que consiste en tener alguna personalidad tan bien asentada como para ser sujeto de crédito. El viejo resolvió sus dudas con una de sus acostumbradas generalizaciones:

—En Estados Unidos el número de preguntas que te hace la gente es inversamente proporcional a las ganas que les demuestres de gastar dinero. Así que ahí tienes tu nueva tarjeta. Fírmala de inmediato y deja de preocuparte.

Si cobrar un salario en el taller le había resultado difícil, recibir una tarjeta de crédito se le antojaba impensable. El viejo, anticipando la mezcla de gusto y de vergüenza que le daría, decidió meterse de inmediato en su habitación, diciéndole al paso: "Éste es un primer paso para la regularización de tu estancia en este país. Tómalo así."

Más que en el recién adquirido poder de compra, en adelante, pensó, ya podría ser atajada por un policía y tener manera de acreditar su identidad. Poseedora de esa inesperada seguridad, salió a conocer los rincones ocultos de San Antonio. Al cabo de un par de semanas y cansada de seguir a la gente a ciegas hasta el paradero de los autobuses y los estacionamientos, tuvo que reconocer que todos los caminos conducían a El Álamo, a los centros comerciales, al *River Walk* y, después de las nueve de la noche, a las puertas de *The Stranger*, el bar de los existencialistas, snobs, solitarios profesionales y nostálgicos que había conocido del brazo de Kevin O'Malley. Tuvo que reconocer también que el formato y la lógica de ese lugar le facilitaba mucho la vida a una joven hermosa, soltera, errante e indocumentada como ella. Por otro lado, le agradaba la idea de que cualquiera que se le acercara a conversar tendría que fingir inteligencia y conocimiento filosófico, antes que un simple despliegue de habilidades como bailarín o simple seductor. *The Stranger* era el sitio idóneo para los conversadores, y si algo disfrutaba Miranda era precisamente una charla ingeniosa, conocer las últimas técnicas para romper el anonimato y los torneos de egos inflamados en los que cada quien, sin límite de caídas o de tiempo, pintaba su autorretrato ante los demás.

Ante la posibilidad siempre presente de que Kevin O'Malley la esperase despierto y con un trago de fin de noche en el taller, concentró sus requerimientos etílicos en el whisky irlandés. De acuerdo con las reglas del sitio, pasaba al islote de bebidas que dominaba el centro de la antigua bodega de los O'Malley y se servía la cuota de whisky que el cuerpo le demandara. Paseó con detenimiento frente a todos y cada uno de los estantes de libros que ocupaban las paredes, curioseando entre los títulos y contando con las manos los autores latinoamericanos que esporádicamente se encontraban en las estanterías. Llegó a la conclusión de que el *boom* latinoamericano no había llegado a una de las ciudades más latinoamericanas de los Estados Unidos.

Dedicó de esa manera sus primeras visitas a *The Stranger* en plan de exploradora y analista sociológica. Desde un principio escogió un sillón esquinado como sitio de observación y aterrizaje.

Desde ahí podía divisar las demás mesas y los corrillos que se formaban en los balcones interiores que dominaban los muros. A medida que analizaba la dinámica de cada grupo, confirmaba su apreciación sobre el profundo tribalismo con el que se conducen los humanos. Claramente podía identificar la mesa de los exhibicionistas que, con alguna obra teatral en las manos, representaban algún papel, se subían a las mesas para decir sus parlamentos y hacían grandes ademanes ante la concurrencia, siempre más preocupada por servirse un trago que por voltear a mirarlos. Aunque fuese en la caracterización de Otelo o de Evita, lo importante para esa clase de individuos era darse a notar. Otro grupo lo formaban los coyotes errantes, siempre aislados y solitarios, con miradas que parecían ver para adentro y atravesar la carne de las personas. En el fondo, pensaba Miranda, debían ser los más sociales de toda la concurrencia, pues para vivir a plenitud su soledad existían mejores lugares, una banca cualquiera en el parque, que una cantina al último grito de la moda. Finalmente, el grueso de la clientela se componía de aventureros y candidatos autoproclamados a ser personajes de novela. Se trataba de individuos con el seso embebido y trastornado por la lectura del momento. Componían una fauna por demás interesante, pues genuinamente operaban un proceso de transformación en alguno de los personajes inmortales de la literatura, siendo unos más obvios que otros para ensayar la reencarnación de Madame Bovary, Fausto o directamente de El Principito. Estas encarnaciones la divertían tanto que hasta compró un cuaderno de apuntes para asociar la descripción de las caras con el personaje que, según ella, estaban representando en ese momento de sus vidas. Más interesante aún le parecía descubrir las trasmutaciones que se operaban en muchos de ellos de un personaje a otro (según el libro que estuviesen leyendo en ese momento) e incluso de la figura de los personajes a la de los autores mismos. ¿Para qué limitarse a las criaturas si podía encarnarse directamente al creador? Así, observaba con una mezcla de ternura y fascinación por el ridículo a los tipos que mutaban noche a noche entre el amante de Lady Chatterley y D.H. Lawrence, entre Tomás y Milan Kundera y entre Leopold Bloom y James Joyce, con todo y anteojos de redondel, estrabismo y sombrero de esparto.

Con paso errante, Miranda recorría la antigua destilería un par de tardes a la semana. Así comenzó a adquirir la costumbre de pasar al baño de mujeres para escribir en las paredes con los plumones que el viejo profesor de literatura, Roger Casey, había destinado al efecto. Desde que vio a las dos lesbianas comiéndose a besos en el baño, le quedó una extraña fascinación; la impresión de que era precisamente dentro del baño donde se mostraba el verdadero yo. Como aquella escena la había marcado con la sensación de lo prohibido, ella también quería medir su capacidad para causar una impresión en los demás. Comenzó entonces a desarrollar la manía de escribir alguna frase provocativa en las paredes y medir las reacciones que suscitaba. Como inicio de serie tomó un plumón morado y escribió, desafiando el sistema del profesor Casey: "No es lo mismo escribir ¿Y si estas piedras hablaran? frente a las pirámides de Egipto que frente a los azulejos manufacturados en serie en el baño de un bar texano." Whisky en mano, tomó posición a una distancia prudente de la puerta del baño para evaluar las reacciones de las mujeres que acababan de leer sus frases. Distraídamente se colocaba cerca de ellas o del grupo con el que se encontraban reunidas para escuchar sus comentarios. Nadie le daba la razón sino que, por el contrario, la atacaban como aguafiestas, anarquista y maniaco-depresiva. Las reacciones principales, sin embargo, se las respondían directamente debajo de sus frases dentro del baño. Ella iba tomando nota, divertida de los comentarios ácidos y descarnados con que le reviraban: "Si ni siquiera puedes ir a Egipto, entonces empieza a conseguirte piedras a la altura de tu vanidad." Miranda, divertida con esa forma de comunicación anónima, buscaba un momento en el que estuviese vacío el baño y respondía cosas como: "Es obvio que como a ti no se te ocurrió primero, tu propia vanidad te lleva a descalificarme. Uno a cero, a favor mío." Otras visitantes del sanitario se sumaban entusiastas a tomar partido o a desacreditar todo lo escrito antes que ellas.

De esta manera inauguró una nueva forma de diversión en *The Stranger*. Por las mañanas, mientras cortaba pedazos de vidrio o ensamblaba nuevos vitrales con el plomo derretido, apuntaba en su libreta las ocurrencias que le iban surgiendo. Al salir a su exploración nocturna, copiaba en un pedazo de papel la frase que le parecía más ocurrente y provocativa para plasmarla después en las paredes del baño de la cantina. Era digna de verse la mirada distintivamente traviesa con la que entraba y salía del baño. A veces parecía esbozar el gesto de una aspirante a terrorista que ha dejado una bomba en lugar secreto y a veces la de una colegiala con planes de escaparse subrepticiamente de la clase.

Nada mejor que una buena esgrima verbal —se repetía Miranda— y mejor aún cuando se daba en el más absoluto anonimato. Para su sorpresa pudo percatarse de que las demás visitantes del baño esperaban religiosamente a que ella abriera fuego con la primera frase provocativa para acudir a reaccionar. Tenía asegurada la iniciativa. Las contestaciones eran cada noche más personalizadas, concediéndole un reconocimiento y una rivalidad totalmente espontánea y, para Miranda, francamente inesperada. Conforme más abiertamente la atacaban, más crecía su pasión y respeto por la fuerza de la palabra escrita.

Animada por este ejercicio soltó algunas de sus flechas más memorables. Por las mañanas calaba su efecto con Kevin O'Malley y, dependiendo de la altura que alcanzaran sus cejas, las escribía en el muro del baño de damas.

En esa época, el viejo profesor de literatura y alcahuete mayor de la cantina, Roger Casey, comenzó a escuchar insistentes comentarios sobre la *grafittera* del baño de mujeres, como empezó a llamarla la concurrencia. Casey tuvo un fuerte ataque de orgullo al percatarse de que su invención de poner plumones y cartulinas en los excusados y junto a los lavabos había surtido el efecto deseado. Así, durante las mañanas, mientras se realizaba la limpieza de la cantina comenzó a inspeccionar personalmente los servicios. El ingenio de las frases y el impetuoso combate literario que se daba en el baño de damas contrastaba con la mordacidad y sordidez de los epígrafes de los caballeros. De tal suerte que se le ocurrió retar el ingenio masculino, colocando él mismo los cartelones elaborados por las damas en el sanitario del sexo opuesto. Las frases provocadoras de Miranda surtieron un efecto inmediato, hasta generar una innoble y exaltada batalla entre los sexos. A la vuelta de algunas semanas, el éxito de las ocurrencias de Casey habían ganado carta de naturalización entre la clientela. Llevó entonces su experimento un poco más lejos. Abandonó temporalmente la práctica de organizar tertulias de análisis literario, para colocar ahora en las paredes principales del bar las cartulinas de más grueso calibre intelectual y más torcida imaginación. Toda vez que el punto de referencia obligado partía de las sentencias de una dama perfectamente versada en el español, Casey se hizo de la ayuda del veracruzano José Inés Méndez para traducir correctamente los escritos incendiarios de Miranda. Comenzó así a darse de manera espontánea el análisis y la polémica encendida de frases mirandescas como: "No aspiro más que a contribuir, así sea modestamente, a la imprescindible confusión colectiva", que fue muy debatida entre los que opinaban que simplemente se quería pasar de lista y los que la defendían argumentando que si de cualquier manera no teníamos respuesta a las incógnitas más importantes de la vida, debíamos seguir aquella conseja y desarrollar la confusión en su justa plenitud. Miranda, que se sentaba a escuchar aquellos debates en el más oculto anonimato, disfrutaba de un escondido placer mirándoles despotricar contra una fantasma para ellos desconocida.

Casey colgó en los muros una frase que Miranda había escuchado o creía haber oído en una cena para políticos en su casa de Saltillo: "Todo lo que se puede comprar con dinero resulta barato", escribió de nuevo en morado, color con el que comenzó a identificar su sello literario. La tentación fue demasiado grande para una de las visitantes al baño que, al ver aquella nueva frase en morado, arrancó en el acto la cartulina y se la llevó a Casey y su grupo de analistas nocturnos. El veracruzano debió por primera vez realizar una traducción simultánea. Al terminar de leerla, se le salió del alma el comentario: "No tiene pierde, nuestra enigmática escritora es más mexicana que el chile." Todos se miraron entre sí, como en la última cena, para intentar desemascarar a la poetisa secreta. Miranda, oculta tras sus caireles dorados y un vaso siempre a la mano de whisky irlandés de conocedor, no tuvo más que imitar a los demás girando la cabeza en busca de la mexicana provocadora para permanecer escondida en el anonimato. No faltó quien pidiera a voz en cuello que se identificara. Pasaron varios segundos espesos en que las cabezas de todos giraron como la niña del exorcista, buscando a la autora. Unos para expresarle su reconocimiento creativo e intelectual y otros más para hacerle críticas de cualquier clase. A José Inés Méndez le asaltó el espíritu protector y solidario que suele acompañar a los mexicanos en minoría y le susurró al oído al maestro Casey:

—Yo conozco bien a mis paisanos. Tengo la impresión de que no se encuentra entre nosotros. Detenga de alguna manera este asunto. Nos está yendo demasiado bien en el bar. No nos conviene que la reconozcan... todavía.

El profesor tomó bien el consejo del veracruzano y paró en seco la cacería de brujas que se iniciaba, apelando al derecho humano inalienable al anonimato de la creatividad. Miranda respiró con alivio, se terminó el whisky y dejó de visitar *The Stranger* con la frecuencia que venía acostumbrando. Esa decisión, por supuesto, no hizo más que agudizar la curiosidad colectiva por descubrir su identidad. En aras de mantener la iniciativa decidió alterar su patrón de conducta: a veces iba al bar, pero ni siquiera entraba al baño y mucho menos escribía; otras pasaba al bar por minutos, escribía rápidamente en los muros alguna frase y, sin siquiera tomarse un trago, salía para desconcertar a los parroquianos. Casey cambió el apodo de la *grafittera*, por el de la *escritora invisible*.

Corroído por la curiosidad, Casey contempló la idea de colocar un sistema de circuito cerrado de televisión en el baño para grabarla y descubrir su identidad. Después llegó a la conclusión de que sería una vileza mayor que la de omitir a Shakespeare en los cursos en la Universidad de Princeton. Debía competir en plano de igualdad con los demás parroquianos, en la identificación de la escritora invisible.

Los lunes por la mañana, Matt Crossman convocaba a sus colaboradores a una pequeña reunión para planear las actividades de la semana, introducir innovaciones y evaluar los resultados alcanzados. Roger Casey, con el seso embebido por descubrir a la musa embozada, puso por primera vez frente a los ojos del jefe Crossman una colección de las cartulinas escritas con el distintivo plumón morado. Matt comenzó a leerlas, al principio con una displicencia que no buscaba más que satisfacer los deseos de Casey y de José Inés Méndez. Sin embargo, conforme fue interiorizándose en aquellas frases inflamatorias, a cual más descabellada e ingeniosa, fue entrando en una rápida fascinación que muy pronto rayaría en la obsesión. Intentando que sus colaboradores no notaran el impacto que le producían aquellas frases, preguntó a volapié, mirando hacia la ventana:

—¿Quién escribió estas cosas?

—Una mujer —respondió Casey.

—Al parecer mexicana —complementó José Inés, con un dejo de orgullo.

—Pero tenemos nuestras dudas —replicó el maestro de literatura.

—En todo caso se trata de una mujer, ¿cierto? —se apuró a precisar Matt Crossman.

—De eso estamos seguros. Todos sus escritos han sido encontrados en el baño de damas, amén de que su caligrafía es distintivamente femenina. No hay duda.

—Llévate esto a mi oficina —le ordenó al veracruzano en una voz impersonal que no tenía otro propósito más que el de evitar entrar en explicaciones.

Cuando José Inés se retiró con las cartulinas, el viejo Casey narró con todo detalle la conmoción que estaban causando esos escritos entre la concurrencia, las tertulias que se organizaban y la velocidad creciente con que los parroquianos se desplazaban desde sus oficinas a *The Stranger* para conocer el siguiente capítulo de las ocurrencias de la escritora desconocida.

—Deberíamos contratarla —reflexionó Crossman en un frío cálculo empresarial.

—Si tan sólo supiéramos de quién se trata —respondió con un suspiro el viejo maestro.

Crossman dio por terminada la sesión de los lunes.

Por la tarde se encerró en su oficina, que también era su habitación en un rincón de la antigua bodega. Encendió la computadora y, en un acto reflejo, se conectó al correo electrónico. Tenía dos mensajes pendientes de respuesta para su esposa. Rita le proponía una solución alucinante para su matrimonio en periodo de invernación. Sugería, con base en la creciente fortuna que estaba ganando Matt en *The Stranger*, que comprasen una casa dúplex, con computadora y salida propia. Mantendrían la comunicación verbal por medio de Internet, para asegurar la viabilidad de su matrimonio y las salidas exclusivas para mantener la privacidad que tan buenos resultados le había dado a su distante pero indisoluble relación de pareja.

Pasó la tarde entera leyendo las frases de su enigmática cliente, haciendo cuentas sobre el costo probable de adquirir una casa dúplex y ponderando la respuesta más sensata que debía darle a Rita. Redactó con todo cuidado una contestación a su mujer, aceptando en lo general su propuesta, pero añadiendo la condición de que sin previo aviso podía pasar la noche alternativamente en su nueva casa o en la oficina habilitada como dormitorio. En un acto reflejo, transcribió también las frases en morado que José Inés le había dejado en el escritorio. De momento no supo si la fascinación por aquellas sentencias venía de su contenido mismo o de la curiosidad de ponerle cara, nombre y textura de piel a la autora. A esas alturas eran ya más de dos meses y más de una docena de frases lapidarias de un excitante anonimato. La curiosidad lo invadía. Con cierto deleite pensó que la oportunidad de acercarse a este tipo de aventuras era lo que justificaba su intención de abrir un bar como *The Stranger*. Entonces se propuso, se juró que él descubriría la identidad de la autora. Con la elegancia de los pianistas al tocar la última nota de un concierto, presionó la tecla de *delete* en el teclado de su computadora y dejó para mejor ocasión el envío de una respuesta a su esposa.

Contrario a su costumbre, comenzó a vagar entre las mesas de su cantina, espiando de reojo a todas las mujeres, escuchando discretamente las conversaciones de las mesas y la barra. Prefirió correr el riesgo siempre latente de que le pidieran copas a cuenta de la casa, a perderse la oportunidad de conocer y descubrir a la escritora invisible, ese misterioso Yetti de la cantina. Antes de abrir las puertas a la clientela visitaba en exclusiva el baño de damas, verificaba que los plumones estuvieran en su sitio y que hubiese suficientes cartulinas para ensanchar su colección privada de inscripciones en letra violeta. Su fascinación crecía con la velocidad con que acumulaba cartulinas. En una estrategia que primero consideró ridícula pero en la desesperación llevó a la práctica, se disfrazó de cuidador de baños, ofreciendo toallas para secarse las manos a los parroquianos, con el único propósito de no quitar el ojo sobre la puerta de entrada del servicio para damas.

Deseando apoderarse de la oculta fama que Miranda se iba labrando, otras mujeres que frecuentaban el bar comenzaron a mancharse deliberadamente los dedos con la tinta morada de los plumones más enigmáticos de San Antonio. Crossman, presa de un pensamiento monotemático, las tomaba de las manos, verificaba el color impreso en sus dedos y se sentaba a conversar en clave con las candidatas. Tan pronto hacía la conexión entre aquellas manos y el ingenio de las frases, concluía sin tardanza en que se trataba de una copia burda de la original. Pasó de la puerta del baño a la puerta de entrada a la cantina, ante las miradas suspicaces y divertidas de Roger Casey y de José Inés Méndez, quienes observaban la manera en que a su jefe se le afilaban los bigotes de lince y se le agudizaban los instintos de cazador.

—Ya mordió el veneno —le comentó por lo bajo el veracruzano.

—Y de qué manera —lo secundó el viejo literato—. El siguiente paso consiste en que llame al FBI —mostró su dentadura de empalizada, carcomida por el tabaco. Por último, le confesó a su colega mexicano, con un aire de suficiencia—: Creo que no voy a tener más remedio que asistir a nuestro querido jefe, antes de que se vuelva a dejar crecer la barba, la coleta de ermitaño y tire por la borda el emporio de *The Stranger*.

José Inés asintió, dándole una palmada de aliento. Por nada del mundo hubiese intentado disuadirlo. Resultaba para él evidente que al jefe Crossman se le estaban secando aceleradamente algunas partes del cerebro y que, de no descubrir pronto la identidad de su paisana —seguía estando seguro de que se trataba de una mexicana, casi podría apostar que tapatía o tabasqueña para mayor detalle— el único empleo atractivo que había logrado conseguir desde que llegó de mojado a Estados Unidos podría desvanecerse tan rápido como le apareció. Estaba pagando, además, el crédito de un Cadillac enorme con el que siempre había soñado y que amortizaba, según él decía con orgullo, por metro cuadrado. Por ninguna razón quería regresar a los días del Chrysler desvencijado por el que tantas burlas le hacían durante sus visitas anuales al Puerto de Veracruz.

Con motivo de la celebración del quinto aniversario de *The Stranger*, Crossman lanzó su ofensiva final, preparando con todo cuidado una magna fiesta de disfraces. Suponía que la escritora invisible no resistiría la tentación de acudir al festejo y que, sin duda, traería puesto un disfraz de tal originalidad y buen gusto que la delataría. Por lo demás, llevaba varias semanas oliendo como sabueso las cartulinas donde había posado su mano, para descubrir con la nariz lo que sus ojos no alcanzaban a discernir. Revisaba, igualmente aunque sin éxito, todas y cada una de las firmas en las cuentas pagadas con tarjeta de crédito para reconocer su caligrafía y, cuando menos, poder ponerle nombre a la mujer que había introducido una fascinación tan enfermiza en su vida.

A medida que su pensamiento se tornaba monotemático (y

con el agravante de resistirse a confesar públicamente su sufrimiento), comenzó a cambiar los sesudos mensajes electrónicos que le enviaba a su mujer, por una serie de reflexiones íntimas que mantenía en secreto a piedra y lodo detrás de un *password* tan indescifrable como la misma identidad de su musa invisible. Fue en esos días aciagos cuando se dio a la tarea de escribir un tratado íntimo sobre las dudas y temores de llegar a los cuarenta cumplidos. En abierta competencia con la del plumón morado, puso a prueba de la clientela sus frases más inspiradas, en color naranja picante para que de ninguna manera pudieran escapar a la atención de la concurrencia. En una mezcla de lenguaje bíblico y del delirio febril que acusaba su mente trastornada, escribió una mañana en el baño de hombres: "Bienaventurados los que no se preguntan y mucho menos se percatan de que al llegar a los cuarenta han traspasado el clímax de su existencia; los que no se angustian por haber perdido la capacidad de enamorarse con verdadera frescura, los que no se exasperan por dejar de fornicar con la pasión de antaño y los que se conforman con cambiar la vitalidad del pasado por las migajas de una estabilidad económica y la emoción efímera de una promoción laboral."

Para su sorpresa y profundo descalabro, Casey se limitó a desprender sin miramientos esa cartulina del baño, pues además de carecer de la contundencia y brevedad de las sentencias de otros clientes de pluma más afilada, un mensaje de ese tipo —a su juicio— no haría más que desmotivar a la concurrencia mayoritariamente cuarentona y, lo más peligroso, podría atraer a los predicadores de solapas de satín que abundaban en el medio eclesiástico texano. Trató en vano y de la forma más discreta de conocer la valoración objetiva del profesor de literatura. Sin embargo, y para su más absoluto desconcierto, el viejo le confesó que era su deber mantener ciertos niveles de calidad literaria en las paredes, ahora sagradas, del baño. Sin embargo, lo que más lo intrigó, fue la recomendación de que colocara fragmentos de los mensajes electrónicos que le enviaba a Rita.

—Algunos de ésos sí tienen un alto valor —le comentó el veterano—. Nada que ver con los escritos bíblicos del parroquiano que usa el plumón naranja —le guiñó el ojo en sentido de complicidad. De esta manera lo desarmó en descampado, sin que se atreviera a preguntarle por qué conocía tan bien los mensajes que le enviaba a Rita, a su Rita privada, por correo electrónico. Después de cinco años de trabajar juntos, era evidente que no había alcanzado a medir la acendrada vocación de alcahuete que corría por las endurecidas venas del viejo profesor.

Llegó así la esperada celebración del aniversario de *The Stranger*. Matt Crossman apenas prestó atención al éxito rotundo de llenar la cantina a su máxima capacidad en una fiesta de disfraces en la que, según rezaba la convocatoria, todos "debían vestir la encarnación de su personaje favorito, de su némesis o de quien desearan ser en el futuro". Es decir, por si faltara hacerlo más explícito, se trataba de un baile proyectivo en el que, paradójicamente, las máscaras lograran remover las máscaras que todos nos ponemos cuando no estamos disfrazados. Por esta vía, Crossman lanzaba su apuesta más definitiva para descubrir la identidad de la elusiva escritora. Así, aparecieron dos encarnaciones de presidentes de los Estados Unidos, uno de ellos con todo y discurso de toma de posesión listo para quien quisiera escucharle. Varias mujeres se presentaron con disfraces de Gatúbela, por razones difícilmente explicables. Una sola iba ataviada como cuidadora de gansos, con todo y su bastón largo en forma de gancho. De entrada, Crossman pensó, casi aseguraba que esa mujer era la escritora invisible. En realidad, más que una conjetura bien reflexionada, se trataba más propiamente de un deseo del subconsciente, toda vez que era una verdadera modelo de belleza que se había vestido de aquella manera para alejar a los hombres que la asediaban con su bastón para capturar gansos. Un fanático del brasileño Jorge Amado llegó disfrazado de Vadinho, con todo y berenjenas frescas colgadas frente al pubis. Había también una abundante colección de príncipes y princesas medievales, ellas con los senos levantados en vilo hasta el límite de la asfixia y ellos con el escroto expuesto hasta el límite de empezar a hacer cuclillas y amoratarse entre espasmos de dolor. Los disfrazados de gorilas menudeaban, al igual que los cavernícolas, los astronautas y los infaltables Charlie Chaplins. Varios, nostálgicos de la primera infancia, no llevaban más que un pañal desechable y una cómoda mamila en la que se preparaban sus tragos favoritos. Concursaban al margen de la competencia general, con los príncipes medievales para dilucidar quién acusaba un dolor testicular más pronunciado. Crossman dudó largamente en disfrazarse de su ídolo Albert Camus. Sin embargo, al final se persuadió de que estaba en guerra por encontrar a la escritora invisible y decidió acudir vestido como su ancestro, un coronel del ejército texano, en uniforme de franela gris con vivos azules y sombrero de fieltro. Con su atuendo paseaba como coyote enjaulado de arriba a abajo de la antigua bodega en busca de una pista que le permitiera descubrir la identidad que lo obsesionaba. Casey se descaró aquella noche disfrazándose de Ernest Hemingway, colocando incluso un poco de relleno de algodón debajo de la camisa para aparentar mayor corpulencia. José Inés Méndez, en cambio, se vistió sin mayores complicaciones con un buen traje y una corbata fina de seda, pues desde su llegada a los Estados Unidos lo único que aspiraba en la vida era a ser visto con normalidad. Vivía una incómoda dicotomía; en su Veracruz natal no lo bajaban de gringo, mientras que en San Antonio no dejaban de burlarse de su acento y de pedirle que les cantara una vez más *La bamba*.

Miranda, en cambio, fue vestida sin otra prenda adicional que el mandil que utilizaba todos los días en el taller de emplomado. Si bien estaba ganando algún dinero, no estaba para lujos. No le costó mucho trabajo convencer a Kevin O'Malley de que la acompañara. Le contó brevemente las travesuras que venía realizando en las últimas semanas en las paredes del baño y la búsqueda que se había iniciado para descubrir su identidad. Al viejo le divirtió la aventura en la que se había metido su aprendiz.

—No falta más que pongan precio por tu cabeza —le dijo, con una de sus clásicas carcajadas de pulmón bien cuidado.

Pasó a su habitación y salió luciendo orgullosamente un atuendo de sheriff del Oeste, estrella y paliacate oficial. Fue entonces cuando ella se puso el mandil, lo tomó del brazo y cruzaron las cinco cuadras que les separaba de *The Stranger*. Al igual que el resto de la concurrencia, dedicaron los primeros momentos a mirar a los demás y, por supuesto, a criticar. Como todos querían mostrar su originalidad, cuando descubrían que alguien más vestía el mismo disfraz —como le sucedía a las Gatúbelas— les entraban ganas de regresar a su casa a cambiarse de atuendo o de quitarse prendas para diferenciarse de alguna manera.

Miranda y O'Malley se entretuvieron un buen rato agrupando a la concurrencia en categorías bien definidas: los héroes históricos, desde Julio César hasta el infaltable Napoleón; los exhibicionistas, desde el tipo desnudo dentro de un barril, hasta el disfrazado de condón; los ayunos del poder, desde los dos presidentes de la República hasta los generales Schwarzkopf, MacArthur y Rommel; los artistas, entre los que se contaban dos Van Goghs, un Picasso, un Beethoven (con todo y cuerno para la sordera), un Jean Paul Sartre con el ojo virolo y media docena de Óscar Wildes, representantes del *gay power*. Miranda pudo reconocer también a las dos lesbianas que tanto la habían impactado, una vestida de orquídea y la otra de abeja. Toda la noche, ya sin recato alguno, la pasaron polinizándose de lo lindo. Luego de vagar largo rato por aquel viaje de interpretación del significado de cada disfraz, Miranda pensó en los zapatistas de Chiapas. Consideró que al convertirse en sinónimo de los pasamontañas de lana negra, el día en que llegaran a quitárselos dejarían de ser ellos mismos y nadie podría reconocerlos.

Miranda no sospechaba que todo ese circo de disfraces era una celada para desenmascarar su identidad como escritora invisible. Sin embargo, tampoco descartaba que ésa sería una ocasión ideal para que se hiciera el anuncio de que había sido descubierta. Resultaría una gran promoción para los dueños de *The Stranger*. Podía imaginarse perfectamente la escena: llevada como si fuera Juana de Arco hasta la hoguera, presentada al público entre aplausos y rechiflas para que el profesor Casey en el clímax de la noche la despojara frente a todos del anonimato y reconocieran a la autora de las frases más polémicas jamás escritas en cinco años de existencia de *The Stranger*.

Con cantina llena, el tráfico hacia el baño era incesante. En esas condiciones, el riesgo de ser descubierta escribiendo en las paredes era prácticamente una garantía. Miranda, tomada del brazo de O'Malley, acechaba la puerta en espera de una oportunidad para desenvainar el plumón morado y dejar inscrita una frase que venía madurando desde hacía dos semanas. Hizo tres intentos impulsivos de dirigirse al baño, soltando alternativamente a O'Malley y volviendo a su lado después. Finalmente tomó la decisión. Con paso firme se dirigió al baño, más que obedeciendo a algún impulso literario o suicida, por una nada heroica urgencia de orinar.

Para su fortuna, aunque en ningún momento dejó de estar ocupado el baño, la operación de quitarse y ponerse los disfraces tenía especialmente distraídas a las mujeres. Por ejemplo, la mujer araña no encontraba la manera de colocar las patas de su disfraz junto al inodoro para evitar salpicarse ella misma. De manera que requería de la asistencia de alguna otra mujer para liberar su vejiga. Tampoco le resultaba fácil el asunto a las disfrazadas con atuendos medievales. Entre el corsé y las enaguas con estructura de alambre, el cotidiano acto de sentarse a mear alcanzaba un inconmensurable grado de complejidad. De manera que, oculta tras su sencillo mandil, Miranda fingió estar encargada de la limpieza del baño. En medio de dos fingidos trapazos al espejo con una toalla de secarse las manos, escribió la frase que traía grabada en la mente, con dedicatoria para esa noche de máscaras.

"En el fondo, escribimos para delatarnos", escribió con su inconfundible plumón morado. La frase tenía más filo que una simple confesión u ocurrencia de momento, como se vería más tarde por las reacciones que generó entre la concurrencia.

La mujer araña fue la primera en descubrir la inscripción, mientras se acomodaba las antenas frente al espejo. Sin pensarlo dos veces, arrancó la cartulina y fue a entregársela a Casey. El viejo profesor, en un acto reflejo, tocó las letras percatándose de que la tinta morada no acababa de secarse todavía. Se chupó el dedo manchado, mientras cazaba a Crossman con la vista. Su patrón estaba acodado como vigía en uno de los balcones interiores del bar. Con el brazo en alto, le hizo varias señas con su pipa de Hemingway en la mano. Pero Crossman no terminaba de reconocerlo, en tanto que el disfraz le daba una gordura desconocida y el pelo y la barba teñidos habían borrado su personalidad de profesor distraído. Mandó a la mujer araña a buscarlo de inmediato. Trepó sin dificultad por las escaleras de hierro forjado para darle la noticia, mientras Casey volteaba con mirada ansiosa intentando reconocer... ¿qué?, un rubor, una pupila delatora quizá, entre el mar de antifaces, cabezas de gorila y coronas de reina que le rodeaban. Después bajó los brazos y se quedó con la cartulina entre los dedos, con la actitud de quien ha perdido el tren por unos cuantos segundos. Matt Crossman descendió ágilmente desde su mirador entre grandes aplausos de la concurrencia. Todo mundo interpretó aquellos brincos de rellano a rellano de las escaleras, como una señal de que a partir de ese momento la fiesta entraba en una nueva fase: no bastaba, interpretaron todos, con vestir de una manera, sino que además había que actuar en concordancia con el atuendo seleccionado. Con aquellos saltos de trapecista, a nadie se le pudo ocurrir otra cosa más que Crossman estaba empezando la representación de un coronel texano en el sitio de El Álamo.

Todo mundo aplaudió la ocurrencia del dueño del lugar y comenzó a copiar su actitud. Los disfrazados de simios se balancearon con agilidad de los balcones interiores, el grupo de los medievales ensayó bailes cortesanos, los presidentes se soltaron a jurar la Constitución junto a la barra de las bebidas, mientras que los uniformados como protectores de la ley ponían esposas y maniataban incautos con sus pistolas y macanas. La abeja y la orquídea, aprovechándose del desorden, se abandonaron a las fuerzas de la naturaleza, en el milenario ritual de la polinización, donde la planta terminó engulléndose entre gritos y gemidos a su insecto favorito. Toda aquella erupción de actuaciones obstaculizaba el paso a Matt Crossman. Frenético, se abría paso a codazos. Los que sufrieron alguno de sus embates y pudieron clavarse en su mirada torcida, pensaron que estaba llevando su actuación demasiado lejos. Finalmente llegó hasta donde se encontraba Roger Casey. Tomó la cartulina y la observó con la fascinación de quien se encuentra un Cézanne arrumbado en un clóset de la casa. Al leer la frase "En el fondo, escribimos para delatarnos", sus sensaciones encontradas terminaron por formarle un pesado engrudo en el alma. Interpretó, para sus propios fines, que la escritora invisible estaba, por fin, dispuesta a salir a la luz, a revelar su enigmática identidad. Pensó también en el *password* ultra secreto que había puesto en el archivo de sus intimidades computarizadas y reconoció, como la frase lo revelaba, que jamás había escrito algo estrictamente para sí mismo, sino que por el contrario, siempre abrigaba la esperanza oculta de que alguien más lo descubriera, quedara atónito ante la profundidad de su pensamiento y el virtuosismo de su pluma y, como siempre lo soñó, lograra saltar al estrellato de las letras. Por último, mirando al viejo Casey, admiró su intuición para poner plumones y cartulinas en el baño. Con esa simple medida, le daba oportunidad a todos de delatarse en la comodidad del anonimato. Ahora, lo que pretendía precisamente era privar de ese derecho al sigilo a su escritora invisible.

—Cuando la trajo la mujer araña —le comentó Casey—, la tinta todavía estaba fresca —sabiendo que con esa aclaración aceleraría todavía más al coronel por un día.

—Tiene que estar por aquí. Debemos encontrarla. Ésta es mi

gran oportunidad —le dijo atropelladamente, con la mirada recorriendo la multitud.

—Oye, pero recuerda —lo llamó a filas— que también ella tiene derecho al anonimato. Tendrá sus razones para no querer identificarse.

Amagó con responderle con alguna maldición inglesa de cuatro letras. Cogió la cartulina y trepó de nuevo hacia el balcón. En el camino derribó a dos disfrazados de gorilas que se balanceaban de los barandales de hierro forjado. Al caer uno de ellos estrepitosamente al suelo, se produjo un silencio que Crossman aprovechó sin parpadear. Con sus botas con la estrella texana grabada, subió sobre el pasamanos de uno de los balcones hasta lo más alto de la antigua bodega. Levantó la cartulina por encima de su cabeza para atraer la atención de todos y para que todos supieran cuáles eran sus intenciones. Algunos pensaron que se anunciaría una rifa, otros más, con pesar, que tampoco esa noche se liberarían de escuchar un discurso. Ambas conjeturas eran equivocadas.

—Quisiera conocerte —gritó sin mayor preámbulo agitando la cartulina con la inscripción morada—. Sé que estás aquí. Dime quién eres —alcanzó a decir todavía, fingiendo una sonrisa antes de que se le derrumbara la voz.

Se produjo un silencio generalizado, que no se veía interrumpido más que por el roce de las ropas almidonadas y el incesante movimiento de cuellos que buscaban a un lado y a otro a la persona que debía responder a ese llamado. Miranda también giraba la cabeza velozmente, sin decidir qué debía hacer. Evitó a toda costa hacer contacto visual con Crossman. A pesar de la distancia, tenía la sensación de que su rostro estaría cubierto de un rubor que la delataría de inmediato. A manera de protección decidió quedarse tiesa e inexpresiva, imaginándose que estaba en completa soledad en el centro de aquel enorme salón de techos altos, únicamente conectada al mundo por su contacto con el brazo de O'Malley. Poco a poco, los sonidos se fueron apagando a su alrededor hasta que anímicamente se sintió liberada del lugar.

A través de su mano, O'Malley podía percibir la inquietud de Miranda, que no acertaba a decidir si debía dar el salto al estrellato momentáneo que se le ofrecía o permanecer como un punto pálido dentro del mar de cabezas que la rodeaba. Como estaban a un par de pasos de la fuente de las bebidas, el viejo irlandés le preparó un whisky doble sin consultarle. Casey, que disfrazado de Hemingway era más proclive a la depresión y al trago, se les acercó. Con un ademán veloz le indicó que ni siquiera devolviera la botella a la estantería, para prepararse él mismo un whisky en las rocas. Levantando el vaso hasta el tercer botón de la camisa, brindó en un silencio ceremonioso con O'Malley y con Miranda, mientras comenzaba a levantarse un rumor entre la multitud. Era claro que no habría rifas ni discursos del dueño. La cara desencajada de Crossman, trepado como celador, revelaba su desencanto ante la decisión evidente de la escritora invisible de mantenerse oculta. Poco a poco bajó la cartulina, desconcertado. Cuando el ruido recobró sus decibeles originales, solamente unos cuantos alcanzaron a escucharle retar a la escritora invisible, en sus propios términos, para que se delatara. Acto seguido se sentó en solitario a colocar la decepción en los cajones de su cuerpo, el orgullo de ver atiborrada bajo sus pies la cantina que fundó arriesgándolo todo y, como sentimiento dominante, una grata melancolía que tenía años sin experimentar y que le llevaba a sentirse como verdadero personaje de novela. No era del tipo plañidero, pero esa noche hubiese llorado con gusto a la vista de todos.

Casey prendió su pipa de Hemingway. El humo hizo la magia que esperaba, logrando abrir un poco de espacio a su alrededor. Quedaron entonces los tres muy a gusto en un corrillo propio e inmejorable, junto a la barra y sin codazos. Con gesto de alivio, Casey se sacó los cojines de algodón que se había colocado debajo de la camisa del autor de *El viejo y el mar*.

—Supongo que a Hemingway no le resultaban tan incómodos —abrió la conversación, dándole un sorbo largo a su whisky—. ¿Me permiten? —les preguntó después, acercándoles una botella de whisky que tomó al azar.

—Le agradezco, solamente que prefiero del irlandés —le contestó cortésmente O'Malley, mientras apuntaba con el dedo hacia la botella de Jameson's, en vidrio tan verde como los ojos de Miranda.

—*Are you Irish, I mean republican Irish?* —preguntó el profesor, con la naturalidad del que frena en un semáforo. O'Malley miró divertido y travieso a Miranda. Había llegado el momento de medir sus conocimientos del inglés que se negaba sistemáticamente a hablar en el taller. Casey amplió su pregunta sin esperar la primera respuesta, que a sus ojos parecía evidente—: *From what County do you come from?*

—*I'm originally from Bexar* —le respondió O'Malley de la manera más escueta posible, para forzar a Miranda a dar una respuesta.

—*I'm from County Coahuila* —dijo a su vez, divertida, decorándose la cara con un rubor exquisito. Tenía dominada esa maravillosa habilidad de algunas mujeres de transmitir la sensación de que se están divirtiendo con uno y no a costa de uno. Al escuchar la respuesta, su viejo maestro de vitrales soltó una carcajada sobresaliente. Miranda bajó la vista y lució más bella que nunca. Ya no tenemos costumbre de ver a las mujeres ruborizarse, pensó O'Malley mientras la miraba.

—*So, how come you are so Irish then?* —le preguntó de sopetón el profesor de literatura.

Con la mirada, Miranda pidió todo el auxilio posible de O'Malley. Lo hubiese pellizcado para sacarle la respuesta. Pero la diversión para el viejo irlandés era demasiado tentadora. Tenía ganas de verla reaccionar ante una situación comprometida. Le entusiasmaba verla representando el papel de irlandesa involuntaria. Sabía perfectamente de su obsesiva preocupación de ser descubierta por la migra, por los aliados de su padre, por la CIA y el FBI. Lo que O'Malley ignoraba era que el señor Casey era ni más ni menos que el segundo de a bordo de *The Stranger*. Su secuencia mental le indicaba que si ese hombre disfrazado de Hemingway llegaba a descubrir que ella era la escritora invisible, se lo diría de inmediato al desesperado de Crossman, quien a su vez la llevaría a rastras hasta lo más alto de la bodega, le levantaría la mano y la exhibiría triunfal ante todo el respetable. Alguien indagaría su identidad y procedencia y, seguro seguro, alguno de los parroquianos deduciría que se encontraba ilegal en Estados Unidos, la esposarían, la subirían con un agente de la policía a un autobús de la Greyhound y le negarían la entrada al país por los próximos diez años, sin derecho de réplica. Pero ahí estaba, en cambio, departiendo tan aparentemente quitada de la pena, arriesgándose innecesariamente en medio de una plática que jamás recordaría. Le entraron entonces deseos de esconderse en el baño. Sin embargo, la inhibía el hecho de que ya no traía nuevas frases que escribir en las paredes.

—*You are the one that has said all along that I am Irish* —tenía que terminar con el giro que venía tomando la conversación. Por otra parte, ella no había hecho más que seguirle la corriente.

—*What is it that you are then?* —ésa era una de las preguntas favoritas del viejo maestro, capaz de abrir cualquier cantidad de posibilidades, dependiendo de la respuesta.

—Soy latina por los cuatro costados —lo miró fijamente como si necesitara complementar su inesperado cambio al castellano con alguna forma de lenguaje corporal.

Esta vez fue al viejo al que le entró el nerviosismo de encontrarse en los terrenos cambiados, de quienes tienen que probarse en una lengua extranjera. Su manejo rudimentario del español, como en cualquier otro idioma, le hacía sentirse vulnerable. Estaba persuadido de que si no regresaba de inmediato al inglés, jamás podría dejarle alguna prueba más o menos tangible de su cultura e inteligencia. En un idioma extraño —bien lo sabía Miranda—, todos rebasamos la cuota de estupidez que nos corresponde. El propio Casey estaba persuadido de que intentar aprender varios idiomas era especialmente perjudicial. Tenía bien desarrollada una teoría al respecto. Creía firmemente que quienes hablan muchas lenguas habían destinado valiosísimo tiempo y neuronas en aprender a decir las trivialidades más intrascendentes y básicas del mundo, a saber: *Comme est que vous apellez? Wie get es ihnen? Head, shoulders knees and toes* o *ci vediamo dopo*. Sandeces puras que no sirven para otra cosa más que para perderse con un poco más de estilo en París, en Munich, en Chicago o en Florencia. Pero eso no era lo más grave. Lo más serio, según él, era que los políglotas se hacían individuos altamente peligrosos, al desarrollar la capacidad de decir las mismas estupideces en tres o cuatro idiomas, sin dar la oportunidad de que algún traductor astuto pudiese enmendarles caritativamente la plana. Por esta razón, estaba convencido de que los chinos sonaban tan inteligentes y profundos como se les reconoce en Occidente. En todo eso los que se llevaban el crédito eran los traductores, porque todavía, a su modo de ver, no había nacido el occidental que verdaderamente dominara el mandarín. Por si le faltaran dudas sobre la sapiencia de los políglotas (tan respetados por cierto), argumentaba que ya era bastante raro encontrar inteligencias privilegiadas como para que encima se esperara que dominen idiomas, de preferencia sin acento, como ordenan los cánones.

—Paguemos la cuenta y salgamos —le susurró al oído a O'Malley.

El viejo no opuso resistencia. Con la mano en el aire le hizo una señal al custodio de la caja. Pero no se aguantó las ganas de preguntarle a Casey las razones que le llevaron a disfrazarse de Hemingway.

—Por su éxito con las mujeres —respondió en un español quebrado, para sorpresa de ambos.

El otro tampoco se aguantó las ganas y le preguntó a Miranda sobre su disfraz.

—Porque ésta soy yo —le dijo, tomándose sin recato la punta del mandil.

Ninguno de los dos pudo evitar clavar la mirada en un filón del brasier que se le asomaba por un costado de la blusa.

Como si se tratara de un documento confidencial, les pasaron finalmente la cuenta en una carpeta de piel.

—Paga tú —ordenó O'Malley— con la tarjeta, para que la estrenes de una vez.

De la bolsa del mandil sacó el plástico mágico y se lo entregó al mesero con gesto de abandono como los que se ven en las películas de la segunda guerra mundial, cuando los padres se despedían para siempre de sus hijos en la estación del tren. Casey les explicó que no tenía la autoridad para condonarles la cuenta, pero con un guiño del ojo les indicó que se llevaran los vasos de whisky que acababa de rellenarles. Así salieron aquella noche, Miranda y el sheriff O'Malley, bebida en mano de regreso al taller. A partir de ese día, la escritora invisible cobró carta de naturalización como leyenda.

Aquella misma noche, la estancia de Miranda en Texas comenzó a dar un vuelco insospechado. La principal sorpresa la encontrarían justamente en la puerta de entrada del taller. Enrollada como una cobra en la madrugada, con una maleta, bolso de piel y una gabardina que ella reconoció de inmediato, dormía Camila Sámano sentada en el escalón de la entrada. Entregó a O'Malley su vaso de whisky y se detuvo a mirarla con ternura. Siempre había visto a su hermana como su perfecta contraria; tenía una cabellera tan negra que podía distinguirse hasta en la noche más oscura, labios rojos y carnosos, unos ojos grises con centellas, que recordaban al mar visto desde las alturas. Sin embargo, esos rasgos no eran más que diferencias superficiales, comparados con el carácter tan diametralmente distinto entre una y otra. Miranda era calculadora, aunque dispuesta a llegar hasta el final cuando tomaba una decisión. Era discreta, silenciosa y profundamente conspiratoria, celosa de sus pensamientos y, por lo mismo, indescifrable. Camila, por el contrario, estaba convencida de que en la vida había que planearlo todo perfectamente para que al final las cosas ocurrieran como les diese la gana. Poseía un fatalismo tan acendrado que la hacía absolutamente temeraria. Retaba constantemente al peligro. Se repetía que el riesgo era la pimienta de la vida y buscaba deliberadamente meterse en las peores complicaciones con tal de comprobar lo que tenía tan presente: que todo tenía remedio, menos la muerte. Por lo demás, a diferencia de su hermana, tenía plena conciencia de las etapas de su vida y, por ello, de lo que debía de hacer en cada una de ellas. De esa manera, aunque ya las odiaba y le causaban un profundo aburrimiento, siguió jugando a las muñecas hasta los diez años cumplidos, tanto para cumplir con las etapas propias de su edad, como para evitarse la vergüenza de verse tentada a jugar con ellas cuando su edad la hiciera verse ridícula. De manera que tenía planes y plazos para todo, pero los acompañaba con la convicción de que todo resultaría como lo dictase el destino.

—Es mi hermana Camila —le dijo en un susurro a Kevin O'Malley.

—No se parecen —respondió el viejo en piloto automático.

—Ya lo sé. Llevamos años escuchando a la gente decirnos lo mismo. Da igual. Se ve que viene exhausta, hay que ayudarla a subir. Le acarició el pelo suavemente y le dijo su nombre varias veces para que no fuese a despertar asustada. Abrió finalmente sus ojos de felino y se colgó del cuello de su hermana.

—Qué suerte que "Cristales O'Malley" no tiene sucursales —fue lo primero que dijo Camila. Era de las que nunca se guardaba una reflexión para sí misma, ni desperdiciaba alguna oportunidad para jugar a las vencidas verbales. Así que añadió con dedicatoria para su hermana—: Tuviste suerte de encontrarme todavía, porque ya estaba pensando pedirle posada a Cindy Bolaños, con tus saludos cariñosos, por supuesto —un comentario químicamente puro camilesco, pensó Miranda, con una gran sonrisa.

—Bienvenida, Camelia —como le decía de cariño Miranda. La ayudó a incorporarse. Discretamente, el viejo O'Malley dispuso para ella una colchoneta, una toalla y un jabón.

—Estarás muy cansada —le dijo el irlandés, endilgándole su propia fatiga. Tenía años sin trasnochar de esa manera. En esos momentos el cansancio era mayor que su curiosidad por conocer a la nueva inquilina. Ignorando las reglas del taller, Camila siguió en silencio a su hermana hasta el ático. Sintió por primera vez cómo crujía todo el taller. A cada pisada escuchaba el tintineo de las lámparas, colgadas en el piso de abajo y las vigas de madera rozando unas contra otras. Aprendió a caminar con las puntas de los dedos como monje tibetano. Hasta ese momento, no sabía si su hermana dormiría con el viejo, el viejo con su hermana o ella con Miranda. Para ella también su hermana era un enigma, la persona con mayor celo de su privacidad que hubiera conocido. Podía recordar como si fuera ayer el día en que sus padres comenzaron a discutir y hacer de los gritos su sistema más afinado de comunicación. Fue entonces cuando Miranda habilitó el granero de detrás de la casa como su nueva habitación. Salía por las noches a tomar comida del refrigerador y vivía como fantasma. Cuando sus padres fueron a reclamarle su ostracismo, se limitó a decirles que no era necesario estar dentro de la casa para escucharles, ya que seguían comunicándose a grito pelado.

Aunque notaba que ninguno de sus planes resultaba como los había pensado antes de salir a San Antonio, ahora pretendía conversar con su hermana como nunca antes lo había hecho en casa. Dentro de su teoría de las etapas de la vida, sabía que si no lo hacía ahora, jamás llegaría a conocerla. Seguramente se casarían ambas, tendrían sus propias ocupaciones y se perdería para siempre la posibilidad de conocer a su única hermana. Miranda apagó la luz.

—Me da un gusto enorme que hayas venido —le dijo a manera de besito de las buenas noches.

Camila prendió la lámpara, se quedó mirando unos momentos los tulipanes de vidrio emplomado encendidos y le entregó un paquete envuelto en papel de estraza.

—Bienvenida al mundo de la legalidad —dijo escuetamente entregándole su pasaporte y, para su mayor sorpresa, la visa en regla, acompañada de una nota explicatoria del cónsul de Estados

Unidos en Monterrey, en la que se indicaban las razones de "fuerza mayor" por las que Miranda no tenía registro oficial de entrada al país. Se le fue el sueño de inmediato y sintió deseos de conversar. Sin embargo, se limitó a preguntarle:

—¿Cómo hicieron para arreglar todo esto?

—Papá movió todo tipo de influencias —después hizo una pausa prolongada—. Pero acuérdate de que nada es gratis en la vida —dejó la sentencia enigmática en el aire.

Miranda, que hacía economías de lenguaje todo el tiempo, se ahorró preguntarle, por obvio, "¿a qué te refieres?". Camila prosiguió, recordando que la comunicación con su hermana tenía protocolos fuera de lo común.

—Tenemos el encargo de desactivar a Cindy Bolaños —le soltó sin rodeos—. Desde que se inició la investigación genética en Chicago, la familia es un polvorín. En medio de su embarazo, Estelita ha iniciado tres veces una huelga de hambre, forzando a Eugenio que le revele si en verdad cree que Thomas Dario es su hijo; papá está bloqueando que den entrada al caso de Cindy con sus amigos abogados, argumentando que se trata de un complot de sus adversarios políticos para impedirle aspirar a la gubernatura de Coahuila, para manchar su nombre. Sus amigos le hacen bromas constantes, diciendo que su hijo ya dejó la primera simiente de la reconquista de Texas. Lo traen de un ala. Cindy manda notas a los diarios de Saltillo. Ha declarado que los Sámano no somos de confiar, que Eugenio no reconoce a su hijo y tú, según esto, dejaste cuentas sin pagar en su casa. En fin, todo un montaje. Papá ha sido muy errático, pero en este caso reaccionó bien. Se enteró por medio del cónsul gringo que ella amenazaba con dar parte a las autoridades migratorias sobre tu paradero en San Antonio. Al parecer logró que alguien le aconsejara no hacerlo porque le hubiese podido costar la estancia a algunos familiares de la propia Cindy que también llegaron a Estados Unidos de mojados. Pero a papá lo inquietó mucho todo esto. Cómo iba a pretender convertirse en gobernador con un hijo calificado como el gran inseminador anónimo, su nuera embarazada en huelga de hambre y su primogénita viviendo ilegal en Estados Unidos, con un viejo irlandés. Con todos esos milagritos, déjate que llegue a ser gobernador, se daría por bien servido si puede continuar practicando tranquilamente como notario público.

—Entonces, ¿qué se espera que haga yo?

—Que hagamos, Miranda. La idea de mi viaje no sólo tiene que ver con entregarte la visa y el pasaporte. Eso es casi lo de menos —ahí se detuvo. Sabía que ahora sí, su hermana tendría que abandonar su tradicional economía de lenguaje y ponerse a hablar como cualquiera. Camila comenzó a sentir que por sus manos corrían los hilos de la historia familiar, y se sintió muy importante. Solamente ella sabía lo que le dijo su padre, lo que pensaba Eugenio y las especulaciones que comenzaba a generar Cindy Bolaños entre la alta sociedad saltillense. Solamente ella sabía que Estelita sufría las peores náuseas del embarazo y que rompía constantemente su huelga de hambre para comer mazapanes y frutas a escondidas. Solamente ella había visto los ojos de su padre cuando se despidieron; unos ojos que pedían apoyo para detener el vendaval de desprestigio que se cernía sobre la familia, sobre su posición de notario—. Saca del sobre los documentos que te traje para que te vayas haciendo una idea de todo lo que hay que hacer en San Antonio.

Miranda volteó el paquete sobre la cama. Encendió la otra lámpara y comenzó a ordenar los documentos. Sobresalía, y casi se le salen los ojos de la sorpresa, una de las tres copias primarias del diario de su antepasada Amalia Sámano, con sus hojas de grueso papiro antiguo y empastada en genuino cuero español. Tomó el pesado legajo, lo acercó al pecho y lo olió, mientras perdía la vista en la luz de los tulipanes de cristal.

—Éste tendremos que leerlo, ahora sí, con todo cuidado —dijo a su hermana, que la miraba con la ausencia de los policías que observan a los condenados tras un espejo de dos vistas. Afirmó, sin prestar mayor atención, mientras la cabeza se le escurría entre las manos fatigadas. "Hay más", le indicó Camila, sin quitarse una mano de debajo de la barbilla. Miranda tomó una serie de documentos, igualmente antiguos, marcados con sellos de un lacre quebradizo y cruzados por listones rojos de *moiré*. Se trataba de dictámenes de derecho comparado, entre la legislación española, mexicana y estadounidense, respecto de la situación de las propiedades privadas en casos de anexión de territorios, invasiones o cambios de fronteras. Los tres documentos tenían una serie de anotaciones al reverso, ostensiblemente más modernas, en máquina de escribir, detallando la validez actual de normas legales de hacía siglo y medio.

—Hasta ahí llega la aportación jurídica de papá —le aclaró Camila, para abreviar la lectura, que ya comenzaba Miranda—. Me dijo antes de salir que esos documentos contienen décadas de estudio, aunque se encuentran incompletos. Faltan los de la familia texana a la que don Lorenzo le dejó en custodia nuestras propiedades de San Antonio. Me dijo que no ha podido averiguar si la custodia se entregó luego de firmar alguna suerte de contrato o si les fue cedido verbalmente. El caso es que el documento no aparece por ningún lado. Puede estar en el catastro antiguo de la ciudad, aunque también es probable que jamás haya existido.

—¿Cómo sabremos entonces qué sucedió?

—Bueno, la historia es bastante complicada, aunque me dijo que algunas de las respuestas las podríamos encontrar en el diario de la abuela Amalia y... —tomó una pausa que incomodó a su hermana— dijo también que nos convendría conversar con el conde de Béxar, que tiene según él los expedientes más completos.

—De veras que estamos jodidas —le declaró abiertamente a Camila—. Vine a San Antonio para dejar de sofocarme en el pequeño mundo saltillense, para encontrarme ahora entre un hijo bastardo del que nadie tenía noticia, un embarazo a punto de naufragar, una antepasada que vivió hace siglo y medio y un padre al que se le ha metido en la cabeza ser gobernador de Coahuila, como si no existiese otra alternativa en la vida. Estamos viviendo en círculos, Camila. Tal parece que cada determinado tiempo debiéramos regresar al mismo lugar, a un origen cada vez más remoto y cada vez más complicado.

Pero cuando dijo esto, Camila ya no pudo escucharla. Estaba profundamente dormida.

Cuando Matt Crossman salió de su oficina-habitación y miró el estado lamentable que mostraba *The Stranger*, no tuvo más que admitir que la noche anterior había bebido demasiado. Sentía el cerebro como un espacio gelatinoso y denso a la vez, que tomaba inercia según movía penosamente su cuerpo. Su espíritu no se encontraba en las mejores condiciones. Pasó al baño de damas, como era ya su costumbre, y se miró largamente en el espejo. Todavía vestía el uniforme de franela gris del Ejército de Liberación de Texas. Sus ojos parecían un tiro al blanco, con círculos concéntricos, desde el morado subido en el exterior, hasta los tonos rojos que le rodeaban la pupila. Con el hueco de la mano se echó agua por la nuca y la frente, sacándose ruidosamente todas las secreciones que había acumulado durante la noche. Cuando cerró la llave del agua, se dio cuenta de que limpiarse el alma del remordimiento que acarreaba desde la noche anterior, no le sería tan fácil como aclararse la garganta y la nariz. Con la mirada clavada en el espejo, su mente se perdió en la imagen que dejó a su clientela y a sus amigos la noche anterior. Se recordaba perfectamente, trepado en el balcón con mirada de desahuciado, gritando, exigiendo que la escritora invisible se revelara ante todos. "En el fondo, escribimos para delatarnos", ésa era la clave principal de su ridículo. Con el cuerpo estragado y el alma hecha girones no pudo más que reconocer que había caído redondo en la trampa que la escritora invisible le había tendido. Lo que a él le había parecido una obviedad —que ella estaba dispuesta aquella noche a salir de su inexplicable anonimato—, en realidad había sido una estratagema ingeniosa para saber, ella, cuán desesperado se encontraba el dueño de *The Stranger* por conocerla. Si su cabeza tuviese precio, desde el episodio de la noche anterior se habría incrementado sustancialmente. Crossman lo sabía.

Cruzó a paso lento entre botellas que rodaban por el suelo, lámparas sin pantalla, sillones con los cojines volteados, mil ceniceros con colillas pintadas de bilé, hasta llegar de nuevo a su guarida. Entre los mareos de una cruda sin reparar, se sacó la camisa del ejército texano, con la huellas vivas de la derrota y varias manchas de jugos y licores que jamás supo a qué hora se le derramaron. Miró de reojo la pantalla ciega de la computadora. Tenía más de tres semanas sin enviar una sola comunicación electrónica a su esposa. Ni siquiera había prendido el sistema para saber si tendría mensajes. Su cabeza había estado concentrada en perseguir a un fantasma que pasaba como una ráfaga por el baño de damas una vez a la semana.

Era el momento, se dijo, de retomar el control de su vida, tal y como estaba planeado hasta el día en que a alguien se le ocurrió dedicarse a escribir frases en color morado en las paredes del baño. ¿Pero era eso lo que quería? No estaba seguro. Había dedicado un tiempo muy considerable observando desde su almena a todos y cada uno de los clientes habituales. Tan lógico era esforzarse por abandonar la obsesión que lo carcomía, como zambullirse de una vez hasta el fondo del pozo en su búsqueda. Ningún ridículo se realiza sin una buena dosis de voluntad. Infectado por la fiebre inexplicable de un posible cortejo, no dejaba de considerar que podía estar a las puertas de una de las desilusiones más grandes de su vida. La caligrafía y la seguridad que derrochaban esas frases le hacía creer ciegamente que tenía que tratarse de una belleza exótica, con cara de esfinge y piernas de patinadora de hielo. En esas meditaciones recordaba vivamente las grandes decepciones que se dieron en todo el mundo cuando se popularizó la televisión, cuando las grandes y aterciopeladas voces de la radio tuvieron por primera vez una cara. Caras que nada tenían que ver con las imágenes que los radioescuchas se habían formado de ellos. A fin de cuentas, al ponerle rostro a los locutores, hasta aquellos mismos vozarrones comenzaban a resultar desagradables. Bien conocía también la desilusión que causaban muchos escritores, nada más poner su fotografía en una de las solapas de sus libros más afamados. Lo mismo podía sucederle a él en esta ocasión. Tanto se había imaginado en su mente febril que además de escribir frases tan lapidarias, detrás de esa mano que solía sostener el ya legendario plumón morado debería esconderse necesariamente un cuerpo escultural, con perlas de sudor en el cuello, un cabello que fuese capaz de flotar en el aire y ojos de tigre al acecho. Pero también temía, cómo no, que la musa que le traía tan trastornado, usara lentes de aumento con arillos de plástico negro, tuviera las rodillas chuecas, pechos vencidos como calcetines con canicas y le oliera la boca a verdolagas con espinazo de cerdo. Hecho un manojo de dudas, se daba ánimos diciéndose que en caso de que se tratara de un esperpento, siempre podría mantener con ella una fluida comunicación por medio de Internet, como la venía sosteniendo con su esposa desde hacía más de un embarazo.

Prendió la computadora. El aparato crujió, después de tan prolongado abandono. El disco duro giró a ritmo de samba y castañuela cibernética. Nada más se encendió la pantalla, surgió de inmediato el letrero pulsante que le informaba sobre la existencia de varios mensajes no leídos. Todos eran de Rita y, de acuerdo con la fecha de envío, sus encabezados subían en decibeles discursivos: desde el más antiguo que en tono kosher decía simplemente *pro-*

bando, probando, hasta el más reciente y agresivo que ya se titulaba *carajo, dónde andas, ¿acaso ésta es la idea que tenías del final?* Ésa era la buena de Rita, en su lucha perenne por capturar la atención de uno de los maridos más distraídos y ensimismados en la historia moderna de Texas.

Conocedor de los arranques cibernéticos de su esposa, dudó en abrir el contenido de los mensajes. Paradójicamente, sabía que cuando volviese a verla en persona, se conduciría como una dama de compañía británica, incluyendo el silencio de quienes cuando nada bueno tienen que decir, callan por completo. Salió un momento de su oficina a prepararse un bloody mary bien picante, para poder ir enfrentándose a la vida. Mientras escanciaba la salsa Tabasco, miró de reojo hacia la caja registradora. Antes de cerrar el bar, José Inés, el veracruzano, le había dejado una enorme pila de recibos de tarjetas de crédito y dinero en billetes sobre el mostrador. Una nota, garrapateada con prisa le felicitaba por la "excelente pesca de anoche", firmado José Inés. Tomó una bolsa de supermercado, metió de cualquier manera en ella las ganancias, le puso una rama de apio a su bebida y fue a pensar en lo que debía responderle a Rita. En la pantalla ya flotaban los ovnis blancos y amarillos con que descansaba la computadora. Subió los tobillos adoloridos sobre la mesa lateral y decidió vencer el efecto hipnótico del protector de pantalla, metiéndose a la regadera a medio desnudar. El chorro de agua sobre la cabeza le aproximó a la lucidez perdida en las últimas cuarenta y ocho horas. Meditabundo, con la barra de jabón duro que dale sobre el sobaco izquierdo, lo asaltó una idea con la misma velocidad con que apagó la ducha: uno de los recibos de pago podría traer la letra y, más importante, el nombre de su escritora invisible.

Con la espuma del jabón todavía metida en el pabellón de la oreja, salió con bata, y exhalando vapor, a recoger la bolsa del supermercado. Puso frente a sí las cartulinas escritas con plumón morado y revisó uno a uno los recibos, comparando la caligrafía. Ya sería demasiada mala suerte, se dijo, que tuviese una de esas firmas grandilocuentes que acostumbraban los latinos en las que el nombre de la persona carece de cualquier relación discernible con el nombre o con el apellido. Sacó una lupa con ribetes de carey y todo el jugo de tomate que tenía para preparar cocteles hasta que dio con el recibo. Lo tomó entre los dedos con un cuidado de filatelista. No hay duda, contuvo la respiración. El nombre de su escritora invisible (e indivisible, porque no pensaba compartirla) era Miranda Sámano, así, sin inicial intermedia. Repitió varias veces el nombre, que le puso a retumbar el cerebro. En ese momento quedó persuadido, oliendo el recibo como un consumista retirado, de que su musa era bella, bellísima. Probablemente tendría un discreto lunar en la mejilla. Ese nombre no podía pertenecer, se dijo, a una secretaria fracasada, a una solterona empedernida ni a una prostituta de baja ralea. Con el recibo en la mano y una pasión incomprensible trepada en la cabeza, tomó la guía telefónica, marcó al 004, indagó en AT&T y en Bell South, fingió un percance y consultó su paradero con todos los teléfonos de emergencia de la ciudad de San Antonio Béxar. Muy al final y perdido en la escurridiza identidad de la mujer más enigmática que todavía no conocía en su vida, llamó a los mormones de Salt Lake City. De algo tenía que servir la inútil y momumental tarea de los mormones, que recopilaban en esos momentos todos los nombres de las personas que alguna vez habían habitado la tierra (y, por supuesto, cuando los reunieran todos, la humanidad terminaría para siempre). Los mormones le confirmaron que Miranda Sámano existía efectivamente, pero carecían de más datos de importancia para sus compromisos con el juicio final. Y nada más. De manera que la escritora invisible ahora tenía un nombre, pero seguía careciendo de identidad. A cada paso que daba en su búsqueda, la tierra volvía a tragársela, aumentando la fascinación que generaba en la mente amoratada de Matt Crossman. Esa tarde decidió otra vez dejar sin contestación los mensajes computarizados de su esposa. No había sido una mala jornada. Ahora tenía un nombre en el cual depositar toda su obsesión acumulada.

Durante tres días enteros fue Camila la que llevó noticias del ático a la tierra. Antes trabó amistad con O'Malley que lograr que su hermana bajara a enfrentar nuevamente los rigores de su trabajo inconcluso como asistente de vitralista. Junto a la ventana de la buhardilla o con la lámpara de los tulipanes sobre un improvisado escritorio, devoró el diario de Amalia Sámano y los estudios jurídicos como si en ello se le fuera la vida. En tres días de cautiverio autoimpuesto, lo único que pidió del mundo exterior fue un cuaderno de notas, una bolsa de granola, dos botes de yogurt y una tregua en el trabajo. Al momento de bajar las escaleras, resultaba evidente que su aura había cambiado de tono. Kevin O'Malley, que siempre se había resistido a creer que el hombre hubiese pisado verdaderamente la Luna (según él, todo el episodio del Apollo XI se había filmado en un estudio de California), pudo ver aquella tarde el aura trastocada que le hacía notar Camila.

—Se viene pesado —advirtió de sopetón, rascándose la cabeza, en referencia a los documentos que había estudiado en los últimos días. La voz de Miranda se había tornado grave por el desuso, como de una buena cantante de música ranchera.

Camila y el irlandés apenas registraron el sentido de sus palabras.

—¿Ahora sí me vas a contar la historia de tu vida? —la retó O'Malley, con los antecedentes que Camila le había dado.

—Más que contarla, es necesario enderezarla. De otra manera vamos a seguir viviendo en círculos; regresando siempre al mismo punto, a las mismas pesadillas. Por eso en México —generalizó sin miramientos— el mejor futuro invariablemente se encuentra en alguna parte del pasado.

Hacía calor en el taller. Los hornos trabajaban continuamente, fijando la grisalla en el vidrio veneciano.

—*We have much to do, my dear* —le advirtió el irlandés en su idioma natal, para atraer la atención de Miranda sobre el trabajo inconcluso que tenían enfrente y, pensaba él, para ayudarla a escapar de las incógnitas que jamás llegaría a dilucidar.

—En pocas palabras —le remató Camila—, ponte a trabajar, *my dear*.

El más viejo y la más joven soltaron una sonora carcajada, espontánea, ubicadora y simultánea. O'Malley fue el primero en recuperar la compostura. Llevaba tres días completos sin tocar una sola gota de Jameson's en aras de contar con el pulso necesario para manipular el vidrio antiguo y aplicar las suturas de plomo en sus posiciones exactas. Miranda lo miró pausadamente, sosteniéndose con una mano el codo del otro brazo y guardando la respiración para realizar con éxito la operación. Se puso el mandil y bajo la mirada curiosa de Camila, se pusieron a trabajar sobre el vitral hasta que el sol comenzó a clarear en las ventanas del taller.

Cindy Bolaños comenzaba a ganar notoriedad. Con la ayuda de la Genet@com de Chicago, su nombre comenzó a circular desde las páginas interiores del *San Antonio Express-News* hasta algunas planas de los tabloides más socorridos de la comunidad chicana. Según los reportajes, su lamentable condición recordaba de cuerpo entero una de las razones fundamentales por las que tantos mexicanos abandonaban la patria, sin otra cosa que la Virgen de Guadalupe en el corazón y en las alforjas. Su caso era un episodio más del clasismo y el tráfico de influencias que impera en México. Un hijo de familia, riquillo y sin escrúpulos, se aprovechaba de las noblezas de una joven chicana e inexperta (más inexperta que chicana para estos efectos) para hacerle un hijo que por su condición social se rehusaba a reconocer. "No lo gocé", rezaban las ocho columnas de uno de los tabloides en español que reproducían las declaraciones de Cindy Bolaños, fotografiada con su falda tableada y con Thomas Darío en el regazo, abrazando a su vez a un Snoopy de peluche. "Me dicen la Gringa", destacó un periódico de la tarde, haciendo alusión a la política de desgaste que una tal Estelita había desatado en su contra en Saltillo, con la misma fotografía esencialmente, sólo que esta vez Darío salía acompañado de Barney, el dinosaurio violeta.

La campaña de Cindy arreciaba. Llegó el día, sin embargo, en que una pregunta la confundió. En inglés no sonaba tan vulgar, pero en el fondo le preguntaron si era cierto aquel dicho comanche de que "en ningún lugar se coge mejor que con alguien de la misma tribu" (*making love with somebody of your keen is always better,* fue la traducción "soft" que le dieron en el periódico). A ella se le iluminó el rostro con forma de luna llena y dijo que sí (*Indeed, it is more enjoyable*). Sus abogados querían ahorcarla por su imprudencia, pero el daño ya estaba dicho (*on the record*).

Gonzalo Sámano seguía puntualmente el debate a través de un constante navegar por la red de Internet. Eugenio, su hijo, se metía de contrabando y sin permiso en la habitación desolada de Estelita, su esposa, para darle papillas por la fuerza en la inconciencia del sueño. En su colonia proliferaron los rumores de que trasladarían su domicilio a Panamá y en el caso de su padre, que consideraba abandonar definitivamente sus aspiraciones a convertirse en gobernador del estado. Pero, a pesar de estas versiones, los Sámano hicieron a tiempo el cálculo correcto: si eran incapaces de vencer a Cindy Bolaños, menos oportunidad tendrían de reconquistar la Texas perdida. Así que decidieron librar la batalla en sus propios terrenos; la prensa sensacionalista. *El Sol de Saltillo* publicó en primera plana el enigmático encabezado de *"YES, ahora escoge"*, con la foto de Cindy y un listado de todos y cada uno de los saltillenses que se la habían pasado por las armas durante su fragoroso curso de verano. Gonzalo el notario estaba de plácemes. Fue por un mero prurito sentimental hacia sus hijos que no se apuntó en la lista de los que confesaron haberse apergollado a la joven Cindy Bolaños.

Aunque empecinado en terminar la reconstrucción del vitral veneciano, O'Malley no traicionó su principio de trabajar sin prisa. Pero a cambio, invirtió muchas más horas al día en la restauración de la obra. En esos días de labor frenética en el taller, Camila vagó solitaria en su exploración propia de San Antonio y, al final, aprendió a llevar la contabilidad abandonada por su hermana, con un dejo de resignación. Cuando terminaron la restauración, Miranda y O'Malley se habían identificado tanto con el vitral que contemplaron la idea de fingir un robo al taller para no tener que devolverlo a sus dueños originales. A fin de cuentas desistieron en el intento y se conformaron con tomarse una foto de estudio junto al maravilloso retablo. Ahí quedaron Miranda y O'Malley para la posteridad, como dos viejos pescadores sonrientes junto a un enorme atún de aleta amarilla.

Fue un jueves a mediados de otoño cuando O'Malley rentó un vehículo especializado para transportar con todo cuidado la exquisita pieza. A la excitación natural de coronar con éxito las largas horas de trabajo que había exigido la restauración del vitral, las hermanas Sámano sumaban muy especialmente las emociones que llevaban comprimidas en los genes por conocer y pasearse por vez primera por la mítica hacienda de Las Acequias.

Desde el fin de semana anterior, Miranda asumió una actitud calculadora y enigmática, que contrastaba con su mirada llena de decisión y agudeza. La noche del martes, con voz baja e iluminadas únicamente por la luz malva de la lámpara de los tulipanes, compartió sus meditaciones con Camila.

—He leído los documentos que envió papá y muy principalmente el diario de la abuela Amalia —le dijo, sacando de un cajón el cuadernillo donde escribió sus anotaciones.

—No sabes en lo que te estás metiendo, Miranda —le advirtió con el mismo desenfado con que tantas veces había escuchado la historia de las reclamaciones texanas en su casa de Saltillo—. Simplemente no sabemos el tamaño del animal que tenemos enfrente. ¿No sería más fácil intentar resolver el asunto de Cindy Bolaños primero? Es probablemente más urgente y sin duda más sencillo que recuperar las propiedades.

—No —la paró en seco, con mirada de contrariedad—. Todo está revuelto desde hace siglo y medio. Nuestras biografías vienen dando vueltas y vueltas desde entonces, sin que nada se resuelva. Ahí tienes otra vez a nuestro padre, lanzándose en una cruzada por la gubernatura de Coahuila con ideas casi idénticas a las que usó el abuelo Lorenzo. Mira —y le apuntó con el dedo un párrafo seleccionado del diario de la abuela Amalia, donde se hacía la referencia al discurso que pronunció don Lorenzo ante los miembros del Club de la Unión de Saltillo—, ¿no dirás que no te recuerda algo?

—Es el mismo argumento de papá.

—Precisamente.

—Pero seguramente se lo fusiló del diario de la abuela. Lo único que está haciendo ahora es repetirlo.

—Sea como fuere, el caso es que ahí va de bruces otra vez a buscar la gubernatura. Igual lo hizo uno de nuestros tíos, cuando hipotecó su casa para pagar los gastos de campaña, y así otros antes que él. Cuando me fui a vivir al granero de atrás de la casa, ¿te acuerdas?, cuál no sería mi sorpresa cuando al estar ordenando las cosas me encuentro cajas enteras de rifles y municiones que acumuló el bisabuelo Diego para emprender la misma cruzada. ¿No te das cuenta? Este asunto parece una de esas velas de cumpleaños que le soplas y le soplas, pero sigue volviéndose a prender. A este paso el mismo niño que viene en la panza de Estelita va a pasar por lo mismo, repitiendo el papel que la herencia familiar nos tiene a todos asignado.

—Y ahora aquí vamos nosotras, supongo —comenzó a "suponer" Camila al igual que tantos Sámano antes que ella.

—Así parece, Camila. Ésa es quizá la razón fundamental por la que decidí irme de la casa. Si de por sí todos estamos atados de una o de otra manera a nuestro pasado y a nuestras circunstancias, en el caso de nuestra familia, la cantidad de fantasmas que tenemos metidos en el clóset nos tiene en calidad de marionetas. No somos ya nosotras mismas, sino el papel que representamos en esta comedia de siglo y medio.

Esta vez Camila fue la que guardó silencio. Conocía demasiado bien a su hermana y la historia familiar, como para disputarle ese punto. Por lo demás, su mirada le resultaba desconcertante, tanto como la dureza casi robótica con que movía las manos y apuntaba a partes del diario y de los documentos para ilustrar sus ideas.

—Tenemos un cabo suelto muy importante —le dijo en otro tono, retomando el hilo de su argumentación inicial—. Por ningún lado aparece el nombre de la familia o de la persona a la que don Lorenzo y doña Amalia le dejaron la hacienda en custodia. Podemos estar seguros de que nunca se vendió o se donó, porque de otra manera la abuela jamás se hubiese devorado la mano izquierda de desesperación ni el abuelo habría ganado las elecciones con sus planes de reconquista. Pero seguimos sin saber a quién le confiaron sus propiedades mientras, según ellos, preparaban el regreso a Texas. Mucho menos sabemos si existe algún contrato o documento que hayan intercambiado para cederle la custodia a ese personaje desconocido. El diario no ofrece estos detalles. Tenemos que ubicar a sus descendientes, si es que los tienen.

Camila cambió varias veces la cabeza de posición. Se sentía crecientemente incómoda. Se le había quedado flotando en el cerebro la metáfora de los esqueletos o los fantasmas guardados en el clóset familiar. Por lo demás, contada así por su hermana, sin el tono imperativo y en ocasiones arrogante de su padre y de sus abuelos, la compleja historia familiar comenzaba a despertarle el gusanillo siempre latente de convertirse en narradora de renombre. Ahora se daba cuenta de que la veta literaria más grande de su vida la había tenido desde siempre frente a sus ojos, en la cantera familiar y no se le había ocurrido siquiera sacar la pala y el pico para explotarla.

—En el diario de la abuela Amalia —siguió exponiendo Miranda en tono detectivesco— se hace un retrato hablado del "Coronel" o del "Coronel retirado, el único gringo confiable y diferente, el de los ojos color acero y" —dijo con una sonrisa traviesa— "el de los testículos de semental" —con el dedo iba apuntando a las distintas referencias que había apuntado en su libreta de notas. Ese coronel, al que jamás cita por su nombre, fue el custodio designado de Las Acequias. Probablemente su familia, si es que la tuvo, tendría alguna referencia más fresca de lo que sucedió con la propiedad.

—Seguro que tuvo familia —intervino Camila para despabilarse—. ¿No ves que según la abuela era un semental genuino?

—Ah —replicó Miranda su risa—, ésa es la parte más picante de toda la historia. Paradójicamente, doña Amalia escribe todo su diario con gran lujo de detalles, excepto al llegar a las referencias al mentado coronel. El diario puede leerse de corrido como una novela hasta llegar al episodio de la visita fugaz del coronel retirado a Saltillo, hace poco más de cien años. Allí parece que la historia se tuerce, su narración se hace errática y evasiva. Deja la impresión de que ocurrieron cosas que ni siquiera a ella misma quería confesarse en el diario. En esa sección va rebotando entre la idea de "seguirlo hasta San Antonio" y la de "contratar a algún sicario para que lo asesine como a un cerdo" —leyó Miranda, esta vez directamente del diario, que tenía marcado con separadores—. Dice también de manera enigmática: "La única manera de recuperar Las Acequias es sacando primero al Coronel y la única forma de lograrlo es yendo personalmente a San Antonio a enfrentarlo. Remata ese párrafo diciendo: el verdadero enemigo y el gran traidor no ha sido Santa Anna, ni Houston, ni los Austin, ni ninguno de esos nombres ahora rimbombantes, sino nuestro querido amigo el Coronel." ¿Qué te parece, Camila?

—Altos decibeles. Amor y odio en su más pura expresión.

—Exactamente —respondió Miranda.

—Y entre gitanas no nos vamos a leer las cartas, ¿verdad?

El instinto femenino comenzaba a borrar las barreras de una época ida, las tradiciones de la reverencia natural a los antepasados y a los libros incunables, empastados en piel de ternero español. Esa noche se asomaron por primera vez a la ventana sucia del pasado, para mirar del otro lado a una mujer en plena madurez, con su belleza todavía intacta y el corazón hecho jirones entre sus raíces, su pesada herencia, las costumbres, su participación en un episodio central de la historia de dos países y sus pasiones más escondidas. La mezcla de todas esas sensaciones culminó en la única certeza de que terminara devorándose la mano no como producto de la desesperación o la locura que le atribuían los rumores de la época, sino para dejar de escribir para siempre en su diario.

—Todos escribimos para delatarnos —le dijo a Camila con una sonrisa de complicidad.

Ella la miró con cara de interrogación, pero su hermana no estaba para entrar en explicaciones esa noche.

Camila y Miranda fueron las primeras en abordar el transporte especializado. Viajaron junto al conductor, un hombre enorme, de piel colorada y bañado en sudor por el esfuerzo de colocar el vitral en el compartimento posterior. Tenía los dos deltoides cubiertos con tatuajes, una barba rala y pelirroja. Sus antepasados, cuando menos uno, debieron ser carniceros o vendedores de ovejas en Escocia, pensó Camila, que era más dada al deporte de las tipologías nacionales. O'Malley viajó todo el trayecto de pie, junto al vitral, dando indicaciones al conductor sobre la velocidad y la suavidad de manejo requeridas. Como si estuvieran viviendo en carne propia la película *El Salario del Miedo*, les tomó más de dos horas, para llegar hasta la mítica hacienda de Las Acequias.

—*It's just around the curve* —les anunció el descendiente de carniceros, rompiendo el silencio en el que habían viajado.

Tan sólo escuchar aquello, a las dos hermanas se les encogió el corazón, como si llevaran una aspiradora de alta potencia metida en el pecho. A ambas les dolieron inexplicablemente las articulaciones y sintieron un desvanecimiento que les llevó a pellizcarse una a la otra. Rodearon la pequeña colina y la visión las cegó como un relámpago. A la distancia y desde la altura de la ladera, la hacienda parecía una maqueta arquitectónica, con sus pequeños canales, las grandes murallas de cactus y órganos inmensos flanqueando el perímetro. Bañada por el sol de la mañana, abrazada por una bruma baja que se colaba entre los pilares y los arcos, Camila se quedó hipnotizada mirando la cúpula central, recubierta de talavera de Puebla en azul cobalto y amarillo, los gruesos muros de adobe y el porche que tan detalladamente describía doña Amalia en su diario. Ocupaba ella sola un pequeño valle, con flores del desierto a un lado y pastizales verdes salpicados de sauces que proyectaban las sombras largas de las primeras horas del día sobre las acequias que cicatrizaban el campo. El camión bajó por el camino de tierra color papaya y se detuvo frente al masivo portón de madera maciza. Las dos hermanas Sámano saltaron de la cabina como impulsadas por un resorte. Miranda miró al cielo, descrito en el diario como el más alto del mundo. Las nubes viajaban plácidamente al lado de una Luna mañanera. Se dejó embriagar por el paisaje bucólico. La bruma avanzaba lentamente sobre el terreno, todavía húmedo por el rocío matinal. La brisa fresca con olor a almizcle les coloreó las mejillas, mientras miraban atónitas el escudo de armas que coronaba el frente del arco de la entrada. Ahí estaban los símbolos de su familia, apenas difuminados por más de tres siglos de intemperie.

Se olvidaron de la existencia de Kevin O'Malley que se rehusaba a encomendarle al chofer escocés la operación de bajar el vitral. Pero la atracción que ejercía la hacienda sobre ellas era superior a sus fuerzas, a sus compromisos y al sentido del deber. Cruzaron el camino de terracería hasta la rotonda donde en alguna época los visitantes descendían de sus carrozas, elegantemente rematada al centro con la famosa fuente en piedra rosada traída desde Zacatecas. Camila, la más primitiva de las dos hermanas, se acercó a los pilares del porche de entrada y arrancó un poco de cal. Se llevó instintivamente el pequeño terrón hasta los labios, lo humedeció con la lengua y estableció comunicación directa con el pasado. Un segundo más tarde, sorprendió a su hermana, absorta en una especie de trance que le confería rasgos de gato siamés.

—El cementerio —le dijo—, aquí estuvo el cementerio del que tanto hablaba la abuela.

La reja de hierro forjado tenía una mano fresca de pintura negra, pero no había tumbas ni lápidas a la vista. Caminaron hasta el sitio con el tiento de quien transita por un campo minado. Las sepulturas no eran perceptibles más que por pequeños montículos, concavidades donde crecía la hierba sin uniformidad. En algún lugar, ahí debajo, estarían los escombros de quienes hace dos y tres siglos cocinaban puercos enteros, mezclaban su propia pólvora, daban a luz en una palangana y colgaban pimientos sobre el quicio de las ventanas. Ahí estaban, tan borrosos como sus recuerdos, los promontorios mudos que cada día se tragaban más hondo la historia y los recuerdos de la familia.

—Es por esto que la abuela Amalia se resistía a abandonar la hacienda —comentó Miranda con un dejo de decepción. A pesar de las huellas que había borrado el tiempo, la lectura del diario le permitía poseer una visión clara de la manera como se vivía en aquella hacienda, de los personajes que ahora servían de alimento a las violetas y las plantas de lavanda. Acostumbrada a leer obras de ficción, donde desde el momento mismo de tomar el libro se tiene conciencia de que por bien escrito que esté no se trata más que de invenciones y golpes de la imaginación, la relación que ahora establecía entre los pasajes del diario y la realidad de la hacienda le sacudieron el espíritu. De pronto, sintió la mano encallecida de Kevin O'Malley atenazada firmemente a su brazo.

—Es hora de ponernos a trabajar. Hoy tenemos que colocar el vitral en la cúpula y desmontar uno más que nos han encargado restaurar. Ésta es nuestra gran oportunidad, Miranda, de rehacer los vitrales más valiosos de todo Texas —su emoción y sus perspectivas, junto al tacto áspero de su mano encallecida, le agudizaron los sentimientos dispersos que se le venían acumulando aquella mañana.

Mientras el chofer colocaba un entarimado para subir hasta la bóveda catalana, Miranda trepó por el exterior para preparar la mezcla con la que sellarían el vitral en el sitio que venía ocupando desde hacía más de doscientos años. Al llegar a las alturas se recostó breves momentos sobre el calor de los azulejos de Talavera y miró al horizonte. Pudo imaginarse los pasajes del diario de la abuela que más nítidamente se le habían grabado en la mente: la tarde plomiza en que el coronel retirado, al que doña Amalia se refería como "el Cruzado", les anunció que debían de partir para siempre de Texas; las visiones que fue acumulando de la hacienda desde la distancia, a medida que se alejaban de ella; y su testarudez para retener a toda costa las lápidas de sus muertos más apreciados. Después se asomó por el hueco ciego de la cúpula y miró hacia el interior. Más allá de algunas discretas conexiones eléctricas, la construcción se preservaba intacta, sin alteraciones de importancia, según podía deducir de las detalladas descripciones recogidas en el diario. Camila giraba lentamente entre las columnas, rociadas por la luz de la mañana y por los destellos de colores que proyectaban los vitrales. Hicieron contacto visual, con una sonrisa de conspiración genética.

—Ahora entiendo todo —le gritó Camila, la muy primitiva, desde el centro de la bóveda.

—¿Quién fue el necio que siempre dijo que nuestra abuela había sido una necia? —le preguntó jovialmente Miranda.

—Papá —respondió sin dificultad—, el candidato a gobernador. ¿Qué te parece? —Miranda meneó la cabeza con un dejo de ironía—. Lo que no te has puesto a pensar —volvió a la carga— es que si nos descuidamos, todo esto será del joven Thomas Dario.

No quitaba el dedo del renglón.

Miranda se descompuso, tan pronto la idea alcanzó a anidársele en el cerebro. El fatalismo de Camila era un manantial inagotable. Tantas veces la había criticado, se había peleado con ella por esa capacidad para hacer cocteles perversos de todos los problemas existentes y los imaginables, con sus variantes y probabilidades más nefastas. Lo peor del caso es que tenía razón. Después de seis generaciones de Sámanos errantes, parecía que les correspondía a ellas lanzarse a la incierta y poco probable aventura de ganar sus reclamaciones históricas y evitar que el Genet@com de Chicago determinara el parentesco de Thomas Dario y, con ello, el pequeño hiciera la mudanza desde uno de los barrios más desamparados de San Antonio hasta la hacienda de mayor abolengo en Texas, con todo y Cindy Bolaños a cuestas. Infectada por el fatalismo de su hermana, se imaginó la hacienda que ahora admiraba desde la cúpula, llena de pronto de muñecos de peluche, cajas de tivi dinners y el Ford café y destartalado al lado de la fuente traída de Zacatecas.

—De verdad que no tienes madre, Camila —le dijo molesta, mientras removía la mezcla de cemento. Mejor se puso a trabajar. Su hermana, para terminarla de arruinar, tenía mucha razón.

La instalación resultó más sencilla de lo que anticipaba O'Malley. Todas las horas que había invertido midiendo hasta el último milímetro las dimensiones del vitral, ahora le estaban redituando. El retablo embonó a la perfección a la primera y no hubo necesidad de aplicar cuñas ni de resanar el vano de la ventana. Miranda aplicó el sellado externo con el esmero que solamente se dedica a la propia casa. Cuando estuvo en su sitio, descendió finalmente de la cúpula. Con el sudor y la ropa pegada al cuerpo, luego de toda una mañana expuesta al sol reseco de la planicie texana, su hermosa figura era apenas una transparencia que exponía al ojo la verdadera naturaleza de sus muslos bien torneados, del pico de sus costillas flotantes atenazándole la cintura y, como dos vigías curiosos, sus pezones sonrosados y tiesos atisbaban el horizonte. O'Malley y el carnicero escocés no pudieron esconder su sobresalto frente a esa estampa que, distraída, bajo los arcos del vestíbulo central, paseaba sin darse cuenta del caos interno que era capaz de crear entre los hombres.

Unas tortillas la salvaron. Hasta el salón de la bóveda penetró un sabroso olor a tortillas recién echadas. La curiosidad y el hambre de una mañana entera de trabajo intenso la libraron parcialmente de un par de miradas que la desgranaban palmo a palmo como mazorca para esquites. Camila estaba instalada con la cocinera de la hacienda, en la misma cocina donde doña Amalia Sámano colgaba pimientos en un cordel un siglo y medio antes. Si bien las estufas y el horno eran de gas, los cuidadores de la hacienda habían tenido la precaución y el buen tino de preservar las planchas de hierro forjado y las carboneras originales. Siendo la única estancia en uso cotidiano dentro de la hacienda, la cocina contaba con todos los implementos necesarios. Cristalería de vidrio soplado de Tonalá, una vajilla de Tlaquepaque completa y ollas de barro negro de Oaxaca. Miranda observó detenidamente el marco de madera de la ventana a la que hacía alusión doña Amalia en su diario, y al fondo, la cerca negra del cementerio familiar. Se sentó, todavía con su esplendorosa anatomía estampada contra el vestido de algodón humedecido y dio un primer sorbo al agua de jamaica bien fría que había preparado la cocinera. Exhaló finalmente, enjugándose el sudor de la frente, mientras terminaba de reconocer el sitio predilecto de su antepasada. Mientras el reloj de sus genes iniciaba el viaje hacia el pasado, hasta aquel fatídico 1848, las preocupaciones de O'Malley y unos paquetes de nachos Old El Paso, fuera de sitio, envueltos en celofán amarillo y rojo, la devolvieron abruptamente a los días finales del siglo XX.

—El dueño llegará en un par de horas y quiero que para ese momento ya hayamos desmontado los dos vitrales que nos llevaremos a restauración. Así que almuercen algo y volvamos a trabajar.

Para ese momento, el carnicero escocés ya iba por su cuarto bocado, un tanto sorprendido de que las tortillas fuesen suaves. Pidió una cerveza, pero la cocinera mexicana no le entendió su acento de camionero errante.

La prisa de O'Malley contrastaba con la curiosidad enorme de Miranda y Camila por conocer al "dueño". Con una mirada se hicieron la seña de dirigirse al baño para conversar. Cerraron la puerta y quedaron sumergidas en un mundo de Talavera pintada a mano. Las dos hermanas tenían el pulso como un conejo perseguido.

—Ésta es nuestra oportunidad —le soltó de sopetón la primitiva, crispando las manos sobre el cuello imaginario del dueño de la hacienda.

—Qué bueno que hablemos —la serenó Miranda—. Ésta no es ninguna oportunidad. Hay que ser más inteligentes que ellos, siempre. Vamos a conocer al bicho, estudiarlo, mostrar interés por él y por sus cosas y, sobre todo, intentemos rellenar las lagunas que tenemos sobre la historia de la hacienda. Tenemos que averiguar, por ejemplo, por qué puede ostentarse como dueño genuino de esta propiedad, quién se la vendió, cómo la heredó, todo eso.

—Solamente así podremos comenzar a desenredar la madeja —repuso Camila, más sosegada. Clavó la mirada en los senos de su hermana, dibujados como un altorrelieve en algodón. Miranda comprendió la insinuación. Además de ponerse un discreto chaleco, se le ocurrió una idea.

Para su decepción, el dueño de Las Acequias no llegaría en un auto deportivo descapotable, con el cabello al viento, ni con lentes oscuros de cineasta sobre la frente, como se lo imaginaban. Ni siquiera en un Cadillac. De hecho, cuando la camioneta pick-up, que ni siquiera era de modelo reciente, cruzó el portón principal de la hacienda, tardaron en poner atención a la persona que la venía conduciendo, pensando que se trataría de algún plomero o del jardinero de la hacienda. Miranda no perdió oportunidad, mucho rato después, para preguntarle a O'Malley si se trataba de un excéntrico o si la fortuna lo había abandonado.

—Así se comporta la vieja aristocracia texana —fue su vaga respuesta—. Te sorprenderás —le aclaró—, pero Matthew Crossman puede ser el primero en la familia que alcance cierto nivel de riqueza, modesta si quieres, pero le va mejor que a las últimas dos o tres generaciones. El negocio de la taberna le ha dado recursos para empezar la reparación de la hacienda. Estuvo prácticamente abandonada durante casi cien años, por falta de dinero. El padre de Crossman fue un fracasado, un pobre diablo, permanentemente alcoholizado. Lo conocí bien porque hace muchos años salimos con dos hermanas durante un tiempo. Se llamaban Maureen y Ayleen, lo recuerdo bien. El padre de Matthew terminó casándose con una de ellas. El matrimonio duró menos que el noviazgo. La recuerdo como si fuese ayer, con sus calcetas hasta el tobillo, lentes de arillo negro y una colección de discos de Elvis Presley que a menudo llevaba bajo el brazo. Estaba obsesionada con andar a la moda. En alguna ocasión, por iniciativa del padre de Matt, nos las trajimos una tarde a la hacienda. Salía más barato y menos violento que llevarlas a un hotel de paso. Además, estabamos de acuerdo en que si de veras pretendían estar a la moda, tenían que demostrarlo en el terreno del juego. ¿Por qué te estoy contando todo esto? —se preguntó de repente. Miranda lo urgió a que continuara; deseaba contar con el mayor número de elementos para completar el rompecabezas—. Según nosotros, fumar mariguana no les daba carta de naturalización como liberales verdaderas —los recuerdos le transfiguraban la mirada. En cuestión de segundos hasta su apariencia rejuveneció frente al aderezo delicioso de traer a la mente uno de los episodios más memorables y picantes de su juventud. Arrodillado como estaba sobre la cúpula de talavera, disminuyó su ritmo de trabajo frente al vitral y, bajo el peso dorado de los recuerdos, se convirtió en un instrumento de su narración. Allí es donde se da uno cuenta, pensó Miranda, de que el pasado no se pierde, tan sólo se oculta. El viejo O'Malley estaba reviviendo en esos precisos instantes esa etapa de su vida.

"Llegamos poco antes de caer la noche —el rostro se le iluminaba mientras apuntaba con el dedo hacia la zona del portón—, en una camioneta Ford del 34 que usaba yo para transportar el vidrio. Era una pick-up de redilas, verde botella, con enormes guardafangos, faros saltones como los ojos de un sapo y una cabina estrecha donde apenas cabía el conductor y un copiloto. Aunque Ted, el padre de este joven Crossman tenía un Bel Air gigantesco, preferíamos usar mi camioneta precisamente porque apenas cabíamos los cuatro —la cara del irlandés se ruborizó. Se dio cuenta de que le estaba haciendo confesiones con la naturalidad de quien comparte unos tragos con su compadre. Sus cachetes apergaminados por la edad se colorearon bajo su sombrero de gambusino. Miranda lo notó, pero consciente de que toda aquella sinceridad le abriría la puerta para preguntarle a placer todo lo quisiera saber sobre los Crossman, le indicó con un movimiento de la mano que continuara con su narración sin cortapisas de ninguna especie. El viejo se lo agradeció, porque al contarle todo aquello su alma enjuta por la edad y el trabajo solitario reverdecía, haciéndole sentir que mientras preservara aquellos recuerdos con tan nítida intensidad, la vejez nunca lo asaltaría por completo. Continuó con la narración que había iniciado.

"En esos días la hacienda no estaba tan bien cuidada como la ves hoy. Dentro de la sala y en la cocina había crecido la hierba. Aquí, bajo esta cúpula, prendimos una fogata. Yo traía malvaviscos y ellas traían mariguana. Maureen prendió un cigarrillo y yo me animé a decirle que en lugar de sostener el humo y la respiración hasta contar cuatro *tennessees*, "Tennessee uno, Tennessee dos, Tennessee tres", que era la medida justa para el debido aprovechamiento de cada fumada, le propuse que no desperdiciara el humo de aquella manera y que me lo pasara por la vía más directa que se le ocurriera. Casi suelta el humo de un jalón, cuando comprendió las implicaciones de mi idea. Se tomó las narices con la mano para que la carcajada que tenía guardada en el cuerpo no le hiciera soltar el humo verde. Cuando se repuso, me hizo una tímida señal con la mano. Y yo, que siempre con las mujeres he necesitado señales de avance tan claras como las que dan a los aviones para estacionarse en los aeropuertos, me aventuré a pensar que mi propuesta había surtido efecto y que íbamos a entrar por la puerta grande. La emoción me provocó una risa nerviosa que, sabía bien, no me permitiría sellarle los labios para que me pasara el humo que ya llevaba guardado cerca de unos ocho Tennessees —la risa nerviosa volvió a ganarle, como hacía treinta años. También él, para reencarnar por completo en la vivencia de esa noche, se tomó de las narices frente a Miranda.

"Pues ahí me tienes que cierro los ojos, me tomo de las solapas del chaleco de mezclilla para que viera que no iba a meter mano, sino a cumplir estrictamente con mi parte de la propuesta y, bueno... nos dimos un beso monumental, como si lleváramos practicándolo meses. No sé si será mi imaginación, pero habremos llegado al Tennessee quince o dieciséis, con el sabor a petate quemado que iba y venía sin reposo. Cuando salimos del trance, Ted y Ayleen nos estaban mirando pasmados, él con una vara llena de malvaviscos, como director de orquesta sin músicos, y ella con otro carrujo sin encender entre los dedos."

—¿Quiénes son estos Crossman, por qué son los dueños de

Las Acequias? —Miranda quería aprovechar la locuacidad de O'Malley para preguntar a sus anchas.

La cara del viejo se transfiguró con una inesperada velocidad. La pregunta de Miranda le trajo al cerebro algún pensamiento perturbador.

—Mi amistad con ellos nunca pudo romper ciertas barreras —le explicó lacónicamente—. Cuando Matt consiguió la antigua destilería de mi familia les comenté todos los detalles que conocía sobre ella, de la manera cómo se inventó el bourbon, la marca de los alambiques, en fin. Y me quedé, como aquella noche de los malvaviscos, esperando una reacción del otro lado. Me topé con un muro infranqueable de silencio. Hasta lo bromeé, me recuerdo: "Si he sabido que te ibas a quedar callado, no te cuento lo del bourbon." Se levantó el sombrero de gambusino y se rascó la cabeza, con una perplejidad que seguía acosándolo.

—¿Entonces no descubrió nada de nada? —el tono de Miranda guardaba una mesura exacta, una curiosidad que hacía aparentar como surgida del calor de la conversación y que de forma alguna revelara la inquietud que a ella le producía el tema de la hacienda y de los Crossman.

—Muy poco, Miranda. A ti te lo diría, pero he fracasado en todas las veces que he tocado el asunto con ellos. Tampoco el abuelo de éste fue especialmente comunicativo. En un par de ocasiones que conversé con él y le pregunté cándidamente por qué no se mudaba a vivir a la hacienda, su respuesta invariable siempre fue "primero tenemos que lavar el aire". No me preguntes qué significa eso.

Miranda lo escuchaba con atención. Con su paleta de albañil apenas acariciaba los bordes del vitral que debían desmontar.

—Nunca supe bien a bien qué quería decir con "lavar el aire". El caso es que ninguno de los Crossman que he conocido, y ya son tres generaciones, ha habitado en la hacienda. Pero tampoco la venden. Se han gastado todo lo que han tenido para retenerla, pero solamente vienen de visita. Tienen miedo de algo. Se lo transmiten entre generaciones. Estará de verdad embrujada, como dicen los mexicanos de San Antonio. Les han propuesto convertirla en museo, en parque de atracciones, en restaurante y en hotel tradicional, pero siempre sin éxito. La respuesta siempre fue un "no" rotundo y sin explicaciones —observó a Miranda y pudo percibir que ella hacía sus propios cálculos. Los dos se dieron cuenta de que fue en esos precisos instantes que su relación cambiaría para siempre, alcanzando el grado de hermandad, de cofradía.

—Parece que se tratara de alguna enfermedad contagiosa —meditó Miranda en voz alta.

—Parece un hechizo transmisible, mejor dicho —le aclaró O'Malley—. La única forma de desprenderse de él ha de ser contándoselo, pasándoselo a alguien más. Yo te lo cuento a ti y entonces te lo heredo; pierdes toda la vida intentando descifrarlo y después, cuando has fracasado, simplemente se lo heredas a alguien más para liberarte finalmente de él.

—Parece un enigma fascinante. Sería en verdad interesante descifrarlo —le dijo Miranda—. Todo es cuestión del antídoto que se utilice.

O'Malley la miró desconcertado. Como si no tuviera suficiente con treinta años a cuestas tratando de comprender el sentido de "lavar el aire" ahora le caía en el horizonte un nuevo acertijo, sobre un antídoto todavía más poderoso e impenetrable. Con el agravante de que ahora Miranda, su confesora, por la que había desarrollado un cariño y una confianza irracionales, se comportaba con un hermetismo similar al de los Crossman.

El viejo descendió, con un poco de vértigo por la escalinata de madera. Llevaba media hora sin dar golpe, bajo un sol inclemente, transitando alternativamente entre los recuerdos más jugosos de su juventud y los enigmas que encerraba la hacienda. Sentía el alma como un semáforo de crucero, alternando de color sin reposo.

Miranda pudo escucharlos dándose el saludo bajo el porche. O'Malley se mostraba efusivo. Estaba entusiasmado con el resultado de la restauración del vitral. Quería lucirlo ante su dueño. Mientras tanto, Miranda, con la cabeza revuelta en sus propias reflexiones, intentó concentrarse en su trabajo. Mientras raspaba con cuidado la mezcla que había fijado al vitral por más de dos siglos, pudo escuchar cada vez más cerca las voces de O'Malley y de Crossman. Subían por el entarimado, en el interior de la cúpula, para observar de cerca el trabajo de restauración recién instalado. Miranda pudo ver sus siluetas multicolores al otro lado del vitral. Crossman tenía unos hombros anchos como pedestal de granito y una pisada firme que hacía vacilar el entarimado con el ruido seco de sus botas. A contraluz pudo observar sus bigotes prominentes color trigo y recortados en punta que, junto a sus ojos turquesa, le daban la apariencia de un lince al acecho. Tenía unas manazas como guantes de beisbol. Entre los diálogos que esporádicamente pudo escuchar detrás del vitral restaurado y el sonido de la brisa que le pegaba sobre la cúpula, pudo detectar que pasaron rápidamente de los elogios por el trabajo realizado, a la técnica utilizada e inmediatamente después, al costo de la reparación. Pero el irlandés no quería hablar de dinero sino de arte. Le interesaba dejar su huella en ellos por otros doscientos años. Le confesó directamente que sus restauraciones no tenían precio. Matt se sacudió incómodo entre la suposición de que no le cobraría por el trabajo y la preocupación de que le cargara una factura exorbitante.

—Me apena tanto esmero —alcanzó a escuchar entera la frase de Crossman. El viejo le devolvió una mirada de absoluta incomprensión—, para que nadie vaya a disfrutarlos.

Al escuchar aquello, la cara del irlandés no pudo ocultar su sorpresa. No le faltaba más que el punto del signo de interrogación bajo la barbilla. O'Malley, tan acostumbrado al hermetismo de los Crossman y a su confianza personal en la paciencia, no indagó más en ese momento. Sintió que ya era ganancia escuchar la confesión que acababa de recibir. Durante la instalación de los cinco vitrales restantes iría avanzando en su conocimiento de los secretos. Con su pasión por el arte del vidrio emplomado, hizo la conjetura de que en el momento en que la cúpula estuviese completa, las barreras familiares de Matt se derrumbarían ante el poder hipnótico del conjunto de retablos más valiosos de todo Texas. En su mente infectada por la curiosidad, tenía planeado que el día que le mostrase el trabajo terminado, traería él mismo una mesa, dos sillas y la mejor botella de whisky para sentarse con Crossman bajo la lluvia de luz de colores. Le invitaría a mirar cada detalle, cada destello que llegase del cielo hasta aflojarle la lengua, de la misma manera en que en ese mismo sitio se la pudo aflojar hacía treinta años a su recordada Maureen.

De vez en cuando, Camila hablaba por teléfono a escondidas con su padre. Le hizo notar que su hermana había emprendido un viaje por la historia y que, a últimas fechas, no tenía cabeza para otra cosa que la hacienda, el enigma de los Crossman y para desentrañar los códigos ocultos del diario de la abuela Amalia. Gonzalo Sámano tampoco tenía cerebro más que para encontrar elementos de resistencia al caso que Cindy Bolaños llevaba con la ayuda de Genet@com de Chicago. La barriga de Estelita crecía al ritmo del rumor de que las dos familias políticas, la de Eugenio y la de ella, estaban preparando un paquete financiero, fuese para silenciar de una vez por todas a Cindy o para alterar los resultados de laboratorio que hallaran. Todo Saltillo se inclinaba por la vía de la indemnización a la chica Bolaños, ante el riesgo de que Genet@com le pasara el entuerto del niño sin padre a cualquier otro incauto de Coahuila con el que se hubiese acostado aquel tórrido verano.

En una de sus conversaciones telefónicas, Gonzalo aceptó la necesidad de atacar los dos frentes a la vez; el de la hacienda y el del niño bastardo. Sin un amago real por recuperar la hacienda, su campaña política basada en establecer "un nuevo entendimiento con Texas" resultaría poco creíble. Por otra parte, si Cindy Bolaños se salía con la suya, él mismo —su hijo, más propiamente— estaría cometiendo una vejación similar a las que se achacaba a los texanos, al no reconocer a uno de sus vástagos y dejar inerme, soltera y abandonada a su suerte a la desafortunada madre. Pero a Gonzalo comenzaba ya a corroerlo el síndrome del liderazgo político: desde que lanzó su candidatura dejó paulatinamente de tener ideas propias y, por tanto, comenzó a requerir asesoría continua. Se daba cuenta de que una cosa era criticar y sugerir cursos de acción a los políticos y otra muy distinta ser uno mismo el que deba aconsejarse y tomar las decisiones. A cada caricatura, editorial o encuesta de opinión que aparecía sobre él, hacía cambios en su equipo de asesores, haciendo de su campaña un erradero sin dirección. De manera que no resultaba de extrañar que accediera a todas las recomendaciones que le hizo Camila para desenredar la madeja que tenía pendiente en Texas.

Ella, Camila, se haría cargo del bulto de Thomas Dario y dejaría que su hermana se ocupara de reconquistar Texas. Era lo lógico, según le externó a su padre, porque Miranda ya tenía un conflicto propio con Cindy, que no haría más que complicar las cosas, mientras que ella no tomaba con la misma pasión que su hermana el asunto de la hacienda. De hecho, apenas había hojeado el diario de doña Amalia, mientras que Miranda ya lo había desmenuzado con notas de pie de página y cientos de anotaciones en su cuaderno.

Para ella, Texas seguía trayéndole las imágenes de los folletos turísticos: vaqueros montados en toros salvajes, los rascacielos de Houston, el equipo de basquetbol de San Antonio, las playas de la Isla del Padre y la calle de Dallas donde asesinaron a Kennedy. Ésa era la Texas que conocía Camila.

Decidió ir de incógnito a comprar un muñeco de peluche, para entrar en un contacto casual con Cindy Bolaños. Sobre su hermoso cabello azabache se calzó una boina del estilo de las que popularizó por aquellos días la interna Mónica Lewinsky, cuando la Casa Blanca dejó de ser blanca y se pintó los labios de carmín para aparentar mayor edad. Con esos cambios y escudada detrás de unos senos saltarines que le habían crecido más de un puño desde que se vieron por última vez en Saltillo, confiaba en que la Bolaños no lograra reconocerla. Por si le faltara camuflaje, entró a la tienda con unos lentes oscuros, que lejos de hacerla pasar inadvertida, atraían más fácilmente las miradas.

La encontró trepada en una escalinata de aluminio, colocando en un estante los muñecos de peluche recién llegados del perro chihuahueño que anuncia Taco Bell con sólo apretarle una de sus garritas.

—¿Ésos son los nuevos, verdad? —le preguntó desinteresadamente a Cindy, que en esa posición mostraba al respetable público su anatomía más íntima, enfundada en pantimedias de nylon negro.

—Sí —le respondió con sonrisa estudiada de vendedora. Sin decirle más, se volteó, poniéndose en cuclillas para quedar a la altura de la cara de la compradora y oprimió la garrita del animal de peluche: "Yo quiero mi Taco Bell", dijo en el acto el chihuahueño, con acento norteño. Las dos soltaron la carcajada.

—Este perro está a toda madre —le dijo deliberadamente Camila, pensando que, como en su casa de Saltillo no la dejaban utilizar modismos del lenguaje vernáculo, de esa manera podría esconder mejor su identidad ante la Bolaños.

—¿De dónde eres? —inquirió Cindy, entregándole el perro. No tenía dudas de que lo compraría.

—Soy de Monterrey —mintió sin alteraciones, mirando fijamente al animal de peluche, como si eso la hiciera menos visible.

—Yo conozco la zona —le reveló de inmediato, para atenuar la barrera entre vendedora y cliente—. Pasé una temporada en Saltillo, hará cosa de cuatro o cinco años.

Camila sintió que su lado primitivo se le salía del cuerpo, con todo y garrote para cazar mamuts. Hubiese querido arreglar todo de una buena vez, valiéndose de la duda temporal de Cindy. Hubiese querido decirle, de sopetón: "de manera que no te acuerdas si estuviste en Saltillo hace cuatro o cinco años, pero sí puedes estar segura de que Thomas Dario es el hijo de Eugenio". Pero se reprimió a tiempo. Echó marcha atrás a sus instintos beligerantes, con todo y el garrote con clavo de cavernícola.

—¿Ah, sí? Qué bonito Saltillo, ¿verdad?

Cindy se limitó a mirar hacia los globos que adornaban el techo de la tienda, aparentando evocar los recuerdos de la capital de Coahuila, sus calles cubiertas con una bruma permanente de polvo flotante, como si fuese un Londres del desierto. Camila le miró fijamente el gafete prendido sobre la solapa de su saco y leyó en voz alta: "Cindy."

—Soy Cindy Bolaños —extendió la mano para estrechársela.

—Mucho gusto —le respondió en automático, y luego dijo, como para sus adentros—: Me suena tu nombre —fingió—. ¿Has regresado a México últimamente?

—En cierto sentido —le respondió con un dejo de pesar. Y como tenía la lengua más floja que la mandíbula de un boxeador retirado, comenzó a narrarle la odisea sobre la paternidad desconocida de Thomas Dario. Camila la escuchó sin dejar de mirar al perrito de Taco Bell.

—¿Y si no aceptasen reconocer a tu hijo? —le preguntó, siempre con los ojos fijos sobre el cuerpo diminuto del chihuahueño de peluche.

—Las pruebas genéticas los van a doblar. Es una familia muy aristocratizante —el calificativo sacudió momentáneamente a Camila—. No estoy pidiendo que me adopten en la familia ni que el muñeco —refiriéndose a Eugenio— se venga pa'trás a vivir conmigo o a casarse. Pero les va a costar mucho dinero. De eso no se libran. Los abogados —esbozó una sonrisa malévola— llevan el diez por ciento de la indemnización, pero yo les he ofrecido el veinte para que no me fallen.

Camila esbozó una ligera sonrisa. "Todo lo que se puede comprar con dinero resulta barato", pensó para sus adentros y estuvo a punto de soltárselo a boca de jarro. Hizo el cálculo y metió a tiempo la reversa verbal.

—No quiero pasar toda mi vida en una tienda de regalos, ¿sabes? —la voz de Cindy reflejaba la sinceridad de la desesperación. Camila miró a su alrededor, hacia las tarjetas de felicitación, los globos con la efigie inocente de Snoopy, las velas de olor, los rompecabezas y las envolturas multicolores. Oprimió accidentalmente la patita del chihuahueño: "Yo quiero mi Taco Bell." Se rieron con gusto. Cerca estuvo Cindy de perder el equilibrio sobre la escalinata de aluminio. Se tapaba la boca con una mano para que no se vieran las tapaduras de las caries.

—En el fondo todos queremos nuestro Taco Bell, ¿no es cierto? —le soltó Camila, dando la apariencia por un momento de que en verdad simpatizaba con la causa de la Bolaños. Se miraron por primera vez a los ojos. Cindy detectó la perturbación que se extendía por los extremos de los lentes oscuros de Camila—. Me lo llevo —cambió de tema lo más rápidamente que pudo.

Esa noche, mientras Miranda y O'Malley trabajaban absortos sobre el vitral recién desmontado de Las Acequias, volvió a llamar a su padre. Le narró con detalle su encuentro con Cindy Bolaños.

—Estamos hechos, Camila la Mamila —como le decía de cariño en sus raros momentos de euforia—. Entre abogados no nos leemos las sentencias ni los arreglos. Es cuestión de ofrecerles a los colegas gringos un treinta por ciento de la indemnización que tengan pensada y darle cualquier migaja a la Bolaños para desactivarla. Nos acabas de ahorrar, Mamila, el setenta por ciento restante. A eso se le llama cotizar en tu propia herencia —su instinto de notario y abogado depredador se le desbordaba tanto como la emoción anticipada de que finalmente resolvería el caso Bolaños. Camila pensó en la vendedora de peluches, el alma más solitaria de todo San Antonio, maquillada hasta el exceso para esconder su orfandad y con fajas apretadas para disimular sus carnes abandonadas a los rigores de las hamburguesas y las papas fritas. Se la imaginó en esos momentos tirada frente al televisor, con un bote de palomitas a la mano y con Thomas Dario abrazando a uno de sus juguetes de más reciente adquisición. Con el auricular todavía cerca de la oreja sintió una náusea repentina.

—Sí, papá —alcanzó a responder antes de colgar. De esa manera Camila, la misma que en sus intentos de hacerse escritora no había alcanzado a producir más que un cuento titulado "El enano más grande del mundo", se percató de que ahora se aproximaba a la mejor historia que pudiera ocurrírsele. Y la traía precisamente en la biografía familiar.

A partir de la obsesión que lo acosó por descubrir la identidad de la escritora invisible, la suerte de Crossman se tornó errática. Todos los cálculos que había hecho para llevar una vida libre de ataduras y conforme a un libreto que él mismo se había trazado, comenzó a transformarse en una existencia marcada por los extremos: a cada paso se encontraba con una fortuna inesperada o con una mala suerte que iba a matarlo el día menos pensado. Regresando del banco un lunes por la tarde, trepó velozmente por las escaleras de hierro forjado de *The Stranger* y con una taquicardia incipiente descubrió lo que ya todos temíamos: que el nudo de la corbata solamente sirve para no perder la cuenta de los latidos del corazón. "Qué mierda", pensó, aflojándose el botón superior de la camisa, "todavía no cumplo los cuarenta y tengo la condición física de un anciano. Las famosas compensaciones de la vida", siguió pensando, "te da de un lado y te quita del otro". Era dueño de la taberna más cotizada de San Antonio, estaba a punto de recuperar su soltería y terminar con deudas y apreturas económicas, pero a cambio sentía que le fallaba el corazón y padecía de un insomnio feroz. Logró tranquilizarse, aplicándose compresas heladas sobre la frente. Encendió más tarde la computadora. Estaba perdiendo todo contacto con el mundo y con la realidad que solamente se conoce a través de Internet. Aparecieron de inmediato las señales rutilantes de que Rita, su distante esposa, exigía otra vez respuesta a sus mensajes. Con el ratón abrió uno de ellos al azar.

"Estoy cansada de coger a las tres de la mañana. Repito. Ya me cansé. Rita." La frase le resultó más enigmática de lo que parecía a primera vista. ¿Quería cambiar de hora para sus esporádicos encuentros amorosos o le anticipaba un rompimiento definitivo en su relación? Apenas podía llamarse a aquello "una relación". Reconoció entonces que de no existir el correo electrónico, su contacto con Rita sería tan casual como el que tenía con su agente de seguros. Su matrimonio le causaba un profundo aburrimiento. Se acordaba de las tardes enteras, durante el noviazgo, en que caminaban junto al río o salían a conocer los pueblos de los alrededores de San Antonio. Conversaban largo y tendido, compartiendo recuerdos, anécdotas y ocurrencias. Al momento de casarse, esas conversaciones ya habían surtido su pernicioso efecto. Era muy poco lo que les restaba por decirse. El día que decidieron casarse coincidió con el momento en que uno y otro habían terminado de leer el libro de la vida de su pareja. El silencio penetró su relación como la humedad, hasta reblandecerla de manera fatal. Con la llegada de su primer hijo lograron añadir un epílogo al libro, hasta que no les quedó más que la contraportada y repetir toda la lectura como única alternativa posible.

Esa tarde, Crossman decidió que ya no respondería los mensajes de Rita por Internet. También ese epílogo había llegado a su fin. Sabía que cualquier contestación le haría daño a él mismo. El amor se nos ha extinguido, era la única frase probable y pertinente que podía escribirle. Igual que llega un día, el amor simplemente se evapora y se termina. Lo sabía bien. Últimamente pensaba más en la vida que se le iba entre las manos mientras sostenía su matrimonio con prendedores, pensaba en las oportunidades desperdiciadas para volver a enamorarse, para iniciar cortejos inesperados, para rellenar la soledad que compartía con Rita. Por otro lado, le aterrorizaba pensar en el desgaste que seguiría después de comunicarle su decisión. Le preocupaba, más que los trámites de divorcio y el deslinde de responsabilidades, la necesidad de concentrarse en cada palabra que intercambiara con ella, para lograr separarse procurando no herirla innecesariamente, preservar su distante amistad para resolver los problemas que surgieran en el futuro, ser invitado a la boda y a la graduación de sus hijos, verlos de vez en cuando. Mejor apagó la computadora y se fue al baño de damas, con la esperanza de encontrar mensajes desconocidos de la escritora invisible. De un solo vistazo detectó que la distintiva caligrafía en plumón morado no se encontraba en los muros. Se castigó con el pensamiento: con Rita sostenía una precaria relación por medio de la computadora y con la escritora invisible un diálogo de un solo lado, en la esperanza diaria de leer sus nuevos mensajes en el baño. Esa tarde de profunda soledad, leyó todas las ocurrencias que decoraban los muros. Si acaso le llamó la atención un exhorto de tintes leninistas que rezaba "¡Lesbianas y homosexuales de todo el mundo, uníos... por donde más os plazca!" Borró la inscripción con un trapo mojado y cerró la puerta del baño. Fue a meterse a la ducha y prendió el radio a todo volumen para olvidar sus taquicardias, su soledad y esperar, llanamente, a que se terminara de una vez ese día.

Miranda no podía separar su mente de la hacienda de Las Acequias. Todos los días pasaba horas interminables frente al vitral en restauración, imaginando a su abuela bañada por las luces multicolores, a don Lorenzo supervisando su instalación en los arcos de la cúpula y los trágicos acontecimientos que atestiguaron aquellos retablos en el último siglo y medio. Así, mientras fundía y aplicaba el plomo a las juntas, pensaba en la estrategia, en la manera, ahora sí decidida y sin tapujos, de conocer la historia oculta de la hacienda y recobrar su posesión. Tras los tonos azulados y ambarinos del vitral había tenido la cara de lince errante de Matt Crossman, el supuesto propietario. También había visto de cerca al conde de Béxar, con su exótica reclamación de títulos en piel de borrego. El impulso la arrastraba a enfrentarlos a ambos: al conde para preguntarle si tomaba en serio la recuperación de las propiedades y conocer sus propios planes; a Crossman para averiguar de primera mano por qué se ostentaba como el legítimo propietario de una hacienda a todas luces construida y habitada por mexicanos. Tenía que ser más astuta que ellos, era claro. No podía dejar que sus impulsos la dominaran y la llevaran a cometer errores.

O'Malley la miraba desde el fondo de sus anteojos de trabajo y percibía que sus movimientos eran más determinados y precisos. De cuando en cuando hablaba sola y se daba ánimos en la batalla que libraba ante adversarios invisibles. El viejo sabía perfectamente lo que estaba cavilando. Aquel ser desvalido e inerme que había llegado hasta las puertas del taller para estrellarse contra una de las lámparas y cortarse la cabeza, se estaba transformando en una máquina bien aceitada para la conspiración y la revancha. Hablaba cortado y con frases breves, tomaba las piezas de vidrio con una seguridad inusitada y sellaba con el plomo derretido con la precisión de un cirujano. El irlandés quiso ayudarla con reflexiones de buena fe, aunque al final no hiciera más que confundirla más.

—Tú tienes ventajas sobre ellos que yo nunca tuve —le dijo de sopetón, al sacar del horno un vidrio listo para instalarse.

Ella le respondió con una cara angelical en forma de interrogación. No estaba acostumbrada a que alguien le hablara a conti-

232

nuación de sus pensamientos, como si los estuviera escuchando, igual que lo sabía hacer su remota tía Rocío. El viejo se acomodó sobre la frente los anteojos de trabajo, como si acabara de salir de un viaje a las profundidades del mar. Supo que le había llegado el momento de tomar decisiones. Con facilidad podría haberle preguntado a su maestro: ¿a qué se refiere?, pero en aquellas condiciones resultaba prácticamente un insulto a la inteligencia. Seguirle la conversación equivalía a invitarlo de lleno a compartir sus pensamientos y, por lo mismo, a ser su confidente y su compañero de estrategia. Supuso que no tenía más remedio que aceptar la realidad de que sus preocupaciones, sus obsesiones, ya no eran un patrimonio particular. Pensaba y pensaba con tal intensidad que las ideas, los pensamientos se le salían por las orejas, se le dibujaban en la cara, rebotaban sonoramente contra las paredes del taller.

—¿A qué se refiere? —concedió finalmente el espacio, sabiendo perfectamente de quién hablaban ambos: del hombre de los bigotes de felino, supuesto propietario de Las Acequias y del vitral en el que se estaban acabando los ojos, los pulmones y las manos.

—Sin proponértelo, lleva semanas tratando de encontrarte —dejó flotar la frase en el aire impregnado de polvo de cristal—, a ti y a tu famoso plumón morado. Tú tienes —añadió— un enigma que intercambiar con el suyo. Yo nunca tuve algo parecido que ofrecerles. Tú eres la escritora misteriosa que él está buscando, mientras que los Crossman conservan el cofre de tus raíces en Texas y el secreto de Las Acequias —O'Malley disfrutaba aquel diálogo más que un chango con plátano maduro. Ser parte del riesgo, de la conspiración, cualquier conspiración, era para él la pimienta de la vida, era un elemento consustancial a su condición de irlandés. Por siglos se habían acostumbrado tanto a conspirar contra los ingleses, que el día que se fueran de la isla se volcarían al mar antes de morirse de aburrimiento y de tedio.

Miranda miró de reojo su libreta de anotaciones, donde atesoraba una colección completa de frases incendiarias y provocadoras que, a últimas fechas, se habían hecho más y más punzantes y mordaces. Tenía a su lado un verdadero arsenal para llevar a Crossman a la locura. Miranda apreciaba el interés de O'Malley en sus asuntos, pero no dejaba de advertir una enorme distancia entre traer de un ala a Crossman con las frases moradas y su propia obsesión por conocer la verdadera historia de Las Acequias. Así se lo comentó al viejo irlandés.

—Qué ingenua puedes ser a veces —la regañó amablemente—. La obsesión y la locura amorosa están guardadas en el mismo cajón, ¿no te das cuenta?

Miranda soltó naturalmente una carcajada.

—¿Ahora quiere decirme que Crossman está enamorado de mí? Creo que tantos vapores de plomo derretido lo están volviendo loco de remate. El tipo ni siquiera me conoce. Jamás me ha visto en su vida.

—Doble poder —le respondió enigmáticamente.

—Creo que no alcanzo a comprenderle.

O'Malley sintió que su propia argumentación lo había llevado a un callejón sin salida. Un callejón en el que, desde que la conoció tirada en el suelo con la cabeza herida, se había prometido, se había jurado no meterse. Se quitó los anteojos de la frente, miró con menor disimulo que otras veces el filón de brasier que siempre dejaba entrever por los bordes de la blusa y se lanzó al vacío de una confesión que nunca quiso revelarle:

—Miranda, mi niña —le dijo con todo cuidado—, tú a lo mejor no te das cuenta, pero eres un ser delicioso.

Se hizo entonces un prolongado silencio que el viejo llenaba erráticamente, amagando con ponerse de nuevo los lentes de trabajo. Sería por su edad, o porque, como él mismo decía, necesitaba señales más claras que para estacionar un avión, el caso es que no se atrevió a confesarle la imagen que tenía de ella como hombre, no como maestro de vidrio ni como abuelo adoptivo.

—¿Me está sugiriendo que enamore, que seduzca a Crossman? —llegaba la hora de terminar con las simulaciones.

—Tan sólo que te lo propongas, Miranda. Ya hiciste la parte más difícil: arrebatarle la mente y la imaginación. Lo demás es pan comido.

—¿Por qué me dice estas cosas?

O'Malley sintió que los dientes se le caerían a pedazos cuando se lo confesara, pero ya no había marcha atrás.

—Porque, mi querida Miranda, eres una de las mujeres más extraordinarias que haya conocido en mi larga vida.

Así, en el momento en que más debía mirarla, volteó la cara.

Ambos quedaron con la cara colorada de rubor por largo

tiempo, comprobando que un cumplido puede tener los mismos efectos que las bofetadas, como la risa y el llanto. Ella no se cruzó los brazos sobre el pecho, ni se abotonó más arriba el escote. Pero aquella tarde volvió a flaquearle el pulso, como si fuera otra vez aprendiz, sobre las piezas de cristal.

Miranda seguía diciéndose que no era lo mismo escribir "¿Y si estas piedras hablaran?" frente a la magnificencia de las pirámides de Egipto que cualquier frase, por inteligente y sensible que fuera, en los azulejos planos del baño de damas en una taberna de San Antonio. Sin embargo, la partida final del ajedrez a la que la habían conducido los accidentes de la vida estaba por comenzar, y cualquier arma resultaba de utilidad. Por lo demás, en las últimas semanas su cuaderno de anotaciones se había llenado de reflexiones, pensamientos y arrebatos del alma. El arsenal para alimentar el fuego de la obsesión de Crossman estaba preparado. Con alguna reticencia comenzaba a aceptar que también tenía de su lado el arma de la belleza, de la cual le habían dado fe los ojos taciturnos y cansados de Kevin O'Malley. No tenía costumbre, quizá nadie la tenga, de recibir elogios de ninguna especie a quemarropa y sin miramientos. Desde pequeña, cuando el crecimiento incipiente de los senos comenzó a darle las molestias de una muela del juicio fuera de sitio, aprendió a controlar la influencia que ejercían sobre los muchachos sus facciones de madonna del Mediterráneo y sus caderas como maraca del Caribe. Era tajante y fría con ellos. A diferencia de sus amigas de la adolescencia que se preocupaban por no herir los sentimientos de sus pretendientes dándoles largas y asegurándoles que en un mes les responderían si aceptaban embarcarse en algún noviazgo juvenil. Miranda disfrutaba siendo despiadada con ellos. También a diferencia de sus amigas, ella nunca halló el tan ansiado primer amor. Eso le endureció el corazón y adulteró su noción de los sentimientos; en vez de ser las ventanas privilegiadas del alma, los concebía como un indicio de debilidad.

El asunto con Crossman resultaba distinto y más complejo. Su interés por el tipo carecía por completo de contenido físico. Su principal motivación consistía en desentrañar los secretos que guardaba en el árbol genealógico. En cuanto a su apariencia, apenas si retenía una imagen discernible de él. Lo recordaba trepado en los balcones de hierro de *The Stranger*, tocado con un sombrero de fieltro gris. Después, lo había tenido a pocos centímetros de distancia, detrás del vitral recién instalado en Las Acequias. Ahí pudo tomarle un poco mejor las medidas, de sus hombros grandes como yunques y de sus bigotes que le dibujaban un morro como algún animal de presa. Pero desconocía por completo los elementos que para ella se hacían más definitivos a la larga; su aliento, el humor, el timbre de la voz y la firmeza con que aplicara el contacto de las manos. Su experiencia en estos menesteres le había llevado a concluir que en materia de hombres, dentro de ciertos rangos de calidad, las carrocerías son más o menos todas iguales y, salvo excepciones aisladas, los cerebros operan de manera muy parecida. En su analogía automotriz lo que más le importaba de los hombres era si el coche se manejaba con suavidad, si la atmósfera era placentera y si respondía bien en todas las condiciones de manejo.

La seducción de Crossman representaba un desafío distinto a cualquiera que hubiese intentado hasta la fecha. Antes de ingresar al terreno de juego, se daba plena cuenta de que tenía que aniquilar sentimentalmente al enemigo para poder llegar hasta los rincones del alma donde escondía los secretos que la atormentaban y que, según intuía, darían la clave para explicar la errática existencia de la familia Sámano en los últimos ciento cincuenta años. Pensó que tendría la necesidad de darle un vuelco a su espíritu como quien va a remendar un calcetín. La tarea no era sencilla. Se veía en la necesidad de revertir la lógica con la que siempre había conducido sus relaciones amorosas. Tendría que ser calculadora, pero lo suficientemente fragorosa para hacerlo caer en la red: necesitaba mantener un equilibrio de trapecista. Hasta ese entonces había aplicado métodos despiadados con sus pretendientes. Estaba convencida de que el amor puede tener algunas ventajas, pero inevitablemente hace vulnerables a los individuos. El amor es la más feliz de las derrotas, había concluido para sí misma, luego de escuchar a sus amigas hablar de sus romances.

Frente a Crossman sabía que el factor amoroso resultaría el ariete principal para derrumbar sus resistencias. Debía, para ello, valerse de la obsesión que le había engendrado con las frases del baño y traducirla en una franca dependencia sentimental. La tarea no resultaría sencilla. Desde su primera juventud tenía grabada en la mente la frase que alguna vez le confió para estos menesteres un viejo médico argentino que la atendía en Saltillo: "Es más fácil competir contra la realidad que contra la ilusión." Hasta ese momento, Miranda no era más que un espejismo perfecto para Crossman. La imagen que se habría forjado de ella, idealizada, sería un escollo al momento de unir la ilusión con la realidad.

Camila la encontró tumbada en la cama del ático, con las manos detrás de la nuca y con las piernas bien abiertas, signo inconfundible de que estaba pensativa, muy pensativa. La primitiva llegó en el momento justo en que las neuronas se le comenzaban a marchitar frente a la carencia de inspiración sobre los pasos que debía dar en el futuro para cazar a Crossman. Ante su desconcierto, le pidió algún consejo.

—Ponte tus trapitos más atractivos y deja que te sorprenda en el baño de la taberna dándole vuelo al plumón morado —sugirió su hermana con una gran seguridad de pensamiento. A partir de esa recomendación, le dejaría que le escogiera la ropa más adecuada para aventurarse en un encuentro que llevaban pendiente las últimas ocho generaciones de Crossman y de Sámano.

En el momento en que Cindy Bolaños recibió el citatorio de los abogados para entregarle los resultados obtenidos por Genet@com de Chicago, el foco de su interés pasó de ganar un diferendo judicial a algo más esencial: conocer la identidad del padre de su hijo. Al cruzar la puerta giratoria del edificio donde le darían la noticia, sintió un desvanecimiento incontrolable. Todo el esmero de una mañana entera acicalándose se vino abajo junto con su anatomía, que quedó de pronto regada en el piso de mármol del vestíbulo. En el viaje de caída todavía intentó fingir un resbalón propiciado por los tacones de aguja que decidió calzar esa mañana. Pero ni siquiera al guardia de la entrada le pasó desapercibido que la mujer traía un corsé tan apretado como las preocupaciones que la venían sofocando desde que recibió la llamada del despacho legal. Dos veces tuvieron que pasarle sulfas por debajo de la nariz; la primera para despertarla y la segunda para reponerla del impacto que recibió al momento de mirarse en el espejo. Entre el resbalón y las muchas manos que le pasaron por encima al momento de ayudarla a incorporarse, el corpiño le quedó ladeado, presentándole los dos senos tan descuadrados como los ojos de un retrato de Picasso. No lloró porque le faltaran ganas, sino por prevención a que el maquillaje se le corriera por toda la cara.

Al entrar finalmente a la oficina que buscaba, los abogados se miraron entre sí con desconfianza. No podían más que suponer que uno de ellos le había filtrado las malas noticias a Cindy Bolaños y por eso venía en tal estado de descomposición. En fin, pensaron los dos abogados como gemelos, de cualquier manera el propósito de la reunión era precisamente el de informarle que Genet@com de Chicago aportaba pruebas, pero no concluyentes, de la paternidad de Eugenio Sámano sobre el pequeño Thomas Dario. Sin la más absoluta certeza de laboratorio, el caso se vendría abajo en cualquier corte de los Estados Unidos. La genética aproximada resultaba insuficiente.

Cindy preguntó cuál había sido el problema. "Los pelos", le respondieron a coro los dos abogados. Genet@com de Chicago certificaba plenamente que el dueño de los cabellos que había aportado Cindy para el análisis genético concordaban perfectamente con el ADN de Thomas Dario. Sin embargo, desde el punto de vista jurídico resultaba imposible certificar que esos cabellos hubiesen estado plantados alguna vez en la cabeza de Eugenio Sámano. Cualquier abogado defensor medianamente hábil, le explicaron, argumentaría de inmediato que el cabello pertenecía al propio Dario. Con ademanes de gran actor, uno de los abogados, calvo por cierto, le hizo notar gráficamente que se exponía a que el caso se le revirtiera en un juicio por difamación de parte de la familia Sámano. Para continuar, necesitaríamos conseguir la madre de todas las pruebas —le advirtieron—: una muestra de sangre extraída frente a un notario de Saltillo —le sugirió el abogado chicano, arrastrando el acento al pronunciar la capital de Coahuila.

—¿Se le puede obligar a aportar la prueba de sangre? —preguntó Cindy sin levantar la cara. El mentón adolorido por el golpe se le anidaba como oruga entre los senos levantados por el corpiño.

Mejor ni haber preguntado. Las posibilidades de obtenerla, le advirtieron, eran francamente remotas, pues debía hacerlo de manera voluntaria. Qué sigue entonces, les preguntaba Cindy. Los abogados se limitaban a menear la cabeza y levantar los hombros. Ayunos de ideas, hacían intentos por entregarle los resultados del análisis de Genet@com y el sobre con los cabellos sobrantes. De pronto, ella volvió a experimentar la misma soledad que cuando, con una muda simple de ropa, el alma en un hilo y un chuponcito nuevo, se fue sola a dar a luz en el hospital municipal de San Antonio.

—Parece un caso perdido —le comentaron con una frialdad que pelaba los dientes.

Cindy reaccionó con las únicas armas con que creía contar:

—Son ustedes los que se pierden de un jugoso 20 por ciento de indemnización —el pelón y el chicano se miraron entre sí, decidiendo a cuál de los dos le correspondía dar la respuesta.

—Así es —resumió el calvo de lentes, endureciendo los músculos de la cara—, nos perderemos ese 20 por ciento. Pero seguiremos en contacto —terminó diciéndole, como si asistieran a la misma parroquia todos los domingos o jugaran al golf en el mismo club.

.Cindy salió del despacho con el cuerpo y el alma adoloridos. Sus pies resbalaban torpemente sobre los mosaicos de mármol, enchuecándole las piernas a cada paso que daba sobre sus recién estrenados zapatitos de tacón alto. En el momento en que se abrió la puerta del elevador se le cayó la bolsa del hombro. Debió agacharse a recogerla y por esa circunstancia no alcanzó a mirar a una chica, una conocida que usaba boina de reciente moda que se dirigía, con carmín en los labios y senos poco más grandes que un puño al despacho de los abogados. Sin embargo, Camila Sámano sí pudo identificar, claramente, a la atribulada vendedora de muñecos de peluche. La imagen que presenció le originó tal sobresalto que sin darse cuenta la hizo tragarse el chicle que mascaba. Le causó una profunda impresión mirar tan de primera mano los estragos que puede provocar en las personas un diez por ciento de diferencia.

Estaba por caer la tarde en el otoño texano, cuando Kevin O'Malley comenzó a relacionar las incomodidades que sentía en el cuerpo con una premonición negra. Con el mandil de trabajo puesto, fumaba uno de los cuatro cigarros que se permitía a diario sentado en los escalones de entrada del taller. Invariablemente, al arrojar la colilla hacia la banqueta decía para sus adentros: "Otro parche de nicotina que me ahorro". Otoño era la estación favorita del irlandés. En esa época del año, el ambiente fresco eleva a mayor altura las nubes. Eso permite que la última luz del día se proyecte en ellas desde abajo, mientras se oculta el sol. Religiosamente en esa temporada O'Malley tenía la costumbre de sentarse en el quicio de la puerta, recargado contra el muro de ladrillo rojo, a observar el espectáculo maravilloso de conocer el mundo al revés, iluminado desde abajo, como las luces con que adornan los rascacielos de Nueva York. En ésas andaba, con la mirada en el firmamento y el corazón congraciado con los elementos, cuando lo arrolló la visión de Miranda. Primero la sintió, diferente a otras tardes en que salían a mirar juntos el atardecer. Después la olió o creyó que la olía, cuando en realidad era todo un humor que invadía el espacio y se sintió como un huérfano perdido en un campo de naranjos. Finalmente entró en su campo visual y, vista desde el nivel de banqueta que ocupaba, estampada contra las nubes iluminadas por los últimos parpadeos de la tarde, sintió que estaba en presencia de la mismísima Virgen de Kilkenny.

—Oh, my good Lord! —la visión que tenía enfrente le hizo brotar con espontaneidad el irlandés que sólo reservaba para las ocasiones más especiales.

Poseedora de una belleza natural que ni siquiera el mandil de trabajo y el polvo de vidrio podían ocultar, aquella noche Miranda se había vestido para matar de una mirada a un escuadrón completo de boinas verdes de la más alta graduación. Sobre una blusa de satín azul cobalto, abierto tres botones a partir de la garganta y hasta la línea de flotación más íntima de los senos, se había puesto un chaleco de gamuza clara con una hebilla discreta que, a un tiempo, le ceñía la cintura de mariposa y anunciaba la llegada de una cadera tan simétrica y equilibrada como las palmeras de Tabasco. A partir de ahí, como Campanita en pleno vuelo, surgía una falda corta que recordaba a una corola invertida de claveles. Al principio O'Malley sintió cierto recato de mirar con la intensidad que merecía aquella zona de su anatomía. Pero al recapacitarlo, consideró que si esperaba el otoño con tanta anticipación para quedarse absorto mirando al cielo, sería un pecado imperdonable abstenerse de admirar la panorámica humana que ahora se revelaba frente a su boca abierta de par en par. Mientras los holanes de la falda color borgoña establecían los primeros diálogos con su mirada, no tuvo más remedio que aceptar que la verdadera maldición de la vida no es morirse sino hacerse viejo. Rápidamente le tomó coraje al destino. Eso que alguna vez había leído de que la juventud es un estado mental, de que el joven es el que preserva la frescura en el espíritu, pensó, son unas reverendas mamadas que los psicólogos y los curas se sacan de la manga para enterrar a los ancianos con la conciencia tranquila y para vender libros de autoayuda en las librerías de pensionados. Esa tarde, Kevin O'Malley lo hubiera cambiado todo, le hubiese vendido el alma al Diablo (que por desgraciado que es jamás se presenta las pocas veces que se le necesita) con tal de que le concediera 24 horas de juventud perdida. Ni siquiera le habría puesto la condición de salir forzosamente con Miranda. Se conformaba con que le devolviera una piel, una carrocería presentable para que pudiera lanzarse con alguna oportunidad de éxito a la conquista de aquella mujer formidable. Pero, a pesar de todas sus invocaciones y de ofrecerle un negocio seguro, aquella tarde de otoño el Diablo otra vez brillaba por su ausencia.

—*I'm speechless* —le confesó sin recato.

Ella se dio cuenta de que esta vez no se trataba de un cumplido, sino de una confesión. Eso la perturbó. Nada peor en el mundo que convertirse en un peligro para una misma.

—*No, you are not* —fue su respuesta instantánea, y entonces el viejo se ruborizó más que en el momento de recibir el premio de *Craftsman of the Year*, en cadena nacional, por su contribución al desarrollo y la preservación del arte de los vitrales en los Estados Unidos. Fue en ese instante cuando el viejo irlandés pudo identificar de dónde le venía la premonición que lo agobiaba desde hacía un par de semanas.

—*Beware of yourself. Please promise me that you are going to be extremely careful, darling.*

Su recomendación la cimbró. Igual que ella podía distinguir entre un cumplido y un elogio a la belleza salido desde las mismas profundidades del yeyuno, esta vez notó que O'Malley intentaba prevenirla de algún desenlace nefasto. Los irlandeses son buenos para las corazonadas porque siempre piensan lo peor y luego aciertan. Más que eso, se dijo Miranda, aciertan porque conocen la vida y sus miserias. Tomó fuerza respirando el aire de la tarde, hinchando el pecho, que tenía tres lunares discretos, y la línea invariablemente visible, esta vez de un brasier de encaje.

—No se preocupe —le dijo con la mejor sonrisa que pudo sacar en esas condiciones—, nada más voy a "lavar el aire" —sus dedos hermosos entrecomillaron el aire otoñal.

El viejo la miró avanzar ligera, como si levitara sobre la acera. Fue en ese preciso instante cuando el irlandés pudo comprender con claridad que doña Amalia Sámano había encontrado finalmente la reencarnación que había anhelado durante siglo y medio.

Estuvo siguiéndola con la vista desde su asiento en el escalón del taller hasta que desapareció en la distancia. Tenía metida en el cuerpo una aguda confusión de sentimientos desde la impresión que le había dejado la belleza de Miranda, hasta la corazonada, esta vez más fuerte, de que muy pronto empezaría a correr graves peligros. Esa noche rompió su promesa y encendió el quinto cigarrillo de la jornada. Esta vez no haría comentarios para las empresas que producen los parches de nicotina. Lo tiró a la mitad y entró apresurado al taller, desatándose el mandil en el camino. Un presentimiento lo llevó a seguirla hasta *The Stranger*.

El primer pensamiento que cruzó por la mente de Miranda al trasponer la puerta de la taberna fue que tenía que ser discreta. Ataviada como iba, resultaba más fácil camuflar un portaviones en pleno mar abierto que apartar a Miranda del ojo público. Su reacción fue la de aproximarse al estante de libros más cercano, tomar uno al azar y sentarse, fingiendo leer, en una de las pequeñas salitas del piso principal. Hubiese querido llegar hasta una de las estancias de los pisos superiores para observar a placer y desde todos los ángulos a Matt Crossman. Seguía teniendo una ligera ventaja sobre él; ella podía identificarlo, mientras que él no. Por otra parte, aunque no podía saber a qué grado estaba obsesionado con sus escritos de las paredes del baño, tenía la referencia grabada de haberle visto con sus propios ojos lanzar un reto desde las alturas en la fiesta de disfraces para que revelara su identidad. Se sintió complacida por no haber cedido a la tentación de levantar la mano con los plumones morados en aquella ocasión. Por último, tenía también la dudosa ventaja de escoger el momento que más le conviniera para meterse a escribir al baño y dejarse sorprender, según lo había sugerido Camila. Éstas eran las armas con que contaba en la compleja aventura que estaba por emprender.

Aunque estaba a unos buenos veinte pasos de la fuente de las bebidas y recluida literalmente en la esquina menos concurrida del bar, la circulación de los parroquianos comenzó a gravitar hacia aquella zona. Pensó que al igual que a los reyes del Magreb les pasan por enfrente los caballos para que desde la comodidad de su asiento escojan el de su preferencia, ella podría hacer lo mismo aquella noche, entre los tipos que pasaban pavoneándose frente al sofá que ocupaba. Por manías acumuladas en el arte del cortejo, no pudo resistir la tentación de iniciar una tipología de los individuos que le pasaban por delante: reconoció a varios cazadores de recompensas, algunos diletantes, interesados en establecer récords; no faltaban los simpaticones, los que propician accidentes menores para establecer contacto, los confianzudos que fingen ser viejos conocidos de la presa, los casados a primera vista, los contaminadores de sus soledades, los que se calzan el pene apuntándolo hacia el suelo, como toreros, los invasores y los afectos al interrogatorio policiaco. Miranda, que a lo largo de su vida había decidido manejar sus emociones con una calidez verdaderamente nórdica y calculadora, no dejaba de disfrutar la variedad de actuaciones y métodos de aproximación y cortejo que le ofrecía aquel vasto panorama humano. Desde pequeña le había metido una distancia incomprensible a sus emociones. Jamás lloraba, aunque sí se reía, cuando iba al cine o al teatro, consciente todo el tiempo de que nada más estaban actuando. Y eso es lo que le atraía de este tipo de pasarelas de caballeros lisonjeros y dispuestos al ataque; mirarlos actuar respondiendo a un condicionamiento más predecible que si los hubiesen entrenado en una academia militar o en una secta religiosa. Cuando comprendió que en ese terreno no aprendería nada nuevo ni memorable (aspecto que sí la fascinaba), comenzó a ubicar con la vista a su presa seleccionada: Matthew Crossman.

Esperó con paciencia a que el sitio se llenara para perderse con mayor facilidad entre el gentío. Metió discretamente la mano en el bolso para cerciorarse de que llevaba consigo las frases que más tarde transcribiría en el baño. Tocó el papel con una mezcla de alivio y complicidad. No tenía claridad sobre el método que aplicaría, pero estaba segura de que tenía que reventar a Crossman por la mitad, ponerlo a su merced. Involuntariamente asumía sobre sus espaldas con piel de durazno la carga de una historia de ciento cincuenta años y, además, reconocía que no podía hacer nada para evadirlo. Sería parte de la herencia o de las huellas de la cuna. Daba lo mismo. Por otro lado, se daba cuenta de que buena parte de lo que acontece en nuestras vidas carece de explicación, de cualquier lógica elemental. Ese tema la apasionaba con la misma intensidad que a veces la indignaba, la entristecía y la orillaba a experimentar consigo misma, haciéndose su propio conejillo de indias. Sin asumirlo, compartía el fatalismo casi enfermizo de su hermana Camila, la primitiva. Desde que la conocía, ella se lanzaba todos los días a morir, y si no sucedía por una casualidad, todo le parecía ganancia y felicidad neta.

Escudada tras el gentío que comenzaba a poblar *The Stranger*, fue a la barra general a servirse un Jameson's en las rocas. Subió dos peldaños en un desnivel donde el viejo maestro de literatura Roger Casey cumplía con el mantra de todas las veladas, reuniendo almas solitarias alrededor de algún tema, algún libro o alguno de sus autores preferidos. Era una mezcla entre árbitro y confesor, al que los parroquianos se acercaban sin temor al ridículo o, peor aún, al rechazo. La manera más eficaz de establecer contacto con alguna presa de interés, era dejar que el profesor Casey organizara un corrillo en el que se encontrara la persona en cuestión. Bastaba sentarse un rato en ese círculo, hacer un par de comentarios medianamente oportunos e ingeniosos para sentirse entonces en la confianza de iniciar la conversación con alguno de los participantes. Miranda deseó, por un momento, que Crossman se sentara en una de esas tertulias para escucharle hacer comentarios, desenvolverse y, así, ir desentrañando su personalidad. Sin embargo, toda vez que apenas eran cuatro los encargados de vigilar el funcionamiento de un bar atestado por cientos de personas, era muy raro que dos de ellos se sentaran a alternar, descuidando al resto de la clientela. Subió entonces por una de las escaleras metálicas hasta un ventanal en el que estaba instalada una de las terrazas de observación. Buscó con la mirada los bigotes de lince de Matt Crossman, sin fijar la vista firmemente en nadie, para que nadie se sintiera aludido, llamado a iniciar algún contacto que estorbara sus planes de aquella noche. Ahí pasó largo rato, con la barbilla sobre el barandal de acero, sorbiendo lentamente su trago.

Directamente debajo de ella indentificó con sorpresa la cabeza canosa de Kevin O'Malley, deambulando solitario, intentando darse la apariencia de un intelectual que se ha perdido en San Antonio y ha encontrado en su camino lo más semejante a una librería. El viejo toreaba con la vista a las diferentes mujeres que le pasaban cerca. En un acto inconsciente, que Miranda pudo detectar, tomaba un sorbo de su whisky cada vez que aprobaba a alguna chica. Cuando algún espécimen llegaba a emocionarlo se frotaba, también inconsciente, un hombro con la mano libre, como si se arropara a sí mismo. Solamente era viejo por fuera, pensó. Desde las alturas, metió el dedo meñique en el vaso y dejó que le cayera una gotita. O'Malley volteó hacia arriba y ella le dedicó un ademán que a un tiempo era un saludo y una señal de que no debería aproximársele. Iba sola en aquella aventura, aunque no dejaba de reconfortarla la presencia del irlandés esa noche.

Continuó observando desde su atalaya. A un costado de la caja registradora detectó una puerta falsa, un medio librero con bisagras. Pudo percatarse de ello en una de las entradas que hizo José Inés, el cantinero veracruzano. Salió con una caja llena de botellas, dejando la puerta entreabierta. Segundos después, Crossman se acercó a la entrada, echó un rápido vistazo a la concurrencia y cerró detrás de él. No había duda de que era él. La luz neón del interior de aquella oficina, o bodega, se le había incrustado en los bigotes puntiagudos. La noche no estaba perdida, pensó Miranda. Todavía podía valer la pena haberse ataviado con tanto esmero y, sobre todo, mantener en alto el ánimo de lanzarse de lleno a su impredecible cruzada personal. Permaneció al acecho hasta que los hielos de su bebida se licuaron.

Crossman salió finalmente de su cueva y, sin prestar mayor atención, emparejó la puerta falsa. Su comportamiento denotaba que también estaba al acecho. Su actitud era el opuesto exacto a la manera desinteresada y distante como había reaccionado días antes frente al vitral restaurado de Las Acequias. Frente a aquel contraste, se le ocurrió a Miranda que probablemente la restauración de los vitrales no le significaba otra cosa más que una manera de ayudar a que su antiguo amigo O'Malley tuviera en qué ocuparse y ganarse algún ingreso. Le había dado el trabajo de restauración a manera de caridad disfrazada y no por convicción, se dijo parapetada todavía en su terraza de observación.

A una distancia prudente y con la ventaja de la altura, Miranda analizó por primera vez con cuidado al individuo. Notó que miraba intermitentemente entre la concurrencia y la puerta del baño de damas. Estaba efectivamente al acecho, esperando el momento adecuado para meterse a revisar si había nuevos mensajes en la pared. Tenía un cinturón grueso de vaquero del que se mantenía permanentemente sostenido con ambas manos, lo cual le arqueba la espalda y le hacía respingar el trasero favorecido por las costuras de sus pantalones de mezclilla. Calzaba botas simples, sin garigoleos y ahí plantado, cerca de la fuente de bebidas, su imagen transportaba la mente a un ranchero potentado esperando la llegada de sus vaqueros con noticias sobre el ganado y las tierras. En el conjunto, la cabeza le resultaba un tanto pequeña frente a la fortaleza que mostraba su torso. Esa ligera desproporción le confería el aire de gato salvaje con el que Miranda se había quedado en una primera impresión. Trató de calcular su edad, pero le resultaba difícil hacerlo porque tenía las características de un hombre a secas, de esos que pasan de la infancia a la vejez en una suerte de velocidad crucero sin que se les note el transcurrir del tiempo. Para mayor complicación, tenía un color de pelo entre gris, platino y dorado que impedía adivinar si comenzaba a cargar con las canas de la primera madurez. Miranda se sintió ligeramente perturbada. El cálculo de la edad le significaba una primera interpretación de su grado de experiencia, de conocimiento directo de la vida y, por ende, de su capacidad de sorpresa. Buscó otros datos en su apariencia. Le resultaba fácil imaginarlo cabalgando solitario por una pradera, sin aparente prisa y sin temor. Ese pensamiento la perturbó. Más allá de los oscuros secretos de familia que guardase, la personalidad de Crossman le parecía errante, silvestre; le anticipaba un reto mayor para cumplir con sus propias ambiciones de dominarlo, de amaestrarlo como a un caballo salvaje.

Desechó, por una intuición de último momento, el consejo de Camila de dejarse sorprender por él, escribiendo leyendas en el baño. Atravesó de lado a lado la taberna por uno de los balcones superiores. Crossman seguía pendiente de la puerta del baño de mujeres. Descendió rápidamente por la escalera que remataba junto a la caja y, mientras el empleado veracruzano atendía un cobro, fue a meterse por la puerta falsa del librero a la guarida de Crossman. Cerró la puerta con un pestillo interior, haciendo el cálculo de que, la sorprendieran o no, el resultado sería parecido: un encuentro inesperado con el propietario de *The Stranger*.

De inmediato le llamó la atención la frugalidad casi monástica en que vivía Crossman. Quitando la luz de neón, le recordó el célebre cuarto de Van Gogh en Arles. Apenas tenía otro par de botas, escasa ropa colgada de un tubo de aluminio que hacía las veces de armario, una cama en el rincón, rodeada de libros y discos compactos, un escritorio simple con una computadora encima y un aparato de sonido sobre una caja vacía de ron del Caribe. Cuando comenzaba a preguntarse para qué exactamente se había ido a meter a esa guarida, dio con las cartulinas, la colección de cartulinas que contenían sus obras completas de literatura mural. La que estaba encima de la pila tenía engrapado el recibo que ella misma había firmado la noche del baile de disfraces. En medio de esa madriguera con olor a tabaco de maple, se preguntó si no estaría a punto de involucrarse con uno de esos maniáticos, obsesionados, que tantas veces había visto en las películas de media noche. Tipos que recortan periódicos, toman fotografías a distancia, acechan, enloquecen y se transforman en criminales. Un tanto sacudida por estas imágenes, volteó la misma cartulina del recibo engrapado, sacó el papel que traía guardado en el bolso y escribió la primera de sus flechas: *Es a los que se resisten a quienes más ansiamos besar.* Guardó rápidamente el plumón morado.

Colocó la cartulina entre el teclado y la pantalla de la computadora, a manera de atril y salió del escondite con el corazón galopándole en el pecho. De regreso junto a la caja registradora, recostó la espalda en la penumbra del librero y abrió los ojos como gato. José Inés llenaba una charola con vasos sucios en la fuente de bebidas. Faltaba Crossman. Se fijó en la puerta del baño y la vio abatirse. Estaba entrando una muchacha joven que, con la camisa amarrada y los pantalones a media cadera, mostraba un brillo plateado en el ombligo. La puerta resorteó y apareció Crossman que seguramente se había escondido detrás de ella para espiar las paredes. Con la palma extendida se alineó los bigotes y clavó la mirada en el bulto de la gente. Tenía pinta de depredador, husmeando en el aire para detectar a su presa. Miranda pensó que Crossman olía su presencia. Corrió a refugiarse en otro Jameson's con hielo. A pocos pasos lo miró intercambiar unas palabras con José Inés. Le dio una ligera palmada en la espalda y entró nuevamente a su guarida detrás del librero. Instintivamente, Miranda hizo el mismo gesto de quienes arrojan una piedra al pozo o de quienes encienden una pira de fuegos artificiales, aguardando el estallido. Había que esperar su reacción al nuevo escrito en la cartulina. Subió los dos escalones que la separaban del primer rellano y, escudada por las espaldas de dos militares jóvenes rapados a la brush, observó fijamente la puerta falsa. Fue como mirar un tren de vapor emergiendo de un túnel.

La puerta cargada de libros azotó de par en par como si fuese de triplay barato. Los brazos de Crossman colgaban a los lados del cuerpo. Ahora la cabeza pequeña le daba un aire de simio en alerta. De pronto se percató de que seguramente ella lo estaba mirando en ese mismo instante y compuso la figura. Uno a cero, pensó Miranda, comenzando a disfrutar el sentido lúdico de sus travesuras. De no ser por la obsesión privada que ella llevaba a cuestas con el asunto de la hacienda, comenzaría a atesorar aquella circunstancia como uno de los episodios más clásicos de persecución entre damas y caballeros. Por un momento temió que una carcajada la fuese a delatar. Era como jugar una partida seria de escondidillas; *hide and sick, no seek*, pensaría Crossman a aquellas alturas del juego. Ahora sí que lo tenía desconcertado. Trepó, al igual que en la fiesta de disfraces, a uno de los balcones interiores para observar mejor. En sus ojos pudo percibir que claramente buscaba a una latina que respondiera al nombre inequívoco del recibo de pagos. Se colocó junto a un ventanal lejano. Por el movimiento de sus ojos notó que la mirada de Crossman se detenía prolongadamente en mujeres que recordaban los estereotipos creados por Carmen Miranda, Salma Hayek y Gloria Estefan.

—¿Qué está haciendo? —preguntó O'Malley acercándose a Miranda, ajeno a los detalles del juego del gato y el ratón que había estado observando.

—Está buscando a Sonia Braga, a la que más se le parezca —ahora sí no podía aguantarse la risa. Le dio gusto que el viejo irlandés la acompañase. Más que vivir una aventura como ésa, el gusto verdadero consistía en compartirla con alguien. Pero se limitó a frotarle el brazo cariñosamente y, después, a apartarse de él rápidamente. La cara conocida de O'Malley a su lado podía atraer la mirada de Crossman en la dirección que ella se encontraba.

Todavía tenía una última duda: ¿cómo la abordaría ese hombre con la mente infectada una vez que la reconociese? ¿Sería violento, festivo, agradecido o la cargaría de reproches? En cualquier caso optó por dejarle equivocarse de personaje un par de veces antes de emerger del anonimato. En la sombra de los dos militares, altos y estilizados como dos tótems modernos, vigiló cuidadosamente los movimientos de Crossman. Cambiaba de silla de cuando en cuando para observar el movimiento de entrada al baño y al mismo tiempo lanzarse sobre el rostro que le pareciera mejor ajustado al nombre de Miranda Sámano. No tardó en verlo recorrer con las manos el barandal negro de hierro, hacia la escalinata que tenía detrás de ella. Miranda mordió el popote y cerró los ojos, como si al hacerlo alcanzara la invisibilidad. No era tan tonto. Se acercó a una morena que bebía de un margarita tan grande como una pecera. Acercó el oído y reconoció un acento de Nueva Inglaterra. Detuvo de golpe sus emociones y cedió en su intento de aproximársele. Ahora se abría paso con sus manazas entre el gentío, como el simio que cruza la jungla en busca de alimento. Iba camino a encontrarse con su segunda opción, una trigueña ataviada con un vestido de algodón que la apretaba mucho arriba y la liberaba mucho abajo. Debía ser colombiana o en todo caso caribeña, porque su cuerpo se mecía siguiendo la música como si tuviera más músculos en la cintura que cualquiera de los sajones que la rodeaban. La escuchó hablar y se lanzó sin paracaídas en pos de ella. Colocado a sus espaldas, movía las manos sin atinar a abrazarla, secuestrarla, levantarla en vilo o tocarle modosamente el hombro para que volteara. La tomó finalmente con delicadeza por el codo, apretó la tenaza y la sacó del corrillo donde departía con los demás. Su comportamiento era ambigüo, entre un deseo de reprimirla con toda violencia y otro, más fuerte, de indagar todo acerca de ella en un santiamén.

—Con que a quienes más se resisten es a los que más queremos besar, ¿no es cierto? —le obsequió una sonrisa seductora que mostraba unos dientes blancos como bandera para hacer la paz.

—Supongo que será verdad —le respondió ella, un afilado animal de pelea, luciendo de inmediato todos los colores y el sabor del Caribe—. Pero si uno no se resiste —le reviró la pregunta—, ¿entonces no merece la pena besarse?

Crossman pensó que sí, que se trataba de Miranda, que había acertado. Sintió pulsaciones en los siete chakras que recordaba tener en el cuerpo e hizo en victoria, la señal de anotación de un *touchdown*. Alcanzó incluso a besarla sin encontrar mayor resistencia. Miranda lo miró actuar, aplicando sus bigotes afilados sobre el rostro caribeño, como si le estuviese dando una mano completa de pintura con un pincel de cerdas de marta. Segundos después, todavía atenazando su hermoso cuerpo, le musitó cien veces al oído el nombre equivocado de su evasiva musa invisible y se encontró en medio de un caribeño ciclón de improperios, hijueputas, mentadas de madre y arañazos. Cuando sus amigos, serían puertorriqueños, venezolanos, vieron que tenía la situación dominada, retrocedieron, evitando de paso una trifulca.

—Debí haberme resistido, como dice tu maldito refrán —le advirtió a Crossman mientras, descompuesta por la escena, emprendía el camino del baño.

—Ni siquiera es *mi* refrán —alcanzó a aclararle, ya sin remedio, el aturdido bodeguero. Miranda aprovechó el desconcierto generado para meterse al baño detrás de la colombiana que también podía ser cubana por su maestría en el manejo del hijueputa. Después de lo que había visto durante la fiesta de disfraces y especialmente aquella noche, en la oficina, trepado en el balcón y con la aguerrida caribeña, percibió que estaba en presencia de un tipo ante todo impulsivo, atrapado y sin salida aparente del mundo amurallado que había construido a su alrededor. Era un ermitaño, de aspiraciones (o más propiamente celos) intelectuales, metido a expendedor de alcoholes en un sitio de moda, obligado a socializar para ganarse la vida, en una existencia que simplemente no le acomodaba. Miranda sintió que comenzaba a tomarle la medida. El éxito de su empresa, lo vio con claridad, dependería de la capacidad que tuviera para mantenerse ecuánime ante los arrebatos explosivos de Crossman y, sobre todo, en la habilidad que mostrara para alimentar en él, todo lo posible, la confusión y las contradicciones que según ella le brotaban a simple vista.

Kevin O'Malley, más atento que si presenciara un juego de rugby, siguió con la vista los movimientos de Miranda hacia el baño y de Crossman, primero hacia la puerta oculta tras el librero y después, dubitativo, también hacia el servicio de damas. Arqueaba el cuerpo a la manera de los pecadores que acuden a confesarse. Calculó que, buen caballero como lo conocía desde pequeño, iría a pedir disculpas al baño de damas. Con la cabeza envuelta en la confusión y la costumbre adquirida de meterse varias veces en el día al baño del sexo opuesto, abrió la puerta y entró con una naturalidad que a las mujeres que estaban dentro les pareció la naturalidad de los policías. Y con eso de que entraban, muchas veces por parejas, a fumar hierbas prohibidas y a meterse todo lo que se encontraran a la mano, incluyendo a veces las mismas manos, comenzaron a gritar como despavoridas y a todo volumen, provocando la intervención inmediata de José Inés. El cuadro que se encontró el joven jarocho metido a tabernero se componía de las dos lesbianas tomadas de la mano, amenazando a Crossman con una barra de jabón, la caribeña pidiendo auxilio desde dentro de uno de los excusados, temiendo que su fugaz pretendiente la hubiese seguido para vengarse de las mentadas de madre que con tanto acaloramiento le había dedicado hacía minutos, dos jóvenes que blandían el lápiz labial a manera de estoque y finalmente Miranda, un océano de tranquilidad entre la gritería, arrodillada plácidamente sobre los lavabos, escribiendo en la pared con su legendario plumón morado. José Inés no comprendía otra cosa que la necesidad de sacar de inmediato a su jefe de aquella jaula de gritos y chillidos. Nada más faltaba, según hacía el cálculo personal, que el propietario de *The Stranger* se ganara la reputación de maniático sexual, violador y escandalizador de mujeres. Ahora sí, pensaba el veracruzano, adiós a la residencia permanente, al Cadillac rojo, al número de la seguridad social y a traerse a vivir con él a la novia de Xalapa. Lo tomó con fuerza para sacarlo a cualquier costo. Pero Crossman parecía petrificado mirando fijamente a Miranda, que alternaba su escritura en la pared con vistazos al bodeguero texano. Las dos lesbianas, liberadas del temor inicial, ayudaron a José Inés a sacarlo a empellones. Les costó más trabajo que derrumbar una de las estatuas de Lenin frente a la Plaza Roja.

—*C'mon*, cabrón —lo exhortaba José Inés, mezclando idiomas, cada diez centímetros que lograba empujarlo.

Antes de trasponer el vano de la puerta, Miranda se despidió de él con un leve movimiento de mano. Llevaba una cara inexpresiva, como soldado de plomo, como zorro lampareado en medio del bosque oscuro. Terminó de escribir en la pared una de sus ocurrencias más recientes: *Ahora que encontraste la salida ¿te atreverás a entrar al verdadero laberinto?* Era una provocación abierta que, además, respondía al ánimo juguetón y desafiante que la embargaba en esos momentos. Traía escritas otras tres frases, sobre el sentido vital de la muerte, la esperanza de olvidar y el derecho de todos a escribir su biografía con todas las mentiras, desviaciones y arreglos que a cada quien le diera la gana inventarse para vivir en paz consigo mismo. Sin embargo, al final se quedó con el acertijo borgiano del laberinto, para retarlo de manera abierta a tomar posición frente a ella. Guardó las otras municiones para desconcertar a su presa en el futuro. Esa noche la daba por cerrada con un saldo positivo. La presa estaba acorralada.

Se arregló un poco el cabello frente al espejo y entonces la invadió un temor irracional. Pudo darse cuenta de que una cosa era imaginar la estrategia para dominar a un individuo y otra muy distinta ponerla en práctica, entrar directamente a matar sin quitar la vista de los ojos de la víctima. Imploró para sus adentros que O'Malley estuviese ahí fuera, junto a la puerta del baño, para aligerar el episodio que se avecinaba.

El viejo irlandés no falló. Era un chaperón superior. A Crossman le sobraban las manos tanto como las emociones. Tenía la sensación de haber viajado semanas enteras por la oscuridad de un túnel sin otro anhelo más que volver a mirar la luz. Ahora estaba deslumbrado y sin atinar a saber en dónde guardar sus obsesiones acumuladas. Se miraron los dos, unidos en la comprensión de que el primer episodio del juego había terminado. En adelante navegarían por aguas aún más inciertas. Solamente la alegría era capaz de compensar la confusión y los desvelos que había alcanzado a acumular Crossman. Al observar en toda su plenitud a Miranda Sámano, miró la encarnación de la apuesta más grande de su vida. Sintió por primera vez la mezcla exacta de enfrentarse al peligro y a la felicidad en su estado más puro. Miranda percibió también que se avecinaba una cacería compleja y riesgosa, donde los papeles entre la víctima y el perseguidor podrían combinarse de mil maneras. Crossman sintió su magnetismo. Las frases de la pared tenían tan marcado al lector como a la autora. El texano tuvo un gesto de galantería. Tomó con suavidad el brazo de Miranda y le besó prolongadamente el hueco de la mano. El tacto de sus bigotes de animal de montaña sobre su palma le transmitió un calambre y luego un leve mareo, como si acabara de tomarse un tequila en ayunas.

—Te he estado esperando desde antes de nacer —hablaba en piloto automático. Su tono de voz parecía tan sincero y tan puntual como si le hubiese informado "está lloviendo en la calle".

Miranda se sorprendió con la primera impresión que le causó; el individuo le parecía *de verdad*. A diferencia de otros que circulaban por el del bar, Crossman no estaba en plan de conquistador, hablaba con la sinceridad de los hipnotizados. Confesaba, no adulaba. Y Miranda bien sabía que nada confunde más en este mundo que la verdad. Sin poder articular mayor palabra, sacó de su bolso las otras tres frases que llevaba escritas en el papel y se las entregó en un intento por zafarse del embrujo que se estaba produciendo en torno de ellos. Tomó del brazo a O'Malley, confiando en que el viejo caminara recto y hasta la salida. Sintió que por primera vez había chocado de frente con un tren de su mismo peso.

—Tenemos un millón de cosas de qué hablar —alcanzó a decirle Crossman, con la urgencia de los desahuciados. La escritora invisible había encarnado finalmente. Su cerebro y su sensibilidad tenían, además, un recipiente esplendoroso, piel de melocotón y facciones de madonna.

—Así parece. Tenemos mucho viento que limpiar —le respondió Miranda, tratando, ella sí, de mantenerlo sometido a sus enigmas y acertijos, en abierto contraste con la transparencia insólita con la que Matt Crossman parecía ofrecerle el libro entero de su vida.

Caminó en silencio del brazo antiguo de O'Malley. El pavimento estaba empapado por los primeros aguaceros de octubre y el aire olía a hierba húmeda. La señal de alto para peatones los hizo detenerse en la esquina. Miranda volteó a mirar en la distancia la vieja destilería. Primero miró el enorme letrero de *The Stranger* en la fachada de ladrillo rojo. Bajó la vista y en el primer escalón pudo discernir la silueta de Matthew Crossman, el antiguo cruzado, el verdadero *stranger*.

El regocijo de su padre contrastaba con los remordimientos de conciencia que acosaban a Camila. A través del asunto Bolaños, confirmó sus sospechas de que la ley no es un instrumento de justicia, ni es ciega e imparcial; ni siquiera hace valer la ley del más fuerte, sino la del más rico y, sobre todo, del más astuto. Pasó, esta vez sin boina, por enfrente de la vitrina de la tienda de muñecos en el Alamo Mall. Cindy tenía la cara de un comanche el día de su rito de iniciación: para compensar el moretón que se había hecho en la mejilla al resbalar en el edificio de los abogados, se pintó el otro cachete con un maquillaje también azulado, dejándole el conjunto de la cara como un plato de cerámica vanguardista. Su caminar era lento entre los estantes de tarjetas de felicitación, los globos y los rompecabezas. Los clientes la evadían como si acarreara una enfermedad infecciosa. Ella se resistía a sonreír, temerosa de que el maquillaje se le cuarteara de un lado y dejara solitaria la marca visible de sus desgracias. En su mirada, Camila pudo adentrarse en las heridas que cargaba en el corazón lastimado. Su semblante reflejaba la resignación de los que han llegado a la conclusión de que su vida tiene un signo irremediablemente nefasto, de que su función en sociedad es contar sus desgracias para que los demás se den cuenta de lo afortunados que son. Los abogados la habían traicionado por un módico diez por ciento y, con ello, le habrían de dejar sembrada para siempre la duda de quién era el verdadero padre de Dario. Abandonada por sus padres y sin una identidad clara sobre su hijo, se sentía como un eslabón perdido en su propia existencia. Mientras acomodaba las tarjetas alusivas al Halloween, cayó en la cuenta de que carecía de referentes en su cultura, en su familia y en su género: era chicana y por tanto cargaba permanentemente con la sensación de que vivía de prestado, tolerada en un país que constantemente le recordaban que no era el suyo. Por su condición de mujer, nacida en el seno de una familia guadalupana, su misión más elevada era la de casarse correctamente y perpetuar la cultura híbrida de los mexicano-americanos y alcanzar mayor éxito material que sus parientes de México. En todos estos terrenos su signo era el del fracaso.

Aunque hubiera sido para regodearse de sus medianos encantos sexuales, la estancia en Saltillo le mantendría el recuerdo agridulce de haber sido aceptada por primera vez y de haber alterado el curso de su vida para siempre. Sabía que sus días como vendedora de muñecos de peluche estaban sujetos a mantener una apariencia más o menos jovial. Las mujeres maduras y jamonas asustan a los niños y a los padres que les compran los muñecos. No me importa en lo que trabaje, se decía, mientras logre salvar cuando menos una cosa: ser para siempre la mejor amiga de Thomas Dario.

Camila se sentía parte de la banda de los villanos. Conocer los detalles de la sucia operación que se montó con los abogados le dieron una primera probada brutal de las realidades, de la crudeza de la vida. Sentía que el nombre de su familia estaba ahora manchado por una doble injusticia. Le pareció que su hermano Eugenio, el príncipe heredero, era un cobarde de antología, incapaz de enfrentar sus propias responsabilidades, conduciéndose como un hijo de papá, hasta para borrar las huellas de donde hubiese metido las manos y el pito. Y como agravante se presentaba ahora el capítulo de los abogados, para los que no hay imposibles cuando se trata de torcer la ley. La justicia, concluyó, es una cuestión de precio, de oferta y de demanda. Desde una mesa donde tomaba café,

Camila podía mirar a Cindy Bolaños tras la ventana, deambulando por los pasillos de la tienda como si estuviera en trance, chocando sin darse cuenta con los estantes de juegos de mesa, los globos de colores y los álbumes de fotografías. Crecía en ella la lástima que sentía por Cindy Bolaños, más solitaria en San Antonio que el último de los sobrevivientes de la batalla de El Álamo. Su familia, murmuró para sí misma, debería compensarla de alguna manera, así fuese de forma anónima. Era una grave contradicción que de un lado pretendieran hacer valer sus derechos ancestrales sobre la hacienda y que, del otro, encubrieran de manera tan mañosa las aventuras lujuriosas de su hermano mayor. El destino les cobraría esas fechorías de alguna manera. En su mentalidad irremediablemente fatalista, estaba segura de que la justicia existe, más allá de los manejos turbios que hagan los encargados de administrarla. Todo tiende a encontrar su balance. Así, las desgracias de Cindy Bolaños, más pronto que tarde, tendrían un impacto lamentable sobre los Sámano. Ya vendría la venganza del destino. El hijo de Eugenio y Estelita nacería con un ojo en el lugar de las orejas, en los pies le crecerían pezuñas como de chivo, sería hermafrodita y terminaría enamorándose de su padre. Algo tendría que sucederles. Al alcanzar la mayoría de edad, Thomas Dario tomaría conciencia de su pasado, de la traición de su padre natural y tomaría venganza contra la descendencia de los Sámano, los perseguiría en forma implacable hasta terminar con ellos y quedarse en exclusiva con el apellido. Camila era hipocondriaca del destino. Podía imaginar el futuro con tal nitidez que terminaba por construirlo. En la inocencia y la derrota de esa inocua vendedora de juguetes, percibía el germen de las desgracias que sobrevendrían, sin dilación, para la estirpe de los Sámano. Antes de levantarse de la mesa tuvo la visión de que su hermana Miranda terminaría siendo el imán que atraería, como pararrayos, todas las desgracias y los pecados acumulados por su familia.

Mientras trabajaban en el taller, Miranda y O'Malley podían ser vistos desde la acera, al igual que en las pizzerías tradicionales puede observarse al maestro cocinero darle giros y apretujones a la masa. Al atardecer, con la luz interior encendida, la pareja ataviada con sus mandiles de gamuza, las herramientas delgadas y los lentes protectores, se aplicaba afanosamente sobre el vitral italiano, con el cuidado y el esmero de los cirujanos. La escena trajo a la memoria de Crossman el cuadro *La lección de anatomía* de Rembrandt. La oscuridad de la calle impedía que pudieran verle desde el interior del taller. En silencio, bajó de su camioneta pickup una serie de macetones con claveles que reventaban como fuegos artificiales de fin de temporada ante la inminente proximidad del invierno. Los colocó a ambos lados de la escalinata de acceso al taller, formando una hilera de aroma que detenía a su paso a los peatones. Por último, sintiendo que la respiración se le entrecortaba, tomó una canasta de mimbre con una gruesa completa de tulipanes. Ese arreglo y una conversación premeditada sobre el vitral en restauración, serían los pasaportes seleccionados para entrar en la vida de Miranda Sámano.

De pie ante la puerta verde de madera, la emoción se tradujo en agobio, en pulsaciones desmesuradas. Contuvo la respiración y miró cómo brincaban los tulipanes ante las vibraciones que les transmitía su pecho de paloma atrapada. El temor que lo embargaba no era al ridículo, sino a decepcionarla de alguna manera. Consciente de que en esas condiciones no podría siquiera articular palabra, optó por recargarse unos instantes junto al ventanal a observarla, a darle entrada completa en su organismo y en su mente. Tenía un balance delicioso. La vio subir a un banquillo de trabajo con la facilidad con que trepan los monjes al campanario. De pie en aquellas alturas admiró en detalle la envoltura maravillosa de aquel ser privilegiado. Era la primera vez que podía mirarla, admirarla con cuidado, guardar sus facciones y sus formas en la retina. Costaba trabajo comprender cómo en una sola persona de huesos tan espigados y ojos del color de las aceitunas frescas, pudieran coexistir también unas piernas como pilares de roble antiguo, que remataban en unas nalgas respingadas. El nudo del mandil le pronunciaba una cintura frágil y esbelta que ondulaba como la estela de un tornado. Pasmado frente a la ventana tuvo una imagen del futuro. Se imaginó que en un acercamiento amoroso con ella, tendría que actuarse con inmensa ternura hacia su cara delicada y su cuello frágil, pero con el vigor de un búfalo de las praderas hacia ese cuerpo fibroso de bailarina. Sus caricias, supuso, habrían de tener al mismo tiempo la calidez de los poetas y la tensión de los atletas para poder adentrarse en lo que seguramente sería una bien aceitada máquina sexual.

Los ojos marchitos de O'Malley lo guiaron hasta sus hombros desnudos y después, hasta el cintillo del brasier, marca de la casa, que asomaba curioso por los bordes de la blusa. Se miró inconsciente las yemas de los dedos y con la mente las transportó hasta ese punto preciso de la geografía de Miranda. Seguro de sus capacidades como conquistador, deseó apurar las etapas tradicionales del cortejo: pasar con velocidad por las dos cenas de rigor con vino tinto, las conversaciones exploratorias, los roces accidentales al cruzar alguna puerta, el torneo de miradas furtivas, las tres despedidas con besito de las buenas noches, las llamadas prolongadas por teléfono y, a cambio, entrar en ese mismo momento al taller, dejar las flores en cualquier lado, empujarla levemente con una mano a la altura de las clavículas, retirar de un tirón las piezas del vitral y apretarla con suavidad con los antebrazos hasta hacerla exhalar un gemido de anticipación. Después lo tomó por sorpresa el recuerdo de Rita, su esposa, y la forma en que al concluir la etapa del conocimiento había comenzado la cuenta regresiva de su insípido matrimonio. En un acto reflejo, se dio un coscorrón sobre el pene para sosegar al demonio travieso e impulsivo que lo llamaba a tomar el cuartel por asalto. Se percató de que cerca de ella carecía de cualquier mínimo control sobre sus emociones. El reducido timón de su *alter ego* ni siquiera le hacía cosquillas al mar picado y al oleaje furioso e ingobernable en que se debatía su espíritu desde el día en que quedó cautivado por las frases iconoclastas y enigmáticas de la escritora invisible.

Paralizado como estatua llena de flores en un parque francés, Matt Crossman trajo a la memoria una de las frases más cautivadoras de Miranda: *El silencio es la sustancia de la que están hechas todas las ilusiones y todas las sospechas.* En el momento en que cruzara palabra con ella, en el inicio de un cortejo claro y sin maquillajes, cada impresión que intercambiaran sería una mutilación al mundo de la ilusión y de la sorpresa que se escondía tras el silencio. Mientras más la admiraba más se preguntaba si no estaba actuando de la manera más convencional que pudiera imaginarse, llevándole arreglos florales, cuando resultaba evidente que Miranda podía ser cualquier cosa menos un bicho predecible y fácilmente domesticable. Dejó la cesta de los tulipanes sobre el escalón de la entrada y, presa de la incertidumbre, comenzó a devolver las macetas de claveles a la camioneta. El solo hecho de haberla perseguido durante semanas como detective a sueldo, dudó, no me otorga derechos para meterme en su vida como un intruso. Ahora que, recapacitó, el cementerio de los amantes está lleno de los que fueron recatados y se pasaron de respetuosos. No se trata de entrar a caballo al taller, subirla a la grupa y escapar con ella. Pero tampoco podía permitirse que sus temores y reservas le inhibieran de conocer a fondo a una de las mujeres más fascinantes de las que hubiese tenido noticia.

Mientras su mente divagaba en viajes con boleto de ida y vuelta, pensó que si en la primera cita aparecía con una arroba de tulipanes y catorce macetas de claveles, al quinto encuentro ya andaría rondando la zona de regalarle relojes Cartier, un coche deportivo o un departamento finamente amueblado. No se había peinado con brillantina, eso era cierto. Pero de que había lustrado vigorosamente las botas sin darse cuenta de que eran de piel de gamuza, era un dato frío que no podía desconocer. Soy un cobarde. Toda la vida dedicada a llegar a las finales del campeonato mundial y ahora se me tuercen las rodillas. Me falta media hora (¿será por eso?) para cumplir los cuarenta y tal pareciera que nada he aprendido, que no he tenido una experiencia directa de la vida, como dicen los franceses cuando ya se sienten listos para saltar al ruedo, a la aventura fascinante de lanzarse a hacer alguna cosa que implique abandonar todo lo demás.

Hombre de campo a fin de cuentas y de personalidad silvestre, Matthew Crossman tomó las flores con la izquierda, se dio un par de latigazos imaginarios en el culo endurecido y entró de espaldas al taller. Parte de su ser lo empujaba y otra, la del cobarde, lo retenía estacionado en una vida plana y sin contratiempos. Decidió dejar que la suerte decidiera por él. La campanilla que anuncia a los clientes le dio la bienvenida. En ese preciso instante se estrelló la cabeza de larga cabellera contra una lámpara Tiffanny. Ni siquiera tuvo el recato de reparar en la herida. Eso era de maricas. Él tenía que comportarse como un beisbolista al que le dan un pelotazo en los riñones frente a estadio lleno y no debe mostrar signos de dolor. Bajó la cabeza en un acto reflejo, mirando que entre las manos llevaba una de las catorce macetas de claveles, en vez del tulipán solitario que había escogido. Con las manos llenas de herramientas, O'Malley y Miranda salieron al encuentro del recién llegado. Desconcertado, Crossman no atinó más que a pedirles ayuda para meter al taller la florería completa que había acomodado en la banqueta.

La primera reacción de Miranda fue de sobresalto. Si bien esperaba pronto alguna aparición de Crossman de esa o de cualquier otra manera, al momento de tenerlo de frente, su reacción natural fue la de trepar los escalones de la trastienda hasta su guarida en el ático. Se miró breves segundos frente al espejo, se acomodó ligeramente los caireles color malta, hizo el cálculo del tiempo y esfuerzo que le habría tomado a Crossman acumular aquel mar de flores. Las barajas comenzaban a caer en su favor. Bajó las escaleras con una sonrisa reprimida, contoneando su mítica cintura de tornado. Lo miró a los ojos, con la ventaja que le daban los dos escalones de diferencia. Él desvió la vista, fingiendo que acomodaba la cesta de los tulipanes en un lugar que de todos modos no le correspondía. Ella pasó muy cerca de él, dejándole una estela animal para la que no estaba preparado. Crossman volvía a estar cruzado, como su apellido. Su aroma lo envolvió con la fuerza de un anestésico.

Kevin O'Malley, más peleado en esos días con la vejez que de costumbre, les ofreció whisky para romper el pesado silencio, para terminar la escena absurda de contemplar flores sin palabra de por medio, como si fuese la primera vez que descubrían la existencia de las macetas. Sintió que su vejez no tenía otra finalidad más que servir de conductor, de intermediario, de las incipientes conversaciones románticas que ahí, frente a sus ojos, darían comienzo. El whisky les fue tonificando el espíritu y soltando la lengua. Finalmente, y para alivio del viejo irlandés, Crossman invitó a Miranda a dar un paseo por el *River Walk*.

La noche contenía las últimas brisas templadas del año. Las manos les sobraban mientras caminaban. Los hombres y las mujeres no saben caminar juntos sin tocarse de alguna manera. Para eso se inventaron los portafolios, los periódicos y los ramos de flores. Ante el temor de que se les terminara muy pronto la banqueta, Crossman sugirió sentarse en una mesa al aire libre, junto al río. El juego de espejos dio comienzo. Los codos de ambos sobre la mesa, la misma marca de cerveza, risa contra risa, rubor contra rubor. El primer round de la pelea había dado comienzo.

Cuando se inicia una relación todas las mentiras son piadosas. Cualquier ocultamiento de información es permitido en aras de darle una oportunidad a la intriga que contiene todo buen romance. Fue así como toda esa noche Matt Crossman se reservó divulgarle su condición de casado. Hablaron de Saltillo, subieron a la frontera, llegaron a San Antonio, las impresiones iniciales sobre El Álamo, la historia, los estereotipos de los gringos y de los mexicanos. Crossman no le resistía la mirada. Observaba sus brazos de terciopelo y se mordía las uñas para detener el impulso silvestre de tocárselos. ¿Querría ella tanto como él, aunque fuera un poquito, que la tocara por primera vez? Siempre le había parecido un misterio de los más absurdos entre un hombre y una mujer que cualquiera de los dos fuesen incapaces de decirse, oye no sé tú, pero yo me estoy derritiendo de ganas de tocarte, de pasear mis dedos por tu antebrazo, cosas así que a lo mejor están en la cabeza de ambos, pero mientras tanto se aparenta estar muy interesado en la geografía de Coahuila, las costumbres de los indios kickapoo y los pormenores de la fundación de San Antonio. Sin embargo, nada más de eso hablaron durante horas, hasta que la inhibición derivó en la parálisis.

De pronto sacó una hoja de papel que contenía la colección completa de las frases de Miranda en la pared del baño. Crossman le narró la manera en que surgió la idea de Roger Casey, el maestro retirado de literatura, de incitar a la clientela a escribir en los baños. Después vino el interrogatorio inclemente del origen de cada frase y fue allí donde se torció la conversación. Miranda sabía que analizar sus frases equivaldría a explicar la gracia de un chiste. Ella no era Simone de Beauvoir ni Matt era Max Broch. No tenía otro interés más que arrancarle sus secretos de familia. El romance era estrategia, nada más. No debía perder de vista ese objetivo.

Pero sus bigotes y su cara de lince sí le llamaban de verdad la atención. Así es que en aquella primera cita se permitió una licencia sentimental.

—Bésame otra vez la mano con tus bigotes —le pidió, volteando la cara hacia el río, extendiendo el brazo a través de la mesa.

Crossman obedeció dócil, tan contento como si estuviese a punto de morder una ciruela jugosa. Pero esta vez no bajó la mirada de sus ojos. Quería medir con toda precisión las reacciones que generaba su bien cuidada pelambre facial. Le gustó lo que vio. A ella le gustó lo que sintió. Reclinó en el aire su cabeza y de inmediato la imaginó haciendo otras cosas.

Jamás, en su accidentada relación, dejaría de saludarla sin un beso prolongado en el hueco de la mano. Por el momento quedaba claro que ella había tomado la iniciativa donde él no se había atrevido. Miranda marcaba el ritmo al que avanzaría la relación. Se sintió menos que ella, pero, eso sí, con unos bigotes insuperables.

Horas más tarde, en la soledad abyecta de su morada en el bar, encendió la computadora. De entre toda la revoltura sentimental en que estaba inmerso sacó en claro una cosa: finalmente le propondría el divorcio a Rita. Y para eso servía precisamente Internet. En adelante, ya no tendría recato en confirmarle a Miranda que era soltero. Al hacerlo así, se ahorró una mentira, aunque fuera piadosa, frente a la mujer que más lo había intrigado en su vida.

El último sábado del otoño, Matt le pidió que estuviese lista a las diez de la mañana. Le tenía preparada una sorpresa. Al verlo de pie en la entrada del taller, Miranda dudó si se trataba de la reencarnación de Roy Rogers o del hombre Marlboro, con todo y su famoso enfisema pulmonar. Su atuendo de gala de vaquero contrastaba con el vestido vaporoso de algodón estampado que ella lucía. La noche anterior, en la soledad de su guarida al fondo del bar, tomó una decisión estratégica. Trataría de robarle la iniciativa a Miranda, pues de no hacerlo así terminaría por ser una especie de marioneta de sus deseos. Hasta ese momento, se veían cuando ella lo decidía, conversaban de los temas que a ella le interesaban y marcaba el número de besos que le daría en el hueco de la mano. Por otra parte, reconoció que venía actuando en forma errática, como auténtico primerizo en los menesteres del romance. Se encontraba tan deslumbrado por la belleza y la brillantez mental de Miranda que estaba dejando de ser él mismo, el Matt Crossman celoso de la libertad, impredecible, espontáneo y diletante. Ahora se daba cuenta de que él mismo se había puesto una cadena, voluntariamente, pero cadena al fin. En tres salidas a caminar por el río no había hecho otra cosa más que esforzarse todo lo posible por mimetizarse con ella. Si ella pedía un tequila, él hacía lo mismo, le ponía la misma cantidad de salsa picante a sus fajitas, bostezaba cuando ella mostraba cansancio y se apresuraba a darle besos en la mano hasta cuando apuntaba con el dedo hacia el horizonte. No podía ocultar su enorme debilidad hacia esa mujer extraordinaria. Pero también caía en la cuenta de que a ese paso se convertiría en un saco de piel sin huesos que lo sostuvieran. Estaba deliciosamente hechizado, pero el cerebro amenazaba con dejar de funcionarle. Decidió vestirse entonces de vaquero y llevarla al rodeo anual de San Antonio. No pediría su opinión. Era tiempo de empezar a meterla en sus propios terrenos, de comportarse como un hombre maduro y dejar atrás al colegial de manita sudada.

Antes de tomar la salida de la ciudad, paró la camioneta sacando polvo frente al *Texas Cowboy Trading Post*, un gran almacén de botas, chalecos, sombreros de ala corta, paliacates, pantalones de mezclilla y camisas a cuadros. El sitio olía a paño nuevo. La tomó de la mano y fue escogiéndole la ropa adecuada para la ocasión. Ni siquiera la dejó opinar, como el tendero que no consulta el parecer de sus maniquíes. Él mismo le hizo el nudo del pañuelo en el cuello y de la camisa sobre el ombligo. Mientras se cambiaba de ropa, tomó el vestido de algodón que había traído puesto. Hundió la nariz curiosa en la prenda, inciando un ritual que había aprendido de los comanches texanos: robarle el olor como antesala para robarle después el alma.

Miranda salió del vestidor con la cara ruborizada y la base del cuello enrojecida. A pesar de que el atuendo le calzaba como si nunca antes en su vida hubiera vestido de otra manera, las mejillas sonrojadas delataban que se sentía fuera de sus dominios, disfrazada, más que vestida. Los dos supieron que se daban cuenta del juego. Matt tomó el vestido viejo y lo arrojó en la caja de herramientas de la camioneta. Llegaron al sitio del rodeo. Miranda, tirada del brazo como una colegiala, observó las chuletas a las brasas del tamaño de una guitarra, montañas de papas como para alimentar a todo el Cuerno de África, bandas de música tradicional y capas de estiércol que no quería pisar con sus botas nuevas. Habían entrado finalmente al predio exclusivo de los hombres, al mundo del alarde de la valentía y del arrojo. Asumió conscientemente, pero sin reparo, su condición de adorno en fiesta ajena. Llevar a una mujer hermosa del brazo era parte de las demostraciones de hombría que demandaba el ceremonial del rodeo. Alguna mujer de ojos grandes que se cubriera la cara cuando el jinete saltaba por los aires en el lomo de un caballo bronco, alguna que brindara sus cuidados y gritos de susto al resultar pisoteados por un toro salvaje. Sin ellas el ritual del rodeo no sería lo mismo. Quedaría reducido a un quebradero de huesos, de colas de animales arrancadas y de testículos estrellados contra el lomo de los caballos de doma. Sin embargo, al igual que en las corridas de toros, la adrenalina que flotaba en el aire era de verdad. Los paralíticos y los lisiados eran reales. Muchos de ellos todavía llegaban a presenciar el espectáculo en sillas de ruedas, con los dedos engarrotados para siempre a fuerza de tomar a las reses por la cola a toda velocidad. Matt la presentaba como *my girl,* y ella se limitaba a sonreír discretamente, como si terminara de preparar, modosa, unas conservas de mermelada de naranja. Mientras bebía una cerveza de barril en las tribunas, quedó impresionada por la escala enorme de Texas y los texanos. Las manos de los hombres que la saludaban hacían aparecer las suyas como el cuello de una golondrina; las polainas de los vaqueros eran gruesas y macizas como las piernas de quienes las portaban; el ruedo y los encierros del doble del tamaño que cualquier plaza de toros o lienzo charro que ella hubiese conocido; cientos de metros de guirnaldas rojas, blancas y azules, animales inquietos, de cuellos y cuernos enormes como bates de beisbol.

—Todo crece del tamaño que exige la tierra —le comentó a Matt, mirando el vaso de medio galón de cerveza que acababa de traerle.

Sin responderle, él se sentó a su lado y la apretó por primera vez contra su costado. Ella sintió su brazo caerle encima como una barra de acero en peso muerto. Después bajó la mano, sigiloso y metió los dedos por debajo del cinturón de piel que le acababa de regalar. Ella sintió un leve calambre en la nalga derecha. Era su chica, *his girl.* Se quitó el sombrero y dejó que su cabello color avellana brillara bajo el sol. Movió la cabellera en el aire. Le dobló las mangas de la camisa de franela y comenzó a reconocerlo, pasando los dedos sobre sus muñecas cuadradas, peinándole los vellos rubios del brazo. Matthew entró en un estado de euforia escondida. Chiflaba como rielero cuando caía algún vaquero desde las alturas de un toro de cuernos largos. Tomado del brazo por Miranda, sintió cómo sepultaba para siempre la existencia plana y opaca de una década de matrimonio soso y aburrido. Iniciaría el milenio con mujer nueva, con un ser tan impredecible y ocurrente que jamás desembocaría en el tedio mortal de las relaciones estables. Sabía que Miranda representaba mayores riesgos, probables y grandes sufrimientos del alma. Pero ya había tenido suficiente de estabilidad, de seguridad, de estancamiento en el reloj de su vida.

Esa tarde bailó *square dance* con Miranda sobre los hombros, terminó bañado de cerveza ligera, aventó el sombrero hasta perderlo y cuando llegó el conjunto de música *country,* le arrebató un beso prolongado sin enderezarse el bigote de lince. El intercambio químico que tanto la preocupaba, más bien la entusiasmó. Lo abrazó con las piernas sobre la cintura, a mitad de la pista de baile, desatando en los demás vaqueros silbidos y porras ruidosas. Matt no la dejó bajar las piernas. La tomó por debajo de los muslos y se puso a dar vueltas con ella como guerrero masai. Con ese acto circense, Miranda terminaba de cumplir con el ritual completo de la vida vaquera.

Pero los empujones y las piruetas no eran la idea del cortejo que tenía en mente. Al subir a la camioneta, reclinó la cabeza sobre el hombro macizo de Crossman.

—Llévame al taller —musitó con pereza.

Matt cayó en la cuenta de que ninguno de los dos tenía una habitación ni medianamente digna de la aventura amorosa más esperada de su vida. La alternativa, siempre a la mano, de llevarla a un hotel le producía escalofríos. Ésta no era una cogida más y desechó la idea de inmediato. Pensó en llevarla por las montañas a algún paraje donde detuvieran la camioneta, salieran a la brisa y a mirar el horizonte hasta donde las ansias les permitieran. Mientras cambiaba las velocidades y metía mano discreta por el revés de las piernas de Miranda, quiso medir las reacciones que provocaban en ella sus caricas. Disimuladamente movió hacia abajo el espejo retrovisor para descubrir que la mujer de sus sueños estaba completamente dormida.

Camila la primitiva le practicó un interrogatorio completo sobre el sabor de su boca, la tensión de sus brazos y el roce de sus bigotes. Quería detalles que Miranda solamente recordaba en cámara rápida. Entre bailes y gritos se dio cuenta de que había pasado todo el sábado corriendo. Sentía una fuerte atracción física, como entre bolas magnéticas, hacia Matt. No obstante, tenía más desdibujada su personalidad que en un principio. Sentía que habían iniciado la carrera con un sprint, sin calentar previamente los músculos. Había besado una boca y sentido unas manos sobre su cuerpo, pero carecían de rostro. Así lo sentía.

Trabajó sin parar durante horas sobre el vitral. La distracción le trajo claridad a la mente. La obsesión con que la trataba Crossman, sus insistentes llamadas, citas, la atemorizaban un tanto. Era evidente que la estaba arrastrando hacia un noviazgo para el que no necesariamente estaba dispuesta. La realidad comenzaba a hacer estragos sobre la ilusión. A base de haber tenido únicamente relaciones puramente físicas y sumergidas en el silencio, ahora que tenía necesidad de ahondar en la mente, la personalidad y los secretos de un pretendiente, sus diálogos se tornaban superficiales, erráticos e insípidos. Sería mejor, pensó, volver a los días de la comunicación indirecta, mediante los escritos en las paredes del baño. Aquellas frases gozaban de una espontaneidad y una frescura traviesa que se perdían ahora en el contacto directo. Sabía que tenía los sentimientos de Matt a su merced. Pero ello no la acercaba al propósito de desentrañar los secretos de su familia, de su misteriosa vinculación con la hacienda.

Al viernes siguiente había concluido la restauración del segundo vitral.

—Vamos a instalarlo —le sugirió de botepronto a Kevin O'Malley, que todavía no terminaba de quitarse los lentes de trabajo. El maestro vidriero rechazó la idea. Era más conveniente terminar con el otro vitral e instalar los dos de un jalón. Después leyó su pensamiento y, rendido como estaba frente a los estragos de la vejez, él mismo le propuso:

—Yo te llevaré a la hacienda —la cara de Miranda se iluminó.

La tarde que fueron, el cielo estaba encapotado y la visión de la hacienda era distinta a la ocasión anterior. La luz tenue mostraba más claramente la edad y las grietas del antiguo caserón.

—Vamos a pasar a tomar unas medidas —le explicó O'Malley al cuidador mexicano—. Pero no le vaya a decir al señor Crossman que vinimos. Es una sorpresa —la sonrisa del viejo se topó con la cara inescrutable del portero.

Miranda paseó por primera vez a sus anchas por todas las habitaciones y estancias. Entró al granero y pasó a las recámaras. Más allá del porche de entrada, el vestíbulo de la cúpula, la cocina y el baño, el resto de la casa acusaba un absoluto abandono. La hierba había crecido en las habitaciones del fondo. Con sus botas nuevas espantó a las gallinas que ocupaban una de ellas. Los pollos salieron disparados por los huecos de las ventanas desvencijadas. En la distancia miró el antiguo horno de pan, el pozo y el molino. Recordó súbitamente sus conversaciones con Crossman. Nada podía hallar en sus comentarios o en su mentalidad que le pareciera un impedimento para rentar la hacienda, para sacarle algún provecho, así fuese convirtiéndola en museo. El dinero era una constante frecuente en sus conversaciones. Y sin embargo, seguía manteniendo a fuego lento esa casona deshabitada, con la devoción de quien invierte en la educación de un hijo idiota.

En la parte posterior encontró un desnivel en el terreno, con una escalinata labrada en la piedra caliza que remataba en una puerta. La cava, pensó Miranda. En qué estado podrían encontrarse esos vinos. La puerta, endurecida y blanqueada por la intemperie, estaba resguardada por una aldaba, rematada a su vez por un candado del tamaño de un cencerro. En contraste con el deterioro de los muros y de la misma puerta, podía apreciarse que el candado recibía mantenimiento regular. La curiosidad se apoderó de ella. Subió en busca de O'Malley hasta la estancia principal. La pareja de cuidadores mexicanos almorzaba unas albóndigas con arroz rojo en la cocina. Discretamente pasaron frente a la camioneta, tomaron las herramientas y rodearon la casona. Al llegar a la puerta sintieron en la boca el sabor perdido del juego de las escondidillas que practicaban en la infancia. O'Malley sacó una llave perico y dio vuelta al perno a través de la cerradura.

—En el siglo pasado no existían estas herramientas —le cerró un ojo en complicidad a Miranda.

La estancia, una cueva acondicionada con estantes para vinos, era un verdadero museo de aparejos de trabajo, yuntas labradas, azadones, un botiquín de primeros auxilios, una guía de los vinos de España con dibujos a mano y un altero de libretas de contabilidad de la hacienda. Sobre una mesa curiosamente limpia y ordenada, O'Malley encontró un fuelle de los que usaban los herreros de antaño para atizar sus hornos.

—Qué útil nos hubiera sido uno de éstos en el taller —le dijo, tomando el fuelle— para trabajar el plomo a la antigua usanza. Lo levantó de las asas con trabajo e intentó oprimirlo. El cacharro emitió un sonido seco, al reventársele una de las cubiertas de piel envejecida. Con un dejo de pena, el irlandés arrastró cuidadosamente el

266

fuelle hasta la entrada. Bajo la luz del exterior, Miranda pudo observar que el pellejo estaba lleno de sobres amarillentos, cuidadosamente atados con un cordel de nylon y metidos en una bolsa de plástico transparente. Con la mano callosa, O'Malley arrancó una tira de piel del fuelle y extrajo su contenido. Hacia el interior de la cueva miró la silueta estilizada de Miranda que se acercaba curiosa a conocer el hallazgo. O'Malley amagó con sentarse a la mesa para revisar su contenido. Pero Miranda sufrió un sobresalto que resultó incomprensible para el viejo irlandés. De pronto la invadió la prisa de la anticipación. Colocó de nuevo el fuelle sobre la mesa, dejando a la vista el extremo que no se había roto, tomó el atado de cartas, lo metió en la caja de herramientas y cerró en silencio el candado del exterior. Lo tomó del brazo y subieron rápidamente las escaleras. O'Malley quería saber qué pasaba.

—Es la caligrafía de mi bisabuela Amalia —le acercó la boca al oído—, la última mujer que vivió en esta hacienda.

Comenzaba a oscurecer cuando regresaron al taller. Tenía dos recados telefónicos y una tarjeta escrita a mano por Crossman. Era su primera nota abiertamente apasionada: *Escribimos para delatarnos, me dijiste alguna vez. Ahora necesito que me escribas otra vez.* Quería que ella diera el primer paso en sus declaraciones de amor, que se delatara, interpretó de inmediato Miranda. Pero su mente viajaba por otros rumbos. Quería leer, no escribir en esos momentos. Sin poderse quitar de encima a O'Malley, que tenía tanta curiosidad como ella sobre el contenido de las cartas, pasaron en silencio a la trastienda. De cualquier manera se quitó los tenis y se sentó sobre el escritorio, con la espalda contra la pared. Un nerviosismo inexplicable le picaba en las manos. El irlandés tomó la silla desde la que preparaba facturas, tomaba notas y recibía los pedidos. Segundos después, percatándose de que Miranda sería la encargada de la lectura, sirvió dos whiskys en las rocas y aprovechó para apagar las luces exteriores del taller. Se acercaba la hora en que Crossman merodeaba para su habitual cita nocturna. O'Malley no estaba de humor para compartirla aquella noche. Desde que el romance más célebre de la cuadra se había iniciado, odiaba más que su conciencia plena de la vejez, la pérdida de la íntima complicidad que solía tener con Miranda en los primeros meses de su llegada, hasta la aparición de Matt.

—Son ocho cartas —abría el envoltorio con el cuidado de quienes manejan evidencias para el forense—. Tres son de la abuela Amalia, las otras cinco son de alguien distinto —dijo para ella misma, pero con el afán de involucrar en el asunto al maestro vitralero. Colocó las cartas sobre el escritorio y observó las fechas. Estaban escritas a lo largo de cinco años, entre 1859 y 1863. Como impulsada por un resorte subió al ático y extrajo el diario de doña Amalia del armario donde lo escondía. La emoción la hacía sudar, hasta convertirse en un ser vaporoso e inaccesible. Abrió el diario en las páginas finales. Las últimas entradas, precisamente cuando la narración se interrumpía abrupta e inexplicablemente, habían sido escritas en 1858, exactamente un año antes que la primera de las cartas. Le mostró la caligrafía del diario e hizo que el viejo la comparara con la de los sobres.

—No hay la menor duda —asintió, desmontándose los lentes—, se trata de la misma escritura.

—Aquí está la continuación de la historia —le dijo a O'Malley—. Nos acercará algunos años hacia el presente, a descubrir por qué los Crossman se dicen dueños de la hacienda.

Pero el irlandés ya fijaba la atención en otras cosas.

—Parecieran textos al aire, peor que anónimos. Carecen de firma y de destinatarios —le hizo notar—. Las cartas anónimas cuando menos van dirigidas a alguien, pero éstas ni siquiera dicen "querido fulano o zutana". De no ser por la caligrafía del diario de tu abuela, nos encontraríamos totalmente a ciegas —alzó los hombros y se dio la vuelta en busca del vaso que ya no sabía dónde había dejado.

Miranda, por su parte, buscó la carta de fecha más antigua. Quería seguir paso a paso la cronología de una historia, en el fondo su historia, que se negaba a revelarse.

—Léala usted —le propuso a O'Malley—. Yo leeré las de la abuela.

El viejo se pasó la palma de la mano por encima de la barba, en señal de saborear el momento.

San Antonio de Béxar, Texas, a 12 de noviembre de 1859.

He pedido a Norberto el Oso que con la mayor discreción le entregue en sus preciosas manos esta carta. El Oso es un indio

kickapoo de todas mis confianzas y pretendo que sirva de enlace,
de débil eslabón en este amor tan grande que siento por usted.

O'Malley se aclaró la voz con un sorbo ligero de su trago y ladeó
la cabeza como respuesta al relámpago inesperado que terminaba
de leer.

Llevo como único recuerdo, que me haga creer que en verdad
estuve con usted en Saltillo, la cicatriz de la pasión y del recuer-
do que me dejó en el revés de la mano. He puesto sal y polvo de
carbón sobre ella para que no se borre jamás.

    A mi regreso a Las Acequias salí una semana entera por
las noches, con el torso desnudo a la intemperie, con la espe-
ranza de que el frío congelara mis sentimientos. Creí vanamen-
te que la potencia de mi cariño traspasaría las distancias y la
haría correr a buscarme; no como la cosa más anhelada, sino
como la única cosa que me importa en la vida. Recuerdo que al
final de nuestro encuentro hasta le dio fiebre, sin ser producto
de la enfermedad. Usted me lo dijo, no fue ocurrencia mía. Lo
que yo sí le vi y no me atreví a decírselo, fue su alma inflamada
en la noche, el pelo esponjado, las manos llenas de luz. Lo ten-
go grabado en la mente.

    Me quedaron también grabadas' las últimas palabras que
hasta ahora le he escuchado. Me preguntó usted, proyectada su
imagen contra la ventana: "¿y a partir de ahora cómo voy a
atravesar sola todas estas noches?" No tuve respuesta que ofre-
cerle. Pero ahora sí la tengo.

O'Malley agitaba la mano libre en el aire, como un actor que por
primera vez leyera un libreto largamente esperado.

Venga a vivir a donde usted pertenece, venga a Las Acequias, a
estas Acequias marchitas sin su presencia. Jamás podremos es-
capar uno del otro, reconozcámoslo —terminaba diciendo—.
Sería intentar una escapatoria de la vida misma.

—¡Ah, caray! —exclamó inconscientemente O'Malley, que no era
afecto a la euforia—. ¡Y todavía nos quedan siete cartas más!
    Estuvieron largamente en silencio, digiriendo las sensaciones

del momento. O'Malley se sentía afortunado de haber ido esa tarde a la hacienda.

—Es del amante misterioso de mi abuela Amalia —murmuró pausadamente Miranda. Comenzaba a comprender por qué había interrumpido tan abruptamente la escritura de su diario.

Correspondía ahora a Miranda leer la carta de su abuela Amalia. La resequedad de Texas y de Coahuila, acumulada por catorce décadas sobre el papel, le daba un tacto quebradizo, como de madera de balsa. Los tres dobleces recordaban las grietas del desierto.

Saltillo, Coahuila, a 25 de marzo de 1860.

El kickapoo es, en efecto, un hombre sereno y reservado. Es discreto hasta para hacer sus oraciones matinales. Cuando el sol comienza a levantarse se desnuda el torso, como usted lo hace en la hacienda, y absorbe los primeros rayos del alba con las palmas extendidas. Al mirar sus tatuajes espléndidos sufrí un fuerte ataque de nostalgia por Texas. Estoy dispuesta a aceptarlo como conducto para estas misivas. Pero antes debe prometerme algo: quien muera después de nosotros dos deberá reunirlas todas y quemarlas personalmente. El pasado que he vivido en nada garantiza que mis hijos vayan a tener un futuro mejor. Estas cartas podrían convertirse en heridas para la memoria.

Temo, no puedo evitarlo, que muy pronto los gringos lleguen hasta Saltillo; la bautizarán "New Liverpool" o algo por el estilo y volverán a sacarnos, como lo hicieron de Texas. Casualmente yo no recuerdo tan vívidamente como usted su visita a Saltillo. Recuerdo mejor la tarde en que nos vino a anunciar con un papel de estraza en la mano que debíamos retirarnos de Texas —era fuerte la abuela, editorializó Miranda, con los ojos enrojecidos—. *Por ello, no coincido con usted en que sea imposible escapar de la vida. Yo ya lo hice una vez.*

Norberto el Oso será siempre bienvenido. Se comporta con la sabiduría que le han transmitido sus antepasados. Confío en que usted actúe con una sabiduría similar y cuide bien de la hacienda, que no tiene razón para marchitarse mientras vivan en ella nuestros espíritus que, a querer o no, le acompañan todas las noches.

270

Miranda sintió que perdía la sangre desde el codo hasta la punta de los dedos. La historia viva que transmitían esas pocas líneas de doña Amalia Sámano los sacudieron profundamente. O'Malley pensó en la razón de los vencidos que no sirve para nada más que para escribir novelas sublimes que se convierten en *best sellers* cien años después, cuando ya no tienen sentido y menos lectores las entienden.

—¿Otro Jameson's? —preguntó compungido el veterano irlandés.

Miranda le devolvió una sonrisa preciosa, de una profundidad infinita, con la marca evidente del destino en los ojos enrojecidos por la emoción. Esta vez no se conformaron con beber, brindaron en silencio.

Debieron interrumpir abruptamente la lectura de las cartas porque Matt Crossman tocaba insistentemente la puerta. Caminaba de un lado a otro con nerviosismo, como coyote en primavera, intentando mirar hacia el interior del taller.

—Descuida, yo guardaré las cartas —dijo O'Malley, con un dejo de lamento en la voz. Además de que se terminaba su momento privado con Miranda, esas primeras dos cartas no habían hecho más que alimentar su curiosidad por el pasado de la hacienda, por los ancestros de las Sámano. Miranda tomó unos momentos para pasarse un pañuelo por los ojos. La narración de su abuela le había sacudido las emociones. Tan pronto Crossman le vio la cara, exclamó sin dudar:

—¿Ya te has enterado, verdad?

—¿Enterarme de qué?

—Camila fue atacada en un restaurante de *River Walk*. Está malherida.

Miranda enmudeció. Abrazó instintivamente a Crossman en busca de cobijo. Después de todo era bueno tener un hombre a la mano.

—Al parecer —continuó—, cenaba con una mujer que la atacó varias veces con un tenedor en un arranque de furia —guardó silencio brevemente y apretándole la cabeza contra el cuerpo añadió—: Le dieron un puntazo peligroso, cerca de un pulmón.

—¿Dónde está ahora?

—En el Hospital Metodista.

Salieron rápidamente hacia allá. A bordo de la camioneta le explicó que la había atacado la vendedora de una tienda de El Alamo Mall. No necesitaba saber mucho más. Las imágenes se le agolparon en la mente.

—Ese ataque no era para Camila, era para mí —le confesó.

Al llegar a su cama encontraron a Camila visiblemente perturbada. Desde que la montaron en la ambulancia había recibido más puntadas y piquetes que los que le había dado la agresora. En el antebrazo tenía una herida profunda, con catorce puntadas en punto de cruz. Las huellas del tenedor eran inconfundibles a la altura del esternón. En el costado derecho tenía la perforación más severa, de la cual sobresalía una pequeña pipeta de plástico, para drenarle el pulmón.

—Su atacante era zurda —dijo Crossman en tono perspicaz.

Miranda lo miró de reojo. La identidad de la agresora estaba fuera de toda duda.

—Fue Cindy Bolaños, la vendedora de animales de peluche —repuso con gravedad Miranda.

Su hermana movía la cabeza afirmativamente, mientras que con la mano libre del suero les hacía la indicación de alto, tranquilos, déjenme explicarles.

—¿Qué pasó, por qué te atacó? —preguntó Miranda.

Aunque tenía la voz como un disco maltratado de 45 revoluciones, tenía fuerza suficiente para narrarles lo sucedido:

—Parece que el padre del niño es efectivamente Eugenio. Se lo dije a papá y entró en contacto con los abogados de Cindy. Se arregló con ellos para sacarla de la jugada. La vi tan jodida, primero en la tienda y después en el despacho de los abogados que me entró una gran pena, me dio vergüenza que le hayamos causado tanto daño por defender al señorito Eugenio. Si en verdad es su hijo había que ayudarla en vez de hundirla más. Pero papá estaba feliz con el arreglo, con que terminase el escándalo. Agradecido con los abogados por sus servicios a la nación —dijo con ironía entre tubos de oxígeno y un goteo más acelerado por la herida del costado—. Fui a comprarle otro muñeco a la tienda y la invité a cenar. Me dijo que esa invitación era lo mejor que le había sucedido en muchos meses. Daba ternura verla, que alguien se interesara por ella. Pedimos dos raciones de carnitas con frijoles charros y empezamos a competir a ver cuál de las dos aguantaba más el chile. En menos de dos cervezas ya me había contado la historia de su vida, con énfasis especial en el asunto de la paternidad de Thomas Darío. No pude aguantarme y le conté con lujo de detalles la manera en que había sido engañada por sus propios abogados, la fama de calentona que se había dejado en Saltillo y lo jodido que lucía su futuro. A esas alturas del partido todavía no sabía quién era yo, es decir, quién era de verdad. Le había dado un nombre falso. Pero claro, con la cantidad de datos que le había dado, empezó a interrogarme: cómo sabía tanto yo, cómo podía estar segura de que mi versión era cierta y no una mentira más de las que tanto la afectaban últimamente. Primero le dije que la verdad es que no era de Monterrey, como le había dicho inicialmente, sino de Saltillo. Por eso me sabía la historia. Pero, como es natural, no se quedó satisfecha. Después empezó a decirme que mi cara le parecía familiar, a pesar de que traía boina y lentes de intelectual. Me tomó un brazo y me empezó a hacer manita de puerco para que le contara más. Logré zafarme y me metí en el baño a pensar mi siguiente movimiento. Cuando regresé a la mesa encontré mi bolso tirado en el suelo. Mis cosméticos y mis documentos estaban regados sobre la mesa. Cindy tenía mi licencia de manejo en una mano y comenzó a gritarme "eres una Sámano, eres una Sámano". Me senté otra vez, con la intención de decirle que sí, que era una Sámano, pero una Sámano arrepentida de lo que le habíamos hecho a ella y a su hijo. No había siquiera comenzado cuando ya me había enterrado un tenedor en el brazo, tenía los ojos inyectados y me gritaba hija de perra sin parar. Me cayeron cortadas por todo el cuerpo, hasta que sentí una punzada honda por las costillas y se me apagó el cinescopio.

Mientras la escuchaba, Miranda se fue tranquilizando. Era claro que se necesitaba más que una punzada en el pulmón para cambiarle la forma de ser y de hablar. Tenía el cerebro intacto.

—Eso te pasa por ser tan sincera y por echarte encima las culpas ajenas —le dijo su hermana.

—A lo mejor de esta manera emparejamos un poco el marcador, las deudas con ella —respondió la primitiva.

Su hermana la miró con una actitud calculadora.

—Igual despertaste al demonio que nos faltaba —le respondió, con la intención de que Crossman no entendiera a qué se refería.

Por medio del médico de guardia pudieron indagar que Camila saldría del hospital en tres días. Después, tendría que ir a tratamiento y curación cada semana durante aproximadamente dos meses. Por su parte, Cindy Bolaños pasaría también tres días en un separo policiaco, tendría que aportar sus huellas digitales e ir a firmar al juzgado una vez a la semana durante los siguientes cuatro meses. Ninguna de las dos, ni Cindy ni Camila, quisieron escuchar a los abogados que se interesaron en defender sus casos.

De regreso al taller, Miranda le preguntó a Crossman a quemarropa cómo se había enterado del ataque sufrido por su hermana.

—Después de la cena donde fue atacada, Camila iba a ir a *The Stranger* a tomarse un trago conmigo —guardó un breve silencio y luego aclaró—: Quería preguntarle un poco acerca de ti, saber si le habrías comentado algo sobre nuestra relación.

Miranda le plantó una cachetada con el revés de la mano.

—Eso te pasa también a ti por sincero. La próxima vez pregúntamelo a mí.

Los días siguientes transcurrieron entre ires y venires entre el taller y el hospital, tratando con agentes de seguros y con abogados que insistían en que podían sacarle una buena indemnización a Cindy Bolaños por daños físicos y psicológicos. Miranda no quería saber nada de abogados; de alguna manera ellos eran los culpables, ellos estaban en el origen del ataque a Camila. ¿O había sido su padre antes que ellos, o Eugenio antes que su padre? Ése era el problema con las mentiras y las travesuras, pensaba Miranda, una lleva inevitablemente a otra, hasta que todas juntas terminan por voltearse en contra nuestra.

Miranda hizo una pequeña maleta con una muda de ropa para su hermana, cepillo de dientes, algunos cosméticos y el perrito Chihuahua de Taco Bell que tanta gracia le hacía. Pasaría las noches restantes con ella en el hospital. La acosaba el complejo de culpa. En realidad había sido por su insistencia que Camila llegó a San Antonio, al principio con la única intención de llevarle el pasaporte, después por indicaciones de su padre, para atender las demandas de Cindy Bolaños, a la que ella misma había descubierto para tener un sitio donde dormir las primeras semanas de su estancia clandestina en Estados Unidos. Sentía que sus deudas con Camila iban en aumento y la muy primitiva ni siquiera se lo reclamaba. Sintió más cariño que nunca por ella. Sabía que el fatalismo natural de su hermana le haría estar convencida de que el tenedorazo era parte de su destino; así se hubiese quedado en Saltillo, según ella, le habría tocado vivir una desgracia semejante. Miranda, sin embargo, se atribuía directamente el percance.

Esa mañana, sobre el desayuno, le contó a O'Malley con detalle la narración de Camila. El viejo irlandés se desternillaba de risa escuchando los pormenores. No obstante, en su mirada pudo detectar que su mente permanecía estacionada en la curiosidad que le habían despertado las cartas recién descubiertas en Las Acequias.

—Leamos las demás —le propuso a Miranda.

Ella aceptó, igualmente picada por la curiosidad, aunque consciente de que en pocos minutos debía llegar Matt Crossman para llevarla al hospital. Nada más ver la caligrafía, O'Malley supo que le correspondía el turno en la lectura:

San Antonio de Béxar, a 13 de septiembre de 1860.

Entiendo su desprecio. Entiendo que centre en mi persona sus odios acumulados hacia Texas y hacia los americanos. Sin embargo, usted y su familia siempre me distinguieron como "un gringo aparte", un gringo diferente. Por alguna buena razón sería. Le pido por ello, con toda la humildad, pero con toda la fuerza de mi corazón, que haga esa distinción una última vez y me acepte en su vida.

Hay cosas que puedo ofrecerle y otras que me resultan imposibles. No puedo alterar el estado de cosas entre México y Estados Unidos, ni las condiciones en Texas. Pero he visto sus ojos como ningún otro hombre; he visto su piel encenderse hasta iluminar habitaciones completas, he sentido el fuego que guarda en el interior. Usted decidió liberarlo conmigo. Todavía tengo en mi pecho la sensación de su mano ardiente, como hierro de marcar reses. El capítulo que iniciamos en Saltillo está incompleto. Los dos lo sabemos. Nos aguardan muchas, miles de noches enteras sumergidos uno en el otro. Somos el reencuentro entre México y Texas, entre su mundo y el mío.

De regreso me traje su aliento, su olor más íntimo y una parte de su espíritu. Acéptelo Amalia. Siempre estará incompleta, hasta el día en que se muera, sin este Crossman, sin este Cruzado —como usted me dice— que el destino le atravesó en el

camino. La hacienda está incompleta sin usted, como mi vida.
Acepte esta nueva treta del destino, rompa sus cadenas y venga
a vivir conmigo. Venga a completar el universo.

Miranda y O'Malley se miraron largamente, asimilando cada detalle, cada una de las revelaciones que contenía esta nueva carta.

—Entonces sí se trató de un Crossman, desde el principio —dijo el irlandés—. No hubo más intermediarios entre tu familia y la hacienda.

—El de los ojos color acero, el de los testículos de toro era un antepasado directo de Matt. Ellos son los cuidadores originales de la hacienda.

O'Malley pasó por alto la referencia a los genitales del coronel. Pero no le pasó desapercibido el calificativo de Miranda: "cuidadores", dijo claramente, sin ceder un ápice respecto a la propiedad de la hacienda.

—Éste sí fue un amor de leyenda. Imagínese, no se habían visto más que una vez en casi diez años —Miranda se pasó delicadamente la mano, en forma instintiva, entre la zanja de los senos, otro dato que la vieja calculadora mental de O'Malley no dejó de registrar. Desde el día en que la encontró tirada en el suelo del taller, con la cabeza herida, no la veía entornar de esa manera la mirada.

—Leamos otra carta —le urgió a O'Malley.

En orden cronológico, la siguiente carta era también del coronel retirado Robert Crossman, separada prácticamente un año con respecto a la anterior.

San Antonio de Béxar, a 7 de julio de 1861.

He recibido sus mensajes a través de Norberto el Oso. Lamento haber violado en mi última carta el compromiso de omitir la mención de nuestros nombres. No significa que no pueda ser hombre de palabra como usted me hace notar. Es obra de la locura en que me ha sumergido este amor insatisfecho. La necesidad de nombrarla, de jugar continuamente con su recuerdo es más fuerte que mi voluntad. No puedo evitar que cada noche me asalte la imagen de su piel entre las sombras, de sus senos tan perfectos como la curvatura del cielo, de su boca jugosa como las moras del campo.

Paso a responder su siguiente mensaje: créame que a mí tampoco me agradó la misión de ser escogido para darles a usted y a su esposo la noticia de que debían abandonar Texas. Me resultó en verdad una tarea muy penosa. Sin embargo, debo recordarle que en esos días yo no era más que un militar en activo y los militares obedecen órdenes so pena de ser ellos mismos sentenciados y ejecutados. Por lo demás, Houston me escogió por ser un gringo distinto, como usted llegó alguna vez a decirme, "el mejor embajador que tenemos", según me dijo entonces el General. Era poco lo que podía yo hacer en aquellas circunstancias. Espero que lo comprenda y logre perdonarme. De hecho, la única dificultad que he tenido personalmente con usted es aprender a amarla cuando su vida ya estaba armada con otro hombre. Ésa ha sido nuestra única desgracia. Y como el destino no es obra suya ni mía, espero que podamos juntos corregirlo.

La hacienda está hermosa —el gancho para atraerla, pensó de inmediato Miranda—. *Tenemos una nueva variedad de ganado, de cuernos horizontales y de dos varas de largo, que se está reproduciendo a las mil maravillas. Instalé un sistema de riego con compuertas en Las Acequias, que asegura el abasto de agua hasta en los meses de estiaje; su habitación está intacta, siempre limpia, pero siempre vacía, más que vacía sin su presencia. Otra vez, y así lo haré siempre, le pido que venga a llenar este espacio desolado que deja su ausencia.*

Ninguno de los dos había tocado el desayuno. El café estaba frío en las tazas. Los huevos fritos parecían cristalizados. La voz quebrada de O'Malley al leer, incluyendo el acento que delataba su lengua materna, daba a aquellas cartas un tono de mayor autenticidad. A Miranda le parecía estar oyendo, sin haberlo conocido, al fogoso coronel de Massachusetts, declarando su amor sin cortapisas, rogando como ya no se escuchaba en los tiempos modernos, que su abuela correspondiese a su amor, como un romero lanzando al cielo sus plegarias. Ambos estaban tan conmovidos como intrigados por conocer el desenlace de la historia, por adentrarse en el contenido de las cuatro cartas restantes. Se encontraban seducidos por el rumbo que tomaría esa complicada relación amorosa, por la fuerza de las pasiones en juego. Pero igualmente mantenían viva la curiosidad por saber si las demás cartas sacarían a la luz toda la verdad en torno a la hacienda, el secreto centenario de los Crossman y el desenlace de aquel amor inconcluso. O'Malley miró de reojo los sobres restantes, midiendo la reacción de Miranda. Ella asintió con la cabeza.

Sonó entonces la campanilla de la puerta. El golpeteo inconfundible de las botas anunciaba a Matthew Crossman, descendiente directo del cruzado original. Miranda tomó el maletín con los enseres de su hermana. Salió a su encuentro y no pudo mirarlo otra vez de la misma manera.

Al tercer día salió Camila del hospital, como estaba previsto por los médicos.

—No la hagan reír —les dijo al salir el doctor que la dio de alta—. Pueden hacerle supurar la herida del costado.

Entonces se aguantaron la risa. Por razones ajenas a Camila, O'Malley pasó los dos días siguientes como su enfermero particular en el ático del taller.

Tan pronto regresaron del hospital, Miranda organizó otra vez la maleta, en esta ocasión con sus propios enseres, y llamó discretamente a Crossman desde la trastienda.

—¿Estás ocupado? —le preguntó a quemarropa.

—No especialmente.

—¿No especialmente durante los próximos dos días? Tengo un plan en mente que quisiera proponerte —la oreja se le calentó como un fogonazo del otro lado del auricular.

—Cualquier cosa puede posponerse cuando hay prioridades —dijo ruborizado, agradeciendo que la conversación se estuviese dando por teléfono. En la voz de Miranda detectó que le había llegado la hora de demostrar si en verdad todo lo texano era tan resistente, tan grande y tan variado como anunciaban los folletos de promoción turística.

—Creo que estoy lista —le dijo antes de colgar, dejando que sus palabras retumbaran largamente en su guarida del bar. Al escuchar aquello, sintió deseos de meterse a la ducha a bañarse con agua helada y darse después fricciones intensas con alcohol de caña en las piernas y codos. Escogió una muda de ropa y sacó calzoncillos nuevos. Dos veces se roció la boca con un spray de hierbabuena y seleccionó tres botellas, una de tequila reposado y dos de whisky de malta, como seguro de vida por si le flaqueaba el valor. No eran las rodillas ni los labios; le temblaba el cuerpo entero, como si toda su anatomía se hubiese convertido en un solo e intenso latido.

Encontró a Miranda sentada en el escalón de entrada al taller. Parecía diferente, se veía distinta. Las primeras luces del invierno, plateadas y venidas desde un cielo más alto en esa época del año, subrayaban sus facciones de felino al acecho. Portaba una chaqueta corta que de inmediato llamaba la mirada a curiosear con sus piernas. Subió a la camioneta de dos saltos y le hundió los labios en el cuello, llevando la palma de su mano hasta el matorral de sus bigotes para mantener vivo el ritual de su saludo. Lo tomó de la costura interior de sus jeans a la altura del muslo, dejándo que el aroma de su pelo recién lavado le invadiera el olfato.

—Llévame a la hacienda —reposó su cabeza por encima de la clavícula—. Tenemos que recuperar mucho tiempo, muchos desencuentros.

La frase lo desconcertó. No terminaba de acostumbrarse a sus expresiones impredecibles, a las ocurrencias que desde las paredes del baño lo venían trastornando. La referencia al tiempo perdido le picaba tanto la curiosidad como grande era su temor de preguntar demasiado y arruinar el momento más acariciado de su vida. Cualquier reticencia que pudo oponer se le vino abajo ante los mandatos del espíritu y del cuerpo. Metió a fondo el acelerador, mientras veían a los oficinistas como si fuesen extraterrestres, corriendo de un lado a otro sin saber nunca a dónde van.

A las afueras de San Antonio, sobre la carretera a Gonzales, pararon a comprar una canasta de *delicatessen* y unas velas rellenas de canela y de rodajas de mandarina que Miranda escogió. Al entrar a la hondonada que conducía a la hacienda, sacó la cabeza por la ventana para sentir la brisa fresca, contagiar sus pulmones con la fragancia de los sauces y los pirules que flanqueaban el camino. Estacionaron la camioneta junto a la fuente de Zacatecas. Miranda le hizo notar que los cuidadores mexicanos no serían requeridos durante su estancia. Pero de todos modos almorzaron con ellos. La doña había preparado unas gorditas entomatadas con carne deshebrada, crema entera y salsa molcajeteada, capaces de interrumpir el llamado impaciente de sus hormonas enamoradas.

—Muéstramelo todo —le pidió, apuntando con el dedo a los confines de la hacienda.

—Es muy grande —respondió escuetamente.

—Tenemos tiempo.

Ensillaron un par de caballos y salieron a medio día, trotando suavemente por un camino que flanqueaba la muralla de cactus que su familia había plantado hacía más de dos siglos. Recorrieron los sembradíos, pasaron por los pequeños puentes de madera que cruzaban las acequias originales y los canales de riego que instaló el coronel Crossman, visitaron las troneras desde las que defendieron la hacienda de los ataques comanches y después de las tropas de Austin y Houston. Miranda no podía abandonar el pensamiento de cuán grande habría sido el amor del antepasado de su compañero de montura cuando estaba dispuesto a cancelar su vida como virtual propietario de aquella hacienda maravillosa, con tal de compartir sus últimos años con doña Amalia. Cuando este pensamiento la asaltaba, no podía evitar acercarse a Matt y, caballo de por medio, besarlo largamente, encarnando, dos siglos después, los deseos insatisfechos de su antepasada más notable.

Al aproximarse la penumbra de la noche, recorrieron el casco de la hacienda. Pasaban de una habitación a otra tomados de la cintura, haciendo paradas continuas para abrazarse ante la mirada circunspecta de las gallinas que ocupaban las estancias. Crossman evadía cualquier comentario, cualquier respuesta a las preguntas diversas de Miranda sobre quién había vivido en esta o en aquella habitación. Fingía demencia compensando su silencio inexplicable con ardientes besos que Miranda se empeñaba en comparar con los estilos amorosos que habrían prevalecido en el siglo XIX. ¿Serían aquellos personajes tan ardientes, serían más recatados, gritarían sus orgasmos o reprimirían sus sentimientos? Entre roces, cada vez más profundos e intensos, Miranda intentó dirigirlo hacia la cava o cueva donde encontró las cartas de amor de su abuela y del coronel Crossman.

—Son las carboneras —le informó con desdén Matt, haciéndola cambiar de dirección.

Igual, pensó Miranda, las cartas estaban allí guardadas sin su conocimiento. A lo mejor el último que las había leído era el padre de Matt, el hermético amigo de juventud de Kevin O'Malley. Tenía toda la noche por delante para sacarle la verdad.

Con las velas de canela y de mandarina hizo un semicírculo bajo la bóveda catalana. A medida que la oscuridad de la noche avanzó, las flamas fueron apoderándose de los reflejos en los vitrales superiores. Sintió deseos de terminar la restauración para devolver su esplendor original a ese espacio circundado por columnas de piedra caliza. Matt sirvió un par de tequilas, mientras ella acomodaba un par de gruesos cobertores de piel con inscripciones indias bajo el centro de la cúpula. La atmósfera inundó sus sentidos. No podía evitar, como si fuesen sus propios recuerdos, invocar las imágenes relatadas por su abuela Amalia en el diario. Los niños en el cuarto de al lado, inventando leyendas, la cocina con sus ollas de barro despidiendo olores de epazote, tomillo, romero y chiles quebrados. Pudo imaginarse los perros de caza tumbados frente al hogar de la chimenea, las horas interminables de costura bajo aquellos arcos reminiscentes de una mezquita de Andalucía. Dio un primer sorbo a su tequila y dejó que su mente volara hacia lo irrealizable, hacia las escenas de amor que podrían haberse dado, en ese mismo sitio, si su abuela hubiera aceptado reunirse con el coronel Crossman hacía siglo y medio, en vez de aceptar para siempre el infierno que le representó Saltillo y que la condujo a devorarse una mano en medio de la desesperación. Repasó por su mente cada uno de los movimientos que el tiempo, la muerte y la distancia nunca permitieron que ocurrieran.

Rodeada por la luz naranja y ámbar de las velas, se arrodilló sobre las colchas de piel y comenzó con lentitud a desabotonarse la blusa. Su torso relució en la noche como un pez sorprendido al salir del agua.

—Aquí inicia la cuenta regresiva —le dijo a Matt, presagiando que en esos momentos comenzaba a revisitar la historia de su familia, la herencia perdida en la oscuridad de los tiempos. Ella misma liberó sus pechos que salieron de su escondite de encaje a mirar con curiosidad los secretos de la noche. Crossman no pudo resistir más la visión que se le presentaba. Se deshizo con rapidez de su camisa de franela y dejó relucir su pecho expandido, cubierto de una pelambre tan bien distribuida como sus bigotes. Ambos sintieron el impacto indescriptible de ese primer roce de pieles desconocidas, de la exploración que jamás se borra de la mente. Metió las manos impacientes por debajo de su falda y hundió sus tenazas en el mundo inaccesible de sus partes más ocultas. Sintió la sudoración que le escurría por debajo de las bragas y se frotó instintivamente con su humedad por la base del cuello hasta embriagarse de sus humores más íntimos. Con la tensión de la impaciencia rompió la cinta de sus calzones diminutos y la recostó suavemente sobre la colcha de piel de búfalo. Su cuerpo entero se expandía al ritmo de los latidos que le rebotaban en sus sienes y en las muñecas. Hundió su nariz y su melena entre las piernas hasta sentirse presa de un éxtasis incontenible. Miranda dejó que su mirada se llenara del brillo de los vitrales y de las luces tenues de las velas. Arqueó hacia atrás el cuerpo en el momento en que Matt la penetró, enganchándole las piernas con sus rodillas. Sintió que la invadía toda, sin dejar resquicio alguno, con la ternura y la potencia de quien se ha hecho amigo de un animal salvaje. Sin dejar de mirar los vitrales lo tomó con las manos crispadas por sus nalgas de vaquero errante, duras como un jamón serrano bien macerado y entonces lanzó el primer gemido de placer completo que recordara. Lo sintió firme y ardiente. Bramaba con las venas del cuello inflamadas como Minotauro. Cuando ella ya flaqueaba y comenzaba a sentir que no podía llegar a más, que rozaba los límites del placer, él la volteó con una combinación de suavidad, precisión y fuerza de fiera amigable, la tomó de los hombros desde atrás y fue entonces cuando ambos perdieron la visión de los vitrales. Cayeron empalmados sobre la piel de búfalo y ella lo besó girando hacia atrás la cabeza, mordiéndole las mejillas, jalando con sus dientes los bigotes de lince que desde el primer día tanto le atraían. Con las manos entrelazadas, uno sobre la otra, permanecieron crucificados entre sí con la satisfacción de quienes han traspasado los umbrales de lo desconocido.

Con los cuerpos sosegados se sentaron frente a frente a mirarse a plenitud los genitales, las rodillas rozándose, atraídos. Tomaron sus caballitos de tequila, los chocaron temblorosos en el aire manso de la noche. Dejó caer unas gotas del líquido sobre sus muslos. Bebió de ella. Hizo vaso del hueco de la mano y él, dócil, bebió más. Matt tomó un limón, puso unas gotas en la hendidura de sus pechos hasta el pubis, derramó con mano temblorosa un camino de tequila en la avenida central de su anatomía y la lamió hasta conceder frente a sí mismo que ésa era, ya sin dudas, su bebida favorita.

Miranda reparó en que era la primera vez en que hacer el amor cobraba para ella el sentido de verdadero abandono que había leído en los libros, pero que hasta ese momento no era más que un planteamiento teórico, como quien intenta explicar a otro el sabor de los mangos. No había sustituto posible a probar la fruta, hundir los dientes en la carne amarilla y dejarse embriagar por los ecos del trópico. Sus pensamientos llenaron el prolongado silencio que les invadió. Los dos combinaron el deleite sexual con la inteligencia de callar la boca. Envuelta enteramente por el cuerpo de Matt, dejó que su mente viajara en el tiempo, para concluir que estaba viviendo un éxtasis predestinado. Se sentía feliz de haber tenido el arrojo y la habilidad para conjuntar el sitio irremplazable de la hacienda con el hombre que, al igual que ella, traía la marca de una historia tormentosa grabada en los genes. La ausencia de cualquiera de estos ingredientes no hubiese dado una noche igual. Lo amó así toda la noche, hasta quedar abatida y feliz. Al final, dejó que el rumor de los grillos le llenara el sueño, sintiendo que empezaba a saldar las deudas pendientes con su historia.

Menos tiempo duró internada Camila en el hospital que la encerrona amorosa de Miranda con Matt. Los sirvientes regresaron, como habían convenido, dos días después. Matt los recibió en el portón principal, para indicarles que regresaran dentro de tres días más. Les dio dinero para el motel y para comprar provisiones, que comenzaban a escasear en la hacienda. Ni siquiera lo pensaban, pero les hubiese parecido un crimen suspender la experiencia sensual y amorosa más intensa de sus vidas. Pasaron esos días inolvidables en un completo estado silvestre, desnudos casi todo el tiempo, apenas con los pantalones puestos para salir a montar, con el pecho al aire y los pies descalzos. Hicieron el amor en todas las formas que conocían y en todos los rincones de la hacienda, encima de las troneras y en la cocina, en el antiguo granero y dentro del molino.

De pronto, sentada junto a la ventana de la cocina donde su abuela Amalia solía colgar pimientos, Miranda recobró un poco de la lucidez que le habían robado los sentidos. Rompió el silencio para preguntarle a quemarropa:

—Cuéntame la historia de esta hacienda. Todo lo que sepas acerca de ella, cómo llegaron aquí tus familiares, quién la construyó, todo.

Sin responder, Matt le arrimó los bigotes al cuello, buscando desviar, detener el curso de la conversación mediante un nuevo encontronazo amoroso. Ella lo dejó hacer, pero sin permitirle que evadiera sus preguntas.

—La tenemos desde mediados del siglo pasado.

—¿Y?

—Un antepasado mío que peleó en el ejército de la República de Texas la recibió en custodia de una familia mexicana que jamás regresó a vivir en ella —daba los datos con la mayor frialdad posible, tan parco como un político asediado en entrevista de televisión.

—Dime más —insistió ella—. Vamos —mientras le rodeaba el cuello con un brazo.

—Sé que este antepasado insistió hasta su muerte para que volvieran a vivir aquí los dueños mexicanos, los dueños originales. Incluso me parece que viajó hasta donde vivían en México para persuadirlos de que volvieran. Pero no hubo manera de convencerlos. De esa forma fue pasando el tiempo y, a falta de que alguien llegara a reclamarla, la hemos tenido desde entonces.

No había mejor momento que ése. Miranda decidió hacerle las preguntas que O'Malley no había podido descubrir en sus contactos con las últimas tres generaciones de Crossman.

—¿Y por qué jamás la han habitado, la han hecho museo, qué sé yo?

—Es un principio de familia, una historia muy larga.

—Cuéntamela entonces —seguía acariciándolo con dulzura, consciente de que la bestia salvaje podría reaccionar en cualquier momento, haciendo estallar sus instintos, soltando de improviso un zarpazo.

—Ése es otro principio de familia.

—¿Cuál?

—El de contarlo sólo una vez y a un miembro de la familia.

—Vamos —continuó seduciéndolo. Le hablaba por encima del hombro, él de pie, recargando su espalda sobre el pecho desnudo de Miranda—. Ésas son supersticiones muy antiguas. Estamos cambiando de milenio ¿recuerdas? ¿Qué podría pasar si me lo contaras a mí, a mí y a nadie más? —le dio un pellizco cariñoso en el brazo.

—No lo sé. Créeme que yo mismo me he hecho muchas veces la misma pregunta. No sé qué sucedería. Lo único que puedo decirte es que, la tradición familiar establece que, de llegar a contarse esta historia fuera de la familia, vendrían consecuencias muy graves —dejó inconclusa la frase.

—Pero ni siquiera la aprovechan. Ni siquiera le han sacado un centavo de provecho.

—Algún día vendrán a reclamarla y más que quedarse con la hacienda, destruirán el corazón de la familia —dijo enigmáticamente, repitiendo una letanía que se había transmitido de generación en generación.

—¿Quiénes son ellos? —preguntó, ahora sí con la insistencia del interés directo.

Él notó el cambio de tono en la voz de Miranda. Levantó los hombros y la dejó sin respuesta. Matt estaba metiéndose en la concha infranqueable de sus secretos más ocultos. Ella pudo notarlo. La química de sus cuerpos, sintonizada perfectamente luego de cuatro días de intercambio amoroso, registró una leve, pero perceptible, variación. Se separó de ella y comenzó a colocar unas tortillas sobre el comal. El olor del maíz invadió la estancia. Sentía su mirada incisiva, clavada en sus espaldas, en espera de una respuesta. Sin embargo, por sus venas corrían tradiciones antiguas de balleneros y militares, costumbres adoptadas de los indios. Esa carga y las supersticiones, como Miranda las había llamado, le impedían que aun a la mujer que le había creado una mayor fascinación, pudiera revelarle los secretos que su padre y el padre de su padre, le habían hecho jurar que no revelaría más que a uno de sus hijos. Pero Miranda no iba a recular en esos momentos. También ella arrastraba la carga de las incógnitas centenarias, de una serie de episodios oscuros en la historia familiar que seguían afectándoles tanto como si hubiesen ocurrido apenas ayer.

—Es importante que me lo digas, muy importante —le salió del alma. Sentía que aquélla era su mejor oportunidad para desenterrar misterios que le habían carcomido la imaginación a varias generaciones de Sámanos desde que salieron exiliados de aquellas comarcas texanas.

—¿Por qué es importante Miranda, por qué? Dímelo ahora tú —quiso arrinconarla, darse su turno como inquisidor. También él tenía muchas preguntas que hacerle, sobre su comportamiento de hechicera, como escritora invisible en los baños de su taberna, como la migrante indocumentada con más aplomo que hubiese conocido. Sentía que su amor y sus caricias tenían un plan, obedecían a algún motivo más profundo e inconfesable. Él también tenía su cuota de preguntas que hacerle.

—Porque Texas —optó por responderle con generalidades— fue parte de México más tiempo del que lleva siendo parte de Estados Unidos. Todos los norteños tenemos aquí sepultada parte de nuestra historia, de nuestro pasado, de nuestras raíces. Porque ahora tenemos que venir a esta tierra como ilegales, pidiendo que graciosamente se nos otorgue una visa para regresar al sitio de donde tantos y tantos partimos. Más fácil entran ustedes a México que nosotros a la tierra de nuestros antepasados. Si no llevan pasaporte, les basta una licencia de manejo de Nebraska, como si gozaran de derechos adquiridos. ¿Acaso esta construcción, las mismas tortillas que estás calentando, te hacen recordar Nueva Inglaterra o la misma Inglaterra de donde llegó la mayoría de ustedes? Mira a tu alrededor, recuerda los nombres de los ríos y de las montañas —sintió que con eso le alcanzaría para retomar la iniciativa como la parte inquisidora. Así fue. La figura de unos texanos originales mendigándole una visa a un burócrata ignorante del INS surtía un efecto demoledor.

—Todo lo que puedo revelarte —le dijo contrariado— es que a los Crossman nos tiene atados un embrujo con esta hacienda, la tenemos pero no es nuestra; tenemos la misión de cuidarla pero no podemos explotarla o venir a ocuparla así como así. Si no lo hiciéramos de esa manera, el hechizo al que se enfrentó el coronel se volteará contra nosotros mismos. Sabemos que algún día vendrán a quitarnos la hacienda, que es lo de menos, pero, además —lo confesó en dicción automática, como el que reza un Padre Nuestro—, *nos robarán el corazón*.

Miranda hubiera querido preguntarle más. Sin embargo, lo vio maltrecho, metiendo inconsciente la mano al comal de las tortillas sin percatarse de las quemaduras. Sintió que lo había llevado demasiado lejos, de sopetón. Bajó de su asiento junto a la ventana y se acercó a abrazarlo por la espalda. Lo había torturado hasta el límite permisible. En el fondo él era tan víctima de las circunstancias como ella y su familia lo habían sido entre Texas y Saltillo. Tardaron en mirarse nuevamente a los ojos. El encanto de aquel primer encuentro amoroso estaba llegando a su fin. La locura no puede ser eterna, antes mata o redime.

—En un par de semanas vendremos a colocar los vitrales restaurados —dio un giro deliberado al curso de la conversación—. La cúpula va a lucir maravillosa, ya lo verás.

Él miró hacia la bóveda y asintió calladamente. Comenzaron a vestirse en silencio. La luz de la mañana invadía el porche de la entrada.

El contraste de los estados de ánimo entre los habitantes del taller no podía ser más marcado. Miranda, Camila y O'Malley vivían mundos tan apartados como sus anhelos y sus emociones. Miranda levitaba en un aura de sensualidad expandida; satisfecha y ansiosa a la vez. Había pasado a formar parte de un club distinto. Al enamorado se le ve con una mezcla de envidia, incompresión, lástima y simpatía. El enamorado vive un mundo propio, inaccesible. Por más que se esfuercen no pueden mantener el mismo trato con los demás. Los demás saben que sus pasiones y sus pensamientos pertenecen a otro, los demás pasan a convertirse en una distracción pasajera entre un encuentro amoroso y el siguiente. El tiempo que transcurre lejos de la pareja es tiempo perdido. Así lo sentía Miranda y así lo percibía O'Malley, con una tristeza que recordaba la de los candidatos a náufrago.

El humor de Camila perdió su frescura primitiva, para hacerse taciturna y preocupona. Su caminar era lento y sus pensamientos inaccesibles. En apariencia, la agresión sufrida a manos de Cindy Bolaños, la estancia en el hospital, la perforación en el costado y la vergüenza de manipular a los abogados le habían trastornado el carácter. En realidad, nuevas pesadillas la acosaban. Durante la encerrona amorosa de su hermana, O'Malley le narró con detalle el descubrimiento de las cartas y la manera cómo siglo y medio después, las cuentas pendientes de la historia familiar comenzaban a saldarse. Ello confirmó en Camila su pensamiento eminentemente fatalista, la sensación de que a fin de cuentas nuestras vidas discurren de acuerdo con un libreto escrito por otros y, cuestión de gustos, unos se lo achacan a Dios, otros al destino, a las circunstancias o a los genes. Su hermana, flotando entre las nubes del amor, pasaba simple y llanamente a la categoría de personaje de una trama que le tenía reservada la historia. Llegaba ahora a representar ese papel, a enamorarse de verdad, a *creerse* que estaba viviendo su propia vida. Según ella lo veía, el ataque de Cindy estaba tan predestinado como el amor torrencial que había asaltado repentinamente a su hermana. Para Camila, su hermana no era más que una marioneta del destino, para la que presagiaba un desenlace tan involuntario como doloroso.

El humor de O'Malley tampoco irradiaba felicidad. El viejo irlandés había llegado, esta vez sí, a la vejez completa. El papel de abuelo honorario de Miranda le había devuelto la frescura y la juventud que el nuevo amor con Crossman le arrebataba de la forma más violenta. En su existencia errante y solitaria, había hecho todos los esfuerzos necesarios para que ninguna mujer entorpeciera su privacidad. Le gustaba tener mujeres a la mano, qué duda cabe. Pero siempre para el momento en que él lo decidiera, cuando sus preocupaciones y sus deseos demandaran la compañía femenina. Al conocer a Miranda, en el crepúsculo de la vida, se percató de que su existencia solitaria obedecía más a la ausencia de la compañera adecuada que a la noción de que únicamente en la soledad podría cumplir sus ideales más elevados. Ahora, veía a Miranda no sólo tras la irreparable brecha de las diferencias de edad, sino encerrada en la burbuja apartada de su propio enamoramiento.

El trabajo manual es altamente terapéutico, porque mientras las manos hacen y deshacen el cerebro vagabundea con una insólita libertad. Así, O'Malley retomó la restauración de los vitrales para pensar mejor y para combatir la lentitud con que pueden transcurrir las horas. Después de una larga jornada de trabajo llegó a la conclusión, llegó a aceptar que al igual que existen los amores infantiles, el niño que de pronto se enamora de su tía o de su maestra de francés, los viejos también pueden enamorarse, a su manera, de sus sobrinas y de sus alumnas de inglés. No le era grato reconocerlo, pero odiaba su vejez, odiaba a Crossman, odiaba el romance que tenía secuestrada a Miranda. Sentía nostalgia por la intimidad perdida de los primeros días. Se dio cuenta entonces de que el único filón de interés que podía sacar a Miranda de su absorbente romance eran las cartas, también de amor, del siglo XIX. Las extrajo de la gaveta y, con ello, comenzó a torcer definitivamente el curso de su vida.

—Es hora de retomar la lectura de las cartas ¿no crees? —le sugirió, al notar que llevaba más de una hora jugueteando con un pedazo de vidrio sin atinar dónde debía colocarlo. Dejó a un lado los instrumentos de trabajo, abrió los ojos todo lo grande que eran y asintió varias veces, frotándose las manos.

Llamó a Camila, su nueva socia en la depresión, y las exten-

dió con cuidado sobre el escritorio para determinar a quién le tocaba leer la siguiente. Así expuestas, recordaban las piezas de otro
vitral, de un complejo rompecabezas que era necesario ordenar
hasta que cobraran su sentido en la historia. O'Malley midió sus
reacciones y se limitó a acercarle el siguiente texto. La carta correspondía esta vez a doña Amalia Sámano. Miranda comenzó a
leerla.

Saltillo, Coahuila, a 24 de febrero de 1862.

*Norberto el Oso me confesó que lo había visto muy abatido al
conocer las razones por las que decidí no responderle su última
carta. Espero que haya comprendido los motivos de mi moles-
tia. Lo que sucedió entre nosotros nadie puede ni debe saberlo
jamás. No solamente soy una mujer de familia, sino que para
mayor agravante soy la esposa del gobernador del estado. Es
fácil imaginar las graves consecuencias que tendría para todos
que llegara a conocerse lo que hicimos esa noche marcada a
fuego en mi memoria. Nuestra discreción es ahora la mejor herencia que podemos dejarle a nuestros descendientes.*

*Yo también tengo el alma dividida. Me lastima tener que
reconocer que solamente podemos tener una vida. Tengo una
familia que simplemente no puedo abandonar. Usted agrava ese
dolor por muchas razones. Mis raíces, mi identidad, mi casa de
siempre y ahora también una parte de mi corazón están irremediablemente en Texas. Por eso me perturba tanto su ofrecimiento. Por eso me duele tanto pensarlo, desearlo tanto y saber que
resulta imposible que rompa el hilo conductor de mi vida para
regresar con usted a Las Acequias. Debemos dejar de torturar-
nos. Me parece que es inevitable que tengamos para siempre
dividida la existencia. Sería mejor que comencemos a olvidar-
nos uno del otro. Con suerte, quizá algún día nuestros descendientes podrán completar la vida despedazada que nos tocó iniciar a nosotros. Mientras tanto, cuide bien de Las Acequias,
cuídela para la posteridad.*

Miranda terminó de leer aquellos párrafos como quien asiste a una
revelación. Todo lo nebulosas que habían sido sus razones para salir furtivamente de su casa de Saltillo, comenzaban a cobrar un

sentido más profundo y escondido. Había razones para que el amor la hubiese asaltado de aquella manera. Podía ser su sino familiar, pero en cualquier caso no tenía más remedio que reconocer, gustosa por cierto, que por primera vez en su vida estaba profundamente enamorada.

Camila no podía ver las cosas igual. Ella anticipaba que todo lo que les ocurriera sería la secuencia inescapable de una historia familiar llena de sobresaltos y acontecimientos dramáticos. Estaban pagando los desatinos de los muertos que tuvieron una muerte incompleta, desahogando un capítulo reservado para ellas dentro de un libro más amplio de historia centenaria.

O'Malley las dejó respirar, las dejó asimilar el contenido de la última carta, la tímida confesión amorosa de su abuela. Pero su curiosidad era superior a la prudencia y la mesura que demandaban las actitudes meditabundas de las Sámano. Sin titubear, se calzó las gafas y empezó a leer la carta más larga de cuantas habían extraído de la carbonera de Las Acequias:

San Antonio de Béxar, a 17 de junio de 1862.

Es imposible seguir adelante con estas vidas despedazadas. Yo no puedo continuar así, sabiendo que está allí, a una semana escasa a caballo, y no puedo verla, traerla ni visitarla. Nuestros corazones están divididos de manera diferente: el mío, entre respetar su vida familiar, comodina y tradicional, y cumplir con el deseo más poderoso y prolongado de mi existencia que es tenerla para siempre a mi lado. El suyo está dividido entre tomar la decisión de unir la segunda mitad de su vida conmigo y la de cumplir hasta el final con sus promesas matrimoniales que hoy le encadenan a un hombre que ha dejado de amar.

Hoy le escribo con la sinceridad de la que sólo son capaces los locos y los verdaderos enamorados. Le escribo a doce años de haber recibido por primera vez sus resplandores, de quedar cautivado por usted para siempre. Estando perdido, nada más puedo perder con lo que aquí he de decirle. Que me perdone el cielo y sobre todo usted por las consecuencias que puedan tener estas confesiones. Son las hijas inevitables del amor tan insoportable que siento por usted.

La voz de O'Malley se engolaba, en un afán involuntario de encarnar la manera exacta como el coronel Robert Crossman hubiese leído esas líneas. En ellas dos, esa voz retumbaba con la anticipación de un descubrimiento inesperado. Miranda especialmente, transfería aquella voz a la de Matt, dándole a su romance un carácter épico.

Después de la Batalla de San Jacinto, el olfato militar me hizo ver con claridad que Texas sería nuestra. México estaba tocado de muerte y sin posibilidades de levantarse a luchar nuevamente. También ese instinto me llevó a pensar de inmediato en el botín de guerra, en mi recompensa por los servicios prestados a la causa. Me tomó muy poco tiempo comprender que mi pensamiento práctico y mi avaricia contrastaban con los sentimientos heroicos y trascendentes de los padres fundadores de la naciente República de Texas. Según ellos, Texas era la oportunidad que les brindaba la historia para construir la sociedad más libre y promisoria de cuantas hubiesen poblado la tierra. Austin y Houston, usted misma lo recordará, me condecoraron como Hijo Predilecto de la República. Y nada más. Pero usted comprenderá que nadie vive de medallas. Con suerte me habrían destinado algunas tierras para la labranza y la engorda de ganado. Ésa no era su visión del pago que merecía por mis incontables servicios a quienes tomamos las armas y arriesgamos la vida por Texas. Tantas veces les hice ver que no tenía vocación de agricultor ni de ganadero, que comencé a temer que me asignaran como Ranger a cuidar algún fuerte en las fronteras de Texas. Terminaría entonces toda aquella aventura militar, me imaginé, jugando a la baraja, reclutando prostitutas y saliendo a cazar apaches por los rincones más polvorientos de la República. Yo ansiaba más que eso. A fin de cuentas, mi valor y mi astucia habían contribuido ni más ni menos que a partir en dos al único Imperio que ha habido en nuestra América. La codicia, lamento confesárselo ahora, me nubló la mente.

Y yo los conocía a ustedes, a los Sámano, los dueños de la hacienda más hermosa al norte del Río Grande. Me propuse dominar a la perfección el español y granjearme su confianza. Ustedes eran, le habla el militar que fui, mis presas seleccionadas. En esos momentos ya iba sólo en la satisfacción de mi ava-

ricia. Fragüé un plan que usted es la primera persona en cono-
cer. Con la ayuda de un impresor local y un abogado, elaboré
un edicto apócrifo de la República de Texas para dictar la ex-
pulsión de los mexicanos. Al abogado le gustó tanto la idea que
prometió llevarlo ante los ojos de Samuel Houston para que lo
rubricara como Primer Presidente de Texas. Esa posibilidad me
asustó mucho. Era mi idea, así que le dije al abogado que po-
dría hacer lo que quisiera con el edicto, pero hasta después de
que yo me hubiese apropiado de Las Acequias. En esa época no
era más que un Teniente Coronel. Por encima de mí había mu-
chos militares de más alta graduación. En caso de difundirse mi
plan, cualquier General de División me habría arrebatado con
facilidad la hacienda de mis sueños. Eso pensaba. Eso pensaba,
le aclaro ahora, el avaro, el militar insensible y mercenario en
que me había convertido.

La oportunidad llegó finalmente y yo estaba al acecho.
Mientras otros gringos celebraban la negociación exitosa del
Tratado de Guadalupe Hidalgo, la obtención de California, de
Arizona y Nuevo México, yo me lancé a la conquista de Las Ace-
quias. Aquella mañana lluviosa de febrero del 48, me puse el
uniforme y partí hacia la hacienda a librar mi guerra personal.
La siguiente parte de ese episodio que hoy tanto me avergüenza,
la conoce usted perfectamente.

Como militar estaba consciente de que una cosa es pensar
en abstracto la destrucción del enemigo y otra muy distinta con-
sumar la aniquilación cuando uno tiene de frente los rostros de
las víctimas y los observa reaccionar y llenarse de temor frente
a las bayonetas. Esa parte la pude superar. Mirando al horizon-
te, para no delatarme, entregué el edicto falso a don Lorenzo.
Hablé lo menos posible, dejando que ese pedazo de papel surtie-
ra su efecto por sí mismo.

Fue entonces cuando la conocí a usted; quiero decir, la
conocí por primera vez en los límites, defendiendo su propie-
dad, sus muertos, sus tradiciones. Su belleza, en sí cautivadora,
se envolvió para mí en un ropaje deconocido y se convirtió al
poco tiempo en una obsesión más grande que poseer la hacien-
da. Esa noche, jamás podré librarme de esa imagen, pude verla
con la ropa empapada, bajo la luminosidad de los relámpagos y
de las velas. Pude espiar su cuerpo fabuloso y grabarme para

siempre la redondez de su contorno. Observé su carácter, más fuerte y brioso que el de un potro salvaje. Empecé esa noche a quedar invadido por la obsesión.

Sin embargo, mi mente de estratega no dejó de funcionar de inmediato. Hice el cálculo de que, a diferencia de don Lorenzo, su carácter indomable y su apego a los muertos, la traerían inevitablemente, tarde o temprano, hasta la hacienda y hasta mí. Al poco tiempo de habitar Las Acequias caí en la cuenta, como sucede hasta el día de hoy, de que mi universo estaría para siempre incompleto sin usted en esta casona, a mi lado, siendo mía. Su imagen aparecía constantemente frente a mis ojos en las noches solitarias de la hacienda. Recorría su habitación y sumergía la nariz en los rincones, intentando succionar su presencia, sus humores, atraerla con la fuerza de la mente hasta mí.

Empecé a odiar la hacienda sin usted, como el manco que odia el brazo que ha perdido. Supe entonces que vivía en un lugar donde no era bienvenido y que jamás sería mío, verdaderamente mío, sin su presencia a mi lado.

Aunque no habían dado aún las once de la mañana, O'Malley comenzó a sentir la urgencia de servirse un whisky. Prosiguió.

Cuando me enteré de que las lápidas de sus hijos y de su tía se habían perdido en la corriente del Río Grande, me invadió una perversa alegría. Supuse entonces que el resto de las tumbas de sus familiares la obligarían, como un imán, a regresar a Las Acequias; que culparía hasta el final de los días a don Lorenzo por cometer una torpeza tan irreparable al cruzar el río en plena crecida. Pensé que usted misma le vaciaría una pistola para vengar su estupidez y, ahí mismo, daría marcha atrás hacia San Antonio. Con esa esperanza pude resistir y cruzar los meses y después los años, hasta que no pude más.

Fui a Saltillo con el único fin de exorcisar su imagen de mi mente. La existencia solitaria en Las Acequias me estaba matando. Llevé deliberadamente mujeres de todas clases para hacerme compañía. Intenté preñar a un par de ellas para que los compromisos me sacaran de una buena vez del hechizo con usted. Pero lejos de eso, la flama de mi pasión y de mis recuerdos no hacía más que torturarme más y más. Llegué a pensar que no podía ser fascinación por usted, sino simple remordimiento por haberles arrebatado de mala manera la hacienda. Entonces, el militar dentro de mí me hablaba hasta convencerme de que ésas eran, ni más ni menos, las reglas de los botines de guerra. Pero todos esos pensamientos fueron en vano. Tuve que aceptar, inevitablemente, que usted era el verdadero amor de mi vida, la razón misma de mi existencia.

Fui a Saltillo con intención de borrarla de mi mente. Estaba seguro de que habría de decepcionarme, de que la realidad de verla no sería capaz de igualar la idealización que de usted me había forjado al paso de los años. Me equivoqué rotundamente. Después de volver a verla, apenas pude respirar. Paso días enteros recordando su cuerpo palmo a palmo, los humores que me traje en los pulmones, la cicatriz de su mordida que tanto atesoro.

Las confesiones que le he hecho no son otra cosa más que un hijo del amor enorme que le profeso. Me duele reconocer que he sido un canalla. Pero me resisto a pensar que mi penitencia por los pecados cometidos sea vivir el resto de mi vida sin usted.

Por las respuestas que me ha escrito puedo adivinar que usted se siente tan incompleta y tan dolida como yo. Quizá ahora más dolida, después de lo que he debido revelarle.

La invito a que saque a flote una vez más su carácter indomable y me acompañe en la aventura inescapable de completar nuestras vidas.

Si usted estuviera de acuerdo, le propongo eliminar a don Lorenzo de la manera más discreta y menos dolorosa posible. Con ello rompería definitivamente con las ataduras de la costumbre, porque hasta donde puedo verlo no es más que la fuerza de la costumbre lo que la ata a ese hombre. Confíe en mi sapiencia de soldado. No será más difícil ni más doloroso que apagar una vela.

Piénselo. En pocos meses podría estar de vuelta en Las Acequias, con sus hijos, por supuesto, completando su vida, sumergida en el amor más intenso que le haya deparado la vida, atravesando ahora con facilidad las inciertas horas de la noche.

Al concluir la lectura, Kevin O'Malley dobló con cuidado los cinco pergaminos, sin adivinar exactamente qué debía de hacer con aquel escrito quemante, tan ofensivo como sincero, tan manipulador como cándido.

—¡Cerdo, hijo de su reputísima madre! —exclamó Camila con la espontaneidad que sólo produce el asco. La lectura había logrado transportarla con un inusitado realismo al siglo pasado. No estaba escuchando una historieta, alguna narración descabellada de un escritor de la época; eso había sucedido. Las huellas de esos acontecimientos todavía eran visibles siglo y medio después, en la disputa siempre pendiente por la propiedad de la hacienda, en el éxodo inesperado de Miranda, en los rasgos palpables de locura de su padre, en las conversaciones infinitas de sobremesa respecto a los derechos de la familia en Texas.

Miranda sintió que las venas se le llenaban con burbujas de hidrógeno. En quince minutos de lectura, su química corporal conoció un severo proceso de pasteurización. Sintió que los ojos se le saltarían de las cuencas. Las famosas huellas de la cuna, irremediablemente, volvían a asaltarla en el momento justo en que descubría, por primera vez, el arcón de los tesoros del amor. Las imágenes de la carta de Crossman, del otro Crossman, se estrellaban de lleno contra la atracción animal, profunda e irracional que sentía ahora por Matt. Percibía su piel caliente y todavía dispuesta por las caricias de la madrugada, de sus oídos no se habían borrado los jadeos del más intenso placer, en el sexo mismo sentía punzadas desconocidas, reclamos insaciables por sanar constantemente la herida irreparable de su femineidad. "No había sido él, sino un antepasado remotísimo", comenzó a decirse, a persuadirse a sí misma. Matt no tenía la culpa, se insistía. El autor de esas líneas, de ese monumento a la carroña humana, era tan distante de Matt como Amalia lo era para ella misma. Entonces cayó en la cuenta de la contradicción profunda que comenzaba a alimentar. No hacía ni dos meses que Matt figuraba en su vida como una presa con bigotes de lince que no merecía más que arrancarle los secretos de familia y después cortarle la cabeza para colocarla en el salón de los trofeos. Con una oculta crueldad lo hizo morder el polvo semanas enteras, manteniendo en reserva su identidad como escritora invisible, torturándolo con frases enigmáticas, acertijos y provocaciones. Tantas veces había leído acerca del *síndrome de Estocolmo,* de las mujeres secuestradas que se enamoran de alguno de sus plagiarios. Éste era el síndrome de San Antonio, pensó, donde la cazadora se enamora de su presa, la libera de sus redes y termina devorada por ella. Además, debió admitirlo, Matt seguía ocultándole los secretos de familia. Ni siquiera tan enamorado como parecía estar, estaba dispuesto a romper con su tradición, con su hechizo familiar. Ahora no perseguía, pensó con desagrado, más que el sexo que ella le había brindado tan generosamente. Pero en realidad, comenzó a verlo con mayor claridad. Matt era probablemente tan rapaz y calculador, tan avaro y tan hipócrita como su ancestro el coronel. No pudo controlarlo. Sintió náuseas y deseos de correr, como si volver el estómago o poner terreno de por medio fuese a liberarla del dilema emocional en que se debatía.

—Y tú que lo sedujiste —Camila sacó el machete primitivo de las recriminaciones—, que le entregaste las nalgas —curvó las manos en el aire— que tan pudorosamente te habías cuidado. ¡Báñate! —le ordenó fuera de sí, retorciéndose como si se encontrara en presencia de una leprosa.

Miranda recibió la ráfaga de su disgusto sin poder asimilarla. Suficiente era su predicamento propio como para que su hermana le lanzara nuevos dardos al alma. En un acto reflejo, levantó en silencio el cautín para colocar plomo, en esos momentos frío pero igualmente afilado. Su mirada era inexpresiva ahora. Se había fundido, se había apagado como la pantalla de un televisor a media noche. Sus ojos eran opacos. Camila conocía esa mirada torva; se había enfrentado a ella hacía unos cuantos días, cuando la atacó Cindy Bolaños sin decir agua va. Alguien tenía que reaccionar. Con el canto de la mano encallecida, O'Malley le dio un golpe certero en la muñeca. Miranda no lo esperaba y soltó el cautín, que rodó sobre la duela.

—¡Terminemos con esto! —les ordenó a las dos, asiéndolas de las manos, mientras apuntaba con la barbilla hacia el resto de las cartas—. No pueden vivir para siempre asediadas por las biografías de sus antepasados. Jamás nos ponemos a pensarlo, pero lo más seguro es que todos tengamos en el árbol genealógico más de una puta y un esclavo, un capataz y un timador. Qué le vamos a hacer. Por eso nadie quiere ser aristócrata. Conozcamos de una vez el final de la historia y tomen nada más la parte que les pueda corresponder.

Con manos decididas, tomó el resto de las cartas, con la esperanza de que contuvieran alguna respuesta que amainara la confrontación fratricida en ciernes. Sabía que la curiosidad por conocer la reacción de doña Amalia a las confesiones y la propuesta del coronel Crossman sería más fuerte que las pasiones beligerantes que comenzaban a aflorarles. Sin mediar consulta alguna, O'Malley le entregó la siguiente carta a Camila. Miranda, según él, no tendría en esos momentos el temple para sumergirse en las oscuras aguas de la historia familiar. Con la mano todavía vendada y las puntadas en el antebrazo, inició la lectura:

Saltillo, Coahuila, a 11 de noviembre de 1862.

Monstruo de baja ralea, bicho deleznable. Me queda claro que su alma, si es que la tiene, habrá de pudrirse por toda la eternidad en alguno de los rincones más oscuros del Infierno. Me quedan claras también las razones que le orillaron a contarme la estrategia artera que utilizó para despojarnos de la hacienda, para expulsarnos de Texas. Desde luego no fue por el amor que dice sentir. Usted es incapaz de amar. Ni siquiera a sí mismo. Tampoco busque refugio en la supuesta sinceridad que le animó a revelarme la verdad. Se sabe juzgado y condenado al patíbulo más severo que se tenga reservado a cualquier hombre. En uno de sus escasos momentos de lucidez, decide confesarse, intenta expiar conmigo un remordimiento que, le deseo con todas mis fuerzas, le acompañará hasta la tumba.

Sabiendo que fue usted y usted nada más quien lanzó a mi familia al exilio, a intentar reconstruir una vida encima de cicatrices irreparables, se toma el atrevimiento de visitarnos en Saltillo y, en un acto de supremo egoísmo, seducirme luego de apuntarme con el cañón de su pistola. Fue así, haciendo gala de su proverbial calidad humana, que culminó el siniestro plan que con tanta frialdad comenzó a fraguar hace más de diez años. Al recordar esa noche, me nace el deseo de despojarme de mi cuerpo ultrajado.

La contabilidad, el agravio cometido es atroz. Usted fue de los que me quitó la mitad de mi patria, me expulsó de mi tierra, me despojó personalmente de mis propiedades y, todavía insatisfecho con los alcances de sus fechorías, me propone amablemente asesinar a mi marido y consigue que repudie mi propio cuerpo. ¿Le quedó algún asunto pendiente o en su infinita maldad siente que todavía debe arrebatarnos algo más?

Una vida es por demás insuficiente para intentar cobrarle todos mis legítimos reclamos. Por ello, mi venganza no estará dirigida únicamente contra usted, sino contra toda su descendencia. De hecho, sería recomendable que tuviese muchos hijos, muchos nietos, para que entre ellos se repartan el castigo que habrá de acompañarles hasta el final de los siglos. Usted no entendió, me dijo, ni entenderá jamás por qué me preocupaba tanto por mis muertos y por los ombligos enterrados en la hacienda. Sí, esos que puede usted mirar ahora mismo desde el porche.

Quiso la hacienda y la obtuvo, la habitó. Que así sea. En adelante, usted y todos sus descendientes serán sus prisioneros. Cargarán para siempre con la vergüenza de sus actos y quedarán marcados inevitablemente por Las Acequias. La hacienda se encargará de exprimirles hasta el último centavo, no producirá un grano de trigo, ni nacerá ganado en sus tierras. A mis muertos les encomiendo alejar a cualquier extraño, asegurar que se caiga la construcción a pedazos antes de que puedan librarse de su maldición. Mis muertos no tienen ninguna prisa. Le arrancarán la felicidad y la fortuna a los Crossman hasta que el sol se apague algún día en Texas.

Se miraron entre sí con estupor ante aquella respuesta. Los ojos de Miranda comenzaron a recuperar los destellos perdidos. Entre hermanas sobraban las palabras. Con su actitud estaba reconociendo, ella, la hermana mayor, que el fatalismo de Camila siempre había tenido una razón de ser. Con algunos pocos cambios, prácticamente anecdóticos, Miranda había vuelto a colocarse, siglo y medio después, en la misma situación que doña Amalia. La historia no es lineal, simple y llanamente se repite.

—Esto explica tantas cosas —O'Malley rompió el silencio y entonces comenzaron a arrebatarse la palabra.

Cada uno de ellos tenía una conjetura, algún dato que aportar para ir armando el complicado rompecabezas de la historia.

—Hasta donde yo he podido ver, el hechizo de la señora se ha cumplido al pie de la letra. Los Crossman son los únicos hacendados pobres de Texas. Desde su abuelo, al que yo conocí cuando era joven, hasta Matt, ninguno ha logrado evadirse de la pobreza ni de incontables desgracias. Vendan parte del terreno, concesionen la hacienda para hacerla museo, parque de diversiones, hotel tradicional. No tengo idea de la cantidad de veces que les propusimos hacer algún negocio con esa propiedad. Quizá lo intentaron y, por alguna extraña razón, sería el efecto del embrujo, nadie se animó a entrar en tratos con ellos —dejó flotando en el aire la reflexión.

—El círculo del panteón familiar es visible —intervino Camila—, pero no aparecen las lápidas, ni hay señas de las tumbas. Igual es el paso del tiempo. Aunque podría asegurar, luego de conocer la carta de la abuela, que alguno de los Crossman debió deshacerse de ellas para intentar librarse del conjuro —los demás asintieron.

—¿En dónde coloca todo esto a Matt? —se preguntó Miranda en voz alta. Ese punto le preocupaba especialmente—. Efectivamente es un pobretón, socio y habitante de una cantina de moda. Un solitario sin remedio que se fue varios años a Francia, abrazando el existencialismo que seguramente le corría naturalmente por las venas. La experiencia le sirvió para vender la idea de *The Stranger* a sus socios. Es probable que en ese viaje a Europa estuviera escondiéndose, evadiéndose del "hechizo" —entrecomilló con los dedos en el aire— que les impuso la abuela. Ya no me queda duda de que debe estar al tanto perfectamente de las tropelías cometidas por el coronel en contra de los Sámano y —dudó en decirlo— tiene que saber perfectamente a estas alturas lo que nosotras representamos.

La reflexión quedó flotando en el aire del taller, entre las lámparas de cristal emplomado. Las hermanas se miraron prolongadamente, sin atinar a predecir qué vendría a continuación. La historia se estaba repitiendo frente a sus ojos, en sus propias carnes. El embrujo, la premonición de la abuela alcanzaba no sólo a los Crossman, sino a su propia familia, con efectos igualmente devastadores. En siglo y medio de historia común y cruzada, las dos familias no habían podido sustraerse del círculo perverso entre amor y traición, traición y venganza.

—¿Matt te ha comentado algo de este asunto? —le preguntó O'Malley.

—Ni media palabra. Cuando hablamos sobre la hacienda siempre dice que su familia "la tiene" desde hace mucho tiempo, pero nunca se atreve a decir que "sea de ellos". Hace esa distinción.

—A mí siempre me llamó la atención —les confesó O'Malley— que sin tener un clavo en el bolsillo y sin mayor afición por el arte se haya metido en la aventura de restaurar los vitrales de la hacienda. No tiene dinero para alquilar un apartamento y, a cambio, invierte en algo que ni siquiera aprecia ni habrá de disfrutar en lo personal, como tantas veces me lo ha dado a entender dentro del absoluto hermetismo que guardan los Crossman sobre estos temas.

—Se congestionó de historia —estableció lapidaria Camila—. Comenzó a darle de comer al león, para evitar que lo devorara a él mismo. Le mete dinero para intentar reconciliarse con la hacienda, con su pasado. Para intentar enmendar parte del cochinero que hizo su abuelo.

—Y luego te conoce... —O'Malley intentaba completar el rompecabezas.

—Después me conoce —repitió Miranda en automático, intentando ubicarse a sí misma en el enredado tablero de su vida—. Más bien dicho, yo provoco que me conozca; juego con las frases de la pared, juego con él. Descubre mi nombre completo por un recibo de la tarjeta de crédito. Sabe que soy una Sámano.

—Y empieza a volverse loco —acotó Camila.

—Cualquiera se hubiese vuelto loco —la reconfortó el irlandés, proporcionando el ángulo masculino—. Jamás lo había visto tan agitado como la noche en que fuiste a dejarle tus mensajes en la guarida de *The Stranger*. Estaba fuera de sí.

Por la mente de Miranda recorrieron con velocidad las imágenes perturbadoras de su encerrona amorosa en la hacienda, de su sexo indeclinable, de los paseos desnudos a caballo.

—Se le ocurrió cerrar de una vez el círculo de la historia. Cerrarlo contigo. Ha de haber pensado que el perdón o el enamoramiento de una Sámano lograría librarlo del hechizo de la abuela —se aventuró a comentar Camila.

—Igual que a nosotras —hizo una pausa—. Vinimos a San Antonio a enfrentarnos con nuestro lado desconocido. A entender por qué nuestra familia jamás ha estado en paz consigo misma, abrigando por siempre la esperanza de reconquistar Texas, de recuperar la hacienda, de hacernos justicia, de superar la locura.

—Pero volvió a engañarnos. Igual que su antepasado. ¿No lo ves? —atacó furiosa Camila—. En ningún momento se ha abierto de capa contigo. De no ser por las cartas que encontraste seguiríamos en babia. Él con sus secretos bien guardaditos y nosotras en la ignorancia más completa. Muy enamorados en la superficie y por lo bajo este asqueroso busca zafarse del hechizo para vivir feliz y contento. Éste salió igual de mercenario que todos los Crossman anteriores a él. Ni modo, así es.

A Miranda le dolía reconocer que la primitiva volviese a acertar. Le dolía pensar que había salido a la caza de Crossman con la intención de quebrarle el alma, de hacer que se enamorara de ella con locura para hacerlo confesar sus secretos y, al final, ella hubiese terminado metida en las redes de su presa. Le dolía reconocer que padecía del *Síndrome de San Antonio* y que el sexo, la soledad, sus penurias familiares o lo que fuese, le hubieran hecho flaquear en los momentos más cruciales de su vida.

—No tengo más remedio que actuar como la abuela Amalia —dijo en tono decidido.

—Para que dentro de siglo y medio nuestros bisnietos sigan pagando los platos rotos, ¿verdad?

Miranda apretó el ceño. En efecto, su solución tendría que ser diferente, capaz de conculcar para siempre los demonios que asediaban a los Sámano desde el 3 de febrero de 1848.

—Queda una carta —dijo O'Malley, ansioso por encontrar nuevas líneas de interpretación al enigma—. Pertenece a Crossman —añadió.

Los tres la miraron con una mezcla de anticipación y de extrañeza. Era distinta a las demás. Iba envuelta en un atado de piel cubierta de símbolos indios. O'Malley extendió el pellejo sobre la mesa. Los grabados no le ofrecían ninguna pista, fuera de que se trataba de símbolos rituales de la tribu kickapoo. Comenzó a leer el último pergamino.

San Antonio de Béxar, a 14 de enero de 1863.

Ya veo que rechazó mi propuesta. Ya veo que no se ha dado cuenta cabal de que estamos condenados a vivir incompletos si no nos tenemos el uno para el otro en esta hacienda. Ni siquiera la muerte puede separarnos ahora. Pero es evidente que usted se resiste a comprenderlo y aceptarlo.

Lamento informarle que su plan para intentar asesinarme fracasó. Como podrá apreciar, ahora nos hemos quedado sin un mensajero que cuente con la confianza de los dos.

Le envío para su arcón de recuerdos, la piel de Norberto

el Oso, con los tatuajes que tanto llegó usted a apreciar en la espalda al verlo tomar el sol en las mañanas de Saltillo. Puede convertirse en un bonito cuadro para alguna de las estancias en la falsa casa de "Las Acequias" donde ahora vive.

Supongo que no le he mencionado las veces suficientes que soy un militar profesional. Un buen soldado siempre anticipa las alternativas con que cuenta el enemigo y prepara el antídoto. Cortarle el cuello a Norberto el Oso no fue particularmente difícil. Aunque había llegado a tomarle un afecto verdadero. ¿Qué le habrá ofrecido usted para que aceptara traicionarme? Ojalá algún día me lo cuente.

No pudieron evitarlo. Miraron intensamente la piel de Norberto el Oso, extendida sobre el escritorio, intentando reconstruirlo con la mente. Ponerle piernas y cara, pelo y brazos a ese trozo de piel que alguna vez cubriera las espaldas del mensajero kickapoo. Camila se apartó de su lado, sin atreverse a tocarlo. Miranda dio tres pasos atrás, cubriéndose la boca frente al pellejo inerte.

En estas condiciones, a las que usted me ha orillado, compartiré con usted en qué consiste mi antídoto de militar. Estará de acuerdo conmigo en que sería una noticia muy mal recibida en Coahuila que llegara a conocerse que la esposa del gobernador ha disfrutado retozando bajo su propio techo con uno de los "hijos predilectos de la República de Texas". Si mal no recuerdo, ¿no fue su esposo el que ganó las elecciones prometiendo que reconquistaría los territorios perdidos en la guerra? Sí, creo que es el mismo. Me parece que el escándalo, al darse a conocer el adulterio, palidecería al lado de la identidad y del origen de quien lo asistió, a usted, Señora, a cometerlo.

No tiene alternativa. Dése cuenta de una buena vez, que debe cumplir con mi exigencia de venir de inmediato a Las Acequias. Salve su vida antes de que se pierda la de todos los Sámano. Sí, la amo, a mi manera particular, pero la amo. Quizá no alcance a comprenderlo, pero de eso puede estar segura. Deseo poseerla, domesticarla, hacerla de mi propiedad. Y le diré por último que yo no creo en sus hechizos ni en sus amenazas. Soy un militar, le repito, y creo únicamente en que los fuer-

tes dominan a los débiles, como ocurre en la naturaleza. Uste-
des perdieron Texas por ser inferiores. Para mí la conquista no
habrá terminado hasta que llegue usted a esta casa.
    Intenté por la vía del corazón, donde usted hubiera tenido
alguna oportunidad de defenderse. No lo aceptó. En adelante
nos manejaremos en el terreno de la fuerza, donde, Señora, us-
ted no tiene la menor posibilidad de vencerme.

O'Malley se quedó sin aliento. Esta vez había leído apresuradamente. El cuerpo le exigía sin dilación un trago. Tomó con reticencia la piel de Norberto el Oso, ató de cualquier manera todas las
cartas y las introdujo en su envoltura original. Se lavó las manos en
la cocineta como su hubiera estado en contacto con material
radiactivo. Sirvió los tragos sin pedir opiniones.

—Como resultado —dijo Miranda con una voz lejana y un
dejo de derrota—, la abuela Amalia guardó silencio por el resto de
su vida y terminó devorándose la mano.

—Me extraña que no se haya suicidado —repuso Camila.

—No sabemos cómo murió, eso es un hecho —bebieron con
apuro. No estaban tomando whisky, se estaban sedando, intentaban
evadirse del cúmulo de emociones encontradas que habían acumulado en las últimas horas. Tenían el espíritu licuado, hecho girones.
La realidad a la que se habían enfrentado superaba hasta las peores
sospechas. Ya no les sorprendía que, por las dimensiones de la tra-
gedia y el chantaje, sus efectos les estuvieran alcanzando después
de tantas y tantas décadas. Para Amalia Sámano, la guerra de Texas
jamás terminó. La acompañó hasta la tumba y más allá, en todas las
generaciones que la siguieron.

Camila introdujo el sentido práctico.

—En resumidas cuentas —dijo, con una sonrisa inesperada—,
la famosa hacienda de Las Acequias sigue siendo nuestra. ¿Qué, no?

Miranda y O'Malley intercambiaron miradas furtivas, como
si estuvieran pidiéndose permiso para soltar una carcajada fuera de
lugar, después de los amargos hallazgos que habían conocido en
esa jornada. Estallaron sin remedio. Moviendo la cabeza ampulo-
samente de arriba a abajo, le daban la razón a Camila; la hacienda
era suya. Las evidencias de la extorsión y la rapiña estaban ahí mismo, bajo el pellejo flácido de Norberto el Oso.

En los días siguientes, Miranda se escondió todo lo que pudo del acecho de Matt Crossman. Necesitaba un espacio propio para digerir los acontecimientos del pasado y planear una estrategia definitiva en el presente. Con el acuerdo de O'Malley, cortaron las líneas telefónicas y mantuvieron cerrado el taller al público. El viejo irlandés, también congestionado de imágenes encontradas, se comportó una vez más solidario y compasivo. Como nunca antes, y ahora con la ayuda espontánea de Camila, trabajaron intensamente en la restauración de los vitrales, de *sus* vitrales.

Dependiendo de la hora del día, Miranda forjaba argumentos en su mente para exonerar a Matt, su amante, de todos los atropellos cometidos por sus antepasados. También se hacía preguntas sobre su hermetismo en torno a la hacienda, sobre la perversidad congénita de los Crossman, la longevidad del hechizo y la sensación de haber sido utilizada para exorcisarse él mismo, sin importarle los demás. A ratos lo perdonaba y después lo odiaba, lo quería y lo rechazaba. Se sentía utilizada. A ratos le causaba repugnancia tener que aceptar que aquel hombre había llegado hasta la última estación de su intimidad y que ella, entre gritos, todavía le había pedido más. Su situación era una copia calca de su antepasada Amalia, una reencarnación perfecta de las situaciones que la llevaron a devorarse la mano, presa de la desesperación y la impotencia.

Después previó que ese camino no la llevaría más que a escoger qué extremidad habría de devorarse ella misma. Tenía que ser, por una vez, más inteligente y más despiadada que los Crossman. Las demás habían sido batallas, esta vez comenzaba la guerra, la ofensiva final. Mientras pulía vidrios e instalaba emplomados, su mente se centró en recuperar la hacienda y emprender una venganza centenaria sobre los Crossman. Usaría desde su vagina, si era necesario, hasta la última de sus neuronas para aniquilarlos y presenciar ella misma su cremación definitiva.

—¿Cuándo estima que terminemos con los dos vitrales? —le preguntó a O'Malley en tono técnico.

—Al ritmo que vamos, deberán estar listos para instalarse en cosa de tres o cuatro días.

Miranda conectó el teléfono y llamó al cargador escocés para que pasara con su transporte al taller ese mismo viernes. El viejo irlandés se limitó a arquear las cejas. Comenzaba a preferir no preguntar demasiado, temeroso de conocer las respuestas. Para mayor desconcierto del viejo, acto seguido llamó a Matt Crossman.

—¿Dónde has estado, mi amor? —desde su guarida en el bar se sacudió la fiebre que le perlaba la frente.

—Trabajando fuerte en los vitrales —su voz era plana, esforzadamente plana—. No puedo aguardar más para instalarlos en la bóveda de Las Acequias.

—Pero veámonos antes —le insistió con tono meloso.

—Todo a su tiempo —lo acotó, sin darle espacios—. Prepárate la mejor canasta de vinos y *delicatessen* que puedas para el próximo sábado —intentó imprimirle sensualidad a la voz—, y no olvides el tequila y las velas. Allí recuperaremos el tiempo perdido, ya lo verás.

—¿Hasta el sábado? ¿Por qué? —el deseo le reclamaba verla de inmediato.

—Así será mejor. El viernes instalaremos los nuevos vitrales. Así tendremos la atmósfera adecuada para nuestra cita. Será muy distinto estar debajo de esa bóveda con los vitrales en su sitio. Créeme —colgó sin decirle más. Apretó los puños y volvió a desconectar el teléfono.

—¿Soné convincente? —le preguntó de sopetón a O'Malley.

—Qué más daría por poder estar allí —respondió con coquetería.

Ella miró hacia la ventana y repuso:

—A lo mejor no es tan mala idea que estuviera razonablemente cerca —le respondió, rascándose la cabeza.

Por razones que ya se explicarán, O'Malley terminó haciéndose cargo prácticamente solo de la instalación. El carnicero escocés, entrenado desde la ocasión anterior, subió los vitrales al camión con inmaculada precisión y sin un solo susto para quienes a lo largo de dos meses se habían dejado los ojos y las manos restaurando aquellas obras. El espacio que ocupaban los dos retablos en el compartimiento de carga impedía que el viejo irlandés viajara esta vez con ellos para sostenerlos. Con calculada satisfacción, Miranda confirmó que los cuatro pasajeros no cabrían en la cabina del conductor.

—Los alcanzaré en la hacienda dentro de un rato —los apresuró a abordar, sin dejar espacio a que le preguntaran sus razones. Su hermana y O'Malley no opusieron resistencia. Levantaron los hombros a manera de respuesta, insensibles como ya se creían a tener capacidad de sorpresa.

Después de la lectura de las cartas, el episodio de la vida lamentable de doña Amalia con el que más asociaba su propio predicamento era el momento en que el coronel le había ordenado desvestirse en su habitación de Saltillo, dándole instrucciones con la pistola. Simplemente lo tenía grabado en la mente, tomándole mucho tiempo adivinar exactamente por qué. Cuando miró que el camión doblaba la esquina, entró presurosa al taller. Subió al ático y abrió el clóset. Sacó un pequeño maletín en el que metió sus cosméticos, el cepillo del pelo, una muda de ropa elegante y un juego de lencería fina, compuesto por medias de seda y un sensual liguero de encaje. Bajó la escalinata, pasó por la trastienda y entró con pie firme en la habitación de Kevin O'Malley. Miró fijamente el escritorio inglés con su persiana corrediza. Al igual que en la ocasión anterior, tomó un gancho de pelo y lo clavó en la cerradura, girándolo hasta que escuchó cómo se liberaba el pestillo. La vida privada de O'Malley volvió a revelarse ante sus ojos, su vida modesta y noble, las fotos en pantaloncillos cortos y gorra de lana, la cara infantil llena de mugre, la foto de familia en la antigua destilería y, como si se tratara de un rinoceronte dormido, el revólver Smith & Wesson, calibre 38 que tanta fascinación le había causado. Otra vez calculó mal el peso al tomarlo y se le venció la muñeca. Era un trozo considerable de hierro, con una cacha que apenas cabría bien en las manos del camionero escocés. Su tacto era helado y, le pareció, mortífero. Se lo acercó a la nariz en un acto inexplicable. Abrió el cargador con manos inexpertas y sudorosas. Las seis balas la miraron como ojos de cíclope desde el fondo del barril oscuro. La cerró de un golpe certero, la envolvió en un trapo y la escondió en su maleta, debajo mismo de la lencería. Volvió a la trastienda, tomó las cartas envueltas en la bolsa de plástico. Miró con asombro una vez más las lunas y los soles de los tatuajes de Norberto el Oso y las guardó en el fondo falso de la maleta. Entonces tomó un respiro y se sentó en la mesilla de trabajo. Tomó un lápiz y una hoja. Escribió sin apresuramientos una nota para Camila. Dobló el papel, escribió el nombre de su hermana en el reverso y lo colocó con cinta adhesiva sobre el marco de la puerta que conducía al ático. En ese lugar, pensó, no habría manera de que Camilia dejara de verla.

El taxista que la llevó hasta la hacienda hizo su mejor esfuerzo por entablar una conversación, primero en inglés y después en un español rudimentario. Miranda no estaba interesada. El conductor se encogió, prendió la radio y sintió una corriente helada en la nuca, particularmente inesperada viniendo de una mujer de huesos tan finos y facciones tan elegantes. Se apeó en la última curva, antes de poder dominar la hacienda desde la colina. Bajó la cuesta admirando nuevamente el paisaje, imaginándose de qué manera iniciaría la reconstrucción cuando su familia recuperara finalmente Las Acequias. Mi padre estará celoso de mí, alcanzó a pensar. A punto de llegar hasta el portón exterior, se le ocurrió también que había llegado la hora de rehabilitar el panteón familiar. Lo menos que se merecía su aguerrida abuela era ser sepultada, ahora sí para siempre, en la casa donde siempre quiso vivir y morir.

Cuando la vio entrar el cargador escocés, resopló de gusto. A falta de manos que ayudasen, O'Malley lo tenía ejecutando maniobras para las que no estaba preparado. Miranda los saludó a la distancia y, sin prestar atención a los trabajos, fue directamente a revisar la cava. Tomó la llave perico que tan diestramente había utilizado O'Malley la ocasión anterior y abrió penosamente el candado en forma de cencerro. Entró en la cueva entre una cortina de polvo fino. Respiró incómoda al momento de topar la mirada sobre el fuelle de cuero. Un impulso eléctrico le recorrió la espalda. Creía estar segura, pero en realidad no se había fijado con suficiente cuidado si la última vez la punta del fuelle apuntaba hacia la puerta o exactamente al revés, con el pico hacia el fondo. Pensó lo peor, que siempre se da más fácil: Matt Crossman habría entrado en algún momento desde el día que hurtó las cartas y, especuló más aún, estaría anticipando los pasos que pretendía dar, actuando igual que su antepasado el coronel, que siempre tenía un antídoto listo para anticiparse al enemigo. Después pensó con más calma; si ella no recordaba de qué lado habían dejado el fuelle, menos todavía habría de acordarse Crossman. El único riesgo verdadero era que hubiese urgado en su interior para descubrir que las cartas ya no estaban ahí. Cerró los ojos y meneó la cabeza. Algo hubiera detectado en su voz por el teléfono, se dijo para tranquilizarse. El apresuramiento es el peor enemigo de los grandes planes y de los grandes retos, pensó con fuerza para grabárselo de una vez por todas en el cerebro. Revisó los estantes que no había examinado la ocasión anterior, en busca de más cartas, de otros indicios. Al poco rato estimó que, aunque los encontrara, no necesitaba en realidad información adicional, más allá de la anécdota quizá, para reconstruir con precisión el pasado.

Por primera vez en siglo y medio los Sámano alcanzaban un empate de fuerzas frente a los Crossman. Ambos sabían ahora lo mismo y, en todo caso, ella llevaba una ligera ventaja, porque Matt no podía adivinar que Miranda ya conocía el contenido de las cartas. Con el ánimo exaltado, subió hasta la cúpula para ayudar a Kevin O'Malley. Desde allí pudo divisar a Camila que, sin recato, estaba haciendo agujeros con una pala en el círculo visible del antiguo cementerio en busca de osamentas y restos de ataúdes. Era evidente su interés por descubrir si el coronel había removido unicamente las lápidas o la paranoia lo había llevado a exhumar también los cuerpos.

Al caer la tarde, con el cemento todavía fresco, terminaron de colocar los dos vitrales restaurados. Esta vez no desmontarían ninguno de los restantes. Sería en otra ocasión. En cualquier caso, Miranda los limpió con un trapo húmedo lo mejor que pudo. Tan pronto descendieron, colocó una linterna en el centro de la bóveda. Ahí permanecieron largo rato admirando el espectáculo de formas y colores que se reflejaba sobre sus caras. Como si entrara en un trance, Miranda comenzó a narrarles pasajes del diario de la abuela Amalia donde describía su vida en la hacienda, en ese mismo recinto. Su voz alcanzaba un eco místico al rebotar en las paredes de ladrillo rojo. Ése fue el último momento de paz en su vida.

Se quedaría a pasar la noche en la hacienda, les anunció sin dar espacio a la réplica. Al despedirlos en la entrada, Camila le dijo con ese sarcasmo tan suyo que dificultaba adivinar cuándo hablaba en serio y cuándo en broma:

—Ahora sí cuídate. Ya hice zanjas por todos lados. En el cementerio no dejaron vivo a ninguno de nuestros muertos.

Como los gallos no cantaron aquella mañana, el sol tardó más de la cuenta en aparecer en el horizonte. Con una taza de café caliente y un sándwich en la mano, Miranda se apostó desde el amanecer sobre la bóveda de talavera. Pensó en ensillar un caballo, dar un paseo hasta la tronera más alejada y probar la pistola de O'Malley. Le olerían las manos a pólvora, abandonó la idea. Desconocía y le preocupaba, qué tan fuerte, qué tan difícil resultaría jalar el gatillo. Jamás había disparado un arma de fuego. Daba lo mismo. De todos modos lo oprimiría con todas sus fuerzas cuando llegara el momento.

Cerca de las nueve de la mañana vio que el polvo se levantaba en el camino. Bajo la nube, como un punto en la distancia, venía la camioneta verde de Crossman a buena velocidad. Se removió el cabello y, en solitario, practicó un par de veces su mejor sonrisa. Se puso de pie sobre la cúpula azul y amarilla hasta que Matt descendió del vehículo. Vestido con su chamarra de mezclilla abrió los brazos hacia ella en la distancia. Ella le arrojó un beso soplado. Subió con la agilidad que ya había demostrado en las escalinatas de *The Stranger* y se fundieron en un abrazo prolongado. Miranda se dejó ir, dejó que el sueño avanzara.

—Te tengo una noticia extraordinaria —la miró a los ojos color aceituna—. Ayer conseguí mi divorcio.

Ella lo felicitó con forzada efusividad, como si le anunciara la obtención de un diplomado en plomería. Lejos de alegrarla, tuvo un sentimiento agridulce al escucharlo. Si bien desde el día que lo conoció reconoció en él el talante de un hombre que ha pasado por las vicisitudes del matrimonio, Crossman no le había revelado abiertamente su condición de casado. Ahora le traía la doble noticia de que efectivamente había estado casado y estaba a punto de lograr su divorcio. Como descubriría después, ésos no serían los únicos datos, ni siquiera los más importantes, que Matt le ocultaría.

—Hombre, qué bueno.

—¡He recobrado mi vida! —levantó otra vez los brazos, gritando al aire como si se tratara de una versión vaquera de Scarlett O'Hara.

Descendieron la escalerilla y a cada paso él le acariciaba los muslos. Estaba prematuramente excitado. La abrazó por la espalda y comenzó lentamente a bailarle sin música, con movimientos de cintura rozando rítmicamente la suya. Le acercó el arma de su virilidad al trasero. Ella puso la mente en blanco, lo dejó hacer y contó en silencio hasta cincuenta. Cuando estimó que le habría llegado el desvanecimiento de una erección completa, se zafó abruptamente, en una extraña combinación de deseo reprimido y asco mañanero.

—Veamos qué se te ocurrió traer de comer para nuestro encierro —lo condujo de la mano hasta la caja de la camioneta.

Mientras le mostraba el contenido de la canasta, tomó un poco de salchichón con pimienta, un trozo de queso manchego y una cerveza que venía bien helada. Aprobaba con la cabeza a todo lo que le mostraba Matt, sin poder ocultar la dificultad que le producía tener que mirarle a los ojos. Le propuso cabalgar un rato y practicar el juego de los rozones. Sentía la necesidad de volver a acostumbrarse a su presencia, o mejor dicho a tolerarlo mientras le daba la última oportunidad de vivir. Al pasar frente al molino intentó acorralarlo con preguntas sobre la hacienda, sobre su pasado, sobre el significado que tenía para los Crossman aquella frase enigmática de *limpiar el aire*. No se inmutó. Le respondió a todo en forma teórica, insistiendo en que a partir de su divorcio no le interesaba más que el futuro, el futuro que tenía reservado con ella. Qué lindo, qué lindo eres, se le iba en responderle, pero machacando sobre la necesidad de conocerse mejor, de abrir de par en par el arcón de los secretos más ocultos. Matt insistió en sus evasivas y entonces Miranda optó por cocinarlo a fuego lento. Tenía todo el tiempo que requiriera a su disposición.

Camila y O'Malley aprovecharon aquella mañana plateada de invierno para salir juntos a tomar un *brunch*. Inevitablemente, conversaron sobre el contenido de las cartas y sobre el ataque —que ya no era más que un recuerdo largo y rosado en su antebrazo— de Cindy Bolaños. La moraleja de ambas experiencias resultó la de siempre: la traición con traición se paga. Regresaron al taller pasado el mediodía, para darse cuenta de que era muy poco lo que había que hacer en él. La ausencia de los vitrales en restauración era más palpable que la falta de trago en una cantina. O'Malley pasó varias veces la mano callosa sobre la mesa de trabajo vacía. La decepción se le reflejaba en el rostro. Después de atender aquellos vitrales magníficos con la atingencia de un cirujano, el futuro le deparaba ahora volver a trabajar en emplomados comerciales, anuncios luminosos de cerveza, letreros de *welcome, men's room* y todas las baratijas que le daban cotidianamente de comer.

Entró a su cuarto como buscando qué hacer. Sin pensarlo demasiado, se sentó frente al escritorio inglés, a falta de otra silla en la estancia. Puso el codo sobre la cortinilla de madera y sintió que estaba floja. Retiró el brazo y se abrió sola. Se encontró con él mismo, con los retazos gráficos de su biografía, cuando era repartidor de periódicos, cuando lo metían a lavar los alambiques de bourbon y salía borracho sólo de respirar. En las fotografías observó los rostros de sus muertos, los abuelos, sus hermanos, sus padres. Gente que había llevado una vida dura, llena de sinsabores y carencias, pero contentas al fin de lograr el milagro de la supervivencia. De pronto sus ojos, agotados por la edad y por acostumbrarse a ver a través de vidrios de colores, se toparon con el anaquel vacío que solía ocupar la pistola. Con manos como palomas asustadas, revisó los demás cajones y los anaqueles para confirmar el presentimiento único e inconfundible de que Miranda la había tomado. Desde hacía meses sabía que a su huésped le gustaba hurgar en sus cosas, y él la dejaba hacerlo con gusto para que se asomara a su vida y a su forma de ser. Pero jamás reparó en que esa chica esbelta, de sentimientos limpios y piel de durazno, se fuera a enredar tanto en su biografía que terminara llevándose la Smith & Wesson del 38.

Salió apresurado a la trastienda. Camila lo recibió con la nota a lápiz en la mano. Se miraron como preguntándose a quién correspondía el turno de transmitir las noticias más perturbadoras.

—Miranda tomó la pistola —se adelantó O'Malley.

—Entonces sí lo va a matar —repuso Camila, con una seguridad que rayaba en la indiferencia.

—¿A quién?

—Pues a Matt Crossman, a quién más —le acercó la nota escrita la noche anterior por su hermana.

Camila,
Llegó la hora de "limpiar el aire" de nuestro lado, a nuestra manera. Es inevitable. 150 años es tiempo más que prudente para deshacer entuertos.
Pídele apoyo al señor O'Malley para reunir a la

prensa a las afueras de la hacienda la noche del sábado,
hacia las diez de la noche. Es importante, muy importante
que lleguen con las luces apagadas y sin hacer ruido. Ob-
serven y esperen mi señal. Será obvia.

En el momento que me veas aparecer en el porche
sonríe Camila, sonríe porque en ese momento preciso Las
Acequias volverá a ser nuestra.

Te quiere,
Miranda

—Aquí no dice que vaya a matar a Crossman —la corrigió O'Malley.

—Pero lo hará —insitió Camila con inexplicable seguridad, como si nadie conociera mejor a su hermana.

Con el apoyo de O'Malley, comenzaron a llamar al *San Antonio Union-Express*, *La Opinión*, *Channel 7* y la estación de noticias WKSA para que "cubrieran la noticia de la devolución de la hacienda Las Acequias a sus propietarios originales de México". Para un sábado en la noche, calcularon los medios, aquél era un notición capaz de rivalizar con los resultados del beisbol y las películas en premier. A todos los citó en la intersección de la carretera con el camino de terracería que conducía a la hacienda. Miranda había insistido en que era *muy importante* que llegaran con toda discreción y ella quería cerciorarse de que así fuera. Mejor citarlos a una distancia prudente.

O'Malley esperó pacientemente a que terminara de hacer sus llamadas a los medios en español, y cuando subió al ático a prepararse para la salida, discretamente llamó a la policía y la citó directamente en la hacienda.

—¿Crees en los hechizos? —le preguntó Miranda a quemarropa, mientras encendía las velas en un redondel debajo de la bóveda catalana. Hacía un rato que había oscurecido y vestía ya con una blusa vaporosa, falda corta de lamé y la lencería blanca de encaje que con tanto esmero había seleccionado. Los labios le brillaban de carmín y en el pecho se había aplicado un poco de perfume con destellos diminutos.

—Solamente en los del amor —la miró a los ojos con la ternura de una oveja. Su belleza extraordinaria lo cegaba más que el primer día.

—¿No crees que haya manera de que los muertos dejen herencias, instrucciones a sus descendientes?, qué se yo... —sorbió de su tequila con una sensualidad que llamaba a la envidia de ser vaso.

—Puede ser —le hizo entrar en una actitud más reflexiva—. A fin de cuentas cada uno de nosotros somos un producto mucho más complicado de lo que parecemos. Cuando nos vemos al espejo nos encontramos con un individuo que es apenas culpable de la mitad de sus delitos; los demás nos los heredaron nuestros mayores. Nos encontramos con un católico o con protestante, con un negro, un rubio, un tipo alto o delgado, fuerte o chaparro, hasta rico, educado, pobre o ignorante, sin haber apenas metido las manos para habernos convertido en cualquiera de esas cosas. Si a eso te refieres, entonces no hay hechizos, lo que existe son las cargas genéticas, las tradiciones, las familias. Eso es lo que verdaderamente pesa al final del día.

—O'Malley me comentó en alguna ocasión que a tu padre le obsesionaba la idea de *limpiar el aire* —quería acorralarlo sin remedio, abrir de una buena vez el ostión—. ¿A qué se refería?

—A evitar que le cortaran, que nos cortaran el cuello —respondió sin inmutarse demasiado—. Es una especie de metáfora familiar —le dijo con una sonrisa y después añadió—: Pero todo eso terminará contigo.

—¿Por qué conmigo? —se intrigó Miranda. Era el momento de distanciarlo de las respuestas vagas, teóricas y generales que venía dando a todos sus cuestionamientos.

—Esto no me lo dijo mi padre, ni siquiera mi abuelo, que decía tener más frescas las cosas de la familia. Pero yo siempre creí en la necesidad de que algún Crossman se casara alguna vez con una mexicana para completarnos con la otra parte de Texas —volvió a aplicar una fuerte dosis de coquetería, tomándola como era su costumbre de la mano y besándole la palma con los bigotes expandidos de lince. Intentaba minimizar sus confesiones transportándola al terreno del cortejo y las caricias. Miranda le dedicó sus mejores expresiones de reportera, espía e investigadora, pero Crossman a cada instante volvía a meterse en la concha insondable de sus misterios y sus conjeturas. Miró hacia un costado donde estaba su maleta, bien al alcance de la mano, con las cartas y el pellejo curtido de Norberto el Oso. El asco volvió a invadirla. Vio en él a un cobarde, a un cobarde estacionado en los mandatos de la tradición y del egoísmo. Se recordó entonces a sí misma que las vísceras eran las principales responsables de las mayores injusticias. Lo deseaba y lo odiaba con una intermitencia capaz de sacudir hasta el alma más templada y más serena. ¿Estaba en presencia del Crossman que sería capaz de reivindicar a todos sus ancestros, o simplemente en presencia del último modelo, de uno más dentro del linaje de mercenarios y villanos que había procreado el famoso coronel del ejército de Texas? Le desabotonó lentamente la camisa de franela. Sus vellos y su torso brotaron a la luz amarillenta de los cirios. Lo hizo recostarse sobre la espalda y miró su reloj con disimulo: daban casi las nueve y media de la noche. Estaba lista para el ataque definitivo.

Con el círculo de veladoras que ella misma había colocado, tenía una vista franca hacia el porche de la entrada y, en la distancia, el portón de madera que daba al camino de acceso. Se incorporó frente a él, salió del semicírculo de las velas y con lentitud bajó la cremallera de su falda color vino. Ante sus ojos apareció el liguero de encaje, con las cintas elásticas sobre la cintura. Las nalgas macizas y respingadas eran la única distracción comparable con el triángulo jugoso de su femineidad. Frente a aquel espectáculo, aquel juego de luces lamiendo la piel de durazno y sacando destellos a la lencería, Matt no pudo más que aceptar para sus adentros: *Women could be as powerful and dominating as they wanted to be. They just don't know how easily they could tear us down, reduce us to ashes.* Sin poder esperar ninguna ayuda, él mismo se despojó de los pantalones de mezclilla y dejó que reluciera también entre las velas, la espada con borlas con la que defendería la honra de la guarnición masculina.

Miranda sufrió un sobresalto. Lo había tenido dentro, le había dado albergue generoso, pero hasta ese momento le veía por primera vez, con la debida perspectiva, el instrumento, el puente binacional que les uniría en pocos instantes. A tres metros de distancia pudo observar con mayor claridad que nunca la clase de armamento del que disponía el enemigo, sin reparar en que sus propias almenas, torretas, murallas y fosos eran más eficaces para salvar la plaza y aplicar la resistencia, que el ariete perecedero que ahora apuntaba hacia la cúpula con su ojo ciego y silencioso. Se derretía, pero estaba decidida a cocinarlo a fuego lento y con paciencia centenaria.

Liberó sus pechos de la blusa, abrió las piernas hasta alcanzar el piso con los dedos y metió la mano en su maleta. Extrajo al tanteo el frasco de perfume con destellos flotantes. El dorso de la mano rozó deliberadamente el cañón del revólver. Todo estaba en su sitio.

Virtió el líquido aceitoso en el aire y con la palma abierta se friccionó los senos y los pezones echando hacia atrás la cabeza. Un aroma de violetas se apoderó del ambiente. Cruzó el cerco de las veladoras, y le entregó el frasco abierto para que continuara con la operación. Al momento de arrodillarse frente a él para ofrecerle sus pechos coronados de zarzamoras frescas, miró por última vez el reloj: el minutero anunciaba las diez de la noche, la noche más importante de su vida.

Crossman la friccionó con perfume y, sin poder soportarlo más, bebió directamente de las zarzamoras enhiestas que tenía frente a sus bigotes plateados.

Arrojó de cualquier manera el frasco sobre las colchas de piel de búfalo y la atenazó con los antebrazos de atleta por debajo de las nalgas. La atrajo hacia su torso desnudo y raspó sus vellos contra la cadera lisa y el ombligo de Miranda.

Afuera, los reporteros y los policías salieron velozmente de su somnolencia. Los binoculares de visión nocturna pasaban de mano en mano como botella de champaña en boda de pobres. Más allá de las arcadas y de las columnas del porche, alcanzaban a ver parte de la escena que se desarrollaba en el vestíbulo principal de la hacienda. Los fotógrafos cambiaron el gran angular por un lente de telefoto, multiplicando los instrumentos de observación. Enfocaban sin prisa y sin recordar que además de mirar podían tomar fotos.

Camila era la única que no miraba. No tanto por alguna reserva de moralidad o de pudor, sino porque le interesaba más escuchar. Escuchar el balazo que, en su naturaleza de primitiva, esperaba que le arrancara de una buena vez los cojones a Crossman. Ahora su hermana no era la reencarnación de doña Amalia, sino una Salomé moderna que saldría airosa de la hacienda con la cabeza de Matt en una bandeja. Ella no lo había amado como su hermana ni se había acostado con él. Podía verlo con mayor objetividad. En el fondo sabía que, después de haber leído aquellas cartas, Miranda sería hasta el final una Sámano y actuaría como tal. El pensamiento la asaltó de pronto: en realidad la última carta, esa nota amenazante y despreciable que habían leído hacía dos días, no sería la del coronel Robert Crossman, sino la que ella misma escribiría para sus descendientes, narrando los eventos de esa noche. Ella misma, Camila Sámano, sería la autora de la novena y esta vez sí, la última carta.

El sheriff sacó de la patrulla un termo de café y compartió una taza con O'Malley en la brisa suave de la noche. El viejo irlandés le debía una explicación importante. Por teléfono había dicho a la jefatura de policía que temía por la vida de Miranda, pero la prensa había acudido en el entendido de que esa noche, de alguna manera, se daría el traspaso de la propiedad de la hacienda. No iba a insistir demasiado. En su prolongada carrera había llegado a comprender que el trabajo de la policía se reduciría a la mitad sin las falsas alarmas y las mentes paranoicas. En este sentido, el maestro vitralero le resultaba desconcertante. No daba la impresión de ver amenazas inexistentes, ni siquiera de buscar la notoriedad de la prensa. Decidió aguardar, como si estuviese haciendo una ronda más de vigilancia en su vida. Metió la vista en el círculo de los binoculares intentando mirar más allá de las columnas y los arcos de la hacienda. Fue en ese momento cuando Crossman, sin poder resistir un segundo más, arrancó de un zarpazo impulsivo el liguero que cubría la cintura de Miranda. Con sus fuertes tenazas y la sangre agolpándosele en las sienes, quiso iniciar la lucha cuerpo a cuerpo. Pero ella lo seguía cocinando lentamente.

Terminó de desnudarse sin prisa ella misma. La fragancia de violetas compartió el olor propio de la excitación de sus cuerpos. Los bigotes de Matt se contrajeron frente al estímulo. Comenzó entonces la ofensiva final.

A horcajadas se sentó sobre su cintura ardiente y le sometió el miembro. Un temblor eléctrico recorrió la columna de Crossman. Pensó en la eventualidad de que su virilidad fuese a terminarse antes de comenzar. Lo tomó por los antebrazos, inclinándose frente a su cara. Sus caireles del color del trigo cayeron con suavidad sobre su rostro. Era el momento de ponerlo a prueba. Le faltaba poco para saber en verdad de qué madera estaba hecho aquel Crossman; de caballero y salvador o de cobarde y mercenario. Acercó sus labios hinchados de placer al oído y en un murmullo le dijo:

—He leído las cartas de la cava, Matt. Todas, mi amor —al terminar la frase, ambos sufrieron un sobresalto, aunque imperceptible frente a los espasmos de excitación que experimentaban. "Mi amor" había dicho por primera vez en su vida, cargada aún de una última esperanza de que aquel Crossman fuese en verdad distinto y se atreviera a unirse con ella para remendar una historia de agravios que ya rascaba hasta el tercer milenio.

—No sé de qué cartas me estás hablando —el entrenamiento genético, la tortura psicológica a la que pudiera haberlo sometido desde joven para mantener el hermetismo a toda costa, lo condicionaban a la evasión peor que a un perro de Pavlov. Miranda, enamorada al fin, con la mitad generosa y resuelta a enmendar los entuertos de la historia que le quedaba en el cuerpo, se imaginó en descargo de Matt que de pequeño debían haberlo torturado su padre y su abuelo en baños de agua helada por las noches y con palillos bajo las uñas. Su ternura y sus caricias esa noche, esa misma noche, lograrían exorcizarlo y conjurar de una vez y para bien de los dos, el hechizo irreductible de doña Amalia Sámano.

—Tranquilo —le dijo encajándose el pene ella sola, balanceándose lentamente hacia atrás y hacia adelante—. De verdad lo sé todo. Sé más que tú porque jamás pudiste ver el diario de mi antepasada —le mordió el lóbulo de la oreja al terminar la frase.

—De verdad que no entiendo a qué quieres llegar —súbitamente, su cuerpo musculoso se contagió de la rigidez de su sexo.

—Acuérdate —le susurró con la advertencia bíblica al oído— que es de muy mal gusto negar la verdad más de tres veces. Sería una gran decepción para mí, mi amor, que vinieras a demostrar que eres igual de cobarde y traicionero que el coronel. Es tu oportunidad de probarme que eres distinto —lo apretó de nuevo con los muslos. El odio comenzaba a cegarla. Concluyó, decepcionándose de paso de los poetas, que la cobardía era en verdad una pasión más poderosa que el amor. Ahora le empuñaba los antebrazos para someterlo, con una fuerza que solamente podía explicarse por la rabia y la decepción absoluta que sentía hacia Crossman, una rabia acumulada a lo largo de siglo y medio de simulaciones y complicidades. Matt, lo supo en ese momento, pudo ver con claridad que no sería el Crossman que se atrevería a dar el paso definitivo en esta historia interminable.

—¿Qué te propones Miranda? —buscó sus ojos intentando retarla, topándose otra vez con la mirada de la escritora invisible que lo hizo morder tantas veces el polvo, que tantas veces fue capaz de sumirlo en la humillación más abyecta—. ¿Qué es exactamente lo que quieres? —alcanzó a sacar la frase de su pecho jadeante y expandido, deseando voltearse, zafarse del orgasmo más peculiar de su vida.

—Que reconozcas abiertamente ante todo el mundo, ante la prensa, que esta hacienda es nuestra —aceleró el movimiento de sus caderas sobre el miembro—, confesar que tu familia la ha ocupado desde el primer día como producto de la más despreciable rapiña, de una múltiple traición a la amistad, la confianza e incluso el amor que mis abuelos le brindaron al tuyo. Eso es lo que quiero, Matt. Nada más.

Comenzó a gemir. Tenía, ahora sí, todas las barreras rotas.

—Aunque quisiera no podría —le dijo meneando la cabeza—. Equivaldría otra vez a faltar a la verdad.

—¿Cuál es tu verdad, Crossman? —lo arañó en el pecho, presa de la contrariedad. Sintió el filo de sus uñas.

—Tú debes saberlo también. Supongo que estará descrito en el diario de tu abuela —Miranda notó un vuelco inesperado que no guardaba sentido alguno con la historia que ella conocía.

—Habla de una vez, sácalo de dentro —se dio cuenta de que estaba rozando con los bordes de la locura, pues de pronto sentía que el enemigo, el ser más odiado quizá no era más que una víctima más atropellada que ella misma, digno de ser amado y abrazado con ternura.

Visiblemente contrariado, Matt clavó la vista en los vitrales. Ya no hacía el amor, ahora hablaba desde una caverna profunda y ausente.

—Doña Amalia Sámano tuvo un amorío con mi abuelo Roberto —escuchar de sus labios el nombre de su antepasada tuvo un efecto por demás perturbador en ella. Bajó lentamente de su posición para recostarse junto a él. El órgano más importante ahora era el oído. Prosiguió—: Ese amorío fue breve, brevísimo, pero muy intenso —tragó saliva con dificultad. Finalmente no pudo más y le confesó—: El coronel embarazó a tu abuela en su visita a Saltillo. Después hubo una segunda visita de mi abuelo a Coahuila. Esta vez viajó en secreto. El coronel asistió al parto y vino de vuelta a Texas con dos cosas: su hijo recién nacido y las cartas que intercambiaron a lo largo de los años y que tú hallaste hace poco dentro del fuelle.

Miranda escuchó aquella versión como un mazazo en la nuca. Pensó en la legión de reporteros que esperaban afuera del portón y se sintió tan ridícula como desconcertada.

—Fue por esa razón que tu abuela terminó sumida en la desesperación, devorándose la mano. Estaba perdiendo un hijo que jamás conocería, que jamás podría aceptar. Al tiempo cambió de opinión y envió a un sicario a intentar asesinar a mi abuelo. Era su estrategia para recuperar al niño y, de paso, la hacienda. Ésta es la parte de la historia que jamás se atrevieron a decirse por carta.

—Pero antes tu abuelo, concediéndote que pudiera ser cierto lo que me dices, ofreció e intentó matar a don Lorenzo para traerse a mi abuela en calidad de viuda a Las Acequias. ¿Cómo iba a ser posible que don Lorenzo no se diera cuenta de su embarazo? —lo cuestionó, presa de la incredulidad.

—Es cierto lo que dice el coronel en sus cartas —le respondió, tratando de hacerla entender que era una historia inconfesable, tratando de disuadirla para que no insistiera en sus pesquisas—. Tus ancestros apenas si se veían en Saltillo. Lo único que le preocupaba a don Lorenzo era que la esposa del gobernador dejara de ser motivo de escándalos, amenazando siempre con devorarse la mano. Dio a luz durante un retiro, en un monasterio. Era una loca, una loca a la que amaba el coronel.

—¿Y cómo no iba a estarlo? ¿Te parece poco que te quiten la mitad de tu país, tu casa y encima te dejen encinta? —Miranda empezó a ver con claridad que para los Crossman la obsesión era una característica congénita, lo mismo que la cobardía. Por primera vez sintió un temor real ante la presencia de Matt. Pero era muy tarde para dar marcha atrás. Más que nunca debía retomar la ofensiva, conocer de una vez la verdad entera.

—Así es. Así es el amor, ¿no lo entiendes todavía? —respondió como autómata, con los reflejos de los vitrales proyectados en el rostro inexpresivo.

—¿Llamas amor al robo y a la traición? Fue tu abuelo el que engañó a mi familia con el supuesto edicto de Texas para expulsarlos de la hacienda y quedarse con ella. Después amenazó con una pistola en su propia casa a mi abuela para violarla en silencio —el odio volvió a alcanzarla al recrear en su mente aquellos episodios.

Pasó la mano por detrás de su espalda y la metió en su maleta. Tenía el cerebro revuelto. Sintió en los dedos el frío letal de la pistola—. Mi abuela debió haber abortado a ese engendro de la última traición de tu abuelo.

—El caso es que no lo hizo. Por el contrario. De común acuerdo decidieron que el niño viniese a vivir a la hacienda y —repuso con gravedad—, gracias a esa decisión, el día de hoy estoy aquí yo. Ese niño fue mi tatarabuelo, Lawrence Crossman, bautizado así en honor del hijo que perdió doña Amalia en un accidente de caballos.

Ahora él la sacudía por los hombros, tratando de hacerla comprender.

Miranda estaba enroscada sobre sí misma, con el cuerpo aterido y la mente coronada de chispazos.

—Miranda —se lo dijo sin atreverse a voltear—, los dos somos hijos distantes de Amalia Sámano. Ésta es la realidad. Los dos somos, por lo tanto, dueños legítimos de esta hacienda.

Con la mano libre se restregó la cara, presa de la contrariedad. Apretó las mandíbulas para que el llanto no se le escapara. Con la otra mano apretó la cacha del revólver.

—No es exactamente así —le advirtió, con el rencor envenenándole la sangre—. En realidad no eres más que una prueba viviente de los alcances de la mentira y la traición. Ni siquiera eres un bastardo tardío que merezca algún reconocimiento familiar o de propiedades. Tu abuelo merecía la muerte. No tiene derecho a ostentarse como el padre de un Sámano. Fue su engaño inicial, su codicia, su obsesión por suplir una mediocre carrera militar con un botín de guerra injusto. Esta hacienda hay que derrumbarla piedra por piedra. ¿Y sabes por qué? Porque ese bicho deleznable, como le dijo mi abuela, vivió dentro de estas paredes alguna vez.

—Es imposible ahora intentar dar marcha atrás en el tiempo. Lo hecho, hecho está. No hay manera de remediarlo —su cara se tornaba cada vez más inexpresiva, en una mezcla de confusión y derrota.

—¿Y sabiendo estas cosas, *hermanito* —le reclamó con sarcasmo—, me cortejas, me enamoras, me seduces y me ofreces la felicidad eterna? ¿Qué no tienen llenadero los Crossman? Te pareces tanto a tu abuelo y tan poco a mi familia, que es imposible reconocerte como uno de nosotros —su tono de voz se tornó ácido y sombrío—. Creo que yo he tenido mucha suerte contigo. A mi abuela le tomó más de doce años para que tu valiente coronel reuniera las agallas para confesarle que se había apropiado de la hacienda a la mala, recurriendo a la mentira y al más calculador de los engaños. A mí me tomó apenas un romance otoñal. En eso tengo alguna ventaja. Pero me doy cuenta de que el resultado es el mismo. Solamente su naturaleza cobarde y depredadora habría podido permitir que el daño pudiera extenderse a lo largo de siglo y medio, y que lejos de desaparecer se fortalezca.

—No estaba en mis planes enamorarme de ti. Estoy obsesionado contigo, lo sabes. De eso no puedes culparme. Reconócelo. "En el fondo escribimos para delatarnos", dijiste alguna vez. Esa frase me cimbró en lo más profundo. En el instante mismo en que la leí, pude sentir que la escritora invisible era una Sámano. José Inés me dijo claramente que se trataba de una mexicana. Pero yo lo supe antes, irracionalmente, como si alguien me lo hubiese dictado al oído. Y me volví loco con la idea de conocerte —hizo una pausa en su andanada de confesiones—. Los Crossman cargamos, efectivamente, con la cruz en el apellido —continuó diciéndole, con la necesidad imperiosa de exculparse—. Ninguna generación ha podido explicarle a la otra en esos ciento cincuenta años, cómo salir del enredo original. Llevamos el enredo en la sangre, literalmente. Cualquier intento de explicación nos hubiese *delatado,* arrebatado la honra, la hacienda y quizá hasta la vida.

—Y ahora que has confesado, que te has delatado, ¿qué te queda?

—Lo que he venido soñando desde que te conocí. Vivir contigo en esta hacienda para siempre.

—¿Como hermanos o en calidad de qué se te ocurre ahora? —se rascaba la cabeza ante su cinismo, su egoísmo corrosivo.

—De la manera que fuese, estaríamos cumpliendo finalmente con el destino marcado por nuestros abuelos, poniendo fin a un ciclo que está incompleto desde hace siglo y medio. Nuestras familias no tienen más alternativas que amarse con locura o terminar matándose entre sí.

Miranda guardó un silencio prolongado. Por su mente corrieron veloces las imágenes de toda su vida, de las interminables conversaciones sobre Texas que escuchó en el comedor de Saltillo, de la fijación irreparable de su familia con Las Acequias, de la huida de su casa como una ladrona por la madrugada, del cruce denigrante que realizó por la frontera con una bolsa de plástico sobre el cuerpo y, peor aún, los recuerdos ajenos, los de las vidas de antepasados que fueron obligados a recordar y revivir en carne propia aquellos episodios, como si todas esas generaciones le hubiesen encargado, exclusivamente a ella, la misión de reparar un saldo acumulado en quince décadas de incomprensión y abandono frente a sí mismos.

—Tienes razón en eso. Has acertado —le respondió finalmente Miranda—. Ésas son nuestras únicas alternativas verdaderas; el amor o la muerte.

En el momento en que él esbozó una tímida sonrisa y se incorporaba para abrazarla con un gesto de liberación que recordaba a quienes logran sanar del cáncer, Miranda Sámano descansó la cabeza levemente sobre el hombro de Matt. Con suavidad palpó aquel cuello fibroso de vaquero, robusto y enrojecido por el sol, hasta que le encontró la yugular con las yemas. No le dio tiempo a que la besara por última vez. Con la otra mano le acercó el cañón helado de la pistola. Lo acribilló sin pensarlo dos veces con un balazo certero que a ambos bañó de sangre.

Sus ojos quedaron parpadeando con más sorpresa que dolor. Antes de que se derrumbara para siempre sobre la colcha con grabados kickapoo, Miranda alcanzó a musitarle en el oído:

—No escribimos para delatarnos. En eso te equivocaste siempre —le dijo sabiendo que ya no la escuchaba—, únicamente nos delatamos cuando ya merecemos la muerte.

La detonación puso en alerta a los policías y a los reporteros apostados en la colina. Debido a la visión precaria que les permitían las arcadas y los ventanales de la hacienda, llevaban más de media hora intentando completar el rompecabezas amoroso con sus binoculares y sus lentes telescópicos. El tiro retumbó en la ladera de la colina y emprendió su viaje por la noche. Instintivamente, el sheriff arrojó de cualquier manera la taza de café. Tomó apresurado el rifle del interior de la patrulla. De pronto, el aire se había hecho denso. Los policías se mandaban entre sí señales con la mirada.

Con los puños apretados y la cabeza gacha, Camila se acercó al refugio que le ofrecían los brazos de O'Malley. Sabía perfectamente que al matar a Crossman, su hermana practicaba una inmolación personal en memoria de todas las generaciones anteriores de los Sámano. No había logrado que Crossman confesara la verdad frente a la prensa. Con su muerte, ella estaba completando el destino de la familia. Era lo que pensaba y era lo que se le ocurrió que tenía que decir cuando escribiese la carta final. Comenzó a llorar en silencio porque ya comenzaba a imaginarla arrestada, esposada, fotografiada mil veces tras los cristales de la patrulla, tratada como un criminal común, compartiendo la comida en prisión con asesinos de verdad. Sus razones serían muy difíciles de comprender para un jurado texano. Su verdad resultaría tan inconveniente para los intereses y la conciencia intranquila del estado, como lo había sido la presencia de su familia un siglo y medio antes. Una vez más, la verdadera historia quedaría sepultada bajo el título noticioso de un crimen pasional en una hacienda. Lo sabía.

Por eso decidí contar yo misma la historia, pues ya se han escrito muchas y muy falsas sobre esta relación de amor o muerte que siempre ha existido entre México y Texas.

Mientras deliberaban sobre la manera de entrar a la hacienda, uno de los *rangers* me prestó sus binoculares. Me subí al cofre de uno de los coches. Bajo el caleidoscopio de luz que proyectaban las velas y los resplandores de los vitrales, Matt yacía en el suelo con el pecho cubierto de sangre, pero con los ojos bien abiertos. Parecía resistirse a aceptar cabalmente que lo hubiesen matado. Su semblante mantenía impreso el sello de la sorpresa. Aunque ya no existía, su mirada no era la de un muerto.

Mi hermana estaba de pie en el centro de la estancia. Se vestía con movimientos mecánicos, solamente con las prendas esenciales. Su rostro reflejaba una mezcla de repugnancia, desconsuelo y abatimiento infinito. Aturdida, olvidó ponerse los zapatos. Inclinó hacia atrás la cabeza para bañarse por última vez con los reflejos azules, rojos y ambarinos que descendían de la bóveda. Levantó una vela del suelo y miró por última vez a Matt Crossman. Su cara no expresó emoción alguna esta vez. Debía sentirse tan victoriosa como derrotada. El famoso síndrome de las batallas.

Tomó su maleta con los dedos y avanzó lentamente hacia el porche, la cara iluminada tenuemente por la luz de la vela. Fue al momento de pasar junto a la fuente labrada en Zacatecas que los reflectores de las patrullas la cegaron violentamente. Arrojó por inútil la vela y siguió andando, sin reparar en los guijarros que pisaban sus pies desnudos. Yo dejé también los binoculares sobre el techo del auto. Al aproximarse al portón principal recibió la instrucción implacable: *Deténgase*. Cosa que hizo. A un movimiento de la mano del sheriff, dos policías pusieron una rodilla en el suelo. Sus armas y sus insignias relucieron frente a los faros de la patrulla.

—Camila —me gritó en la distancia—, ¿está aquí la prensa?

—Sí —le respondí—, y también la policía.

Pude verla titubear por primera vez en el paso. Era evidente que no los esperaba, no los esperaba tan pronto. En un reflejo nervioso bajo los reflectores, la vi mordisquearse la mano libre. Venía encarnada en la abuela Amalia.

—Pide que se retire la policía y que únicamente pase la prensa. Debo hablar con ellos primero —volvió a gritar desde el otro lado de la cerca de cactus. Las luces de las lámparas atravesaban sus ropas, mostrando su cuerpo en una velada desnudez. Se veía indefensa, pero a la vez segura de lo que debía hacer.

—No se muevan —ordenó el sheriff a los reporteros—. Parece que viene armada. Acaba de matar a un hombre. Pudiera hacerlo otra vez.

—Es imposible, Miranda —le grité otra vez, después de escuchar la instrucción.

La atmósfera se iba cargando de tensión, de un sudor animal que ahora flotaba con la brisa. La policía había asumido el control.

Fue entonces cuando Miranda abrió el portón y comenzó a subir la cuesta hacia nosotros. Salté del cofre del carro e intenté correr hacia ella, pero me atajó uno de los policías con un codazo inesperado en las costillas. Miranda pudo ver cómo me doblaba y cómo llegaba O'Malley a asistirme. Aún sin recuperar el aire del todo, pude respirar el olor de la violencia. El visible abatimiento de Miranda contrastaba con los dedos tensos de los reporteros sobre el percutor de las cámaras y de los policías sobre el gatillo de sus armas. Pero las fuerzas del absurdo ya estaban desatadas. ¿Acaso no éramos nosotros mismos quienes habíamos llamado a la prensa y a la policía? Mi hermana no quería otra cosa más que explicar, contar finalmente una historia que había logrado desenterrar después de siglo y medio de traiciones y complicidades. Miranda no era una asesina; mató a un hombre como resultado de agravios mayores.

Agravios de una dimensión que la orillaron a segar la vida de Crossman sin pensarlo dos veces. Ahora no deseaba más que poner a la vista de todos un segmento de esa larga historia de desencuentros insuperables entre los gringos y los mexicanos, del trauma y del significado permanente de Texas.

En las últimas horas, Miranda viajó desnuda por el tiempo, para darse cuenta de que en realidad éste no había transcurrido; que desde el primero hasta el último de los Crossman, todos vivieron y pretendían vivir para siempre en propiedad ajena. Durante ciento cincuenta años, las dos familias se habían asomado a su propia historia a través de un cristal turbio y multicolor, como los vitrales de la hacienda, para construirse una realidad ficticia y complaciente. Miranda quiso saber. Presionó su destino y decidió ponerle fin a esa historia interminable.

Pero de nada de esto estaba enterada la policía. Aunque, ¿acaso no sabían de sobra que los crímenes siempre se intentan en el anonimato? Sin embargo, actuaban como si se encontrasen frente a un comando terrorista. Mientras que la hacienda volvía a sumirse en el silencio, ellos se contagiaban de tensión y nerviosismo.

Cuando estuvo a unos treinta pasos de nosotros, ahora iluminada totalmente por la luz, le ordenaron de nuevo que se detuviera. *Arroje la maleta*, fue la nueva instrucción del sheriff. Miranda, lo sé bien, no tenía la menor intención de evitar su arresto, de intentar darse a la fuga. Para ella, el crimen en sí mismo era un asunto secundario, frente al capítulo de la historia que deseaba revelar. Por esa razón me había pedido convocar a la prensa. No había venido a Texas a matar, sino a comprender y a liberarse del destino.

Al verle de cerca la cara entendí que todos estábamos confusos, menos Miranda. Esa cara, la conozco, no decía otra cosa más que *ahora lo sé todo y se los quiero contar*. Lo que no podía saber es que el disparo certero y justo con que puso punto final a la herencia de los Crossman, la había convertido automáticamente en la amenaza, en la fuente del peligro. Así, en vez de arrojar la maleta como le habían indicado, aprovechó la luz de los reflectores para correr la cremallera inferior. Los alguaciles cortaron cartucho al mismo tiempo. Estoy segura de que Miranda ya podía ver a esa distancia que los *Rangers* portaban armas largas. No obstante, todavía alcanzó a agacharse para poner la maleta en el suelo y sacar el paquete con las cartas del siglo pasado. Pude identificar en la distancia la piel reseca de Norberto el Oso, como testigo mudo del sino fatal de la hacienda. Sin embargo, únicamente O'Malley y yo sabíamos que se trataba de las cartas.

—¡Es una trampa! —gritó el sheriff por el altavoz.

—¡Tiene un explosivo! —añadió otro alguacil, casi al mismo tiempo.

Al escuchar aquello, Miranda comenzó a agitar el brazo en el aire, levantando el paquete con las cartas, mostrando que las arrojaría para que vieran de qué se trataba, para que la prensa las recogiera y elaborara las notas que más le importaba difundir: las que narraran de una vez y para siempre la historia verdadera de la hacienda de Las Acequias. Sabía que más allá de lo que dijeran las leyes y los tribunales, la muerte de Crossman estaba bien merecida. Sin embargo, de este lado de la trinchera nadie podía imaginarse el enorme recorrido por el tiempo del que venía emergiendo Miranda. Cuando se disponía a lanzar el paquete con las cartas yo estaba en cuclillas, protegida por los brazos viejos de Kevin O'Malley. Escuchamos una descarga detrás y a un lado de nosotros. Todavía me retumba en la cabeza. Todavía, digo, como si algún día fuese a olvidarla.

Bajo la luz de las lámparas alcancé a reconocer la mirada de incomprensión de mi hermana, con el brazo levantado, queriendo mostrarle al mundo la evidencia con que contaba para probar que lo único que había hecho esa noche era regresar finalmente a su casa.

Antes de derrumbarse para siempre, las cartas aletearon brevemente entre sus dedos, negándose a desaparecer después de siglo y medio de alterar el destino de dos familias y, en realidad, de dos naciones.

Miranda cayó muerta en el suelo de Texas, mecida por el viento de la noche. De su cuerpo vimos salir dos almas que pasearon brevemente por la hacienda y después se elevaron sobre el horizonte, hasta confundirse con el imperceptible perfume de la Luna.

ÍNDICE